좌안

마리 이야기 ❷

좌안 마리 이야기 ❷

펴낸날 | 2009년 5월 12일 초판 1쇄
2010년 5월 20일 초판 4쇄

지은이 | 에쿠니 가오리
옮긴이 | 김난주
펴낸이 | 이태권
펴낸곳 | (주)태일소담
서울시 성북구 성북동 178-2 (우)136-020
전화 | 745-8566~7 팩스 | 747-3238
e-mail | sodam@dreamsodam.co.kr
등록번호 | 제2-42호(1979년 11월 14일)
홈페이지 | www.dreamsodam.co.kr

ISBN 978-89-7381-977-5 04830
978-89-7381-978-2 (세트)

• 책값은 뒤표지에 있습니다.
• 잘못된 책은 구입하신 곳에서 교환해드립니다.

에쿠니 가오리 지음
김난주 옮김

소담출판사

차례

좌안 1

좌안 2

6장
한잔 술이 할 수 있는 것

1

카운터 앞에 여덟 개의 자리, 플로어에는 텐트식 커튼으로 나뉜 소파석이 세 군데 있고 구석에는 그랜드피아노 한 대가 놓여 있다. 벽에 걸려 있는 유일한 그림은 아오야마 시즈오가 그린 것이다. 핑크와 초록을 기조로 한, 정면을 보고 있는 여자 그림이다.

"드라이어를 쓰면 될 텐데."

바텐더인 나츠키 지카라의 말이다. 문을 열기 전까지 가게에는 마리와 지카라밖에 없다.

"머리가 그렇게 긴데 감기 걸리면 어쩌려고요?"

"드라이하는 걸 싫어하니까 그렇지. 게다가 시간이 아깝잖아. 그냥 놔둬도 마르는데 왜 힘들게 말려야 하는데?"

마리의 대답에 지카라가 어깨를 슬쩍 추어올린다. 내 알 바는 아니지만, 하는 몸짓이다. 지카라가 오너 부부의 눈에 띄어 이 가게로 옮겨 온 지 반년이 지났다. 전에도 오래된 이탈리아 음식점에서 일한 모양이지만 여기에서는 마리가 선배다.

"안녕."

부드러운 목소리가 들리고, 이시바시 다츠야가 가벼운 걸음걸이로 성큼성큼 들어왔다.

"맥주 배달 왔나?"

"아직인데요."

지카라가 대답하자 다츠야는 동작을 멈추고 후, 하고 한숨을 내쉬었다.

"전화 걸어서 요즘 들어 왜 자꾸 늦는지 물어봐."

마리는 손목시계를 보았다. 저녁 7시 30분. 다츠야는 꼼꼼한 사람이다. 맥주는 냉장고에 여유분이 충분하므로 7시 30분까지 배달하기로 한 약속이 조금 늦어져도 아무런 지장이 없다. 하지만 다츠야는 손님이 있는 가게에 업자가 드나드는 것을 좋아하지 않는다.

바 '엔드라'는 매일 밤 이렇게 막을 올린다. 오너 부부는 좀 더 늦게 출근한다. 이 가게에는 그 밖에도 쇼코 씨가 피아니스트로 일하고 있다. 역동적인 터치와 스피드로 배경음악에는 걸맞지 않는 라이브를 들려준다. 마리는 그녀의 연주에 맞춰 추는 지그를 열렬하게 좋아한다.

마리가 춤을 본격적으로 배운 지는 3년이 되었다. 춤은 마리에게 존재를 확인시켜준다. 이것이 '나'라는 것, 지금 '여기'에 있다는 것을.

노래해 노래해, 노래해 노래해, 노래해 노래해.

그렇게 노래하면서 뒤죽박죽 몸을 흔들고 지칠 때까지 깡충깡충 뛰고 발을 굴렀던 어린 시절과 똑같은 정열이자 똑같은 도전이며, 똑같은 욕구다.

1995년 10월, 마리가 도쿄로 온 지도 5년이 되었다. 시즈오가 도움도 청하고 배우기도 하라면서 소개해준 이 가게는 미나미아오야마에 있다. 그래봐야 세련된 가게가 차양을 맞대고 있는 쇼핑가가 아니라 복잡한 일방통행로와 비스듬한 언덕길, 새로 지은 맨션과 오래된 아파트들이 이리저리 섞여 있는 소박하고 조용한 일각에 있다.

마리가 늘 자전거를 세워놓는 가게 뒤에는 세발자전거도 서 있다. 위층에 사는 아이의 것인가 본데, 마리는 그 자전거를 볼 때마다 흐뭇하게 웃는다. 주변에는 공원묘지와 미술관, 카페, 그리고 초등학교가 있다. 옛날에 살았던 가와사키와는 분위기가 전혀 다른 거리다. 역 앞에 마권이 마구 널려 있지도 않고 신문지가 바람에 휘날리는 일도 없다.

"아 참, 아까 미치루 씨가 왔었어요. 마리 씨 아직 안 왔느냐며 맥 빠진 말투로 묻던데."

지카라가 얼음을 깨면서 말했다. 빠지직빠지직, 얼음이 깨지는 날카로운 소리가 났다.

"수영하는 날이라고 했더니 그렇지, 하면서 나중에 다시 오겠다고 하던데요. 밥 먹으러 가는 길이래요."

"그랬어?"

마리는 대답하고 간판을 밖으로 끌어냈다. 콘센트에 플러그를 꽂자 검은 바탕에 '엔드라' 라는 글자와 피아노 건반 모양의 그림이 하얗게 떠올랐다.

"그 사람 말투가 무뚝뚝한데도 꽤 괜찮아요."

마리는 방긋 웃고는 고개를 끄덕였다.

과거 마리의 가정교사였던 시마모리 미치루는 지금 2년제 대학에 강사로 나간다. 서른아홉 살, 독신으로 애인과 살고 있다. 고향인 오카야마에 사는 줄만 알았던 미치루가 실은 도쿄에 있다는 것을 안 것은 4년 전이다. 아라타의 정년퇴직을 축하하기 위해 후쿠오카로 내려갔을 때였다.

조촐한 자리였다. 장소는 하카타 호텔 안에 있는 레스토랑 '카스테리앙룸' 이었고, 출석한 사람은 아라타, 마리와 사키, 아라타의 동료였던 대학교수가 둘, 아라타의 여자 친구인 요릿집 여주인, 그리고 이미 졸업한 제자들 몇 명. 그중에 오쿠무라가 있었다. 미치루보다 몇 살 어린 오쿠무라는 당시 삼십대 초반이었을 텐데 마리가 기억하는 것보다 훨씬 살이 쪘고 나이 들어 보였다. 두 아이의 아빠라고 했다. 양복 차림이었고, 두툼한 손가락에 낀 결혼반지가 살을 파먹어 들어갈 것처럼 보였다. 오쿠무라에게 미치루의 소식을 들었다.

아라타는 길쭉한 몸을 잔뜩 구부린 것처럼 앉아 정중하게 인사하고는 몇 번이나 반복해서 말했다.

"이런 자리를 마련해주셔서 몸 둘 바를 모르겠습니다."

여주인이 테이블 끝자리에서 눈물을 글썽였다. 마치 부인처럼. 마리는 한숨을 쉬었다. 기요가 없어진 지 벌써 10년이 지났다. 아라타 옆에 아라타를 염려해주는 여자가 있어 다행이라는 것 정도는 마리도 알고 있었다.

'엔드라' 에서 혼자나 둘이 오는 단골들은 카운터 자리를 차지하고, 동행한 사람에게 좀 색다른 접대를 하고 싶은 손님들은 예약이 필요한 소파석에 앉는다. 대개는 매일 자리가 꽉 찬다. 손님의 청에 답하여 셰이커를 흔드는 것은 순전히 여흥이지만, 그래도 마리는 5년을 지내면서 기본적인 칵테일은 만들 수 있게 되었다. 소리 하나 내지 않고 샴페인 뚜껑을 따는 법도 알게 되었고 와인의 눈물이라 불리는 흔적을 잔 안쪽에 아름답게 남기는 방법도 배웠다.

가게가 활기를 제대로 띠는 것은 밤이 깊어서다. 피아노 연주가 시작되고 술기운이 돈 손님들이 생기를 뿜어낸다. 속삭이는 비밀, 여기저기서 터져 나오는 웃음소리, 연인들은 바짝 붙어 앉아 서로를 바라보고 손가락을 마주 낀다. 말다툼과 술주정에 우는 사람, 음란한 농담과 망가지는 손님 등은 모두 그 밤에만 일어나는 일이다. 손님이 아무리 많고 붐벼도 다음 날 아침이면 모두들 사라지고 없다.

한잔 술이 할 수 있는 것, 그 즉각적이며 한없는 효과, 흔적도 없이 사라지는 허망함과 어이없음에 마리는 몇 번이나 놀랐다.

미치루가 애인인 유미코 씨와 함께 나타난 것은 자정이 되기 조금 전이었다.

"안녕, 잘 있었어?"

유미코 씨는 마리를 보고 낮은 목소리로 말했다. 언제나 그렇듯이 유미코 씨는 얼근하게 취해 있었다. 술을 마시지 않는 미치루는 아침에 상쾌하게 막 일어난 사람처럼 말짱한 얼굴이다.

"어서 와, 언니."

피아노 소리에 질세라 마리는 커다란 소리로 미치루를 맞고 카운터 자리로 안내한다.

"잊어버리기 전에, 이거."

미치루가 가방에서 책 한 권을 꺼내 반짝거리는 검은색 카운터에 올려놓았다.

"고마워. 굉장히 재미있더라."

마리와 미치루는 종종 책을 빌려주고 빌린다. 그러면 책 한 권 값으로 두 권을 읽을 수 있기 때문이다. 생각해보면 마리가 책을 좋아하게 된 것은 미치루의 영향이 컸다. 읽는 것, 미지의 것을 알게 되는 것, 책 속에 갇혀 있는 세계에 이끌려 자신도 모르게 몰두하는 것. 미치루는 책 따위는 거들떠보지도 않았던 마리에게 그런 즐거움을 가르쳐주었다. 지금은 독서가 둘의 공통된 취미였다.

마리는 물수건을 건네고 재킷을 받아 들었다. 미치루는 재킷 아래 아이보리 색 블라우스를 입고 있었다. 일할 때의 차림새다. 그렇게 생각하면서 마리는 씁쓸하게 웃었다. 강의가 없는 날이면 미치루는 변함없이 구깃구깃한 셔츠를 입는다. 야윈 몸이나 짧은 머리, 화장기 없는 얼굴은 예나 지금이나 똑같다.

아라타의 퇴직 축하 모임이 끝난 후 마리가 미치루에게 연락했다. 오쿠무라가 가르쳐준 대학에 전화를 걸어서 메모를 남겼더니 금방 전화가 걸려 왔다.

"어머, 마리니?"

그리우면서도 낮고 차분한 목소리였다.

조스이 거리에 있는 초콜릿가게에서 만난 이후 처음이었다. 그때 마리는 미치루에게 결혼하게 되었다고 들뜬 목소리로 말했다. 초여름의 화창한 낮이었고, 마리의 뱃속에는 사키가 자라고 마리의 인생에는 하지메가 있었다.

파리에서 돌아오니 시바타가에서 온 통보가 마리를 기다리고 있었다. 호적을 말소시키겠다는 내용이었다. 폐쇄된 주유소는 철거 공사도 시작하지 않은 채 살풍경한 모습으로 남아 있었다.

"아직 젊으니까 몇 년 안 되는 결혼 생활에 얽매여서 과부 노릇 하지 않아도 되잖아."

선심이라도 쓰는 것처럼 말하는 다츠오 삼촌을 보자 마리는 속이 부글부글 끓었다. 아사가 살아 있는 동안은 며느리로 있고 싶다고 말해보았지만, 나가사키로 옮겨 하지메의 누나 집에 얹혀사는 아사를 위해 마리가 할 수 있는 일은 아무것도 없었다.

"사키는 당연히 엄마가 키우는 게 맞고, 그렇다고 우리가 나쁘게는 안 할 테니까."

마리는 유산상속을 포기하는 대신 하지메 명의의 저금통장과 빨간 픽업트럭을 받았다. 그리고 몇 가지 추억 어린 물건들도.

"어이, 마리."

소파석에 앉은 손님 하나가 손짓했다.

"네, 오타 씨, 가요."

비슷한 말투로 대답하고는 마리는 웃으면서 미치루 곁을 떠났다. 그리고 굵직한 손가락에 굵은 궐련을 끼고 있는 오타 씨의 어깨에 업히는 시늉을 했다.

마리는 가끔 아사에게 편지를 보낸다. 사키의 사진을 동봉하고 근황을 알린다.

"소개할 테니까 좀 앉아봐."

마리는 손님이 보채면 보채는 대로 의자에 앉고 권하면 권하는 대로 브랜디를 마신다. 피아노는 될 대로 되라는 식으로 거슈인을 연주하고 있다.

시간은 모든 것을 쓸어가 버린다. 마리는 오타 씨의 손길에 허벅지를 내맡긴 채 생각한다. 우리는 파도가 철썩이는 해변의 모래와 같다. 무력하게, 이쪽에서 저쪽으로 파도에 쓸려간다.

그렇다면 차라리 멀리 가자. 마리는 늘 그렇게 생각한다. 어디든, 더 멀리 가자. 사키와 둘이서. 소이치로와 하지메가 지켜주니까.

"마리는 내 동생 같은 사람이라고."

오타 씨가 싱글벙글 웃으면서 말했다. 양복에 감싸인 팔이 억센 힘으로 마리의 어깨를 끌어안았다.

"그렇지?"

"그럼요."

마리가 대답하자 오타 씨는 볼로 볼을 비벼댔다. 마리는 소리 내어 웃는다. 전혀 불쾌하지 않았다. 오타 씨는 좋은 사람이다.

카운터 자리에서 미치루는 콜라를 마시고, 유미코 씨는 와인을 마시고 있다. 두 개의 조그만 등이 나란히 있다. 이곳은 모래알들이 서로에게 몸을 의지하는 장소다. 그런 자리를 만드는 일.

마리는 더는 기다리지 못하겠다는 듯이 피아노 소리를 따라 발로 리듬을 맞추는 오타 씨의 두 손을 잡고 끌었다. 술과 궐련 냄새 속에서 마리는 고전적인 방식으로 오타 씨의 몸놀림에 맞춰 춤을 추기 시작했다.

어지간히 취한 날이 아니면 마리는 매일 자전거를 타고 오간다. 이른 아침의 거리는 사람과 차가 드문 대신 공기가 맑아 상쾌하다. 희붐하게 밝아오는 하늘 여기저기에서 까마귀 울음소리가 내려온다.

마리와 사키가 사는 아파트는 아오야마 끄트머리에 있다. 유쾌할 정도로 낡고 꾀죄죄하지만 믿기지 않을 만큼 집세가 싼 데다 정취도 있다. 좁고 어두운 계단은 옛날 영화에 등장하는 세트 같다. 거실과 부엌 말고도 사키가 혼자 쓸 수 있는 방이 있다. 마리도 잠은 그 방에서 잔다.

마리는 잠든 사키의 모습을 확인하고 샤워를 한 후에 아침 준비를 한다. 사키는 아홉 살이 되었다. 하루가 다르게 다루기 힘들어지고 마리를 닮아 갔다. 고집이 센 것도, 탐스러운 볼도, 학교에 가기 싫어하는 것도, 완벽하게 익힌 표준어와 하카타 사투리를 섞어 사용하면서 생활하는 것도.

지난달까지 마리는 사키를 야간에도 운영하는 탁아소에 맡겼다. 사키는 얌전히 따라 나섰다. 직원 말로는 별 문제 없이 잠도 잘 잤다고 한다. 지난달까지는.

쪼르륵쪼르륵, 커피가 떨어지는 소리를 들으면서 마리는 굳어진 목을 돌린다.

"이제 가고 싶지 않아. 집에서 잘 거야. 혼자 있어도 괜찮아."

사키가 고집을 피웠다.

"사키는 괜찮다고 하지만 엄마가 걱정되니까 그렇지."

마리가 달래듯 그렇게 말하자 사키는 짜증을 부리면서 고함을 질렀다.

"그런 거 내가 알게 뭐야."

아침도 저녁도 둘이 먹는다. 마리는 사키가 아침에 학교에 갈 때까지 자지 않고 있다가 문 앞에서 배웅하고, 사키가 집에 돌아올 시간에는 반드시 집에 있다. 가게가 쉬는 공휴일은 학교도 쉬는 날이어서 줄곧 함께 있다. 그런데도 충분하지 않다면 남은 방법이 무엇일까?

—가족은 늘 함께 있어야지.

대가족 속에서 심신이 건강하고 여유롭게 자란 하지메는 그렇게 말하리라. 하지만 하지메가 살아 있을 때도 마리는 그런 점이 조금은 당혹스러웠다. 결속을 당연시하고 또 견고하게 단결하는 가족에게.

아라타와 기요는 핏줄보다 개인을 중요하게 생각하는 사람들이었다. 마리는 커피를 마시면서 그 모순에 피식 웃음을 흘린다. 그렇다면 그것이 데라우치가의 피인지도 모른다. 한 사람 한 사람이 각자의 장소에서 따로따로 살아가도록 결정되어 있는 유전자.

그럼 양쪽의 피를 절반씩 물려받은 사키는 앞으로 어떻게 살아갈까?

"일어나."

마리는 사키의 방에 들어가 말을 건넸다.

"응."

사키가 졸린 목소리로 대답한다. 마리는 이 정도로는 사키가 일어나지 않는다는 것을 안다.

"일어나."

다시 한 번 말하고 마리는 사키의 이마에 붙어 있는 머리칼을 밀어 올린다. 그러고는 이불에 덮인 어깨를 흔든다. 그런 다음 엎드려 사키의 머리에 소리 내어 키스한다.

"아이 참, 엄마는."

사키는 눈을 비비면서 말하고는 그래도 착하게 덧붙인다.

"왔어?"

마리가 커튼을 젖히자 세 평짜리 다다미방에 금세 햇살이 넘실거린다. 시즈오가 심심하면 선물을 보내기 때문에 사키의 방은 물건들로 가득하다. 목에 리본을 묶은 목마, 조그만 앤티크 책상, 프랑스어로 된 그림책, 비둘기 시계. 그런 것들 모두가 가칠가칠한 다다미방 어딘가에 아기자기하게 놓여 있다.

"이사를 좀 하지 그래."

주위 사람들은 입을 모아 그렇게 말한다. 아마도 안전상의 이유겠지만, 그래도 이곳은 파리에서 돌아와 도쿄로 올라온 후 사키와 둘이 아름다운 천과 조그만 가구로 마음껏 꾸민 집이다. 시즈오의 아파트를 참고했다. 결국에는 무척이나 소녀 취향의 공간이 되었지만.

부엌에 두었다가 밥을 먹을 때만 거실로 가져가는 조그만 밥상은 아사에게 물려받은 것이다. 시즈오가 보내준 우아하고 아름다운 콘솔 위에는 사진이 들어 있는 액자가 몇 개나 놓여 있다. 사키의 유치원 졸업 사진, 블로뉴 숲에 있는 사키, 가족끼리 시코쿠를 여행했을 때 하지메와 셋이 찍은 스냅사진.

마리는 이 아파트를 모녀의 인생 자체라고 생각한다. 두서없고 무방비하지만 바람이 잘 통하고 밝은 곳. 허물어질 듯 낡은 것도 비슷하다.

"또 그 남자아이 꿈꿨어."

사키가 토스트를 한 입 베어 물면서 말했다.

"그랬어? 오랜만이네. 어떤 꿈이었는데?"

마리는 커피에 설탕과 크림을 넣어 내밀면서 물었다.

"넓은 정원이 있는 집에서 남자아이가 나와. 어디로 외출하는 것 같았어. 그런데 나를 보더니 씩 웃으면서 손을 흔들었어."

"좋은 꿈이네."

마리가 그렇게 말하자 사키는 고개를 까딱하고 말을 이었다.

"피넛 버터 좀 줘."

아주 가끔이지만, 사키의 꿈에 늘 같은 남자아이가 등장하는 듯하다. 벌써 몇 년 동안이나.

"좀 더 듬뿍 발라. 피넛 버터는 처음엔 차가워도 금방 녹으니까 듬뿍 바르는 게 맛있어."

사키는 피넛 버터를 버터나이프로 얇게 펴 바르면서 인상을 찡그렸다.

"난 조금만 바르는 게 좋아."

이해할 수 없다는 듯 마리도 인상을 찡그렸다. 듬뿍 바르는 게 훨씬 맛있는데.

처음 한동안은 사키의 꿈에 등장하는 남자아이가 소이치로일 것이라고 생각했다. 소이치로는 언제든 마리와 사키 곁에 있어주니까.

—아마 소이치로 삼촌일 거야. 엄마의 오빠.

그런데 사키는 마리가 전혀 예상치 못한 대답을 했다.

—아니야.

사키가 네다섯 살 때였다. 막 일어나 탱탱 부은 눈으로 마리를 빤히 보고는 입을 뾰족 내밀고 작은 소리로 말했다.

—그 아이는 외국인이야.

큐는 잘 지내고 있을까?

마리는 세 잔째 커피를 마시면서 문득 생각했다. 눈을 감자, 물뿌리개를 손에 든 큐의 모습이 선명하게 떠올랐다.

—의사 선생님이 그러는데, 저절로 낫기를 기다리는 수밖에 없다는구나.

얼마 전에 만났을 때 나나가 말했다. 그렇게 말하고는 자신보다 한결 크고 듬직하게 자란 아들의 머리를 쓰다듬었다. 나나와 긴지 아저씨가 운영하는 러브호텔의 옥상에서.

"엄마, 왜? 피곤해?"

사키의 목소리가 들렸다.

"설마."

마리는 웃으며 대답했다. 아침 햇살이 스테인리스 싱크대를 환하게 비추고 있었다.

2

새벽. 투명한 회색 하늘. 마리는 열려 있는 창문 밖에서 들리는 새들의 지저귐 중에서 까마귀가 아닌 새의 소리를 구별하려 귀를 기울이고 있다. 맨몸 위에 코트를 걸치고는 있지만 바깥 바람이 닿는 코끝이 꽤 싸늘하다.

"감기 걸리겠어."

머그잔을 손에 든 이시바시 다츠야가 웃음을 머금은 작은 소리로 말했다. 등 뒤에서 업히듯 껴안자 마리는 고요한 안도감을 느낀다. 남자—누가 되었든—에게 그렇게 안기면 늘 안도감을 느낀다. 아주 작지만 실질적인 안도감이다. 자신의 현재를 조심스럽게 긍정해준다는 기분이 든다.

"도쿄에도 여러 가지 새가 있네."

다츠야가 마리의 머리 위에 머리를 올려놓자 그 무게 때문에 마리의 턱이 알루미늄 새시에 짓눌렸다.

"그야 많지."

다츠야는 웃으면서 창문을 닫고는 커피를 찰랑찰랑하게 따른 머그잔을 내밀었다.

"마리는 대체 어느 시대 사람이야. 새가 없다느니 하늘이 없다느니, 도쿄에서 태어난 나로서는 좀 이해가 안 되는군."

마리는 건네받은 컵에서 피어오르는 김 너머로 미소를 짓는다. 짙고 향기로운 커피다.

"하기야 포크 세대니까."

놀리듯 다츠야가 말을 이어간다. 눅눅한 시트가 덮여 있는 소파 침대, 불필요한 것은 하나도 없는 아담한 방.

"아직 젊은데 그런 소리를 하니 다른 사람이 들으면 늙은이인 줄 알아."

마리는 소리 내어 웃었다. 늙은이! 다츠야가 멋진 소리를 했다. 실제로 마리는 자신을 늙은 여자라고 느낄 때가 종종 있다. 방금 전처럼 다츠야와 침대에서 섹스를 한 후에도 그렇고, 쑥쑥 크고 있는 사키의 모습에 놀랄 때나 완전히 다른 사람이 되어버린 큐와 후쿠오카에서 얘기를 나눌 때도.

내가 넉살 좋아 보이나요?

마리는 먼 옛날, 함께 살았던 남자에게 그렇게 물었던 때를 떠올린다.

'엔드라'에서 일하기 시작한 후에도 마리는 시즈오의 모델이 되기 위해 파리를 네 번 오갔다. 한 번 갈 때마다 두 달 정도 머물렀다. 8개월 동안 두 남자와 관계를 가졌다. 카페에서 일하는 음악가 필립과 인도네시아에서 온 유학생 바울스. 양쪽 다 우정과 강렬한 호감, 그리고 마음 편한 신뢰감—공범 의식—이 매개되었다. 안기는 것, 소중하게 여겨지고 있다는 느낌. 연인으로서가 아니라 한 인간으로서 자신이란 존재를 예쁘게 생각하는 그들과의 성행위가 좋았다.

다츠야 방에서 다츠야 컵으로 커피를 마시면서 마리는 생각한다. 남자들은 모두 다른 냄새가 나고 또 다른 모양을 하고 있다. 다른 팔로 나를 안고, 다른 방식으로 호의를 나타낸다. 거기에는 연인이 아니기에 표현할 수 있는 경의가 분명히 있었다.

"가야겠다."

중얼거리고는 옷을 주워 몸에 걸친다. 일을 끝내고 돌아가는 길에 딱 한 시간 동안만 빠지는 샛길. 이제 겨우 돌아가기 시작한 히터가 훈훈하게 방을 덥히고 있다.

파리는 마리에게 조그만 등불이었다. 완성된 시즈오의 그림을 보았을 때의 놀라움을 마리는 지금도 잊을 수 없다. 백 호나 되는 커다란 캔버스 가운데에 한 여자가 어린아이 같은 표정으로 서 있었다. 짧은 머리에 몽실몽실한 몸집, 소스라칠 만큼 무방비한 여자. 그 여자가 과연 자신을 닮았는지 마리는 판단할 수 없었다. 자신처럼 보이기도 하고 처음 보는 여자처럼 보이기도 했다. 그리고 무엇보다 그림의 배경이 기요의 가든이라는 것에 놀랐다. 압도적인 초록. 해거름의 검고 차가우리만큼 짙은 초록이었다. 그림 속 여자가 발산하는 생기가 식물이 뿜어내는 짙고 평온한 그것과 하나로 어우러져 보였다. 지난 2년 동안은 가지 않았지만 그래도 그 도시는 마리의 등불이었다. 사람은 어떻게든 살아간다. 그 도시를 떠올릴 때마다 마리는 마음이 강해지는 것을 느꼈다.

—처음 만났을 때의 인상을 그림에 담아보고 싶었어요.

시즈오는 캔버스 앞에 서서 그렇게 말했다. 시즈오가 평소보다 작게 보였던 것도 기억한다. 이미 다음 그림에 착수한 그가 물감으로 얼룩진 옷을 입고 있었던 탓이었는지도 모르겠다. 평소의 거만하고 우아한 남자가 아니라, 부지런하기만 할 뿐 무력한 육체노동자처럼 보였다. 마리는 본 적이 없지만, 시즈오가 캔버스에 색을 칠할 때는 스케치할 때와는 전혀 달리 격렬하게 몰입하는 듯했다.

아틀리에에는 완성된 유화 외에도 무수한 스케치와 수채화가 몇 장 있고, 수채 물감으로 스케치를 한 것처럼 스케치도 수채화도 아닌 것도 있었다. 마리 자신은 크림색 도화지에 마리의 얼굴을 연습 삼아—마리에게는 그렇게 보였다—스케치한 그림이 마음에 들었다. 시즈오의 손길에 복사된 자신의 볼 선과 입술 모양.

—나는 미인을 많이 알고 있지만 미인을 그린다고 아름다운 그림이 완성되는 것은 아니지요.

그림 앞에서 뭐라 말하면 좋을지 모르는 마리에게 시즈오가 차분한 목소리로 말했다.

"그런 무례한 말을."

마리가 부루퉁한 표정을 지으며 그렇게 대답하는 데는 시간이 걸렸다. 시즈오의 말투가 너무도 친절하고 성실하기까지 해서 모욕을 당했다거나 농담을 했다는 느낌은 없었다.

수수께끼 같은 사람이라고 마리는 생각한다. 무슨 말이든 허물없이 할 수 있는데 좀처럼 거리가 좁혀지지 않는다. 지금도 사키에게 선물을 보내주고 있지만 편지가 들어 있는 법은 없다. 마리가 편지를 보내도 답장은 보내지 않는다. 필립과 안느, 바울스와는 편지도 주고받고 전화도 오가기 때문에 지금은 오히려 그들이 친근하게 느껴진다.

문득 피크닉 때의 일이 떠올랐다. 좌측 핸들에 우차선인 프랑스 길에서 운전을 해보고 싶다는 마리의 소망을 안느와 필립이 이루어주었다. 빌린 차는 남색 루노였다. 사키까지 모두 넷이서 교외로 나갔다. 마리와 필립은 육체관계까지 나눈 사이여서 잠자리만 가지고 말하자면 밀월 시대라 할 수도 있었지만, 필립은 변함없이 '말이 잘 통하는 든든한 오빠' 로 존재했다.

구름 사이로 간혹 엷은 햇살이 비치는 가을 초입의 흐린 날이었지만 전혀 춥지 않았다. 필립의 위트와 안느의 웃는 얼굴, 그리고 신 나하는 사키 덕분에 마리도 종일 웃으면서 지냈다. 초라한 식료품점에서 산 퍼석퍼석한 바게트 샌드위치에 유독 많이 들어 있었던 삶은 계란과 검은 올리브.

그리고 또 초등학교에 막 들어간 사키를 미치루에게 맡기고 마지막으로 찾았던 파리에서 사흘 동안 머물렀던 바울스의 방. 마리에게 안도감과 자신감을 주었고 살며시 등을 밀어주었던 남자들.

괜찮아.

소이치로라면 그렇게 말해주었으리라. 누구와 자든, 어떤 생각으로 그랬든 서로 합의하에 이루어진 것이라면 아무 문제 없다고.

하지메가 죽은 후 성생활이 분방해졌다고 마리는 생각한다.

11월이 되자 연일 비가 내렸다. 오후 4시, 사키는 자신의 방에서 '냄새 게임'을 하고 있다. 어렸을 때 시즈오가 프랑스에서 사준 카드 게임이다. 트럼프 놀이를 할 때처럼 카드를 전부 뒤집어놓는다. 카드 한 장 한 장마다 서로 다른 냄새가 나고, 겉에는 그 냄새에 해당하는 그림과 단어가 적혀 있다. 레몬 냄새는 시트롱, 사과 냄새는 폼므, 꽃 냄새는 좀 복잡해서 좋은 냄새가 나면 바이올렛, 향수 냄새가 나면 로즈, 그 중간은 부케다. 좀 이상한 것은 비누 비슷한 냄새가 나는 메르(바다)와 과자 냄새가 나는 샤퉁(고양이)이다. 왜 바다와 고양이에게서 그런 냄새가 나야 하는지 사키는 잘 몰랐지만 아무튼 지금은 전부 알아맞힌다. '냄새 게임'을 수십 번이나 했기 때문이다. 카드는 이미 색상도 냄새도 다 바래, 강아지처럼 코를 킁킁거려야 겨우 맡을 수 있는 정도다.

온 방에서 빗소리가 난다. 사키는 비를 싫어한다. 기분이 쓸쓸해지기 때문이다.

—쓸쓸할 때는 좋아하는 사람을 생각해봐. 그 사람들이 늘 사키 옆에 있다고 생각하는 거야.

마리가 그렇게 말한 후로, 사키는 그것을 실천하고 있다. 순서는 늘 똑같다. 우선은 아라타, 그다음에는 아사를 떠올린다. 1학년 때는 담임인 요코 선생을 떠올렸고, 시즈오와 리지도 생각했다. 때에 따라서는 안느도. 거기까지는 대충 효과가 있다. 그래도 효과가 없을 때를 대비해 엄마와 아빠는 남겨둔다.

"난 혼자 있어도 괜찮여."

그렇게 소리 내어 말해본다. 평소에는 하카타 사투리를 쓰지 않으려고 애쓰지만, 기분을 다잡고 싶을 때는 다르다.

"그리고 조금 있으면 엄마도 돌아올 테니까."

그 이상한 춤 연습을 하고 저녁 찬거리를 사 들고 서둘러서. 일찌감치 저녁을 먹고 나면 아마 숙제를 봐줄 것이다. 숙제가 없을 때는 책을 읽거나 음악을 듣는다. 가끔은 같이 목욕을 하기도 한다. 하지만 그 모든 것이 7시면 끝난다. 비가 오는 날이면 자전거를 탈 수 없기 때문에 6시 45분까지다.

"아직도 그렇게 비가 많이 와요?"

코트 소매와 청바지 자락이 축 늘어질 정도로 젖어서 들어온 마리를 보자 지카라가 말했다.

"응, 좍좍 내려. 아, 춥다."

마리는 코트를 벗어 옷걸이에 걸었다. 빗소리가 가게 안까지 들리지 않는다. 강력한 난방 장치가 온도는 높게, 습도는 낮게 유지해주고 있다.

오늘 오후, 댄스 학원에 가기 전에 마리는 편지를 두 통 썼다. 아사에게는 여느 때처럼 근황을 보고했고, 문득 생각이 나서 큐에게도 썼다. 큐가 과거에 외국을 떠돌 때는 수많은 편지를 보내주었다. 그랬던 그가 움직일 수 없는 몸이 된 지금은 마리가 보낼 차례인지도 모르겠다고 생각했다. 하고 싶은 얘기는 산처럼 많았지만 결국 짧은 글이 되고 말았다. 어느 정도 이해하는지도 알 수 없었고, 또 어떤 내용이 그에게 충격을 줄지도 알 수 없었기 때문이다.

큐, 잘 있어요? 날씨가 많이 추워졌네요. 지난번에는 차 잘 마셨어요. 큐가 끓여준 차는 정말 맛있더군요. 지금쯤 나무들이 많이 늘어났겠죠? 커다란 손으로 잎사귀를 만지고 줄기를 쓰다듬고, 사랑스럽다는 듯 식물을 보살피는 큐의 모습은 신비로웠어요. 여기 생활은 변함없어요. 나는 일주일에 두 번씩 댄스 학원과 수영장에 다니고 있어요. 춤을 추는 것도 수영을 하는 것도 정말 기분 좋고 상쾌합니다. 일도 마음에 들어요. 바에서 일한다고 얘기했죠? 많은 사람들이 있는데, 일하는 사람도 찾아오는 손님도 다 재미있고 좋아요. 설 휴가에는 후쿠오카에 내려갈 거예요. 만나러 갈게요. 나나 아줌마와 긴지 아저씨에게 안부 전해주세요. 숲의 나무들에게도요. 그럼.

마리가

큐가 사고를 당한 것은 마리와 사키가 파리를 처음 방문하고 귀국하던 바로 그날이었다. 마리는 공항에서 큐의 모습을 얼핏 보았다. 체크인 카운터에 길게 줄 선 사람들 너머로. 배웅을 하러 나왔다고 생각했는데, 그날 큐가 왜 공항에 있었는지는 지금도 알 길이 없다.

아라타가 기다리는 집에 도착한 다음 날 마리는 하얗게 질린 나나에게 그 소식을 들었다. 목숨은 건졌다고. 지금 알 수 있는 것은 그뿐이라고. 나나는 마치 화가 난 것처럼 일그러진 표정에, 자신의 눈에서 눈물이 넘쳐흐르고 있다는 것조차 모르는 것 같았다. 택시가 서 있었다. 나나의 재혼 상대인 긴지 아저씨가 트럭에 짐을 싣고 있었다.

또다.

그 아침 마리를 얽매었던 공포는 그 한 단어로 집약된다. 또다. 사고. 소이치로가 죽었을 때도, 하지메가 죽었을 때도, 마리의 머릿속에 가장 먼저 떠오른 말은 그것이었다. 또다. 큐 역시 죽을 것이다. 다리가 부들부들 떨렸다. 그럴 수 있다면 소리라도 지르고 싶었다. 누군가를 향해서, 있는 힘을 다해 큰 소리로 싫다고 외치고 싶었다. 싫다, 내게서 큐를 빼앗아 가지 마.

반년 후 큐는 기억의 일부를 잃고 신체 곳곳이 마비된 모습으로 귀국했다. 말도 제대로 하지 못했고 표정도 애매했다. 그런데도 마리는 감사하는 마음으로 벅차올랐다. 살아남았다. 큐는 죽지 않았다.

"커피 다 끓었어요."

지카라의 목소리가 들렸다.

"커피?"

되물었더니, 지카라가 어이없다는 표정을 지었다.

"얼굴이 창백해요. 이런 날에는 택시 타고 오면 좋잖아요. 어차피 기본요금이면 올 수 있는 거리인데."

"지카라 군, 배부른 소리 하고 있네."

마리도 어이없다는 표정으로 말했다.

"비가 올 때마다 택시를 타면 월급이 남아나지 않을 거야."

"그만."

언제 출근했는지 이시바시 다츠야가 안에서 종이봉투를 들고 나오며 말했다.

"월급 얼마 안 되는 건 피차 마찬가지지. 그보다 새 행주 여기 담아둘게."

"네."

마리와 지카라가 동시에 대답했다.

이날 밤늦게 '엔드라'에 불청객이 찾아왔다. 살집 있는 몸에 답답해 보이는 넥타이, 쭈글쭈글한 가죽가방. 이 가게에는 어울리지 않는 타입의 손님이다.

"어이구, 이거 매형 아닙니까."

처음 알아보고 말한 사람은 다츠야였다. 그는 양팔을 쫙 벌리고 가벼운 걸음걸이로 나가 맞았다. 마리는 씁쓸히 웃었다. 다츠야는 히사시를 싫어한다.

"혼자 왔습니까? 이렇게 늦은 시간에 어쩐 일로? 드디어 쫓겨난 겁니까?"

"안녕하세요."

마리가 웃는 얼굴로 끼어들었다. 도리카이 히사시는 다츠야 누나의 남편이다. 이 가게에는 작년에 한두 번 얼굴을 내밀었을 뿐이지만, 앉아 있기조차 거북하다는 표정으로 주위에 섞이지 못해, 마리는 금방 얼굴을 기억했다.

"술은 뭐로 하실래요?"

마리가 물수건을 건네면서 물었다.

"버번 칵테일."

그의 젖은 양복에서 텁텁한 먼지 냄새가 났다. 번들번들 혈색 좋은 피부, 벗겨진 이마. 다츠야 말로는 '보험 회사에 다니는 것만 가지고도 실격' 인 사람이고, '이혼 초읽기에 들어간 지 벌써 10년' 이 된 모양이었다. 마리 생각에는 동정의 여지가 다분히 있었다. 다츠야와 그의 누나는 사이가 아주 좋다. 사이가 지나치게 좋다고 말하는 사람도 있을 정도다.

"무슨 일이지? 저 사람이 혼자 오는 건 처음인데."

카운터를 떠난 마리에게 다츠야가 불안한 목소리로 귀띔했다. 듣고 보니, 그는 올 때마다 부하 직원을 몇 명 데리고 와서는 한두 잔 마시고 황망하게 돌아갔다.

"처남에게 긴히 의논할 일이 있나 보지, 뭐."

마리가 귀에 대고 속삭이자 다츠야는 질린 표정을 지었다. 마리는 키득

키득 웃었다. 평소에는 험상궂은 손님이 오든 만취한 손님이 오든 전혀 동요하지 않는 다츠야인데.

마리는 힘내라는 뜻으로 얼른 다츠야의 손등을 만져주고는 단골손님 테이블에 가 앉았다. 쇼코 씨는 피아노 건반이 부서져라 빌리 조엘을 연주하고 있다.

"허어, 마리도 마셔야지."

마리는 와인을 따른 잔을 받아 들면서 만약 오빠가 살아 있었다면, 하고 상상해 본다. 오빠가 살아 있었다면 하지메와 술을 마시기도 했을까? 하지메의 직업이나 용모에 트집을 잡기도 했을까? 다츠야에 대해서는? 필립은?

단골손님들은 할리우드 영화 얘기로 열을 올리고 있다. 제작비는 엄청 들이는데 작품의 질은 점점 나빠지고 있다느니 하면서.

그러다 소스라치게 놀랐다. 만약 오빠가 살아 있어서 누군가를 좋아하게 되었는데, 그 여자를 내게 소개한다면? 하고 자신도 모르게 반대 상황을 상상했기 때문이다.

쓸데없는 짓이다. 순간적으로 밀려온 혼자라는 감각과 불안, 온몸이 저릿저릿한 외로움을 마리는 떨쳐버린다. 상상할 수 없을 뿐이다, 하고 속으로 중얼거렸다. 오빠는 특별했고 어렸다. 그러니까 상상할 수 없을 뿐이다.

마리는 현실 속에 존재하는 남자들을 떠올리면서 와인을 마셨다. 각각의 팔에 각각의 힘으로 마리를 안아주었던 남자들. 괜찮다, 나는 외톨이가 아니다.

"그래도 난 정신은 남아 있다고 생각하는데."

손님 하나가 싱긋 웃으며 말했다.

"아무리 질이 떨어졌어도 황금기의 찬란했던 할리우드 영화의 정신만은 그래도 미국 영화에 남아 있잖아. 정신이란 거, 그런 거 아니겠어? 잘은 모르지만 개인을 초월한 곳에 존재하는 것 아니겠냐고."

일요일. 마리는 사키를 데리고 미치루, 유미코 씨와 함께 메구로에 있는 미술관에 갔다. 날씨 좋은 오후다. 이런 미술관이 있다는 것도 미치루 덕분에 알았다. 마리는 고풍스러운 저택 같은 건물도 상록수가 푸릇푸릇한 아담한 정원도 마음에 들었다.

사키는 그림 감상을 좋아한다. 우리 어디 갈까? 하고 물으면, 심각한 표정으로 잠시 생각하고는 언제나 미술관이라고 대답한다. 마리 자신은 솔직히 미술관을 그다지 좋아하지 않는다. 왠지 긴장을 강요하는 느낌이 들어서다. 구두 소리가 유난히 크게 울리는 것도 신경이 쓰인다.

사키는 마리가 기다리기 답답할 정도로 오랜 시간 그림을 본다.

"비앙?"

그렇게 물으면 고개를 까딱거리거나 옆으로 젓는다.

네 사람은 정원이 바라보이는 카페에 앉았다. 여자뿐인 테이블, 남들 눈에는 우리가 어떤 관계로 보일까, 하고 마리는 생각한다.

"나, 살고 싶은 대로 살기로 했어."

언제였나, 미치루가 '엔드라'의 카운터 자리에서 그렇게 말했다.

"그래. 맞아, 언니."

용감하게 맞장구를 쳤던 것은 기억하지만, 이렇게 한가로운 오후, 청바지 차림의 미치루와 고전적인 원피스 차림의 유미코 씨—한 시대 전의 부잣집 아가씨 같은 모습이다—가 차를 마시는 풍경을 보면 그들이 연인 사이라는 것이 도무지 실감 나지 않는다. 벌써 몇 번을 만났고, 사키는 둘을 미치루짱, 유미코짱이라 부르면서 따르는 듯하지만.

"연말에 후쿠오카로 내려갈 거지?"

미치루가 묻자 마리는 고개를 끄덕였다. 언제나 막 자른 것처럼 보이는 미치루의 머리에 흰머리가 하나둘 눈에 띈다.

"교수님에게 안부 전해줘."

미치루는 유미코 씨와 함께 유미코 씨의 고향 집에서 지낼 것이라고 한다.

"미치루짱 집은?"

사키가 물었다. 실례라고 생각하고 당황한 것은 마리 혼자였다.

"있지. 있는데, 쫓겨났어."

정작 미치루는 슬며시 웃으면서 말했다.

3

깔끔하게 닦인 원목 카운터 위에 소박하지만 정성이 담긴 설음식이 놓여 있다. 아직 설날은 아니지만, 지난 몇 년 동안 마리는 섣달 그믐날이나 그 전날 밤에 이곳에서 설음식을 먹었다. 문을 열지 않아 가게 안에는 마리, 사키, 아라타, 가게 여주인밖에 없다.

어제 마리와 사키는 후쿠오카로 돌아왔다. 오늘은 아침부터 하루 종일 유리창을 닦았고, 현관과 욕실, 화장실을 청소했다.

"적당히 하지."

아라타가 말했다. 그리고 '미안하군' 이라고도. 아라타는 퇴직한 후 간혹 기업의 의뢰로 강연할 때 말고는 집에서 전공 분야인 유기화학 책을 집필하면서 느긋하게 지내고 있다. 아는 사람이, 논문이 아니라 일반 사람들도 읽을 수 있는 책을 써달라고 해서 시작한 일인데, '이렇게 쓰면 논문이지' 하는 소리만 계속 듣는 터라 별 진척이 없다.

집 안에는 온통 먼지가 쌓여 있었다. 가끔은 청소를 하라고 말하는 것도 마리는 오래전에 포기했다. 초록색 커튼과 소파는 색이 바랬고, 유리그릇만 널려 있는 집. 거실 절반을 차지하던 화분은 다 없어지고 지금은 책과 종이 더미가 그 자리를 메우고 있다. 연구실에서 이곳으로 옮겨 온 것들.

마리는 자신이 집을 떠났기 때문이라고 생각하지만, 마리에게 이 집은 아라타와 기요의 집이다. 거기에 한 발짝만 발을 들여놓아도 어쩔 수 없이 기요를 느끼게 된다. 기요의 존재가 아니라 기요의 부재를. 마리는 부재가 존재보다 짙은 기척을 남긴다는 것을 엄마의 가출을 통해 처음 알았다. 그것은 죽어서도 늘 마리 곁에 있는 소이치로와, 없어졌지만 어딘가 먼 곳에서 기다리고 있을 하지메에게서는 느낄 수 없는 종류의 상실감이었다.

집이 상처 입고 피를 흘리고 있다. 마리가 생각할 수 있는 가장 적절한 설명이다. 마리 자신이 포기하고 아라타가 체념해도 집은 계속 피를 흘리고 있다.

"같이 살면 좋을 텐데."

마리는 소고기로 돌돌 말아 찐 우엉을 입에 넣으면서 말했다. 하지만 그 말이 진심인지는 자신도 알 수 없었다. 전에도 똑같은 말을 했다. 아라타의 대답 역시 그때와 똑같을 것을 알면서 말하고 있는 듯한 기분도 들었다.

"지금 이대로도 불만 없다."

리에—여주인의 이름이다—의 잔에 술을 채우면서 아라타는 마리의 말과 태도가 무척 재미있다는 듯이 말했다. 그에 답하듯 리에도 후후후, 하고 웃었다. 아라타가 입은 짙은 갈색 스웨터는 아마 그녀가 고른 것이리라. 아라타는 쇼핑을 좋아하지 않는다. 옛날에는 모든 것을 기요에게 맡겼다.

"고베 대지진이다, 도쿄의 무슨 종교 단체다, 올해는 시끌시끌한 사건이 많았는데 이렇게 무사히 새해를 맞게 되어 다행이네요, 정말. 이런데도 불만이 있다면 벌을 받아야죠."

리에가 말했다.

마리는 리에와 아라타의 관계가 언제부터 시작되었는지 모른다. 다만 아라타는 기요가 사라지기 전부터 지금까지 줄곧 이 가게의 단골손님이다.

몸집이 자그마하고 깡마른 리에는 특히 목과 어깨가 가냘프다. 꽉 잡으면 뚝 부러질 것 같다고 마리는 생각한다. 오십대 전반일까? 얼굴 생김은 고운데 화장이 짙고 주름도 눈에 띈다. 몸에 비해 머리가 유독 크게 보이는 것은 부자연스럽게 손질한 길고 검은 머리 때문이리라. 길거리 어디에서 마주쳐도 물장사하는 여자라는 것을 쉽게 알 수 있는, 리에는 그런 외모의 여자였다.

"해 바뀌면 열 살이 되겠네."

어른들의 술자리를 견디다 못한 사키가 테이블 쪽으로 자리를 옮겨 얌전히 그림을 그리고 있다. 그런 사키를 보면서 자애로운 말투로 리에가 말했다. 그것은 사키를 향한 자애로움이 아니라, 무언가 눈에 보이지 않는 것, 마리는 모르는 것을 향한 감회라는 것을 마리도 느낄 수 있었다.

가게 안 사방에서 따뜻한 냄새가 나고 있다. 아가미와 다시마, 표고버섯, 가다랑어가 섞인 국물의 풍성하고 정겨운 냄새. 시바타가에서 아사가 만들어주었던 것과 비슷한 하카타식 떡국 국물의 냄새다. 카운터 안쪽 선반에는 손님들이 맡겨놓은 술병—매직으로 이름과 일러스트가 그려져 있다—이 나란히 서 있고, 그 사이사이로 관람차 모형, 입술과 엉덩이를 내밀고 마주한 소년과 소녀, '사업 번창'이라 쓰인 나무패가 장식되어 있다. 그리고 물론 평소에는 없지만 벽을 따라 바퀴벌레 약이 몇 개 놓여 있다.

"리에 씨 참 대단하네요."

마리는 조금 촌스럽기는 하지만 헌신적이고 강단 있을 것처럼 보이는 아버지의 연인에게 그렇게 말했다. 그 말은 진심이었다. 여자 혼자 몸으로 가게를 꾸려가는 것이 얼마나 힘든 일인지 마리도 조금은 알고 있었다. 오너 부부도, 나츠키 지카라도, 이시바시 다츠야도 없이.

초하루는 화창하게 갠 하늘에 공기가 싸했다. 마리는 오전에 사키를 데리고 하지메와 소이치로의 무덤을 찾았다.

"잘 지내?"

마리는 하지메에게 말을 건넸다.

"날씨 참 좋다. 여기 참 조용하고 좋은 곳이네. 당신은 살아 있을 때도 햇볕 쪼이는 것을 좋아했는데, 죽어서도 햇볕만 쪼이고 있네. 보나 마나 까맣게 탔을 거야."

이렇게 날씨 좋은 날의 점심시간, 요만 깔아놓은 방에서 하지메와 급하게 몸을 섞었던 때를 떠올린다. 부끄럼 없이 옷을 휙휙 벗어 던지고, 전희고 뭐고 다 생략하고서. 베란다 난간 너머로 하늘이 보였다. 건강한 섹스. 하지메의 몸은 그 웃는 얼굴과 영혼만큼이나 아름답고 대범하며 강하고 건강했다. 그 강함 앞에서 마리는 무방비 상태였다. 이제 마리는 두 번 다시 그 순간으로 돌아갈 수 없다.

"아빠에게 왔다고 인사했어?"

"했어."

마리의 물음에 사키가 짧게 대답했다.

"그럼 우리 오후에는 빨간 자동차 타고 바다로 가볼까? 하코자키 궁에 가도 좋고, 방송국 탑 옆에 있는 공원에 놀러 가도 좋고."

사키는 잠시 생각하고서 대답했다.

"집에 있을래."

그래서 마리는 그날 오후 집에서 사키와 아라타와 함께 텔레비전을 보며 지냈다.

후쿠오카란 도시는 조금도 변하지 않았다. 하늘은 넓고 겨울에도 바람은 살랑살랑 부드러웠으며 밝은 색채를 띠었다. 물론 번화가에는 새 가게들이 잇달아 들어섰고, 아라타에게 들은 얘기로는 야쿠인 역이 고가가 되었다고 한다. 과거 마리가 소이치로, 큐와 함께 미끄럼을 타고 놀았던 둔덕에는 오래전에 철조망이 쳐졌고, 그리운 '마리아 하우스'도 문을 닫은 지 오래되었다.

그런데도 변하지 않았다고 느끼는 자신이 마리는 불가사의했다. 시시껄렁한 설날 프로그램을 보다 눈길을 돌리면 아직도 벽에는 소이치로가 크레용으로 그린 그림이 붙어 있다.

그다음 날 마리는 큐를 만나러 갔다. 기온이 낮았지만 하늘은 맑은 겨울다운 오후였다. 강변길에는 휴일의 산책을 즐기는 가족들과 커플의 발길이 줄을 잇고 있었다. 낯익은 유키지루시 버터의 광고탑과 장사를 접은 채 줄지어 있는 포장마차.

나나와 긴지 아저씨가 운영하는 러브호텔은 그 강변길에 있다. '라 포레 다무르'. 색 바랜 간판에 그렇게 쓰여 있다. 한낮의 러브호텔은 적막하다. 밤이 되면 반짝일 입구 위의 알전구도 지금은 구불구불한 전깃줄만 눈에 띄었다.

"안녕하세요."

마리는 종업원에게 인사하고 어두컴컴한 복도를 지나 승강기로 향했다.

중상을 입어 방랑길에 종지부를 찍지 않을 수 없었던 큐는 이 호텔 옥상에서 혼자 살고 있다. 그곳에 숲을 조성한다며 열심히 식물을 키우는 중이다.

"큐, 안에 있어?"

불안해하지 않도록 애써 밝은 목소리로 말했다. 숲이라기보다 백화점의 옥상처럼 먼지와 바깥 공기, 그리고 비릿한 물 냄새가 났다. 물은 옥상 한가운데에 설치된 묘하게 생긴 분수가 뿜어대고 있었다.

"큐?"

마리는 이곳에 올 때마다 불안하다. 이 장소의 고요함, 점점 늘어나는 식물들.

"누구?"

오두막—그곳에서 큐가 먹고 잔다—뒤에서 목소리가 들리고, 이어 큐의 모습이 드러났다. 커다랗고 우락부락한 남자. 마리와 같은 해에 태어나 몸은 어른인데 말은 어린아이처럼 하는 큐가.

큐는 호스를 끌어안고 있었다. 동그랗게 둘둘 말린 파란 고무호스. 마리를 보자 순간 표정이 아주 조금 누그러졌다. 그 퀭한 무표정을 표정이라 할 수 있다면 말이지만.

"잘 지냈어? 설날인데 일을 다 하고, 부지런하네."

큐는 아무 말이 없다. 호스를 수도 옆에 내려놓고 손을 씻고는 목에 걸고 있던 수건으로 두 손을 꼼꼼하게 닦았다.

"차 마실 거지?"

"고마워. 마실게."

마리가 대답한다.

처음 이곳에 왔을 때 큐는 마리를 알아보지 못했다. 누구시죠? 겁먹은 얼굴로 마리를 물끄러미 쳐다보며 물었다. 이름을 말하지 않아도 묻지 않는 것은 발전이라고 마리는 생각했다.

"이 이파리 냄새가 좋네. 나는 이 나무가 좋더라."

마리가 그렇게 말하자 큐는 나무를 힐금 보고는 대답했다.

"워, 월계수."

물푸레나무, 때죽나무, 맥문동, 조개나물. 숲의 식물들—테두리 쪽에 있는 것은 사람 키보다 크고, 안쪽으로 갈수록 키가 작아지면서 조그만 들풀과 이끼류에 이르기까지 신비로울 만큼 완벽하게 배치되어 있다—이 지금의 큐에게는 자신 있게 설명할 수 있는 유일한 것인 듯했다.

"이건 뭔데?"

그래서 마리는 묻는다. 왜 나무와 나무 사이를 대로 엮어두는데? 분수의 물은 어떻게 순환시키는데? 이 열매는 먹을 수 있는 거야?

큐는 철제 테이블에 차와 통에 들어 있는 쌀과자, 그리고 오늘 아침에 나나가 가져다주었다는 닭찜—조그맣고 동그란 플라스틱 용기에 들어 있다—을 늘어놓았다. 마리는 코트에 목도리까지 두른 채 의자에 앉아 차를 마셨다. 사실 큐에게 물어보고 싶은 것들이 많았다. 지금 눈앞에 있는 사람이 마리라는 것을 어느 정도 이해하는지, 파리에서 무슨 일이 있었는지, 왜 나나와 긴지 아저씨가 사는 옆집에서 지내지 않고 이런 곳에서 혼자 사는지.

"꽤 큰 건물이 생기는 모양이네."

묻는 대신 마리는 그렇게 말했다. 그리고 강 건너 거대한 건축 현장을 바라보았다. 큐도 그쪽을 보았지만 관심 없다는 듯이 고개를 움츠렸다.

"복합 시설이 들어선대. 호텔에 놀이공원에. 지금 어마어마하게 광고하고 있는 거."

공사도 설에는 쉬는지 건축 현장에는 사람 하나 얼씬거리지 않았다. 파란 하늘 아래 그대로 드러난 철골과 콘크리트가 오브제처럼 거기에 있다. 큐가 통을 열고 쌀과자를 꺼내 입에 물었다. 입속에서 와삭와삭 울리는 소리.

"하지만 여기는 전혀 다른 세상이다."

그 소리를 들으면서 마리는 눈을 감고 미소 지었다. 질문 따위는 해도 그만 안 해도 그만이리라. 큐에게 기억이 있든 없든 그 역시 상관없는 일이다. 중요한 것은 큐가 살아남았다는 것. 소이치로나 하지메처럼 죽지 않았다는 것. 지금, 1996년 1월의 후쿠오카에서 소리 내어 쌀과자를 먹고 있다는 것.

"왜? 뭐, 뭐가 웃겨?"

눈을 떴더니 큐의 어깨 너머로 동그랗게 떠 있는 노란 유자가 보였다. 짙은 초록의 두툼한 잎사귀에 에워싸이듯 유자 세 개가 가지에 매달려 있었다.

"아니, 웃긴 게 아니고 기뻐서. 나는 큐가 살아 있어서 얼마나 기쁜지 몰라."

마리가 말했다.

이날 마리는 큐의 숲에서 두 시간 가까이 머물렀다. 큐와 함께 있으면 즐겁다. 안심할 수 있다. 지난 몇 년 동안의 큐는 마치 수도승처럼 보였다. 건장한 몸에 꾹 다문 입, 그리고 묵묵히 식물을 보살피며 세속을 등진 생활을 했다. 처음에는 무서웠고, 옛날과 다름없는 곧은 시선으로 쳐다보면 거짓—이 지나친 말이라면 불안, 공포, 의심—을 꿰뚫어 보는 듯해서 안절부절못했다.

마리가 큐에게 거짓말을 한 적은 없었다. 할 필요도 없지만, 하지 않으려 한다. 그런데도 큐를 만나면 자신이, 결혼해서 딸이 있고, 그 딸을 키우면서 한편으로 일을 하고, 남자들과 적당히 거리를 유지하며 무리 없이 사귀는 어른인 척하고 있는 듯한 기분이 든다. 그것들 모두가 거짓이고 엉터리고 웃기는 일이라고 생각할 것만 같다.

"그래서 큐를 만나는 게 좀 두려워."

그렇게 털어놓았을 때 소이치로는 깔깔대며 웃었다.

—우리 마리 순 바보구나. 큐는 하나도 안 변했어.

결국 늘 그렇지만, 소이치로가 옳을지도 모른다고 마리는 생각한다.

"오늘 만나서 정말 기뻤어. 잘 지내는 것 같아서 다행이야."

마리가 일어나면서 말을 이었다.

"또 놀러 와도 되지?"

큐는 심각한 표정으로 마리를 쳐다보고는 무겁게 고개를 끄덕였다.

"오두막에서 자기에는 좀 추운 계절이니까 감기 걸리지 않게 조심해."

큐는 다시 한 번 고개를 끄덕이고 말했다.

"스, 스토브가 있으니까."

"나 어렸을 때 큐하고 오빠가 얼마나 샘났는지 몰라. 뭐랄까, 둘이 서로를 정말 잘 이해하는 것처럼 보였거든. 나는 도저히 따라갈 수 없을 만큼 말이야."

앉아 있는 큐의 손이 흙과 물을 만져 검붉게 부어 있었다. 보기만 해도 아플 것 같은 생채기도 여기저기 나 있었다.

"그런데 지금도 마찬가지야. 큐가 전혀 변하지 않았다는 걸 나보다 오빠가 먼저 알고 있는걸, 뭐."

큐의 손을 잡고 볼에 부비고 싶은 충동과 싸우면서 마리는 말했다. 충동을 억제하는 재주는 별로 없는데도.

"오빠?"

"응."

마리는 큐의 손을 생각하지 않으려고 애쓰면서 대답하고는 웃음지었다.

"기억하고 있는지 어떤지 잘 모르겠지만 내게 오빠가 있었어. 소이치로라고."

큐가 미간을 찡그리며 고개를 숙이는가 싶더니 다시 고개를 번쩍 들고는 소리를 질렀다.

"소, 소이치로!"

그러고는 어깨에 힘을 주고 입술을 쑥 내밀고 있다.

"소, 소이치로는 내, 내 친구야."

큐는 화라도 난 것처럼 거칠게 말을 내뱉었다. 그런데 마리가 대꾸하기도 전에 또 일이 벌어졌다.

"안 돼, 큐. 움직이지 마."

지난번에는 물뿌리개였다. 그 전에는 어른 주먹 네 개를 합친 것만큼 크고 무거운 돌이었다.

"이제 알았으니까 그만해. 움직이지 마."

덜그럭거리면서 과자 통이 흔들리는가 싶더니 테이블 위를 굴러 지면에 툭 떨어졌다. 바람 한 점 없고 다른 물건들은 미동도 하지 않는데 과자 통만 몸을 던진 것처럼.

"그만하라니까."

마리가 말하자 큐는 장난을 치다가 들킨 어린아이처럼 히죽 웃었다.

"어떻게 하는 거야?"

마리가 물었더니 큐는 시치미를 뚝 뗐다.

"간단한 거야?"

"가, 간단해. 마음먹으면 숟가락 휘기보다 히, 힘이 덜 드니까."

마리는 절반은 어처구니가 없었고 절반은 두려웠다.

"놀랐어?"

큐가 물었다.

"음."

과자 통을 주워 들자 마리의 손에 아직도 찌르르하게 희미한 진동 비슷한 감각이 느껴졌다.

큐에게는 보통 사람과는 다른 에너지가 있는 것이리라. 큐 안에 갇혀 있는 강하고 정체 모를 그 열에 대해 어떻게 생각하면 좋을지 마리는 아직도 갈피를 잡지 못한다.

"만나서 반가웠어. 만약에 도쿄에 놀러 올 마음이 생기면 꼭 연락해줘."

마리가 다시 한 번 말했다.

큐는 말없이 비상계단의 층계참까지 배웅해주었다.

그렇게 새해가 시작되었다. 비행기는 순식간에 마리를 일상으로 되돌려 놓았다. 사키와 생활하는 다 쓰러져 가는 아파트, '엔드라', 이시바시 다츠야와의 평화로운 시간, 자립한 여자에게 어울리는―그렇게 여겨지는―취미인 수영과 춤, 그리고 바다 건너에서 지금도 마리에게 용기를 주고 있는 파리 사람들.

1. 우선은 쓰레기.

비행기가 밤의 활주로에 내려앉았을 때―와, 저것 좀 봐, 파란빛 정말 예쁘다, 하고 사키가 말해서, 유도등이야, 하고 대답했다―연말에 재활용 쓰레기를 미처 버리지 못한 마리는 올해 첫 쓰레기 버리는 날을 놓치지 않으려고 머리 한구석에 메모했다.

2. 그리고 사키의 실내화를 빤다.

3. 아라타가 부탁한 책을 사서 부친다.

4. 무용발표회의 남은 티켓을 가게에서 어떻게든 판다.

선물로 불룩해진 짐을 들고 사키와 다른 승객들과 함께 텅 빈 로비로 걸어 나왔을 때 마리는 자신이 여름휴가를 기다리지 못하고 다시 후쿠오카로 내려가게 될 줄은―게다가 알지도 못하는 남자와 함께―상상도 하지 못했다.

4

아파트에 도착했더니 다츠야가 와 있었다.

"잘 다녀왔어?"

그는 온화하게 미소 띤 얼굴로 마리와 사키를 보며 말했다.

"웬일이야?"

다츠야와 관계를 가진 지 1년이 넘었고, 서로 보조 열쇠는 갖고 있지만 이런 일—빈집에 연락도 없이 들어와 있는—은 처음이었다. 다츠야는 자신의 생활과 프라이버시를 중요시하는 남자였고, 마리의 생활과 프라이버시 역시 존중해주었다. 너무 친근하게 굴거나 상대에게 지나치게 많은 시간을 바라지 않는 점이 마리도 마음에 들었다.

"마음대로 들어와서 미안해."

다츠야는 사과하고는 마리의 손에서 짐을 받아 들고 앞서서 안으로 들어갔다. 사키는 드러나게 심드렁한 표정을 지었다. 가끔 놀러 오는 엄마의 남자 친구가 사키에게 어떻게 자리매김하고 있는지 마리는 모른다.

"닭찜을 좀 만들어놓았어. 저녁 아직 안 먹었을 것 같아서."

아니나 다를까, 부엌에 따끈한 냄새가 떠다녔다. 마리는 눈살을 찌푸렸다.

"아, 미안. 먹고 왔는데. 돌아와 봐야 먹을 게 없으니까."

아주 잠깐이었지만 다츠야는 당황해서 어쩔 줄 모르는 표정을 지었다.

"그랬어?"

"왜? 무슨 일 있어?"

마리가 다시 한 번 물었지만 다츠야는 대답할 마음이 없는지 다른 말을 꺼냈다.

"우편물은 저기 두었어. 물론 뜯어보지 않았으니까 걱정 말고."

"고마워."

콘솔 끄트머리에 놓여 있는 연하장과 봉합 우편—대개는 광고물이다—을 힐금 보면서 말했지만, 마리는 아무래도 마음이 편하지 않았다. 다츠야가 왜 이런 시간에 여기 있는 것일까?

사키가 아, 목말라, 하고 중얼거리면서 페트병에 담긴 차를 꺼내고는 냉장고 문을 탁 닫았다. 그 동작에 필요 이상 힘이 들어가 있는 것 같았다.

전후 사정을 안 것은 사키가 목욕을 하고 먼저 잠이 든 후였다. 자정에 가까운 시간이었다. 거실에 밥상을 갖다 놓고 다츠야가 새해맞이 축배를 들려고 사 왔다는 샴페인을 땄다. 정든 방과 가구, 거기에 연인이라 할 수도 있는 남자와 함께 있다는 것이 마리는 거북스러웠다. 무심결에 손바닥으로 햇살에 닳은 다다미의 가칠한 감촉을 확인했다.

다츠야는 벌써 나흘째 이 방에 있었다고 했다. 그런 데다 앞으로 한동안 더 있게 해달라는 말까지.

"그건 안 돼."

마리는 곤란해서가 아니라 놀라서 말했다.

"사키가 있잖아. 생각해봐, 이 좁은 집에. 다른 친구 집이나 지카라 집에 가야 되는 거 아니야?"

냉담하다고는 생각하지 않았다. 당연한 일이다. 자신에게는 반드시 지켜야 하는 것이 있다.

"가게는? 가게 소파에서 자는 편이 여기서 자는 것보다 훨씬 편할 텐데. 사정을 잘 얘기하면 허락해주지 않을까?"

다츠야가 집세가 밀려서 쫓겨났다고 설명했다. 마리 생각에 '엔드라'의 오너 부부는 말이 통하고 이지적이며 의지할 수 있는 사람들이었다.

그건 그렇다치고 다츠야가 경제적으로 그렇게까지 어렵다니, 믿기지 않았다. 멋스럽게 꾸미기는 했지만 소박하고 불필요한 것은 하나도 없는 이 방에서 평소처럼 즐거운 대화를 나누며 안았던 것이 불과 일주일 전의 일이다. 가게에서는 매일 밤 같이 일하고 있다. 문젯거리를 껴안고 있는 사람처럼 보이지는 않았다. 5년 전 처음 만났을 때부터 그랬지만, 다츠야는 온화하고 호방하면서도 냉철했다. 손님의 대화나 마리의 수다에 똑같이 주의 깊게 귀를 기울였고, 가벼운 농담으로 답하거나 친근하게 고개를 끄덕이는 것으로 이해를 표했으며, 행복해서 어쩔 줄 모르는 사람처럼 껄껄 웃었다. 마리는 다츠야를 보면 늘 감탄하면서 어른스러운 사람이라고 생각했다.

그래서 자연스럽게 이런 사이가 되었다. 함께 나누는 대화가 즐거웠고 함께 있으면 행복했고, 몸을 섞고 보니 그것도 좋았다.

"전혀 몰랐네. 돈이 그렇게 없는 줄은 몰랐어."

마리는 샴페인 거품을 보면서 말했다.

소리 없이 다츠야가 미소 지었다.

"알아. 괜찮아. 아예 없는 건 아니니까. 어쩌다 보니 일이 이렇게 되었을 뿐이야."

고개를 들자 거기에는 여느 때와 다름없이 장난스럽게 웃는 다츠야의 얼굴이 있었다.

"미안 미안. 그런 표정 짓지 말라고. 걱정할 거 없으니까."

역시 여느 때와 다르지 않게 어른스럽고 친절하다.

"아, 그렇지! 사키의 실내화, 내가 빨아두었어. 꽤 더럽던데."

다츠야가 샴페인을 더 따라주면서 말했다.

"정말 배 안 고픈 거야? 닭찜, 우엉을 듬뿍 넣어서 만들었더니 아주 맛있는데."

왜 돈이 없는 거야, 하고 마리는 물을 수 없었다. 그렇게 묻는 것은 지나친 간섭처럼 여겨졌다. 다츠야는 사치스럽지 않다. 점장이니까 마리보다는 월급을 많이 받을 것이다. 도박이나 여자에 빠져 있는 것 같지도 않다. 그렇다면 왜? 하는 의문을 마리는 그 밤에는 풀 수 없었다.

겨울. 스포츠센터의 앞길 가로수에 꼬마전구가 반짝거리고 있다. 테라스가 있는 카페, 전면이 유리인 쇼룸. 마리는 도쿄의 겨울을 좋아한다. 요즘 들어서야 겨우 깨달았는데, 이 도시는 진정 신뢰할 만한 친구가 있는 사람에게만 친절하고 아름다워 보인다.

스포츠센터에 들어서면 안내 카운터에서부터 온기가 느껴진다. 사물함이 있는 탈의실과 실내 풀장은 무더울 정도로 난방이 잘되어 있다. 뜨뜻미지근한 물의 냄새와 휘황하게 밝은 조명, 메아리치는 물소리와 그 탓에 오히려 부각되는 조용함. 마리의 발바닥이 하얗고 딱딱한 타일을 밟는다. 통로를 지나며 샤워 세례를 받아 팔에 소름이 좍 돋아 있다.

마리는 물방울을 튀기며 격렬하게 수영하는 사람을 피해 두 번째 레인을 골랐다. 평영으로 느릿느릿 두 번을 왕복하고, 한 번은 최대한 빨리 왕복했다. 풀 사이드에 서서 잠시 쉬고 마지막에는 물 위에 둥둥 떠서 반대쪽 사이드로 갔다. 수영할 때면 다른 사람들도 이렇게 '무(無)'에 가까운 느낌이 들까, 하고 마리는 생각한다. 기억도 사고도 감정도 없는 느낌. 있는 것은 다만 자신의 손발과 몸뚱이, 그리고 머리와 시력뿐인 듯한 느낌.

마리는 사우나실에 들러 샤워를 하고 옷을 입고 자전거를 타고 '엔드라'에 간다. 스포츠센터에 있는 시간은 전부 합해도 한 시간이 채 되지 않는다.

다츠야와 지카라는 벌써 출근해 있었다. 가게 안은 어둡고 독특한 냄새가 나서 마음이 차분해진다. 마리가 말한 대로 다츠야는 그다음 날부터 한동안 가게에서 잠을 잤다. 오너 부부는 다츠야가 가게에서 자는 것을 허락한 것은 물론이고 가불까지 해주겠노라고 한 모양이었다. 다츠야가 고맙습니다, 하고 대답하곤 허리 굽혀 인사했다는 것을 다츠야 본인에게 들었다.

그런데 다츠야는 다시 마리와 사키의 아파트로 돌아왔다. 1월 말의 일이다. 그로부터 보름이 지났다. 다츠야는 마리나 사키에게 몹시 신경을 쓰면서 매일 아침 사키가 학교에 가기 전까지는 들어오지 않는다. 지금 아파트에는 다츠야의 옷가지와 칫솔뿐만 아니라 종이 상자 네 개에 가득 담긴 소지품까지 놓여 있다.

"안녕."

가게 사람들에게는 알리지 않았기 때문에 마리는 우선 지카라에게 인사한다.

"안녕하세요."

그런 다음 다츠야에게도 인사를 건넨다. 마치 오늘은 지금 처음 만나는 것이라는 듯. 사실은 같이 자고 같이 일어나고 같이 우동을 먹고 왔다. 오늘은 그러지 않았지만 사키가 없는 방에서 자기 전에 섹스를 하기도 한다.

사키가 돌아올 시간이 되면 다츠야는 사라진다. 쌓여 있는 종이 상자와 남자 옷에 대해 사키는 아무 말도 하지 않았지만 마리는 설명했다.

—그냥 맡아주고 있는 거야. 불쌍하게도 집에서 쫓겨났대.

—그렇구나.

사키가 대꾸했다.

어쩔 수 없다. 육체관계가 있는 친구이므로 잘 장소와 짐을 둘 장소를 제공하는 정도는 별것 아니다.

파리에서 필립과 자게 된 것은 시즈오의 꿍꿍이였다. 미술관에 데리고 가겠다느니, 그렇게 바라던 운전을 하게 해주겠다느니 약속을 해놓고서, 정작 그날이 되면 시간 내기가 힘들어서 필립에게 부탁했노라고 했다.

"필립은 최고의 남자죠."

그렇게 말하면서.

보기 좋게 걸려들고 말았다. 사랑에 빠졌다는 것이 아니라 남녀의 우정을 알게 되었다는 뜻이다. 그것은 정말 마음 편한 일이었다. 안심할 수 있고 쾌적하고, 그야말로 '풍성한 즐거움'이었다. 하기야 그 후에 마리가 인도네시아에서 온 유학생 바울스와 유사한 우정을 쌓았을 때 시즈오는 약발이 너무 잘 받는다는 듯이 씁쓸하게 웃었다. 그때 생각이 나 마리는 슬며시 미소 지었다.

필립과 바울스는 가끔 편지를 보낸다. 양쪽 다 마리가 이해할 수 있는 쉬운 영어로 쓰지만 글씨에 개성이 있어서 군데군데 읽기 어려운 단어도 있다. 그리고 양쪽에서 온 편지 모두 똑같은 글귀가 있다. 만날 수 없어 외롭다. 그 말의 가벼움에 마리는 기뻐한다. 무거운 말보다 가벼운 말에 오히려 진실이 담기는 법이니까.

'엔드라'는 장사가 잘된다. 밤늦게 마리는 단골손님인 오타 씨와 트위스트를 추었다. 트위스트든 왈츠든 원숭이 춤이든, 마리는 손님이 청하면 다 춘다. 예를 들면 손님의 춤이—오늘 밤의 오타 씨처럼—힘만 넘치는 엉터리라 맨 정신으로는 봐줄 수 없을 만큼 독특하다 해도. 환성과 웃음소리와 박수. 양팔을 쫙 벌리고 한쪽 무릎을 들고, 절정에 오를 때처럼 황홀한 표정을 짓고서 입을 뾰족 내밀고 허리를 비트는 오타 씨에게서 알코올과 향수가 섞인 냄새와 그가 젊었던 시절의 이야기가 배어나왔다.

이곳은 그런 장소다. 자랑스러운 기분으로 마리는 생각한다.

일요일. 마리와 사키는 미치루, 유미코 씨와 함께 긴자에 영화를 보러 갔다. 바람이 따가울 정도로 추운 날이었다. 저녁때는 잔설이 흩날렸다. 어쩌다 잘못 떨어진 것처럼 몇 분 동안 흩날리다 말았지만 네 사람의 눈빛은 빛났다.

"눈이다!"

처음 그렇게 외친 것은 사키였다.

"아, 정말!"

나머지 세 사람도 입을 모아 말했다. 그리고 어찌 된 일인지 네 사람 모두 킁킁거리며 공기의 냄새를 맡았다. 서로가 그렇다는 것을 알고는 깔깔 웃었다.

큰길로 나가 찻집을 찾아 들어갔을 때는 이미 눈발이 잦아들었다. 그런데도 마리에게는 그 광경이 무척 인상 깊었다. 손을 잡고 있었던 사키와 미치루, 한 발 뒤처져 걸었던 자신과 그 옆에서 또각또각 경쾌하게 구두굽 소리를 울리며 걸었던 유미코 씨.

"영화, 어땠어?"

안쪽 테이블에 앉아 각자 주문한 뒤 유미코 씨가 사키에게 물었다.

"음, 그냥 그랬어."

사키는 고개를 갸우뚱하고서 잠시 말을 찾고는 확신에 찬 목소리로 말했다. 미치루와 유미코 씨와 있을 때면 사키는 늘 솔직하다.

"줄거리는 이해했어?"

미치루가 물었다. 사키는 미안하다는 듯이 대답했다.

"대충."

〈마이 페어 레이디〉였다. 이 정도 영화는 사키 나이에도 즐길 수 있을 것이라고 생각했는데 아니었나 보다.

"어려운 글자가 많아서 자막을 다 못 읽었어."

마리는 커피를 마셨다. 주말에는 다츠야가 마리의 아파트에 오지 않는다.

평일 아침, 사키를 학교에 보내고 다츠야를 맞을 때면 마리는 자신이 부모 몰래 남자를 만나는 불량소녀가 된 것 같다. 한편 달리 갈 곳이 없어 일이 끝난 후 가게에서 40분이나 걸어 싸늘하게 언 몸으로 찾아오는 다츠야의 볼과 손을 어루만질 때는 불량소년의 엄마가 된 기분이 들기도 한다.

안 그래도 자잘한 물건이 많아 복작복작한 집이 다츠야와 그의 물건 때문에 더욱 혼란스럽다.

"뭐 하다 왔어?"

마리가 물으면 다츠야는 고개를 움츠리면서 대답한다.

"가게에서 눈 좀 붙이다 왔지."

어떤 때는 이렇게 대답하기도 한다.

"조나단에서 책 읽었어."

겉모습이나 행동에는 불량기가 전혀 없다. 마리보다 열 살이나 많은 다츠야는 작은 몸집에 피부는 하얗고 머리는 짧다. 더구나 검은 테 안경을 쓰고 있고, 검은색이나 흰색 터틀넥 스웨터를 즐겨 입는다. 바의 점장이라기보다 컴퓨터나 디자인 관련 일을 하거나 대학의 연구원—마리에게는 익숙한 직종이다—또는 학원 강사처럼 보인다. 사람들의 얘기를 잘 들어주고 성실하며 몸을 아끼지 않고 일한다.

"날이 춥네."

마리는 웃는 얼굴로 말한다.

"자기 전에 한잔해요."

이렇게 말하기도 한다.

"참 그 전에 쓰레기 버려야지."

마리의 말이 떨어지기 무섭게 다츠야는 쓰레기를 내다 버린다.

"목욕 좀 해도 될까?"

그렇게 말할 때는 말투가 조심스러워진다.

"그럼."

마리는 대답하면서 끓어오르는 동정심을 억제하지 못한다. 오래도록 독신으로 산 데다 꼼꼼하고 자신의 생활방식을 소중히 여기는 다츠야로선 지금 같은 생활을 견디기 힘들 것이다.

"돈이 어느 정도 있으면 집으로 돌아갈 수 있어?"

빌려줄 여유가 있는 것은 아니지만 그래도 마리는 마음에 걸려 몇 번이나 물어보았다.

"누나와 의논해봤어? 히사시 씨하고 의논해보는 것도 좋을 텐데."

그러나 대답은 늘 똑같다.

"미안해. 난 괜찮으니까 걱정하지 마."

그래서 결국은 싸구려 와인을 한 잔씩 마시고 이불에 쓰러져 잔다. 다츠야의 품에 등을 내맡긴 채.

아마도 어쩔 수 없는 것이리라. 다양한 인생이 있고, 그 인생이 늘 잘 돌아가리란 보장은 없다. 의지할 장소가 있다는 것은 좋은 일이다. 마리는 그것을 파리에서 배웠고, 그래서 바에서 일하기로 마음을 굳힐 수 있었다. 언젠가, 아주 먼 언젠가 자신의 가게를 갖고 싶다.

눈을 감고 다츠야의 체온과 큰 몸, 그리고 목덜미에 느껴지는 숨결과 안긴 팔의 무게를 확인하면서 마리는 생각한다. 게다가 특정한 사람과 되풀이하는 섹스는 편안하고 감미롭다. 동거라고는 할 수 없지만 같은 집안에 남자가 있는 것은 아주 오랜만이다.

상관없지 뭐. 소이치로라면 그렇게 말해줄까. 몇 명의 남자와 어떤 관계를 갖든 상관없다. 그러니까 더 멀리 가라고.

세타가야의 한 어귀, 미지의 장소에서 무용발표회가 있는 날이다. 하늘에는 한바탕 눈발이 휘날릴 듯 구름이 잔뜩 끼었고 날씨는 얼어붙을 듯 추웠다. 마리는 자신의 주 종목인 지그를 추고, 파트너와 함께 탱고도 추었다. 무대 위에서 스포트라이트를 받으면서 춤을 춘다는 것은 무척이나 흥분되는 일이다. 꼬맹이들의 모던 댄스, 여자 열다섯 명의 재즈댄스, 전통 무용까지 다양한 프로그램으로 꾸며진 행사였다. 한 사람당 공연 시간은 짧았지만 그래도 마리는 마음껏 즐길 수 있었다. 전문 분장사가 무대 화장을 해주었는데, 그 첫 경험도 마음을 들뜨게 했다. 무대 위에서는 보이지 않았지만, 객석에는 마리가 '엔드라'에서 떠맡기다시피 한 티켓을 들고 찾아온 단골손님과 그들의 친구, 친구의 친구, 그 여동생의 친구 등 모르는 사람들도 있었을 것이다.

이날 마리가 가장 기뻤던 순간은 '관계자 외 출입 금지' 구역인 출연자 대기실까지 그들이 한꺼번에 몰려왔을 때였다. '엔드라'의 오너 부부, 다츠야와 지카라, 피아니스트 쇼코 씨, 사키와 미치루, 유미코 씨도 있었다. 몹시 어색한 광경이었다. 춤을 취미로 하지만 거의 처음 보는 여자들—그곳은 배우자도 들여놓지 않는 여성용 대기실이었다—은 모두 어리둥절해 했다.

"얼마나 먼지 한참을 찾았어."

다츠야는 그렇게 말했고, 지카라는 분장한 마리의 얼굴을 보자마자 폭소를 터뜨렸다. 사키는 얼이라도 빠진 것처럼 멍한 표정을 지었다. 우아한 모피를 입은 쇼코 씨 혼자만 주위와 어울리지 않게 말이 없었다.

"죄송합니다. 금방 나갈게요. 죄송합니다."

사키와 미치루, 쇼코 씨를 제외하고 모두가 웃으면서 그렇게 사과했다. 오너 부부는 샴페인에 잔까지 들고 와 그 자리에서 병을 따고는 마리에게 따라주었다.

"긴장하지 말고 멋지게 해요."

유미코 씨가 말했다.

"긴장? 마리가?"

유미코 씨의 말에 미치루가 눈을 번쩍 뜨며 대꾸했다.

"아, 이제 됐어. 그만들 나가주세요."

마리는 기쁜 나머지 고개를 저으며 외쳤다. 이 행복. 내게는 이렇게 좋은 사람들이 있다. 그런 생각을 하자 한 사람 한 사람에게 키스라도 하고 싶은 기분이었다.

"그럼 나중에 봐. 로비에 있을 테니까."

그들은 주위 사람들의 빈축을 사면서 시끌벅적하게 나갔다.

5

"또 편지야?"

다츠야가 머리 위에서 힐금 들여다보며 물었다.

"항공우편?"

"아니, 후쿠오카."

마리는 대답하고, 밥상 아래 있는 발을 꼼지락꼼지락 움직였다. 열린 창문으로 상쾌한 공기가 흘러들고 있다.

"할머니?"

"아니, 큐."

오후 1시. 사키는 아직 학교에서 돌아오지 않았다.

"벌써 일어났어? 빠르네."

오늘 아침 다츠야가 찾아온 것은 10시가 다 되어서였다.

"마리는 편지를 주고받는 사람이 아주 많군."

다츠야는 마리의 말에는 대답하지 않고 그렇게 중얼거리면서 부엌으로 갔다.

"어째 좀 부러운데."

우후후. 마리는 자신의 귀에도 우쭐하게 들리는 소리를 흘리면서 웃었다. 다츠야가 주전자에 물을 담는 소리, 가스레인지에 불을 켜는 소리.

"그럼, 여기저기에 소중한 사람들이 있으니까."

마리는 색이 바래고 흠집투성이가 된 시바타가에서 쓰던 밥상의 표면을 쓰다듬으면서 말했다. 생채기가 난 것처럼 가늘고 예리하게 팬 흠집, 뜨거운 찻잔의 바닥이 찍어놓은 하얀 고리.

"물론 이시바시 씨도 그중 한 사람이야."

마리는 덧붙였다.

"조금 전에도 편지에 그렇게 썼어."

처음에는 다츠야와 함께 생활하는 것을 곤란하다고 생각했는데, 이제는 그런 생각은 하지 않는다. 사키와 둘만의 생활에는 없었던 것, 자신이 원한다는 것조차 몰랐던 어떤 것—그렇다고 끈끈한 사랑도 아니고 하물며 섹스는 더더욱 아니었다. 그런 것들은 집 밖에서 얼마든지 해결할 수 있다—이 다츠야와 함께하는 아파트에는 있었다. 그것은 사소하지만 줄곧 바랐던, 지금까지 결여되어 있었던 안심 같은 것. 이를테면 괜찮아, 하면서 등을 어루만져 주는 손길 같은 것. 아주 오래전의 소이치로 같은 것.

"어라, 티백이 하나밖에 없는데."

다츠야가 당황한 목소리로 말했다.

"사다 둔 거 없나?"

예를 들면 이런 것이다.

"미안, 아마 없을걸."

마리는 대답하고서 싱긋 웃는다.

"나중에 사 올 테니까, 괜찮아. 나는 좀 전에 커피 마셨어."

만약 혼자 있을 때 티백이 다 떨어졌다는 것을 알면 자신이 무슨 큰 실수라도 저지른 듯한 기분에 젖는다는 걸 마리는 알고 있다. 사키는 커피보다 홍차를 좋아하는데. 티백이 떨어지지 않게 하는 것 정도는 간단한 일인데. 그러고는 칠칠치 못한 자신을 뭔가 결여된 인간이라고 생각하게 된다. 혼자 있으면.

마리는 편지지를 봉투에 넣고 우표를 붙였다.

대수로운 일 아니야.

곁에 자신이 아닌 누군가가 있어주기만 해도 그렇게 생각할 수 있다는 것이 신기하기만 하다.

카랑카랑, 얼음을 휘젓는 시원한 소리가 났다.

"홍차는 나중에 마시고."

다츠야가 그렇게 말하면서 잔 두 개를 들고 나타났다.

"와, 칼피스!"

마리는 반색하면서 밥상 위를 치운다.

큐, 잘 지내? 나는 잘 있어. 봄이 왔나 봐. 며칠 전에 지하철을 탔어. 지하철인데도 어떤 곳에서는 지상으로 올라가는 전철이었어. 지상으로 나가는 순간, 창밖으로 벚꽃이 활짝 핀 강둑이 보이는 거야. 와! 하고 감탄하는 사이에 전철은 다시 지하로 들어가 버렸지만, 얼마나 예쁘던지 좀 놀랐어.

얼마 전에 사키가 다니는 학교에서 음악발표회가 있었는데, 사키는 심벌즈를 쳤어. 징! 하고 커다란 소리가 났어. 하지만 몇 번밖에 등장하지 않아서, 다른 아이들이 아코디언과 철금, 피리를 연주하는 동안 사키는 얼굴을 찡그리고 가만히 서 있기만 했지. 그 모습이 왠지 우스워서 같이 간 나와 내 친구는 한참을 웃었어.

친구란 같은 가게에서 일하는 남자야. 이건 아빠에게는 비밀인데, 그 사람 지금은 거의 여기에서 살고 있어. 친절하고 점잖은 사람이야. 지금은 많이 친해졌는데도 아주 깍듯해. 그래서 재미있기도 하고.

그런저런 일로 내 하루하루는 정말 분주해. 해가 길어진 것이 반가울 정도로. 밤에 일하니까 오전 중에 자고, 일어나면 방 청소하고 댄스 학원에 가고, 그럼 또 어두워져서 허망했는데 말이야. 빌딩 위 숲에서 아침 해와 함께 일어나 생활하는 큐는 그 허망함을 아마 상상할 수 없을 거야.

다음 주에는 프랑스에서 신세를 많이 진 화가가 오랜만에 귀국한대. 한동안 도쿄에 머문다고 해서 그사이에 식사를 같이 하기로 약속했어. 많이 기다려져. 언제 큐에게도 소개하고 싶은데.

그럼 또 쓸게. 안녕, 잘 있어.

마리가

5월이 되자 땀이 송골송골 맺힐 정도로 기온이 올라가고 눈부시도록 화창한 날이 계속되었다.

후쿠오카에 일주일, 도쿄에 열흘 머무는 일정으로 귀국한 아오야마 시즈오는 꽤나 바쁜지, 프랑스로 돌아가기 바로 전날에야 만날 수 있었다. 귀국 직후에 후쿠오카에서 전화가 한 번 걸려 온 후로는 아무 소식이 없었다. 사키도 만나고 싶어하는데 과연 시즈오를 만날 수 있을지 마리는 애가 탔다.

"시즈오짱은 늘 그렇다니까."

'엔드라'의 오너 부인이 재미있어하면서 말했다. 시즈오를 미대에서 알게 되었다는 부인은 자칭 '돈 후안이었던 젊은 시절의 시즈오가 탐내지 않은 유일한 여자'였으며 '시즈오 때문에 눈물 흘린 여자들을 위로하느라 세월을 다 보냈다'고 한다.

"약속에 얽매이는 걸 싫어해서."

마리는 바로 옆에서, 아주 오래전 일을 더듬는데도 감상적이 아닌 명랑한 말투로 얘기하는 부인의 단정한 옆얼굴을 가만히 바라보았다. 시즈오 짱, 몇 번을 들어도 그 호칭에는 익숙해지지 않는다.

"이 그림 그린 사람이죠?"

가게 벽에 걸린 오너 부인의 초상화를 가리키면서 지카라가 말했다.

"여기에는 안 오나요? 마리 씨의 키다리 아저씨를 한번 보고 싶은데."

마리는 피식 웃었다. 키다리 아저씨? 시즈오가 이 말을 들으면 어떤 표정을 지을까?

"글쎄. 이 가게 오픈할 때 딱 한 번 얼굴을 내밀고는 오지 않았으니까."

아주 괜찮은 가게입니다. '엔드라'에 대해서 그렇게 자신 있게 말했던 시즈오가 떠올랐다.

"당신에게 아주 좋은 직장이 될 겁니다."

이 가게에 대해 아주 잘 안다는 말투였다. 그런데 딱 한 번 얼굴을 내밀었을 뿐이라니. 마리는 놀라는 한편 감탄한다. 그렇다면 그 자신감은 과연 어디에서 나오는 것일까?

거기까지 생각하고서 마리는 씁쓸히 웃었다. 놀랄 일은 아니다. 왜냐하면 시즈오는 오너 부부에게도 마리가 들었으면 난감해질 만큼 자신 있게, 마리를 일 잘하는 사람으로 추천했을 테니까. 그랬으니까 지금 마리가 여기 있는 것이다.

"그래도 마리에게는 연락을 했겠지? 귀국하면 식사라도 하자고 말이야."

고개를 끄덕이자 오너 부인이 활짝 웃었다. 이 사람은 웃으면 정말 화사하다, 고 마리는 생각한다. 꽃이 피는 것처럼 선명하게 웃는다.

"그럼 기다려봐."

오랜만에 한산한 가게, 카운터 주위에 모여 깊은 밤의 수다방 같은 분위기에서 부인은 한 손에 브랜디 잔을 든 채 방긋 웃었다.

"시즈오짱은 약속을 싫어해도 한번 한 약속은 꼭 지키니까."

오너 부인은 향긋한 냄새의 액체를 머금고 유리잔 너머로 눈만 미소 짓는다. 또다, 하고 마리는 생각했다. 또 자신 있는 말투. 이 사람과 시즈오는 벌써 몇 년을 만나지 않았을 텐데, 시즈오가 파리에서 연락을 했을 리도 없는데, 이 사람은 어떻게 그런 말을 자신 있게 할 수 있을까?

하지만 결국은 오너 부인의 말이 옳았다.

그날 밤, 마리는 사키를 데리고 시즈오가 묵고 있는 호텔을 찾았다. 아름다운 꺾꽂이로 장식된 입구와 묵직한 카펫이 깔려 있는 계단, 왼쪽에는 담배 연기가 자욱한 라운지. 3년 만에 만나는 시즈오.

"아, 긴장된다."

소리 내서 그렇게 말한 사람은 마리였지만, 조그만 가방을 비스듬히 메고 옆에 서 있는 사키 역시 마리 못지않게 긴장하고 있음을 알 수 있었다.

—너무 바빠서 연락도 못했군. 내일 저녁밖에 시간이 없는데, 두 사람도 괜찮을지.

어제 시즈오는 전화로 그렇게 말했다. 인사는 한마디도 없었다. 오랜만이라는 말이나 사키가 많이 컸겠군, 이라는 말도 없었다. 재회에 앞선 흥분감도 긴장감도 없었다. 차분하고 재미있어하는 말투, 만나고 말고는 큰 문제가 아니라는 어감이었다.

—괜찮고 말고요.

자신도 모르게 흥분해서 말한 마리의 귓가에 웃는 시즈오의 숨소리가 들렸다.

"시즈오!"

먼저 알아본 것은 사키였다. 사키는 반갑게 이름을 부르며 주저 없이 뛰어갔다.

"여어, 잘 있었어?"

목소리가 들리고 그 모습을 보는 순간, 마리는 시즈오의 목을 두 팔로 감싸 안고, 발돋움을 하고서 볼에 볼을 부비는 인사를 했다.

재회는 예상과는 전혀 달랐다. 오직 반갑고 유쾌했다. 긴장은 어딘가로 사라지고 없었다. 시간도 전혀 흐르지 않은 것 같았다. 이 사람은 나이도 안 먹나, 하고 마리는 생각했다. 모스그린색 셔츠에 짙은 갈색 바지, 목에는 베이지색 스카프를 두르고 있었다. 시즈오가 예약해놓은 음식점으로 이동하는 택시 안에서 마리는 생각한다. 하기야, 이 사람은 처음 만났을 때 이미 조금은 나이가 들어 보였다. 희끗희끗한 버섯 머리 하며, 고풍스러운 동그란 안경하며, 스카프하며.

"느낌이 묘하네요."

뒷좌석에 기대어 큰길가의 가로수와 네온사인, 그리고 사람들의 흐름을 바라보면서 마리가 중얼거렸다.

"아오야마 씨를 도쿄에서 만나다니, 이상해요."

하지만 그 말은 마리가 하고 싶었던 마음을 절반도 표현하지 않은 것이다. 도쿄가 파리처럼 보이고, 도시가 빛을 더하는 것처럼 보이고, 낯선 장소처럼 보인다. 사실은 그렇게 말하고 싶었다. 낯선 장소로 마치 여행을 떠나온 것 같은데 불안하기는커녕 오히려 기쁘다. 자신의 인생이 멋지게 느껴지고, 이대로 어디든 떠날 수 있을 것 같은 자유로운 느낌.

시즈오가 안내한 곳은 2층에 다다미방이 하나밖에 없는, 작으면서도 예스러운 음식점이었다. 여주인과 나이가 지긋한 요리사는 시즈오를 보자 두 팔을 활짝 벌리고 환대하면서 '선생님, 선생님'을 연발했다. 마리는 하카타 같다고 생각하면서 사키와 눈짓을 주고받았다.

"이 가게와의 인연은 아주 오래되었지."

다다미방에 자리하고 앉아 가게 사람이 나가자 시즈오가 말했다.

"음식이 맛있기도 하지만 조용해서 말이야."

그리고 테이블에 놓여 있는 종을 들어 올리고 웃으면서 말했다.

"이걸 흔들지 않는 한 아무도 오지 않거든. 그래서 귀찮은 일이 없어."

반듯하게 좌정하고서 고개를 약간 기울이고 마리와 사키의 얼굴을 번갈아 보면서 얘기하는 시즈오가 무척 여유로워 보였다.

"자, 이제 그동안 어떻게 지냈는지 얘기해봐요."

맥주병으로 손을 내민 마리를 제지하고 제 손으로 술을 따르면서 시즈오가 말했다.

"가게에서 일하는 거 굉장히 재미있어요. 같이 일하는 사람들은 물론이고, 단골손님도 뭐랄까, 다들 좀 비슷비슷해요."

마리가 말했다.

'엔드라'에 흐르는 시간, 밤이면 밤마다 그곳을 찾아오는 사람들, 음악과

술, 얘기소리, 웃음소리. 마리는 설명하고 싶었다. 그곳의 분위기와 독특한 사람들, 그곳에서 일하는 마리 자신까지.

시즈오는 흐뭇한 표정으로 듣고 있었다. 후후후, 하고 웃기도 하고 '그거 잘되었군' 하고 말하기도 하면서 천천히 술을 마시고, 간혹 생각났다는 듯이 젓가락을 들었다.

시즈오가 그렇게 요청했는지, 간격을 두고 때를 맞춰 나오는 음식이 모두 소박하고, 긴자라는 장소에 어울리지 않게 가정적이었다. 유채무침, 머위나물, 구운 생선, 바지락국.

마리는 스스로도 이상하다 생각할 만큼 얘기를 잘했다. 가게에서 있었던 일, 사키, 그리고 파리에서의 추억. 파리 얘기를 할 때는 사키도 끼어들었다.

"아니야, 엄마. 메이네 가게에서 가장 맛있었던 것은 춘권이었어."

"안느는 가끔가다 나를 페페라고 불렀어."

마리는 춤이 점점 재미있어진다는 얘기도 했다. 난생처음 발표회에 나갔다는 얘기도.

"가게 사람들이 다 몰려왔어요."

마리는 말을 끊고, 생각만 해도 즐거워 숨을 들이쉬었다.

"그 사람들 얼굴을 보았을 때 행복에 겨워 무서울 정도였어요. 물론 사키도 와주었고."

또 말을 끊었다.

"시즈오 씨는 친구가 많으니까 상상이 안 될 수도 있지만, 난 학교도 싫어했고, 줄곧 친구가 없었어요."

그렇게 말하고 나니 그것이 사실이었다는 것이 더욱 절실하게 다가왔다.

친구는 필요 없다고 생각했다. 사립여고 시절에도, 뒤늦게 시작한 대학 시절에도.

"한 사람도?"

시즈오가 흥미롭다는 듯이 물었다. 마리는 미소를 머금고, 이 사람의 이런 점이 좋다고 생각한다. 공연한 사양 따위는 하지 않는 점.

"뭐 한 사람도 없지는 않았지만."

마리는 소주를 홀짝 마시고 대답했다. 미치루와는 친구처럼 지냈고, 후쿠오카에는 큐도 있다.

"그렇다면."

시즈오가 말을 이었다.

"친구가 없었다고 하는 게 이상하지."

그 말로 충분했다. 시즈오가 무슨 말을 하려는지, 또 자신이 하고 싶어하는 말을 시즈오가 이해한다는 것까지 마리는 알 수 있었다. 이 사람은 늘 이렇다, 고 마리는 술기운이 돌기 시작한 머리로 몽롱하게 생각한다. 이 사람은 많은 말을 하지 않아도 나를 알게 한다. 오빠처럼.

디저트로 나온 딸기를 먹고 종을 흔들어 계산을 부탁한 후에 시즈오가 불쑥 말을 꺼냈다.

"아, 그렇지. 당신에게는 알려야겠군."

그제야 마리는 시즈오의 표정에 그늘 같은 것, 피로감 비슷한 것이 스치는 것을 보았다.

"어머님의 정원, 넘기기로 했어요. 아쉽지만 유지하기가 어려워서."

순간적인 침묵이 찾아온 것은 뜻밖의 일이었기 때문이다.

"이래저래 볼일이 많아서 오게 되었지만, 이번에는 정원을 처리하는 것이 가장 큰 목적이었지."

마리는 그랬구나, 하는 표정을 지으려고 애썼다.

"그렇군요."

대답하고는 싱긋 웃었다. 충분히 예상할 수 있는 일이었다. 파리에 사는 시즈오가 그곳을 계속해서 소유하는 것이 오히려 이상하다.

"엄마, 가든 말하는 거야?"

사키가 옆에서 물었다.

"응, 엄마의 엄마가 만든 그 이상한 가든."

해 저물녘의 정원에 서 있는 기요의 모습이 눈앞에 떠올랐다. 기요를 거들고, 무거운 물건을 옮기는 하지메의 모습도. 여름밤, 숨이 콱 막힐 듯 짙은 장미 향, 네모난 공간에 빼곡하게 자라 살랑살랑 흔들렸던 라벤더. 저녁 준비를 위해 따러 갔던 허브. 입시 공부를 하는 동안에는 미치루와 곧잘 산책했다. 고전 암기는 거의 그 장소에서 한 셈이다. 헤이케 이야기, 호조기, 이즈미 시키부 일기.

"그 가든이 어떻게 되는데?"

사키가 불안한 목소리로 또 물었다. 사키는 기요를 만난 적이 없지만 가든은 사키가 태어나기 전부터 거기에 있었다. 엄마의 엄마의 가든. 뜻도 모르면서 그렇게 부르고 바라보았다.

"아마 맨션이 서지 않을까 싶은데."

시즈오가 대답했다.

어쩔 수 없다.

발을 디딜 때마다 삐걱거리는 좁은 계단을 내려가면서 마리는 생각한다. 나나 아빠나 오래전에 가든을 포기했다. 아니, 포기한 것은 엄마다. 엄마는 그 장소를 버렸다. 우리까지. 하카타까지. 그리고 어쩌면 일본까지.

"내가 사키를 처음 만난 게 그 정원 앞길이었는데."

뒤에서 시즈오가 사키에게 말했다.

"기억날 거 같아."

사키의 목소리가 들렸다.

"그보다 훨씬 전에 학생이었던 네 엄마와 처음 얘기를 나눈 것도 그 정원이었어."

"아유, 선생님, 감사합니다."

여주인이 짜랑짜랑한 목소리로 말하면서 종종 걸어왔다.

"택시를 불렀는데, 늘 머무시는 그 호텔로 가면 되나요?"

드르륵 문이 열리고, 길에는 초여름의 어둠이 깔려 있었다.

6

사흘째 비가 계속해서 내리고 있다. 감기 기운이 있어서 낮부터 누워 있는 사키는 식욕도 없고 기분도 좋지 않다. 안 그래도 좁은 방에 읽다 만 책과 교과서, 책가방과 봉제 인형, 크레용까지 널려 있어서 발 디딜 틈도 없다.

"좀 어떠니?"

간신히 머리맡까지 가서, 마리는 좀 치우라고 말하고 싶은 것을 꾹 참고 말했다.

"괜찮아."

사키는 잠옷 위에 카디건을 걸치고 윗몸만 일으키고 앉아 만화를 읽고 있다.

"과일은 먹을 수 있겠어? 그레이프프루트가 있는데."

거의 먹지 않은 수프 접시를 집어 들면서 마리가 또 물었다.

"됐어. 배 안 고파."

한숨을 쉬어서는 안 된다. 마리는 자신에게 그렇게 말한다. 대수로운 일은 아니지만 사키는 감기에 걸렸으니까.

"알았어. 그럼 오늘은 푹 쉬고 빨리 낫도록 해."

그때 그것이 눈에 띄었다. 이불 위에 떨어져 있는 투명한 껍질 세 개. 한 개씩 포장되어 있는 쌀과자 껍질이었다. 안도하는 동시에 갑자기 화가 치밀어 마리는 말없이 방을 나갔다.

말하면 되잖아, 쌀과자를 먹었으면 먹었다고. 아무도 그런 일로 화를 내지 않는다. 사키는 늘 그렇다. 후다닥 걷다가 봉제 인형을 걷어찼는데도 아랑곳하지 않는다. 말이 없는 것과 말할 필요가 있는데 말하지 않는 것은 차원이 다르다. 사키는 자신의 생각을 말하지 않을 뿐만 아니라 학교에서 학부모 앞으로 보낸 인쇄물도 전해주지 않는다. 늘 가방 속에 구깃구깃하게 처박혀 있을 뿐.

"왜? 왜 그렇게 씩씩거려?"

부엌에 들어가 수프를 싱크대에 좍 버리는 순간 다츠야가 말을 건넸다.

"아무것도 아니야."

결국은 한숨을 쉬고 말았다, 고 생각하면서 대답했더니, 다가와 등에 딱

붙어선 다츠야의 왼팔이 살며시 마리의 어깨를 안았다.

"괜찮아. 애들은 열도 나고 그래. 열이 오르면 식욕도 떨어지는 법이고."

귀에 속삭이는 목소리는 사근사근한데 어깨를 안은 팔은 억셌다. 튼실한 허벅지의 따스함이 마리의 엉덩이에 전해졌다.

"그게 아니라, 식욕은 있는 것 같아."

자신도 모르게 맥 빠진 목소리가 나오고 말았다.

키들키들 웃음이 입술에서 흘러나온다. 마리는 돌아서서 다츠야의 눈을 보려 했다.

괜찮아. 그 말이 주는 안도감. 빗나간 조언이라도 다츠야가 자신에 찬 모습으로 발음하는 '괜찮아'는—그리고 그 억센 왼팔은—마리에게 안심과 동시에 진정을 준다. 사키 때문에 울컥 화가 치밀어 수프를 버린 것이 어리석게까지 생각된다.

"안 돼. 사키에게 들리잖아."

다츠야의 오른손이 치마 속으로 기어 들어와, 마리는 거의 무성영화의 배우처럼 눈썹과 입의 움직임으로 그렇게 전했다.

물받이 일부가 처마에서 떨어진 모양이다. 후드득후드득 빗방울이 부딪치는 소리 외에 가끔 좌르륵, 하고 물이 흐르는 소리가 난다.

"엄마 오늘은 가게 안 나갈 거야."

저녁을 먹고 사키 방에 얼굴을 들이밀며 말했다.

"왜?"

대답 아닌 대답이 돌아왔다.

"왜라니? 사키가 감기 걸렸는데 혼자 둘 수 없잖아. 딸 옆에 있고 싶으니까 그렇지."

"왜?"

퉁명스러운 물음에 마리는 한숨을 쉬었다. 까치발을 딛고 걸어가 사키의 의자에 앉는다.

"왜 그렇게 틱틱거리니?"

"틱틱거리기는."

사키는 이불 위에 한가득 '냄새 게임' 카드를 늘어놓고 있다.

"가게 나가도 괜찮아. 이제 열도 다 내렸고. 엄마는 가고 싶잖아."

마리는 뒤집혀 있는 카드를 한 장 집어 사키의 코끝에 갖다대었다.

"무슨 냄샐까?"

사키는 대답하지 않고 한참이나 입을 꾹 다물고 있다가 결국은 시큰둥하게 말했다.

"포레(숲)."

"딩동댕."

카드를 뒤집으면서 마리 자신도 냄새를 맡아보았지만, 다른 카드와 마찬가지로 화장품 냄새밖에 나지 않았다.

"그럼 엄마는 목욕하고 올게. 그다음에 방 정리하고 엄마도 여기다 이부자리 깔고 잘 거야."

마리가 말했다.

"다츠야 아저씨는, 갔어?"

"갔지."

"그런데 엄마는 안 가는 거야?"

사키는 마리를 쳐다보며 다시 물었다.

"그래. 안 갈 거야. 오늘 밤에는."

마지막 말에 유독 힘이 들어가 있어 마리 자신도 움찔 놀란다.

"너하고 둘이서 잘 거야."

그렇게 덧붙이고는 싱긋 웃어주었다.

다음 날은 비도 그치고 아침부터 눈이 부실 만큼 날씨가 좋았다. 마리는 사키를 학교에 보내고 청소와 빨래를 했다.

—엄마는 가고 싶잖아.

어젯밤 사키가 한 말, 사실은 조금 그랬다고 마리는 생각한다. 물론 감기에 걸렸든 안 걸렸든 사키 옆에 있고 싶다. 낮에 하는 일이라면 매일 밤 사키를 혼자 두지 않아도 될 텐데, 하고 몇 번이나 생각했는지 모른다. 그러나 한편으로 마리는 '엔드라'에서 보내는 시간이 자신에게 필요하고 또 소중하다는 것을 알고 있다. 성도 아이도 직함도 없이, 그저 마리 자체로 존재할 수 있는 시간이.

게다가 거기에는 다츠야가 있다. 아파트에 있을 때의 그—상당한 액수의 빚이 있고 살 곳도 없는 남자—와는 별개로, 변함없이 쾌활하고 스스럼없고 모두가 의지하는 다츠야다. 춤을 추듯 가볍게 가게 안을 걸어 다니고, 손님이 권해서 마시는 술은 소주에 우롱차를 섞은 것으로 정해져 있지만 때를 봐서 슬쩍 우롱차로 바꾸기 때문에 취하는 일이 없고, 그러면서도 손님의 농담에는 누구보다 유쾌하게 웃는 다츠야, 전표에 착오가 있으면 기입한 당사자보다 먼저 알아차려 고쳐놓고, 손님이 잔을 깨면 순식간에 마리는 절대 앞지를 수 없는 속도로 새 물수건과 손걸레를 가져오는 다츠야다.

다츠야가 떠안고 있는 빚이 실은 누나가 쓴 돈이라는 것을 마리는 최근에야 알았다. 결국 다츠야가 털어놓은 것이다. 그 때문에 다츠야는 저금을 모두 털었고, 부모에게도 손을 내밀었을 뿐만 아니라 '엔드라'의 오너 부부에게도 빚을 졌다. 그것도 모자라 요즘은 가게 일 말고도 닥치는 대로 아르바이트까지 하고 있다. 지금까지 자동판매기를 세 군데에 설치했고, 파친코 기계는 더 많이 설치했다. 당사자인 누나는 행방이 묘연하다.

"잘은 모르겠지만, 남자와 도망치지 않았을까?"

다츠야는 소리 없는 미소를 띠고 말했다. 화가 나기는커녕 걱정조차 하지 않는 투로, 어딘가 모르게 재미있어하듯 눈웃음을 치면서.

"히사시 씨는 뭐라고 하는데?"

마리가 묻자, 다츠야는 노골적으로 고소하다는 표정을 지었다.

"아, 그 사람은 말해봐야 소용없어. 돈은 많지만 아무 쓸모가 없다니까. 하기야 그 사람 모르게 내가 보증을 서서 빌린 돈이니까 어쩔 수 없지만."

이쯤에서 다츠야가 키들키들 웃었던 것을 마리는 기억하고 있다.

"하지만 업자들이 가만히 놔두지는 않을걸. 아마 혼 좀 나고 있을 거야."

"왜 그런 업자들에게 돈을 빌렸는데?"

마리가 놀라서 묻자, 이번에는 다츠야가 놀란 표정을 지으며 되물었다.

"설마 마리, 내가 내 손으로 도장을 찍었다고 생각하는 거야? 그런 일은 절대 있을 수 없지."

마리는 뭐라 할 말이 없었다.

"괜찮아. 빚은 내가 갚을 거고, 우리 누나는 이 정도 일로 풀이 죽을 사람이 아니니까."

어쩌면.

마리는 사키의 시트와 베개 커버를 건조기에 집어넣으면서 생각한다. 어쩌면 나는 그 돈이 누나를 위한 것이었기에 저금을 털어 빌려주었는지도 모르겠다. 만약 그것이 다츠야 자신이 진 빚이라면 하지메 명의로 되어 있는 통장에서 일곱 자릿수나 되는 돈을 꺼내지는 않았을 것이다.

다츠야가 부탁한 것도 아니다.

"당분간 쓸 일이 없으니까 빌려주는 거야."

마리 쪽에서 먼저 제의했다. 살 곳도 없이 그렇게 열심히 일하는데, 그런데도 웃음을 잃지 않으려는 다츠야가 안쓰러웠다.

—우리 누나는 이 정도 일로 풀이 죽을 사람이 아니니까.

생각이 나서 마리는 씩 웃는다. 빚을 진 사람이 만약 소이치로였다면, 나 역시 어떻게든 대신 갚으려 했으리라. 필요하다면 자동판매기도 설치할 것이고. 어른이 된 지금은 할 수 있다. 오빠의 의논 상대가 되어줄 수도 있고, 오빠를 도울 수도 있다. 그럴 수 있는 다츠야가 부러웠다.

노래해 노래해, 노래해 노래해, 노래해 노래해.

햇살이 일렁거리는 다다미 위에서 마리는 조그만 소리로 흥얼거렸다. 세면실에서는 건조기가 윙윙 소리를 내며 돌아가고 있다.

전화벨이 울렸을 때 마리는 다츠야와 이불 속에 있었다. 어제 부엌에서 꼭 안기고부터, 하고 싶어 견딜 수가 없었다.

"안 받아도 되는 거야?"

"응. 무시해."

대답하고서 마리는 다츠야의 무릎 안쪽에서 위를 향해 입술을 옮겨 갔다. 이불 속은 후텁지근하고 답답했다. 머리 위 멀리서, 다츠야가 숨을 토하면서 허리를 슬쩍 들어올렸다.

전화벨이 열 번 넘게 울리다 끊어지더니 이내 다시 울리기 시작했다.

"아이 참."

걸걸한 목소리로 짜증을 부리며 마리는 이불을 젖혔다. 안경을 쓰지 않은 다츠야와 눈이 마주쳤다. 침대 밑에 떨어져 있는 셔츠—크림색 바탕에 군데군데 핑크색 줄무늬가 있는 다츠야의 셔츠—를 팔에만 걸치고 알몸인 채로 거실에 있는 수화기를 후다닥 집었다.

"네."

"마리냐?"

아라타였다.

"아빠?"

땀에 젖은 얼굴에 들러붙은 머리칼을 한 손으로 끌어 올리면서 마리는 말했다. 얼굴은 화끈거리는데 벗은 발은 차갑다.

"엄마가 가버렸다."

아라타는 대뜸 그렇게 말했다. 맥없이 웃는 얼굴이 눈앞에 그려지는, 유독 얼빠진 목소리였다.

"어디로?"

엄마는 벌써 옛날에 가버렸잖아, 하고 말을 이으려다 알아차렸다.

"돌아가셨다고? 가버렸다는 게 그런 뜻이야?"

말은 했지만 실감이 나지 않았다.

"그래. 1월이었던 모양이다. 암브로즈에게 편지가 왔다. 암이었다는구나. 캔서가 암 맞지? 넉 달을 병원에 있었고, 수술은 두 번 했단다."

"엄마가 그랬단 말이야?"

역시 실감이 나지 않는다. 막 걸레질을 끝낸 다다미는 청결하고 거실은 평화롭다. 그런데 엄마가 이 세상에 없다고? 영국에도? 아무 데도? 병원이, 수술이 다 뭐야.

"엄마겠지, 기요라고 쓰여 있었으니까."

아라타는 아내의 이름을 마치 물건이라도 되는 듯 발음했다. 그래줘서 그나마 다행이라고 마리는 생각했다. 그렇지 않았다면 더 격하게 떨었으리라.

"그녀가 일본을 그리워했다고. 그리고 언젠가는 일본에 가자고 약속했기 때문에 그녀의 일부를 일본으로 가지고 온다는구나."

안 돼, 잠깐.

마리는 마음속으로 외쳤지만, 목소리가 되어 나오지는 않았다. 아라타가 말을 이었다.

"편지를 그곳으로 보내마. 어차피 비행기는 나리타에 도착할 테니까. 그쪽 주소와 전화번호도 적혀 있다. 기요를 사랑했다고, 그녀는 아름답고 독립적인 여성이었다고 하더구나. 그리고 기요가 너를 몹시 걱정해서 얘기를 많이 했다는 말도……."

"무슨 일 생겼어?"

퍼뜩 정신을 차리자 옆에 다츠야가 서 있었다. 셔츠는 마리가 걸치고 있어 다츠야는 바지만 입고 있었다.

지금까지 그런 적이 없을 만큼 말을 많이 한 아라타는 끝내 신경질적인 웃음소리를 흘리며 말했다.

"그러니까 마리, 엄마가 돌아오는 거야."

며칠 후, 아라타가 보낸 암브로즈의 편지가 배달되었고 또 그 며칠 후에 마리는 거기에 적혀 있는 번호로 전화를 걸었다. 깊이 있고 온화한 목소리로 전화를 받은 사람은 바로 암브로즈였다. 마리가 이름을 말하자, 잠시 침묵하더니 목소리가 밝고 커졌다. 전화를 주어서 기쁘다, 고 정말 기쁜 듯이 말했다. 마리는 사무적으로 얘기를 끝내려 했다. 언제, 어디로 마중하러 나가면 되느냐, 체류 일정은 어떻게 되느냐, 후쿠오카에서 묵을 호텔은 정했느냐.

마리가 오랜 세월 동안 '안'이라 여겼던 그 남자는 마중은 필요 없다고 했다. 후쿠오카에 가기 전에 도쿄에서 가보고 싶은 곳이 몇 군데 있다면서.

"관광을 하시나요?"

싸늘한 목소리로 말한 마리의 귀에 남자가 씁쓸하게 웃는 게 느껴졌다.

"목소리가 어머니를 닮았군요."

암브로즈가 말을 이었다.

"도쿄는 그녀가 태어나고 자란 도시라서. 그녀가 많은 얘기를 해주었어요. 그래서 줄곧 가보고 싶었습니다."

기요가 태어나고 자란 도시. 엄마가 그런 얘기를 이 남자에게 했다. 마리는 모르는, 기요의 과거 생활.

"아무튼 다음 달에 2주 동안 일본에 있을 겁니다. 후쿠오카에 가는 일정은 당신과 아버지의 사정에 맞추기로 하지요."

충격을 받은 것은 아니었다. 다만 허탈했다.

암브로즈의 편지에는 아라타가 전해주지 않은 문장이 더 있었다.

당신에게 미안합니다. 잘 아시다시피 그녀는 당신을 사랑했습니다.

사키는 미치루네 집에 자러 가게 되어 무척 기쁜 듯했다. 토요일과 월요일에 학교에 가지 않아도 된다는 것도.

"긴자에서 화랑 순례할까?"

"응."

미치루의 물음에 사키가 기운차게 대답했다.

"사키와 미치루, 유미코 씨 그렇게 셋만 가는 거지? 엄마와 가게 사람들은 안 오고?"

가게 사람들이란 실질적으로는 다츠야 한 사람을 가리키는 말이었다. 사키는 마리와 다츠야의 관계를 조금도 반기지 않았다.

"정말 괜찮겠어?"

마리는 다시 한 번 사키에게 물었다. 미치루에게 건넨 가방에는 사키가 며칠 동안 사용할 일용품 외에 '냄새 게임' 카드와 봉제 인형이 들어 있다.

"걱정도 많다. 사키는 특별한 아이니까, 괜찮아. 마리도 특별한 아이였는데 벌써 잊었어?"

대신 미치루가 대답했다.

마리는 지금, 사키와 미치루와 함께 신주쿠 역 빌딩의 찻집에 있다. 큼지막한 유리창 너머로 무수한 선로가 내려다보인다.

7월이어서 날씨는 맑고 덥지만 실내에는 에어컨에서 찬바람이 쏟아져 나오고 있다. 2시간 후에 암브로즈를 만나기로 되어 있다. 암브로즈를, 그리고 기요의 일부를.

기요의 죽음은 어이없을 정도로 마리의 생활에 아무런 영향도 미치지 않았다. 표면적으로는. 일을 하러 가고 일이 끝나면 돌아온다. 사키를 학교에 보내고, 자고 일어나고, 사키를 맞는다. 춤 연습을 하러 가고, 수영을 하러 간다. 시장을 보고 반찬을 만들어 밥을 먹는다. 얘기를 나누고, 술을 마시고, 웃는다.

"무슨 일이야?"

아라타의 전화를 끊고 나서 다츠야가 그렇게 물었을 때도 마리는 아무 일도 아니라고 대답했다.

"엄마가 죽었어."

이어서 말하자, 그 말이 자신이 듣기에도 농담처럼 들렸다. 그때 깜짝 놀라던 다츠야의 표정.

혼자 있을 때도 눈물은 흐르지 않았다. 생활도 변하지 않았고 눈물도 없고. 그런데도 그날을 경계로 마리의 세계는 완전히 바뀌었다. 모든 것이 더는 전과 같지 않았다. 기요가 존재하지 않는 세계.

이번에는 사키를 데리고 가지 않는다. 그렇게 결정한 것은 마리 자신이었다. 사키는 이미 어리지 않다. 데리고 가면 얼버무려 넘길 수 없다. 아름다운 가든을 만든 사람이고, '할아버지의 부인'이며, '사라진 엄마의 엄마' 스토리에 수상쩍은 남자가 관계했다는 사실을.

"금방 올 거야."

마리는 사키의 볼을 손가락으로 살짝 건드리면서 말했다.

"모레에는 돌아올 거니까."

그리고 모레 저녁때 다시 신주쿠에서 만나 유미코 씨까지 넷이서 저녁을 먹기로 했다.

"걱정 마. 월요일이지?"

마리는 살포시 웃으면서 일어나 계산서를 집었다. 모레가 한없이 멀게 느껴지는 것은 오히려 마리 자신이라고 생각하면서.

7

아마 미인은 아닐 것이다. 하지만 표정은 생기발랄하다. 몸집이 커다란 백인 여성. 따스하고 너그러운 인품. 상대의 눈을 보고 얘기하고, 때로는 손을 잡고 포옹을 하기도 할 것이다. 지역사회에서 봉사하는 활동이나 학부모 위원을 적극적이고 성실하게 맡아서 하는 타입. 꽃무늬 옷과 그릇을 좋아하는.

마리는 엄마의 영국 친구 안에 대해 그런 식으로 상상을 했다. 모든 것이 거짓이고 안이라는 여자는 존재하지 않는다는 것을 알고는 있었지만, 각진 얼굴의 아래쪽 절반이 수염으로 덮인 땅딸막한 초로의 남자를 보자 마리는 그 격차에 당황했다.

하네다 공항의 출발 로비, 3번 시계 밑. 남자는 마리보다 먼저 와서 시계 기둥에 딱 붙어 있었다. 알아볼 수 있도록 들고 나오겠다던 기요가 즐겨 입었던 짙은 초록색 코트는 7월의 도쿄에서는 보기만 해도 후텁지근했다.

심호흡을 한 번 했다. 다가가 남자 앞에 섰을 때 마리는 스스로도 신기할 만큼 침착했다.

"마리?"

전화에서 들었을 때와 똑같이 깊이 있는 목소리로 남자가 물었다. 고개를 끄덕이자 남자는 이제야 안심이라는 표정을 지으며 암브로즈 하틀리라고 이름을 말했다. 남자의 짐이 조그만 스포츠백 하나인 것을 보고 마리는 안도했다. 바보같이. 마음속으로 자신을 비웃었다. 이 사람이 보자기에 싸인 유골함이라도 껴안고 있으리라 생각했단 말인가.

"이렇게 나와주어서 고맙습니다."

암브로즈가 말했다. 그리고 당신의 마음이 좋지 않을 것은 알고 있다, 일이 이렇게 되어 정말 유감이다, 하고 덧붙였다. 그러고는 꼭 자신이 사겠노라고 고집을 부렸던 비행기 티켓 두 장을 주머니에서 주섬주섬 꺼냈다.

암브로즈는 노동자풍의 남자였다. 몸은 다부지지만 키는 기요보다 작을 듯했다. 몸에 걸치고 있는 것도 값나가는 것은 하나도 없었다. 대체 무슨 일을 하는 사람일까? 그런 생각은 했지만, 마리는 아무것도 묻지 않으리라 다짐을 했다.

기내에서도 거의 말을 하지 않았지만 암브로즈는 마리보다 다소 말이 많았다.

"무척 덥군요."

"먼저 들어가시지요."

"해외여행은 아마 이게 처음이자 마지막이 될 겁니다."

하지만 그런 말들뿐이었다.

저녁때 후쿠오카에 도착했다.

"후쿠오카."

공항 터미널 빌딩에서 한 걸음 밖으로 나갔을 때 암브로즈가 중얼거리는 소리가 들렸다. 마치 이곳에 어린 추억이라도 있는 듯이. 마리는 무시하고 택시 승차장으로 향했다. 아직은 환한 하늘에 그날의 마지막 엷은 장미색 빛이 섞여 있었다.

"헬로."

그것이 아라타를 만나 암브로즈가 말한 첫마디였다. 현관문 밖에 선 채로. 암브로즈는 그 말을 천천히 발음했다. 순간 침묵이 흘렀다.

마리는 얼른 신발을 벗고 안으로 들어갔다. 집은 이미 기요 그 자체로 보이지 않았다. 먼지가 풀풀 날리는 것도, 여기저기 책과 자료가 쌓여 있는 것도 지난번 왔을 때와 전혀 다르지 않은데.

초록색만 가득한 거실에 암브로즈는 한 시간 남짓 머물다 갔다. 조의와 고마움을 표하고, 놀랍게도 목에 걸어 셔츠 안에 넣고 있던 조그만 '기요의 일부'를 테이블에 꺼내놓았다.

우려했던 혼란은 없었다. 마리는 자신이 분개한 나머지 이성을 잃고 감정의 소용돌이에 허우적거릴 것을 어느 정도는 예감하고 있었다. 고함을 지르든지, 울든지, 아니면 더 심하게 흐트러질 것을.

기요의 죽음을, 그 일부를 마주한 지금도 믿지 않는다는 것을 깨달았다.

'기요의 일부'는 기요의 원피스를 잘라 만든 주머니에 들어 있었다. 크림색 바탕에 밝은 연두색 잎사귀 무늬가 찍혀 있는 여름 원피스. 잘록한 허리부터 끝자락까지 풍성하게 주름이 잡혀 있었다.

마리는 자신이 웃고 싶은 충동과 싸우고 있다는 것을 알았다. 이 물체는 엄마다. 분명하게 느낄 수 있었다. 우리 집 테이블 위, 소중하게 다루었던 유리 재떨이 옆에서 지금 기쁜 듯 자리하고 있다.

"태평하기는."

입에서 말이 나오는 동시에 눈물이 주르륵 흘렀다. 끝내는 몇 줄기나 주르륵주르륵. 자신이 우는 줄 몰랐다. 기요에게서 눈을 뗄 수 없었다.

"손가락뼈입니다."

암브로즈는 그렇게 말했지만, 눈앞에 있는 것은 기요의 전부였다. 마리와 아라타가 알고 있는 기요의 전부가 동그마니 앉아 있는 것이다.

가족끼리 외출하는 것을 좋아하고, 피크닉이다 드라이브다 하면서 아라타를 억지로 끌다시피 데리고 나가서는, 집에 돌아오면 반드시 '아이고, 이제 우리 집에 왔구나. 재미있기는 했지만 그래도 집이 제일 좋네' 라고 했던 기요.

아라타 역시 입술을 약간 벌리고서 기요를 물끄러미 쳐다보고 있었다. 금방이라도 그 물체에 말을 걸려는 듯이. 하지만 그러는 대신 고개를 무겁게 들고는 암브로즈를 똑바로 쳐다보았다. 여전히 입술을 약간 벌린 채.

"아빠?"

부르는 소리가 들리지 않는 듯했다. 경악한 표정. 의자에 앉은 채 아라타는 다시 고개를 푹 떨어뜨렸다.

그날 밤, 마리와 아라타는 나카스에 있는 생선초밥집에 갔다. 조금 전까지 암브로즈가 있었던 집에서 밥을 먹고 싶지 않았다. 식욕 따위 있을 리가 없다는 것을 피차 알고 있었지만, 마리는 아라타가 무엇이든 먹어주었으면 했다.

암브로즈는 예의 바르고 정중했다. 적어도 그 점은 인정해야 한다고 마리는 생각한다. 간결한 방문이었다. 암브로즈는 오래 있지도 않았고, 기요가 살았던 집을 힐금힐금 관찰하는 무례한 태도도 보이지 않았다. 아라타와 마리가 어떻게 사는지도 묻지 않았다. 자신들의 영국 생활에 대해서는 최소한의 설명만 했다.

"우리 생활이 그녀에게 행복했기를 바랍니다."

그 사진도 그렇다. 생선초밥을 꾸역꾸역 입에 밀어넣고 맥주와 함께 꿀꺽 삼키면서 마리는 생각한다. 그 사진도 보고 싶다고 한 쪽은 아라타였다.

"병을 앓기 전 건강했던 그녀 모습을 찍은 사진을 몇 장 가지고 왔습니다."

암브로즈는 그렇게 말했다. 조심스럽게 상대를 배려하는 목소리로.

"아, 그러니까 혹시 보고 싶어할지도 몰라서."

"땡큐, 아일 시 뎀."

억지로 볼 필요는 없다는 것을 상대도 충분히 이해할 수 있는 말투였는데도 아라타는 매끄러운 영어로 보여달라고 말했다.

사진관에서 거저 주는 얇은 앨범에 네 장의 사진이 들어 있었다.

"우리 참깨 고등어 먹을까?"

불쑥 아라타가 물었다.

"참깨 고등어? 응."

마리는 마침 잘됐네, 하는 식으로 고개를 끄덕이고는 아라타의 잔에 맥주를 따랐다.

"엄마, 드디어 돌아왔네."

마리의 말에 아라타는 쓸쓸한 미소를 지었다.

"그래, 돌아왔구나."

사진을 아라타에게 보이지 말았어야 했다. 뿌옇게 구름 낀 하늘 아래, 물에 젖은 것처럼 거뭇거뭇한 흙, 무슨 밭인 듯한 곳에 혼자 서서 한 손에 호박을 높이 들고 있는 기요—카메라를 향해 활짝 웃는 기요—의 모습이 행복해 보였다. 두 번째는 수영복 차림으로 해변에 누워 있는 기요가—눈이 부신지 웃는 얼굴은 아니었지만—카메라를 향해 뭐라고 말하는 표정이었다. 세 번째 사진은 겨울에 찍은 것이었다. 기요는 그냥 봐도 런던이라는 것을 알 수 있는 거리에 혼자 서 있었다. 카메라가 길 반대쪽에서 기요를 포착한 탓에 표정까지는 보이지 않았지만 짙은 갈색 오버코트는 기억에 있는 것이었다. 빨간 립스틱을 칠하고 장갑을 끼고 하이힐까지 신은 것을 보면 격식 차린 외출이었으리라. 그리고 네 번째 사진. 마리는 한숨을 쉬었다.

"웬 한숨이냐?"

아라타가 묻자 마리는 희미하게 미소 짓고는 고개를 저었다. 생선초밥에 쓰는 생선 토막이 들어 있는 냉장 케이스를 바라보고 요리사들의 손놀림을 구경했다. 그런데도 뇌리에 각인된 것은 사라지지 않았다.

그것은 실내에서 찍은 사진이었다. 창가에 놓인 패브릭 안락의자—큼지막한 꽃무늬—에 아주 느긋한 모습으로 앉아 있는 기요. 무릎에는 고양이가 늘어져 있었다. 검은 브이넥 스웨터에 흑백의 작은 새 모양이 격자로 찍혀 있는 사브리나 팬츠. 고양이를 내려다보면서 부드럽게 미소짓고 있다. 머리를 한쪽으로 기울이고. 눈가에도 입가에도 자잘한 주름이 있다. 어깨까지 내려오는 갈색 머리도 색이 많이 바랬고, 섞여 있는 흰머리 탓인지 창문으로 비치는 햇살 탓인지 누렇게 메마른 풀색으로 보였다. 뚱뚱하고 검은 고양이가. 기요의 허벅지 위를 가로지르듯 축 늘어져 있다. 만족스럽다는 듯이. 기요의 손은 고양이의 몸을 쓰다듬고 있다. 의자 뒤 패널히터처럼 생긴 것 위에도 고양이가 있다. 역시 뚱뚱하고 긴 꼬리를 축 늘어뜨리며 자고 있다. 마리가 알기로 기요는 애완동물을 좋아하지 않았다. 그리고 이런 식으로 미소 짓지도 않았다.

"내일, 괜찮겠니?"

아라타의 목소리가 마리의 생각을 흐트러뜨렸다.

"그럼, 괜찮지."

암브로즈는 후쿠오카에 나흘 동안 머문다. 하지만 이 집을 찾아오는 일은 없을 것이고, 영국으로 돌아가면 두 번 다시 두 사람 앞에 나타나지 않을 것이라고 약속했다. 다만 한 가지 부탁만 들어달라고 하면서.

암브로즈는 '그녀의 아들'이라는 표현을 썼다.

"그녀의 아들 무덤에 가보고 싶습니다. 장소가 어딘지 알려주시면 혼자서 가겠지만 그 많은 묘소 가운데 어느 것인지 알아볼 자신은 없군요."

"내일 갈 수 있다면 안내하지요."

마리는 그렇게 말했다.

"그건 그렇고."

마리는 문득 생각이 나서 키득키득 웃었다.

"그 사람이 돌아가려고 했을 때 아빠가 갑자기 물어서 얼마나 놀랐는데."

아라타가 소파에서 일어난 암브로즈에게 물었다.

"당신 혹시 담배를 피웁니까?"

"네, 가끔이지만 피웁니다."

"유리 재떨이가 있는지요?"

"……네, 있지요."

암브로즈는 왜 그런 것을 묻는지 모르겠다는 표정으로 대답했다.

"거기에 꽁초를 버리면, 단 한 개라도 쓰레기통에 버리고 재떨이를 씻지 않았나요, 기요가?"

이상한 영어였다. 이해할 수 없는지 암브로즈가 도움을 청하듯 마리의 얼굴을 보았다.

"엄마가 유리그릇을 좋아해서."

마리는 어쩔 수 없이 설명했다.

"유리 재떨이에 꽁초가 버려져 있으면 금방 치워버렸어요. 그래서 아빠는 홍차 깡통에 꽁초를 버렸죠. 아빠는 엄마가 영국에서도 그랬는지 궁금해하는 것 같아요."

암브로즈는 진지한 얼굴로 얘기를 듣고는 싱긋 웃었다.

"아니요, 그런 일은 없었습니다. 그녀는 재떨이에 손을 댄 일도 없지 않을까 싶군요. 내 손으로 치웠으니까요. 그리고……."

암브로즈는 미소를 머금은 채 샹들리에를 올려다보았다.

"그럼 저것도 기요가 좋아했던 것이겠군요."

먼 추억을 더듬는 말투였다. 마리도 아라타도 샹들리에에 대해서는 아무 말도 하지 않았다. 테이블 위에 있는 기요도.

"왜 그런 걸 물었는지 나도 잘 모르겠다."

아라타는 어깨를 으쓱하며 말을 이었다.

"아마, 자포자기한 심정에 그랬겠지."

그러고는 히죽 웃으면서 술잔을 입으로 가져간다. 마리는 젓가락으로 생강 채를 집었다.

임무를 마치고 안도한 표정이 역력한 암브로즈는 왔을 때보다 한결 가뿐한 걸음걸이로 천천히 데라우치가를 뒤로했다. 달랑 스포츠 백 하나를 어깨에 메고서.

"한 병 더 마실래요?"

마리가 묻자 아라타가 대답했다.

"그러지, 뭐."

그러고는 말을 이었다.

"하지만 배가 잔뜩 부르구나."

생선초밥은 거의 그대로였다. 토요일 밤이라 그런지 가게 안에는 연인들과 가족 손님들이 눈에 많이 띄었다. 안쪽 주방에서는 고등학교의 볼보이처럼 풋풋한 젊은이들이 날랜 동작으로 일하고 있었다.

"그럼 집에 가서 마셔요."

이런 밤에 한잔 술 이상 필요한 것이 있을까?

"아빠, 나 칵테일 이것저것 만들 수 있어. 엄마한테도 한 잔 만들어줘야지."

집에 있는 재료만으로도 최소한 레드 아이는 만들 수 있다. 아마 샌디 개프도. 소다와 라임을 사 들고 들어가면 스프리처와 버번 소다도 만들 수 있으리라.

다츠야와 지카라, 그리고 사키를 생각했다. 오너 부부도, 미치루와 유미코 씨도.

"암브로즈가 뭐고."

마리는 용기가 불끈 솟아올라 소리 내어 말해보았다.

"후후후."

아라타가 웃었다.

"영국이 다 뭐냐고."

폭언이라는 것은 알고 있었다. 고양이를 무릎에 앉힌 기요의 더는 바랄 게 없다는 표정. 하지만 기요는 돌아왔다. 그 또한 사실이다.

"안녕."

쾌활하게 인사했다. 옥상은 바람이 세게 불었고, 산초(山椒) 잎 비슷한 싱그러운 냄새가 났다.

반년 만에 만나는 큐는 건강해 보였다. 부드럽고 편한 파란색 셔츠를 입고 있다.

"아, 안녕."

큐가 쑥스러운 듯이 말했다. 마리를 기억하고 있는 듯했다. 지난 몇 년 동안의 마리를.

"앉아도 될라나?"

자연스럽게 하카타 사투리가 나왔다. 큐가 고개를 끄덕이기를 기다렸다가 마리는 늘 앉는 의자에 앉았다. 녹이 돋은 철제 의자다.

"언제나 불쑥 나타나서 미안해."

얼굴을 조금 위로 향하고 파란 하늘과 햇살을 한꺼번에 음미했다.

"간다고 연락하고 싶어도 여기에는 전화가 없으니까, 연락할 방법이 있어야지."

"나타나도 괜찮아."

허락이다. 그것도 단호한 허락. 두둥실, 마리는 기분이 가벼워지는 것을 느꼈다.

"고마워."

그렇게 대답하자 큐는 저쪽으로 고개를 휙 돌렸다.

암브로즈와 오빠의 묘소를 성묘하는 길은 날씨가 좋았던 탓에 느긋한 산책이 되고 말았다. 자갈이 깔려 있는 넓은 가로숫길을 걸었다.

"러블리."

암브로즈가 말했다. 은행나무로 빙 둘러싸인 연못 옆을 잠자리가 가로질러 날아갔다.

한 묶음의 향과 물을 뜨는 바가지, 그리고 물통 하나하나에 암브로즈는 관심을 보였다. 자신이 들고 싶은데 들어도 괜찮겠느냐고, 물통을 가리키며 묻기에 건네주었다.

그러나 묘소 앞에 와서는, 약간 떨어진 곳에 다소곳이 서서 비석에 물을 끼얹고 꽃을 바꿔 꽂고 향을 피우는 마리를 묵묵히 지켜보았다. 침통한 표정으로.

마리는 암브로즈와 그곳에서 헤어진 후 하지메의 무덤으로 향했다. 죽은 사람들. 지금은 기요까지 그들 쪽에 있다.

"두 번 다시 만날 일은 없을 겁니다."

헤어질 때 암브로즈가 한 말이다. 부드러운 눈빛에 깊이 있는 특유의 목소리였다. 마리는 아무 말도 하지 않았다. 돌아보지 않고 그저 걸었다.

"안 마셔?"

큐의 목소리가 들렸다. 마리가 모르는 사이에 차가 준비되어 있었다.

"큐는?"

"지금은 안 마셔."

하는 대답이 돌아왔다.

"오늘은 안 보여줘도 돼?"

큐가 초능력을 말한다는 것을 알기까지 몇 초의 시간이 흘렀다.

"괜찮아, 안 해도 돼."

큐는 아쉽다는 듯이 어깨를 으쓱하면서 왜? 라는 몸짓을 하고는, 당황하는 마리의 모습이 재미있는지 낄낄거리고 웃었다.

차는 너무 뜨겁지도 않았고 구수한 맛이 났다.

"분수에서 좋은 소리가 나네."

마리는 눈을 감고 귀를 기울였다. 바람이 눈 위를 스치고 지나갔다.

"아빠가 큐의 숲이 정말 멋지다고 칭찬하시더라. 감동 받았나 봐."

마리는 눈을 감은 채 말을 이었다.

"어렸을 때부터 집중력이 좋은 소년이었는데, 그렇게 힘과 부지런함, 그리고 관찰력이 필요한 일을 하는 걸 보면 대단하다고 말이야."

눈을 뜨자 나무들 모두 잎이 풍성하게 매달린 가지를 기분 좋게 늘어뜨리고 있었다.

"아빠?"

"응, 아빠. 여기에도 가끔 오시잖아. 어제 아빠랑 술 마셨어."

마리가 만든 레드 아이를 아라타는 몹시 껄끄러운 무엇이라도 보는 눈빛으로 쳐다보았다.

"잘 마실게."

그 한마디를 짜내는 데도 용기가 필요한 듯했다.

"너의 아빠?"

큐는 또 생각에 빠졌다.

"괜찮아, 기억하려 애쓰지 않아도 돼."

분수를 스치듯 날렵한 잠자리가 날아갔다. 그것도 두 마리나.

암브로즈와 성묘를 하고 돌아오는 길에 바로 이곳에 들렀으니 아라타가 걱정하고 있을 것이다. 그래도 잠시만, 이라고 마리는 생각한다. 조금만 더 이곳에서 식물과 함께 있고 싶었다. 본인은 기억을 잃었지만 가족처럼 정겹고 안심할 수 있는 큐 옆에.

8

여름방학에는 몸이 축 늘어지고 따분하다.

사키는 자신의 방 다다미에 엎드려 그렇게 생각한다. 꽤나 조용하다. 덥고 눈부시다. 나른하고 졸린데, 그렇다고 잠들 수 있는 것은 아니다. 여름방학, 이 방은 마치 젤리처럼 물컹하게 덩어리져 있다.

엄마는 춤 연습을 하러 갔다. 돌아오는 길에 양과자점 구도에서 케이크를 사다 준다고 약속했다. 댄스 학원에 갈 때면 엄마는 늘 신 나 보인다. 그러고 보니 지난번에 미치루를 만났을 때 오래전부터 추고 싶었던 시미 셰이크라는 춤을 배우고 있다고 말했던 것 같다. 시미 셰이크. 대체 어떤 춤일까, 하고 사키는 생각한다.

"금방 올 거야. 아무한테나 문 열어주면 안 돼."

나가면서 엄마는 그렇게 말했다. 그 정도는 나도 다 안다. 도둑이나 나쁜 사람일 수도 있고, 이시바시 아저씨일 수도 있다.

"너희 엄마는 거짓말을 못하는 사람이니까."

미치루가 그렇게 말했다. 지난달에 엄마 혼자 후쿠오카에 가서 사키가 미치루 집에 자러 갔을 때였다. 거짓말을 못하는 사람이란 게 어떤 의미인지 사키는 알 수 없었다. 사키 자신은 때로 거짓말을 한다. 학교 친구나 선생님에게. 거짓말 정도는 간단하게 할 수 있다.

사키는 의자의 다리를 잡고 꾸물꾸물 일어났다. 할머니도 아닌데 웃기다고 생각하지만, 이렇게 더운 날 방에 있으면 힘이 나지 않는다. 엄마처럼 신나게, 바쁘게 움직이는 것이 오히려 거짓말을 하는 것보다 훨씬 어렵다고 사키는 생각한다.

별 의미도 목적도 없이 사키는 거실을 지나 부엌에 갔다가 다시 거실로 왔다가 또 부엌에 간다. 빙글빙글 행진하는 것처럼. 이따금 콘솔 위를 힐금거린다. 거기에는 액자가 몇 개 놓여 있다. 액자 속에는 사키와 엄마 아빠가 있다. 파리에서 알게 된 사람들 몇 명도.

"플리즈 플리즈, 돈 잇 더 데이지, 돈 잇 더 데이지, 플리즈 플리즈."

사키는 흥얼거리면서 노래에 맞춰 다리를 번쩍번쩍 들어올리고 팔을 앞뒤로 휘저으며 행진했다. 지금보다 훨씬 더 어렸을 때 후쿠오카의 할아버지 집에서 들었던 노래다.

"플리즈 플리즈, 돈 잇 더 데이지, 돈 잇 더 데이지, 플리즈 플리즈."

아무도 없는 아파트에서 노래하며 행진하면 유쾌하다. 햇볕이 들지 않는 거실은 사키의 방에 비하면 조금 어둡지만 대신 시원하다.

시미 셰이크는 1920년대에 미국에서 유행했던 춤이다. 어깨와 허리를 흔들며 춘다.

지금 마리는 고급반의 두 학생과 함께 그 춤을 추고 있다. 얼룩 하나 없는 거울 앞에서, 강사의 시선을 뒤로하고. 춤을 처음 배우기 시작했을 때는 이 거울이 싫었다. 머리끝에서 발끝까지 고루 신경을 분산시키고 저절로 표현되는 동작인지를 확인하기 위해 거울이 필요하다고 강사는 말했지만, 몰두해서 춤을 추다 보면 마리는 온몸에 신경을 쓰는 것도 동작을 확인하는 것도 잊어버리고 만다. 거울을 통해 춤추는 자신을 보다니, 끔찍한 일이었다. 마리는 그렇게 생각했고 실은 지금도 그렇게 생각하고 있다.

하지만 익숙해졌다. 마리는 생긋 웃는다. 전혀 상관없다. 거울이 있든 없든 춤을 추면 그만이다, 이렇게.

과거 현대 무용가로 각광을 받았던 말쑥한 남자 강사는 종종 어이없어하며 피식피식 웃는다.

"마리."

한심하다는 목소리다. 그래도 그 말에 비난의 울림은 없다.

"무릎, 무릎."

명쾌하게 지적하지만 그 밖의 부분에 대해서는 애드리브를 허용해준다.

같은 반 학생에게 부럽다는 소리를 들은 적도 있다.

"마리 씨처럼 여유롭고 자유롭게 춤출 수 있는 사람이 부러워요."

그 학생은 뮤지컬 배우를 지망하고 있고, 지금은 탤런트 에이전시에 소속되어 있다. 원래는 기계체조를 했는데, 손목을 다치는 바람에 팔과 손의 움직임에 뜻하는 대로 정감이 담기지 않는 모양이었다. 귀여운 여자인 데다 춤도 유연하게 춘다.

갖가지 사람이 있다. 현악기 중심인 빠른 곡에 맞춰 어깨와 허리를 흔들다 마지막에는 두 손을 높이 들고 환성도 한숨도 휘파람 소리도 아닌 소리를 내지르고는 두 학생과 함께 수업을 끝냈다. 머릿속까지 땀에 흠뻑 젖었다.

샤워를 하고 옷을 입자마자 마리는 머리도 말리지 않은 채 밖으로 뛰어나갔다. 밖에는 8월의 햇살이 따갑게 쏟아지고 있었다.

가로수의 싱그러움과 배기가스가 뒤섞인 냄새. 지하철을 타고 두 역을 가서 내려, 사키와 약속한 케이크를 사 들고 서둘러 아파트로 향했다. 고개를 저어도 '엔드라'에 들러볼까 싶은 생각이 집요하게 마음 한구석에 들러붙어 있다. 거기에 다츠야가 있다 한들 어쩌자는 것일까?

지난 보름 동안, 다츠야는 보고 있는 마리가 안타까울 정도로 초췌해졌다. 아르바이트도 몇 가지나 하고 있고, '엔드라'에서 일이 끝나도 갈 곳이 없다. 여름방학이라 낮에도 집에 있는 사키를 배려하는 것이다. 만화방 같은 곳에서 자는 다츠야를 보다 못한 오너 부부가 가게에서 자라고 했다.

그런데 날마다 제일 먼저 출근하는 지카라가 어젯밤 좀 이상한 말을 했다.

"요즘 이시바시 씨가 좀 수상하단 말이에요."

장난스러운 말투와는 달리 걱정스러운 표정이었다.

"아르바이트를 정말 하는 건지 모르겠어요."

지카라 말로는, 다츠야가 낮에 가게로 여자를 데리고 온다고 했다. 두 번을 마주쳤는데, 두 번 다 같은 여자였고 무척 당황해하는 기색이었단다. 더구나 머리나 옷이 엉망으로 흐트러져 있었다는 것이다.

"요즘 일하다가 간혹 시무룩한 표정을 짓는 일도 있잖아요. 짜증도 부리고, 지난번에는 취한 손님에게 언성을 높이기도 했고."

마리도 느끼고 있었다. 예전의 다츠야 같으면 상상도 할 수 없는 일이었다. 주정을 부리는 손님을 내쫓을 때도 폭력보다는 은근하면서도 무례한 방법이 효과적이라는 것을 잘 알고 있는 다츠야였다. 전에는.

댄스복과 타월이 든 커다란 가방과 케이크 상자를 들고 횡단보도를 건너면서 마리는 마음속으로 중얼거렸다. 하지만 그렇게 힘든 날들을 보내고 있는데, 짜증을 조금 부리는 것도 어쩔 수 없는 것 아닐까? 설령 지금은 아르바이트를 하지 않는다고 해도, '엔드라'에 결근을 하는 것은 아니니까 지카라가 투덜거릴 이유는 없지 않을까.

하늘은 엷은 파란색으로, 낮은 건물들 너머로 뭉게구름이 뭉글뭉글 피어

오르고 있다.

가게에 여자를 데리고 왔다는 것이 사실이라 쳐도, 그것이 과연 나쁜 일일까?

거기까지 생각하고서 마리는 자신이 걱정하는 초점이 바로 그 점에 있다는 것을 의식한다. 어떤 여자일까? 다츠야를 알고 지낸 지 꽤 오래되었는데, 친근하게 지내는 여자가 있는 기미는 없었다. 그런 얘기를 들은 적도 없었고.

다츠야가 처음 아파트를 찾아왔을 때는 솔직히 난감했다. 민폐라고 생각했다. 그 이전부터 육체관계는 있었지만 둘 사이에 오가는 편안하고 따스한 감정이 연애 감정과는 다르다는 것을 알고 있었다.

비스듬한 언덕길을 올라 좁은 길로 들어서면서 마리는 인정한다. 그런데도, 질투가 가슴을 헤집는다. 웃기다고 생각한다. 이런 기분, 정말 오랜만이다. 아파트에는 지금도 다츠야의 물건이 있다. 그 광경을 떠올리자 화가 났다. 날 바보 취급하는 게 아니라면 뭐냐고. 소리 내어 중얼거려본다. 질투 따위의 얼토당토않은 감정을 웃음으로 날려버릴 생각이었는데, 밀려온 것은 다름 아닌 슬픔이었다. 육체관계를 포함한 우정이 부담 없고 좋다면 내게는 질투할 자격이 없다.

잎이 무성한 가로수 가지가 부는 바람에 흔들린다. 여름방학의 바람이다. 마리는 걸음을 멈추고, 땀이 돋은 이마를 바람에 내맡겼다. 바로 눈앞에 아파트가 있었다.

스스로도 과감하지 못하다고 생각하면서도, 마리는 그 여름 내내 지카라에게서 들은 말을 다츠야에게 확인하지 못했다. 7월에 휴가를 썼기 때문에 여름휴가는 안 쓰기로 작정한 탓에, 역시 휴가를 반납하고 일하는 다츠야와 매일 밤 얼굴을 마주했는데도 불구하고.

가게에서 보는 다츠야는 전보다 태도가 들쭉날쭉했지만 그 점을 제외하면 점장으로서 성실하게 일하고 있다.

"요즘은 어떤 아르바이트를 해?"

가게 문을 닫은 후 뒷마무리를 하면서 마리가 물으면,

"뭐 여러 가지 하고 있지."

하고 다츠야는 대답했다. 그리고 기분이 좋으면 싱긋 웃었다.

"괜찮으니까 걱정 안 해도 돼."

그렇게 덧붙여 말하는 일도 있다. 전에는 조심스럽고 예의 바른 태도를 증명하듯 울렸던 똑같은 말이, 지금은 마리를 거절하는 것처럼 들린다.

"잠은 잘 자고 있고?"

하고 물어도,

"빚은 순조롭게 갚고 있어?"

하고 물어도 늘 똑같은 대답만 돌아왔다.

"걱정 안 해도 돼."

기분이 나쁠 때면 그 말은 자못 불쾌하다는 듯이, 성가시다는 목소리와 표정으로 발음된다. 거 정말 귀찮게 구는군, 하듯이.

지카라 군이 그러는데, 여기에서 여자와 있었다면서?

놀리듯 가볍게 물어보면 어떨까? 내게는 소개 안 시켜줘? 그렇게. 마리는 몇 번이나 그런 생각을 했지만 그때마다 말이 목구멍에 걸려, 복숭아씨처럼 딱딱한 불안만 남기고 사라졌다.

마리는 다츠야의 여자 친구에 대해 꼬치꼬치 추궁할 입장이 아니다. 다츠야에게는 필립과 바울스 얘기를 했다. 둘 다 좋은 친구야, 하면서. 물론

하지메 얘기도 했다. 지금까지도 그렇지만 앞으로도 영원히 사랑할 단 한 명의 남자라고.

지카라는 다츠야에게 미묘한 거리를 두었다. 피아니스트 쇼코 씨도 마찬가지였다. 손님 앞에서는 자제하고 있지만, 손님이 없을 때면 소리를 버럭 지르거나 사소한 실수에도 과장되게 한숨을 푹 내쉬는 다츠야를 보면서 마리는 어쩔 수 없는 일이라고 생각한다. 다츠야도 그렇고 마리 자신도 그렇고, 이곳에서 일하는 사람들에게는 원래부터 공통점이 있는 것이다. 조심성이 많은 동물 같은 냉담함이라고 할 수 있는 그 무엇이.

다츠야를 대하는 지카라와 쇼코 씨의 태도를 보면서 마리는 오래전 가와사키의 연립주택에 있었던 도둑고양이들을 떠올렸다. 형제인지 늘 붙어서 잘 만큼 사이가 좋았지만, 그중 하나가 병이라도 앓으면 모두들 가까이 가지 않았다.

자신도 똑같은 짓을 하고 있다고 생각하면 마리는 죄책감과 동시에 체념 비슷한 외로움—피할 수 없다는 묘한 확신—을 느꼈다. 다츠야 자신이 주위를 거부하지 않을 수 없는 상태에 있는 듯하니까.

마리는 여름휴가는 내지 않았지만 가게가 쉬는 날이면 사키와 함께 놀 만한 장소에 갔다. 한 번은 수족관에 갔고 수영장에는 두 번 갔다. 놀 만한 장소는 아니지만 백화점에서 쇼핑하고 레스토랑에서 식사도 했다. 그 밖에도 사키는 미치루와 유미코 씨와 함께 영화도 보고 플라네타륨을 보러 가기도 했다.

사키는 마리와 외출할 때면 얌전하다. 아무튼 마리의 인상은 그렇다. 다른 아이들처럼 소리를 지르며 떠들지도 않고, 더 놀고 싶다고 투정을 부리는 일도 없고, 뭐가 갖고 싶다느니 이것을 사달라느니 하고 떼를 부리는 일도 없다.

"우리 사키는 참 똑똑하네."

달리 무슨 말을 하면 좋을지 몰라 마리는 그렇게 말했다. 수족관에서 돌아오는 길에도, 레스토랑에서 식사를 할 때도.

"그렇지도 않아."

사키는 시큰둥하게 대답할 때도 있지만, 입을 꾹 다물고 있을 때도 있다.

수영장에서도 막 배운 자유형을 잠깐 해보고는 비트 판을 잡고 둥둥 떠 있기만 했다.

"평영 가르쳐줄까? 배우면 편한데. 얼굴이 많이 젖지 않으니까."

마리가 그렇게 말해도 사키는 시답잖다는 표정으로 고개를 저으며 대답했다.

"됐어."

그러고는 계속 떠 있기만 했다.

"그래도 고마워."

사키가 그렇게 한마디를 더 하면 마리는 자신이 아무것도 모르는 얼간이 같은 기분이 든다.

수영을 하고 나자 배가 고프고 목도 말라 새로 생긴 카페에 들어가 '먹고 싶은 거 뭐든지 주문해' 하고 말했을 때도, 세련된 실내 인테리어와 군침 도는 메뉴에 호들갑을 떤 쪽은 오히려 마리였다.

창피하다. 자신의 내면 일부가 혐오스럽게 말한다. 마치 엄마 같은 태도잖아.

"뭐 먹을 거야?"

갑자기 밀쳐내는 듯한 목소리가 나오고 말았다.

"메뉴 보고 먹고 싶은 거 골라."

카페는 유리문이 활짝 열려 있어, 안에서도 파라솔이 서 있는 테라스 자리가 잘 보인다. 햇살, 젊은 사람들, 매미 소리에 질세라 재잘거리는 소리와 웃음소리.

둥그런 테이블을 둘러싸고 있는 의자 네 개 중 옆으로 나란한 두 개에 앉아 있어, 마리의 눈에는 줄곧 사키의 옆얼굴만 보였다. 넓은 이마에 통통한 볼, 구불구불한 머리와 도톰한 입술. 사키는 사진으로 보는 어렸을 때 마리의 모습과 똑같았다. 말수가 적은 것도, 반항적인 태도도.

정말 놀라워.

마리는 무의식적으로 소이치로에게 말을 걸었다.

이것 좀 봐. 얼마나 다루기 힘든지.

소이치로가 웃는다. 마리는 마음속으로 부루퉁한 표정을 짓는다. 마리가 열 살 때 잘 지었던 표정이다. 소이치로가 놀리거나, 소이치로와 큐가 마리는 할 수 없는 것을 하면 늘 그런 표정을 지었다.

후후후. 소이치로가 웃고 있다. 마리의 머리 바로 옆, 아니 조금 안쪽에서 웃음소리가 들려왔다. 와글와글한 잡음과 함께, 하지만 또렷하게.

—나이를 먹었는데도 마리는 참 변함없구나.

마리는 다시 한 번 부루퉁한 표정을 지었다.

—사키가 마리를 많이 닮았지만, 그래도 사키와 마리는 전혀 다른 사람이야. 그럼 다르지. 전혀 달라.

마리는 웃음을 터뜨렸다. 세 번을 반복하다니. 다른 게 당연하다. 다른 사람이니까. 굳이 말하지 않아도 그런 건 다 아는데.

"엄마?"

목소리가 들려 옆을 보니 사키가 눈살을 잔뜩 찌푸리고 있었다. 웃음을 터뜨린 것은 현실인 듯했다.

"어, 미안. 아무것도 아니야. 어렸을 때 생각이 나서."

마리는 사키와 점심으로 파스타와 키시(프랑스식 파이의 일종— 옮긴이), 연어 샐러드, 아이스크림과 딸기 타르트를 먹었다. 맥주와 백포도주를 한 잔씩 천천히 마시면서.

"없어진 엄마의 엄마 있지."

먹는 도중에 말이 뜻하지 않게 입술에서 흘러나왔다. 아주 가볍게.

"얼마 전에 돌아왔어."

사키는 의심스럽다는 표정을 지었다.

"얼마 전이라니, 언제?"

"지난번에 엄마 후쿠오카에 다녀왔을 때."

사키가 아무 대꾸도 하지 않자 마리는 포도주를 한 모금 입에 머금었다.

"그런데 돌아오기 조금 전에 그녀가 죽었어."

마리는 말을 잇고 키시를 한 입 먹었다.

"그러니까, 돌아온 것은 뼈야. 유골이라고 하는 거."

"흐음."

사키는 그렇게만 반응했다. 놀라지도 않는 듯했다. 마리는 희미하게 웃으면서 다시 잔을 들었다.

기요의 뼈는 기요와 아라타의 침실에 있다. 기요의 화장대 위에 기요가 쓰던 화장수와 향수와 함께 놓여 있다. 주문 제작한 아주 작은 유골함에 헝겊주머니째 담았다. 아라타는 지난 몇 년 동안 거실에서만 들었던 레코드를 지금은 침실에서도 듣는 모양이었다.

9월이 되어 사키의 여름방학은 끝났는데 더위는 더욱 기승을 부린다 싶을 정도였다. 습기가 많고 밤에도 매미가 울어댔다. '엔드라'에는 바퀴벌레가 등장했다. 다츠야가 바퀴벌레 박멸에 수완을 발휘했다.

낮에 사키가 없자 다츠야가 다시 아파트로 찾아왔다.

"가게에 더 이상 폐를 끼칠 수가 없어서."

초췌한 얼굴로 웃으면서 그렇게 말하면 쫓아낼 수가 없다.

"하기야 바퀴벌레와 같이 자고 싶지는 않을 테니까."

그렇게 말하면서 마리는 다츠야를 집으로 들였다.

"자기 전에 뭐 좀 먹을래? 목욕물 데울 테니까 잠시만 기다려."

원점으로 돌아갔다. 사키를 학교에 보내고 집안일을 하고 있으면 다츠야가 와서 목욕을 한다. 볶음밥이든 뭐든 간단하게 밥을 먹고 둘이 한 이부자리에서 잔다. 섹스를 할 때도 있다. 어떤 날은 순서가 바뀌어 오자마자 같이 자고, 일어나서 목욕하고 밥을 먹기도 한다.

그러고 나면 수영이나 춤을 배우러 가는 마리를 다츠야가 배웅한다. 그 후에는 다시 자든지 책을 읽든지 뒹굴거리며 쉬는 듯하다. 아르바이트는 이제 하지 않는 것 같다. 오후가 되면 사키가 돌아오기 전에 어디론가 나가는데, 밤에 가게에서 만나 오늘은 어디 갔었어? 하고 물으면 그냥 어슬렁거렸지 뭐, 라고 대답하기 때문이다.

내내 서서 하는 바의 일에다 아르바이트로 육체노동까지 한다는 것은 애당초 불가능한 일이었다고 마리는 생각한다. 설령 수입이 조금 줄어든다 해도 아르바이트를 그만두어서 다행이라고.

여자에 대해서는 여전히 묻지 못했다. 다츠야에게 그런 사람이 있다고 해서 이상할 것은 없으니까 자신이 비난할 일은 아니다. 우리 사이는 우정이니까. 마리는 그렇게 생각하기로 했다.

9

비. 유리창이 뿌옇다. 어젯밤 화장을 지우지 않고 잔 탓에 마리의 눈가에 마스카라가 검게 번져 있다. 난방을 계속 틀어놓아 실내 온도는 높지만, 알몸으로 일어나 앉아 있어 어깨와 팔이 싸늘하다. 옆에서는 역시 알몸인 다츠야가 자고 있다. 쇄골. 마리는 다츠야의 쇄골을 손가락으로 살며시 더듬는다. 의사가 환자의 상처가 얼마나 심한지 살피듯 주의 깊게. 다츠야는 체온이 높다. 쇄골은 굵고 단단하다. 숨소리를 따라 오르내리는 가슴.

"어, 오늘 점장은?"

손님이 물었다.

"오늘은 좀 쉬고 있어요."

이렇게 대답하는 날이 많아진 것이 10월 중순부터였을까. 그때를 전후해서 '엔드라'에 빚쟁이들이 드나들기 시작했다. 갚아야 할 빚이 많이 밀린 것이다. 그들은 하나같이, 나는 폭력단원이올시다, 하는 풍모였다. 말투가 은근했고 마신 술값은 정확하게 지불했으며 반드시 셋이 다녔다. 그 셋이서도 상하 관계를 과시하는 태도를 보였다. 하카타에서도 이런 사람들을 많이 보았다. 마리는 그렇게 생각했지만, 기억에 있는 그 옛날의 야쿠자보다 품위도 없고 저질스러워 그만큼 더 불온한 느낌이 들었다.

그들은 다츠야가 있을 때 한 번, 없을 때 한 번 왔다 갔다. 두 번 다 공갈 협박만 했을 뿐 기물을 파손하지는 않았지만, 그 존재만으로도 충분히 험악했다. 그 가운데 나이가 가장 많은 사람은 손님에게 말까지 걸었다.

"여기 점장이 어떤 사람인지 가르쳐줄깝쇼."

다츠야는 휴직하지 않을 수 없었고 일주일 후에는 제 발로 가게를 떠났다. 오너 부부는 물론이고 다른 어느 누구도 막지 않았다.

빚쟁이들은 그 후에도 간간이 나타나 가게 문과 외벽에 종이를 붙이고 갔다. '약속불이행', '돈 갚아', '인간쓰레기' 라고 적혀 있는 종이였다.

이 집에서 나가줬으면 해. 그렇게 말해야 한다는 것을 마리도 알고 있었다. 혹시라도 사키를 그 일에 휘말리게 할 수는 없었다. 한편 그런 식으로 생각하는 자신이 잔인하다고 여겨졌다. 지난 6년 동안 다츠야가 마리에게 얼마나 큰 힘이 되어주었던가. 시즈오의 추천이 있었다고는 하지만, 뒷구멍으로 취직한 마리를 불편한 기색 하나 보이지 않고 받아들였고 안아주었다. 그렇다고 연애 감정을 품을 필요도, 품지 않는 것에 죄책감을 느낄 필요도 없다는 것을 깨우쳐주었다. 내가 좋아하는 남녀 관계. 마리는 그렇게 생각했다. 쾌적하고 자유로우며 안심할 수 있는 남녀 관계.

다츠야는 며칠씩 얼굴을 비치지 않을 때도 있었고, 자기 집처럼 돌아와 그대로 눌러앉는 일도 있었다. 이제 그는 쓰레기를 내다 버리지 않는다. 우동도 만들어주지 않는다. 사키에 대한 배려도 줄어들어 꿈지럭거리다 얼굴이 마주치는 일도 늘었다.

"사키도 다 알아."

그런 소리를 듣고도 부정할 수 없었다.

이불에서 나와 셔츠를 걸쳐 입고 마리는 생각한다. 게다가 다츠야는 어떻게 된 셈인지 전보다 투정이 많아졌다. 낮에 마리가 밖에 나가려고 하면 가지 말라고 한다. 옆에 있어달라면서 뒤에서 껴안고—그렇게 하면 마리가 좋아한다는 것을 아는 것이다—목덜미에 코를 비벼댄다.

마리는 커피를 끓이고 샤워를 했다. 정말 알 수 없다고 생각한다. 남자란 어쩌면 이렇게 갑작스럽게 약해지는 것일까. 빚은 현재 아버지와 히사시 씨가 의논해서 갚아나가고 있다고 한다. 그렇다면 이제 걱정할 일이 없지 않은가. 해가 바뀌면서 빚쟁이들은 더 이상 '엔드라'에 나타나지 않았다. 덕지덕지 붙여놓은 종이도 없어져서 가게 사람들 모두가 안도했다. 다츠야 역시 그랬을 것이다. 그런데 일자리를 찾으려 하지도 않는다. 무엇 때문에 이렇게 황폐한 생활을 할 필요가 있을까.

2월이다. 마리는 겨울비가 싫다. 하지메가 죽은 후로 빗소리 자체가 고통스럽다. 부엌에서 커피를 마시면서 마리는 빗소리에 귀를 기울인다. 온 마음을 다해. 지금 달리 해야 할 일이 무엇인지 모르기 때문이다.

연말에는 사키와 함께 후쿠오카로 내려갔다. 아라타의 침실에 놓여 있는 '엄마의 엄마의 뼈'에 사키는 하라는 대로 공손하게 두 손을 모으고 고개를 숙였다. 그리고 오랜만에 '프리, 프리'를 듣고 싶다고 해서 아라타를 즐겁게 했다. 그믐날에는 리에의 가게에 가서 넷이 가족처럼 식사를 했다. 초하루에는 성묘를 하고 초이튿날에는 큐를 찾았다. 그 모든 시간이 평온하고 정겨웠다. 마리는 그래서 더욱 도쿄로 돌아가고 싶은 충동을 느꼈다. 돌아가야만 할 것 같았다.

—더 멀리 가는 거야, 마리. 같은 곳에 오래 머물러서는 안 돼. 안 되는 게 아니라 사람은 누구든 한곳에 오래 머물 수 없으니까.

소이치로의 기척이 도처에서 속삭였다. 집에서도, 묘지에서도, 길거리에서도.

초하루 밤늦게 마리는 아파트에 전화를 걸었다. 다츠야가 받았다. 혼자 텔레비전을 보고 있다고 했다. 도쿄를 떠나기 전에 마리가 만들어놓은 닭찜을 먹고, 마리가 사둔 귤을 먹었다고 했다. 그때 안도했던 자신에게 마리는 혐오감을 느꼈다. 나가줬으면 좋겠다고 생각하는 한편, 그가 떠나지 않고 아파트에 있는 것을—그것도 설날에 혼자 있는 것을—다행이라고 생각하고 있다. 다른 여자에게도 가지 않고, 만화방이나 사우나도 아니고 마리가 사는 아파트에 있는 것을.

"남자는 죽든지 게으름뱅이가 되든지, 둘 중 하나야."

옥상 정원에서 큐에게 그렇게 말한 것은 어쩌면 야마베가 떠올라서였는지도 모르겠다. 일도 하지 않고 집에만 있으면서 마리가 밖에 나가는 것을 싫어하는 다츠야를 보면 때로 야마베가 생각났다.

커피잔을 씻고, 다츠야를 깨우고, 이부자리에서 시트를 걷어내 세탁기에 밀어 넣으면서 마리는 인정하고 싶지 않은 것을 인정했다.

하지만 사실은 난 기억하고 있다. 그때는 내 발로 들어갔다. 돈도 없고 갈 곳도 없어서. 전혀 남인 사람의 집에. 야마베는 받아주었다. 이런 것을 인과응보라 하는 것일까.

큐는 깜짝 놀라는 듯했다. 어리둥절한 표정으로 마리를 보고는 심각하게 말했다.

"난 아니야."

생각이 나서 마리는 살며시 웃었다. 정말 그렇다. 큐는 죽지 않았고, 조그만 옥상에서 게으름은커녕 보통 사람은 흉내도 내지 못할 만큼 부지런하게 일하면서 지내고 있다.

복도라 할 만한 공간은 아니지만—현관 안쪽에 있는 마룻바닥—끈적거려서 마리는 걸레질을 했다. 손을 댄 김에 사키 방도 청소할까, 하고 생각한다. 사키는 화를 내겠지만.

거실에서 텔레비전 소리가 났다. 빗소리와 텔레비전 소리. 마리는 짜증이 났다. 다츠야는 텔레비전만 보고 있다.

"마리는 잘 몰라. 보고 싶어서 보는 게 아니라고."

얼마 전에 잔소리를 좀 했더니 다츠야가 그렇게 말했다.

물론 마리는 이해할 수 없다. 보고 싶지 않으면 안 보면 되지 않는가?

다츠야가 가게를 그만둔 뒤로 둘 사이에 말다툼이 잦아졌다. 빈정거리는 투로 얘기하는 일도.

히사시 씨에게 고개를 숙여야 했던 것, 결국은 히사시 씨의 경제력에 기댈 수밖에 없었다는 것에 속이 상한 것이리라. 마리는 그렇게 추측하고 있다. 하지만 그렇다고 내게 화풀이할 필요는 없다.

마리는 또 커피를 끓였다. 마음을 진정시키려는 것이다. 포트에서 마지막 한 방울까지 떨어지는 것을 기다리지 못하고 컵에 따라 선 채로 마셨다. 뒤에 다츠야가 있는 것을 알아차리지 못했다.

"마리에게 죽은 남편 같은 사람이 내게도 있어."

다츠야가 불쑥 그렇게 말하는 바람에 마리는 뜨거운 커피를 꿀꺽 삼켜 목을 데고 말았다.

"아주 사랑했던 사람이라는 뜻이야?"

그렇게 묻자 다츠야는 갑자기 미소—그 상황에 걸맞지 않는 미소였다—를 지었다.

"음, 그렇다고 할 수 있지."

그러고는 다시 덧붙였다.

"지금도 사랑하는 여자."

"죽었어?"

자신에게 하지메 같은 사람이라면 살아 있지 않아야 한다고 마리는 생각했다.

"아니."

다츠야가 말을 더듬었다.

"그럼 헤어졌어?"

대답이 없다.

"커피 마실래?"

마리는 포트에서 커피를 따랐다. 대답을 듣고 싶지 않은 심정이었다.

"헤어졌다고 해야 하나, 그녀는 결혼한 사람이거든."

마리의 피를 끓게 하고 목소리를 떨게 한 것은 질투가 아니라 분노였다.

"가게에서 지카라 군이 봤다는 그 사람?"

다츠야는 어깨를 으쓱했다. 그것은 긍정의 몸짓이다. 그런 여자가 있다는 것을 다츠야는 지금까지 단 한 번도 말하지 않았다. 잠깐의 불장난이라거나 이제 막 안 여자라면 몰라도, 마리가 하지메를 소중하게 여기듯 자신에게도 그런 사람이 있다는 것을 말하지 않았다. 마리는 마치 연인인 양 했던 자신이 부끄러워졌다. 다츠야에게 모욕을 당했다는 기분도 들었다.

그런데 마리가 그 분노를 말이나 태도로 표현하기 전에 다츠야가 말을 꺼냈다.

"그 사람, 누나야. 결혼한 주제에 다른 남자가 생겨서 빚내면서까지 그 남자와 도망친, 정말 구제불능인 우리 누나."

마리는 뭐라 할 말이 없었다.

'엔드라'는 그날 밤도 성황이었다. 차가운 비가 온 세상을 적시고 있는데도 손님은 밤의 거리 어디선가 나타났다. 다츠야의 자리가 비어 마리는 앉을 새도 없이 바빠졌다. 마리는 모든 것에 꼼꼼히 신경을 쓰는 성격이 아니다. 그래서 다츠야가 얼마나 든든한 존재였는지 원치 않아도 저절로 알게 되었다.

"마리."

단골손님인 오타 씨가 불러 옆자리에 앉아 잠시 얘기라도 나누려는 찰나에 다른 테이블에서 또 손님들이 불렀다. 카운터 자리에 있는 손님은 지카라가 상대해주니까 그나마 신경을 좀 덜 써도 되지만, 다츠야라면 그곳에도 주의를 게을리하지 않았을 것이다. 가운데 테이블에 있는 젊은 무리가 쉴 새 없이 주문을 해댔다. 참 잘도 마시는 젊은이들이라고 마리는 생각한다. 2, 3인분을 한꺼번에 주문하면 좋을 텐데. 쇼코 씨가 지그를 연주해도 춤 출 틈이 없다.

"마리 씨도 마셔야지."

손님이 잔을 내밀면 음악에 맞춰 몸을 흔들면서 기껏해야 절반 정도 마시는 게 고작이었다.

저쪽에서 부르면 이쪽에서도 부르고. 술을 갖다주고, 재떨이를 비우고, 가득 찬 우산꽂이에서 물이 떨어져 바닥에 고여 있으면 걸레로 닦고. 그러다 보면 화장실에 휴지가 없다고 손님이 투덜거리고.

문을 닫을 즈음에는 지쳐서 몸이 후들거렸다. 지카라도 지칠 대로 지친 모양이었다.

다츠야가 있었다면. 하지만 그 말은 가게 안에서는 해서는 안 될 말인 듯했다.

누나야.

다츠야의 말이 의식에서 지워지지 않았다. 그 사람은 다츠야가 태어날 때부터 줄곧 다츠야 옆에 있었다. 마치 소이치로가 마리에게 그런 것처럼. 이해할 수 있는 상황이 아니다. 아니, 상상도 할 수 없다고 마리는 생각한다. 하지만 놀라움과는 반대로 강한 친근함이 솟구쳤다.

불편하고 어색한 날들이 계속되었다. 마리가 일을 끝내고 집에 들어가면 다츠야는 거실에서, 사키는 자기 방에서 자고 있는 날도 있었다. 다츠야가 없을 때도 그의 옷과 책과 잡지가 그냥 널려 있고, 먹고 난 그릇도 그대로 방치되어 있었다.

헤어지는 편이 낫다. 다츠야의 누나와는 무관하게. 그것은 명백한 일이었다. 하지만 마리의 생각은 늘 한 곳에서 맴돌고 만다. 애당초 우정으로 시작된 관계를 어떤 식으로 끝내면 좋을까.

"지금 뭐라고 했어?"

사키 말고는 다츠야와의 관계를 아는 유일한 사람인 미치루가 눈을 부릅떴다.

"인과응보."

다시 말하자 미치루는 어이가 없다는 투로 말했다. 오늘 밤 '엔드라'는 웬일로 한산하다. 미치루는 유미코 씨를 기다리면서 소파에 앉아 콜라를 마시고 있었다.

"무슨 바보 같은 소리를 하는 거야. 그까짓 남자 하나 가지고."

미치루는 코를 잔뜩 찡그리고 태연하게 말했다. 아, 오랜만이네, 하고 마리는 생각한다. 이 퉁명스러운 말투와 표정. 가정교사로 자신을 가르쳤을 때와 똑같다.

"전에도 비슷한 말을 한 적이 있었어."

미소를 띠고서 마리는 말했다.

미치루는 어깨를 으쓱하고는 말했다.

"그랬나? 난 기억 안 나는데."

"그러니까, 내가 하려는 일이."

마리는 말을 꺼냈다가는 다시 입을 다물고, 오래전에 야마베에게 했던 것과 똑같다고 마음속으로 대답했다.

"그게 뭐?"

미치루의 채근에 마리는 잠시 생각했다.

"내가 필요할 때는 좋아하고 그쪽에서 필요로 할 때는 부담스럽다고 버리는 꼴이잖아."

그리고 자신이 한 말에 충격을 받았다. 예상치 못한 큰 충격이었다.

미치루는 부정하지 않았다. 잠자코 마리를 쳐다보더니 풋, 하고 쓴웃음을 흘렸다.

"정말 안 되겠다."

그 말투가 우스워서 마리도 웃었다. 충격은 아직 가시지 않았지만.

"마리는 여전하구나. 난감해하면서 꼼짝도 못하고 있어. 전에도 말했지만 이것저것 생각하지 말고 일단은 뛰어들어. 안 그러면 인생, 꼼짝달싹할 수 없어져."

"기억 안 난다면서."

마리는 그렇게 말했다. 정말 자신은 안 되겠다고 스스로 생각했다. 조금은 성장했는 줄 알았는데. 성장하고, 자립해서, 딸을 키우고 쾌적한 남녀 관계를 즐기는 줄 알았는데.

"아무튼 마셔, 손님들 더 오기 전에. 내가 살 테니까."

마리는 그 말을 따라 카운터 안쪽으로 들어가 진 토닉을 만들었다.

"좋은 일만 하면서 살 수는 없다고 그렇게 말했는데, 너처럼 머리 나쁜 사람도 드물 거야."

소파에서 미치루가 커다란 소리로 말했다.

"그러게요."

지카라가 맞장구를 쳤다.

간단한 일은 아니었다. 남자가 두고 간 짐을 버리는 것과 짐이 되어버린 남자와 헤어지는 건 같은 일이 아니다.

마리 눈에 이미 다츠야는 아름다운 남자가 아니었다. 길쭉한 손가락도, 예리한 얼굴 윤곽도, 세련된 스타일도, 조심스러운 몸짓도. 마찬가지로 다츠야 눈에 마리가 이제는 매력적인 존재로 비치지 않는다는 것도 알고 있었다.

예전에는 그렇게 신뢰하고 우정을 쌓았고 서로를 이해했는데. 마리는 다츠야의 누나라는 사람이 무책임하다고 생각했다. 마리를 남겨두고 죽은 소이치로와 마찬가지로 무책임하다고.

봄. 창문을 열자 서향의 향내가 풍겼다. 일어나서 학교에 갈 때까지 사키는 마리에게 한마디도 하지 않았다.

"계란은 어떻게 해줄까?"

"빠뜨린 거 없지?"

이것저것 물어도 대답은커녕 반응조차 보이지 않았다.

"대답 정도는 할 수 있잖아."

그렇게 잔소리를 했는데도 사키는 말이 없었다. 당연한 일인지도 모른다. 창문 앞에 서서 마음을 진정시키려고 바깥 공기를 한껏 들이쉬면서 마리는 생각했다. 집안 분위기가 이렇게 짜증스러운데 사키가 화를 내는 것도 당연하다고.

다츠야는 거실에서 담요를 덮고 자고 있다. 그 바로 옆에 있는 부엌에서 사키는 아침을 먹고 학교에 갔다. 마리는 심호흡을 했다. 지켜봐, 하고 소이치로에게 말했다. 살아가는 게 얼마나 힘든지. 그것은 소이치로와 다츠야 누나 모두에게 하고 싶은 말이었다.

쓰레기봉투를 들고 와 다츠야의 소지품을 닥치는 대로 집어 담았다. 잡지와 책은 끈으로 묶고, 컴퓨터와 CD는 처음에 들어 있었던 이사용 종이상자에 다시 집어넣었다.

노래해 노래해, 노래해 노래해, 노래해 노래해.

그러는 내내, 소리는 내지 않고 마음속으로만 주문을 외듯 노래했다. 지금 쓰레기를 처리하고 있는 것은 지금의 내가 아니라 어렸을 때의 나다. 마리는 그렇게 생각했다. 근원의 나. 어렸을 때의 내게는, 이시바시 다츠야란 남자 따위 모르는 사람이다.

노래해 노래해, 노래해 노래해, 노래해 노래해.

신이 날 정도로 작업이 척척 진행되었다. 발소리가 나지 않게 조심하지도 않았다. 다츠야가 간혹 시끄럽다는 듯이 몸을 움찔거렸다. 그러니까 자고 있지 않다는 얘기다.

마리는 마지막으로 담요를 휙 걷어내, 그것도 쓰레기봉투에 쑤셔 넣었다. 어차피 이제 낡아서 버려야 하는 것이다.

그런데도 다츠야는 일어나지 않았다. 등을 잔뜩 움츠리고 두 손을 무릎 사이에 낀 채 옆으로 누워 있었다.

"노래해 노래해, 노래해 노래해, 노래해 노래해."

이번에는 소리 내서 노래했다. 아주 어렸을 때도 마음을 강하게 다지고 싶을 때면 이렇게 노래했다. 그때도 할 수 있었는데, 지금이라고 못할 리가 없다.

현관문을 열고 층계참으로 쓰레기를 내던졌다. 하나, 둘, 셋. 종이 상자를 잡고 질질 끌어냈다. 하나, 둘. 너덜너덜한 상자를 억지로 잡아당겼더니 모퉁이가 찢어졌다. 그곳은 공용 구역이지만 상관하지 않았다.

문을 닫고 갑자기 깔끔해진 방으로 돌아갔다. 다츠야는 아직도 같은 장소에 같은 자세로 누워 있었다. 꼭 감은 두 눈에 눈물이 번져 있었다.

10

"그 남자애 꿈, 또 꿨어."

사키가 말했다. 한여름. 마리는 컵에 보리차를 따라 여주 무침과 토스트 옆에 놓았다. 남자아이는 커다란 눈에 속눈썹이 길고 피부가 갈색이라고 한다. 검은 머리는 인형처럼 구불구불한데 사키를 보면 언제나 싱긋 웃어준단다.

"오늘은 아주 밝은 곳에서 손까지 흔들어주었어."

바삭하고 경쾌한 소리를 내며 토스트를 한 입 베어 문 사키는 기쁜 표정이다.

"밝은 곳이 어떤 데야?"

"잘 모르겠어. 하지만 그 남자애 집 정원이 아닐까. 그곳에 있을 때가 많았으니까. 날씨가 좋고, 꽃들도 많이 피어 있고, 분수도 있어."

"분수? 꽤 부잔가 보네."

사키는 고개를 갸웃했다.

"잘 모르겠어. 주위에 사람들이 굉장히 많던데. 전부 어른이고 외국 사람이었어. 그런데 내가 거기 있는 걸 다른 사람들은 모르는 것 같았어. 그 남자애만 나를 보더니 손을 흔드는 거야."

사키는 기억을 더듬으면서 말했다.

"토스트 하나 더 먹을래?"

"아니, 됐어."

이 여름, 사키는 열한 살이 되었다. 남자아이 꿈을 꾸는 것은 어제오늘 시작된 일이 아니지만 과연 정상적인 것일까, 하고 마리는 생각에 잠긴다. 전문가가 분석하면, 무슨 좋지 않은 증상이 드러나는 것은 아닐까. 모녀 가정의 영향이니, 엄마의 남자관계가 어떻다느니.

"남자라고 하면……."

말하는 순간 맥락이 없다는 것을 알았다.

"남자가 아니고, 남자애야."

사키가 짜증스럽다는 듯이 미간을 찡그리며 정정했다.

"시즈오 씨가 다음 주쯤에 같이 식사하자고 하던데."

"아싸!"

밝은 목소리다. 사키는 시즈오를 많이 따른다.

내년에 시즈오는 일본의 세 도시에서 대규모 전시회를 가질 예정이다. 이번에는 사전 조사와 협의를 위해 귀국하는 듯했다.

"엄마, 이제 시즈오 모델 안 해?"

사키는 그렇게 묻고는 보리차를 꿀꺽꿀꺽 마시며 말을 이었다.

"하면 파리에 또 갈 수 있을 텐데."

"글쎄."

대답하고서 마리는 슬며시 웃었다. 시즈오의 집에는 지금 중국인 모델이 살고 있다고 한다. 필립에게서 온 편지에, 시즈오의 새로운 뮤즈라고 쓰여 있었다.

—난 당신을 또 그릴 겁니다.

약속한 기간이 지나 일본으로 돌아갈 준비를 하는 마리에게 시즈오는 그렇게 말했다.

—음, 아마 당신이 아름다운 노부인이 되었을 때쯤.

—노부인?

마리는 소리 내어 웃었다.

—그때 자신이 몇 살이나 되었을 것이라 생각하지요?

아주 오래전의 일처럼 여겨진다. 겨우 4년 전인데, 많은 것들이 변하고 말았다. 작년에 날아온 기요의 부보에 이어, 올봄에는 아사가 죽었다. 마리가 소식을 들었을 때는 이미 화장을 한 후였다. 장례는 가족끼리 치렀다는 매정한 내용을 보고서, 향이라도 피우고 싶어 서둘러 찾아갔다. 사람은 정말 죽는다. 그리고 어느 날 갑자기 없어진다.

"이제 모델 하는 일은 없을걸. 그래도 이번 전시회에는 엄마를 그린 그림이 몇 점 출품될 거야."

마리의 말에 사키는 고개를 끄덕이고는, 벽에 걸린 시계를 보았다.

"수영장에는 몇 시에 갈 거야? 그때까지 밖에서 놀다 와도 돼?"

그렇게 묻고 사키는 허둥지둥 뛰어나갔다.

마리는 지금도 다츠야를 내쫓은 건 몹쓸 짓이었다고 생각한다. 하지만 사람이란 결국 앞으로 나아갈 수밖에 없지 않을까.

지난봄 '엔드라'에도 새 점장이 왔다. 오너 부부가 간곡하게 부탁해서 데리고 왔다는 점장은 전에 아사쿠사에서 일했다고 한다. 쉰 줄의 가무잡잡한 남자로, 늘 빨간 멜빵을 하고 가게에 온다. 성이 다케다라서 보통 다케 씨라고 부르는데 온화한 성품에 붙임성도 좋다. 말투에 사투리가 섞여 있어 독특한 매력을 더한다.

다케 씨는 금방 '엔드라'에 적응했다. 신기한 것은 다츠야와 다케 씨는 전혀 닮지 않았는데, 점장이 바뀌어도 가게 분위기는 변하지 않았다는 점이다.

"다케 씨, 좀 요괴스럽네요."

지카라가 그렇게 말하며 웃었다.

"이 가게에 딱이에요."

정말 그렇다. 헤어크림을 듬뿍 바른 머리에 빨간 멜빵을 한 다케 씨는 중후한 커튼과 촛불로 다소 중동 분위기를 낸 어두운 실내에 녹아든다. 낮의 햇살 속에서는 살 수 없는 인종처럼.

다츠야가 없어진 후 마리는 스스로 제안해서 와인의 종류를 늘려나갔다. '엔드라'에 부족한 것이 있다면 바로 와인이라고 오래전부터 생각했기 때문이다. 와인은 다른 술과는 다른 매력이 있었다. 그리고 과거 시즈오의 살롱에서 밤마다 마셨던 강렬하고 유쾌했던 다양한 와인의 기억도 큰 영향을 미쳤다.

지금 마리는 소믈리에 자격증을 따기 위해 공부하고 있다. 강의를 듣고 책을 읽고, 가계부가 허락하는 한도 내에서 와인을 사서 직접 맛을 비교한다. 주위 사람들도 다들 알고 있어, 귀한 와인이 있다 싶으면 마리에게 사다 주기도 한다. 선물이라면서, 자료라면서.

성원해주는 사람들이 있다는 사실은 마리에게 큰 힘을 준다.

—남자 따위 필요 없어. 좋아하게 되었다 싶으면 죽든지 게으름뱅이가 되든지, 둘 중 하나야.

마음속으로 소이치로에게 말한다.

"난 아니야."

그렇게 말했던 큐가 생각났다. 심각한 표정으로, 놀란 듯이. 혼자 손으로 만든 그 숲에 서서.

지난봄, 아사의 불단에 향을 피우러 갔다 오는 길에 들렀더니 큐 옆에 낯선 남자가 있었다. 오치아이 씨라고 소개를 받았다. 큐의 신변을 보살피는 보디가드라고. 소탈한 남자였다. 소개를 하자 마리에게 꾸벅 고개를 숙였지만 말은 없었다. 그리고 마리와 큐가 얘기하는 동안 어디론가 없어졌다가 마리가 돌아가려는 때 다시 나타났다.

"여기에 있으면 마음이 차분해지죠?"

그가 마리에게 말을 붙였다.

"도쿄에서 왔다면 이 숲의 고요함이 한결 몸에 젖어들겠군요."

뭐라 대답하면 좋을지 몰라 마리는 애매하게 고개만 끄덕였다.

"이거 죄송합니다. 나도 식물을 좋아해서."

남자는 말이 지나쳤다는 것을 부끄러워하는 것처럼 얼른 그렇게 말하고는 웃었다. 이의 절반이 금니였다.

마리가 당황한 것은 그 남자가 무전기를 들고 있어서였는지도 모르겠다. 보디가드. 초능력이라는 것 때문에 큐는 무전기까지 필요한 입장에 놓여 있는 것이다.

마리는 한숨을 쉬었다. 세상이란 참 마음 같지 않다. 마리의 눈에 비친 큐는 사고 탓에 기억과 언어에 장애가 있다는 것 말고는 둔덕에서 잔디 썰매를 함께 탔던 어렸을 때와 다름없는데. 손을 대지 않고도 돌을 뜨게 할 수 있고 물건을 움직일 수 있다고 해서, 그게 뭐 어떻다는 것일까? 하지만 어떤 사람들에게는 그것은 그냥 내버려둘 수 없는 중대한 능력이리라. 아닌 게 아니라 오치아이란 남자도 큐를 '선생님'이라고 불렀다.

다케 씨가 등을 쿡 찔렀다.

"마리 씨, 저쪽 손님들이 심심해하는 것 같은데 가서 분위기 좀 띄우라고."

"네."

마리는 대답하면서 그쪽 테이블로 향한다. 오늘 밤도 '엔드라'는 손님들로 북적거린다. 쇼코 씨의 피아노가 경쾌한 찰스턴을 연주하기 시작한다.

시즈오가 알려준 곳은 롯폰기 어귀에 있는 생선초밥집이었다. 사키를 데리고 지하철에서 내린 마리는 한 손에 지도를 쥐고 사람들이 많은 네거리를 건넜다.

"아직 하늘이 밝네."

해거름. 바람은 시원한데 공기에는 한낮의 열기가 아직 남아 있다.

"시즈오, 기다리고 있으려나."

사키가 들뜬 목소리로 말을 이었다.

"좀 늙었겠지? 시즈오, 지금 몇 살이더라."

마리는 풋, 하고 웃었다.

"작년에 만났잖아. 별로 변한 거 없을 거야. 엄마도 이렇게 안 변했잖아."

1년 만에 눈에 띄게 변한 것은 사키뿐이라고 말하려다 말았다. 말을 하고 나면 사키의 변화와 성장이 확고해질 것 같아서였다.

"음. 하긴, 그럴지도 모르지."

마리를 보면서 사키는 냉정하게 말한다.

"말투가 좀 이상하다. 무슨 뜻이니?"

귀에 거슬리는 척하면서 마리는 낮은 목소리로 말했다. 자신들이 둘 다 평소보다 들떠 있다는 것을 알고 있었다. 재회를 진심으로 고대하고 있는 것이다.

"잠깐만."

잡화점 앞에서 사키가 걸음을 멈췄다.

"이거 사자. 선물하게."

사키는 고무 마스크를 집어들고 말했다.

"아오야마 씨에게 프랑켄슈타인을 주자고?"

"참 안 어울리겠다!"

마리와 사키는 동시에 말했다. 둘은 웃으면서 마스크를 들고 계산대로 갔다. 둘은 한결 기분이 들떠 목캔디이다, 폭죽이다, 불필요한 것까지 사고 말았다.

좁은 계단을 내려가자 조그만 가게가 있었다. 시즈오는 청결한 냄새가 솔솔 풍기는 원목 카운터 구석 자리에 앉아 있었다. 검은 티셔츠에 청바지, 보기 드물게 캐주얼 차림이었다.

"여어."

시즈오가 마리를 보고서는 미소 지었다. 젊은 종업원이 의자 두 개를 끌어당겨 주었다. 사키는 말없이 서 있다. 작년에는 마리보다 먼저 시즈오를 알아보고는 주저 없이 달려가더니.

"앉아."

마리가 사키를 채근했다.

"안녕, 잘 지냈어?"

시즈오가 사키에게 말한다.

"안녕하세요."

사키가 쑥스러워하며 대답했다. 그리고 마리가 앉으라고 한 자리가 아닌 그 옆 의자에 앉았다.

"호오, 그렇군."

시즈오가 말했다.

"과연 거기 앉으니까 좋군. 사키가 가운데 앉으니 가족처럼 보이는데."

사키가 방긋 웃는다. 그렇죠? 하는 표정이다. 마리를 사이에 두고서 시즈오와 사키는 눈짓을 주고받으며 고개를 끄덕인다.

맥주를 마시고 신선한 생선초밥 몇 개를 먹었다. 가자미, 농어, 전어, 그리고 전갱이.

"어머님 일은 유감입니다."

시즈오가 차분한 목소리로 말했다.

"묘소에 다녀왔어요."

어제까지 시즈오는 후쿠오카에 있었다. 어쩌다 귀국해도 한곳에 지긋하게 머물 수 없는 분주함은 여전하다. 다음 주에는 교토에 간단다.

"고마워요."

마리가 고개 숙이며 말하자 사키도 살그머니 고개를 숙였다.

"당신 어머님 한번 만나 뵙고 싶었는데."

말에 미소가 담겨 있었다. 시즈오는 정종을 주문했다.

"그 정원을 혼자 힘으로 만드신 분이니까. 난 존경하고 있습니다. 당신의 어머님이니 아름다우리라는 것과는 상관없이 말이죠."

묘지의, 연못 옆 은행나무 잎이 예쁜 초록색이었다고 한다.

"아버지 집 정원에는 협죽도가 한창이더군요. 유럽에서 사는 사람 눈에 고향의 색조가 얼마나 강렬하던지. 물기에 젖어 촉촉한 것은 아시아적이고 말이죠. 상점가에 걸려 있는 초롱도, 저녁 어스름에 빨갛게 불빛이 번지니 뭐라 말할 수 없이 요염하더군요."

정종은 엷은 호박색이었고, 놀랍게도 셔벗처럼 절반은 얼어 있었다.

자그마한 초밥이 입에 넣으면 사르르 녹았다. 그렇게 맛있는 초밥은 지금까지 먹어본 적이 없었다. 그중에서도 반짝거리는 다랑어, 그리고 시즈오가 '여름에, 그것도 한 이십 일 동안만 먹을 수 있다'고 한 다시마에 싼 금눈돔은 두 번이나 시켰다. 시즈오는 아름다운 실내 장식에 눈이 휘둥그레지고, 음식 맛에 감탄의 한숨을 쉬는 마리와 사키를 흐뭇한 표정으로 바라보고 있었다.

'엔드라'의 새 점장 얘기를 했다. 붙임성이 좋은데도 카리스마가 있어서 무척 든든하다는 것, 바텐더인 지카라 군이 그를 '요괴스럽다'고 평했다는 것. 마리가 다케 씨의 사투리를 흉내 내자, 사키와 시즈오는 어깨를 푸들거리며 웃었다.

마리는 소믈리에 자격증을 따려고 공부하고 있다는 얘기도 했다. 새로 시작한 공부가 재미있어서 약간 흥분하고 말았다.

"물론 시즈오 씨에게 배운 고급 와인의 맛도 잊을 수 없지만, 파리에서는 평범한 카페에서도 부담 없이 와인을 마시잖아요? 값은 싸면서도 맛있는 와인. 그런 와인이 우리 가게에도 많이 있으면 좋겠다 싶어서요."

잠자코 얘기를 듣고 있던 시즈오가 후, 하고 한숨 같은 미소를 흘리며 말했다.

"불변하는 것."

"불변하는 것?"

마리가 되물었다.

"건강해 보여 다행이군."

시즈오는 그렇게만 대답했다.

식후에 차가 나오자 사키가 시즈오에게 선물을 건넸다. 노란 플라스틱 주머니에서 마스크를 꺼낸 시즈오는 화들짝 놀라는 듯하더니 이내 표정을 가다듬고 그로테스크하게 생긴 초록색의 물건을 요모조모 뜯어보았다.

"어울리겠는데."

하지만 그 자리에서 써보지는 않아서 마리는 살짝 실망했다.

"소중하게 간직하지."

사키는 마스크를 가방에 넣는 시즈오를 보고 만족한 듯했다.

택시를 타기 전에 잠시 걷고 싶다고 한 쪽은 시즈오였다. 마리와 사키도 그러자고 하고 둘이 지도를 보고 걸어온 길이 아닌 좁은 뒷골목으로 어슬렁어슬렁 걷기 시작했다.

"놀랍네요."

마리는 말을 이었다.

"시즈오 씨는 후쿠오카에서 태어나 파리에서 살고 있는데, 도쿄 지리를 참 잘 아네요. 나는 지도가 없이는 그 가게에도 절대 못 찾아갔을 텐데."

밤바람이 살랑살랑 불었지만 후텁지근한 것은 여전했다. 술과 닭 꼬치를 파는 조그만 가게에서 냄새와 연기가 흘러나왔다. 시즈오에게는 이런 풍경도 '아시아적'으로 보이겠지, 하고 생각했다.

우후후, 하고 시즈오가 웃었다.

"롯폰기도 많이 변하기는 했지만 길의 구조까지 변하지는 않았으니까."

불변하는 것. 방금 전에 시즈오가 한 말이 떠올랐다. 과연 어떤 의미였을까.

"후쿠오카도 그렇죠. 변했다고 하면 변했다 할 수 있고, 안 변했다고 하면 조금도 안 변했다고도 할 수 있으니까."

시즈오가 느긋한 말투로 말했다.

"아, 그러고 보니 어머님의 정원이 있던 자리에 맨션이 거의 완성되었더군."

거리에서 보는 젊은 사람들의 옷차림이 변했다느니, 강변의 막다른 곳에 거대한 건물이 생겼다느니, 하고 시즈오는 후쿠오카의 변화에 대해 생각나는 대로 말했다. 마리는 아라타를 생각했다. 그 거리에 아빠를 홀로 내버려 둔 기분이 들었다. 먼지와 물건만 쌓여 있고, 그 물건들이 모두 과거와 이어져 있는 그 집에서 아빠는 지금 뭘 하고 있을까?

"초능력 붐도 그렇고."

건널목에서 빨간 신호에 멈춰 선 시즈오가 중얼거리듯 말했다.

"텔레비전을 켜도 온통 그 이야기였어."

마리는 아무 대꾸하지 않았다. 큐에게는 특별한 힘이 있다. 오랜 옛날, 누구보다 먼저 그것을 알아차린 사람은 소이치로였다. 마리는? 마리에게는 없는 거야? 뾰로통해서 묻자 소이치로는 웃으면서, 우리 마리는 똑똑하잖아. 똑똑하고 귀여우니까 그거면 충분하잖아, 하고 말했다.

"하기야 어디까지가 사실인지는 알 수 없지만, 적어도 그 사람이 원예가로서 훌륭한 재능을 갖고 있는 것만은 틀림없는 것 같더군."

뿌연 밤하늘에 하얀 반달이 떠 있었다.

"시즈오 씨는 초능력을 믿나요?"

뜻하지 않게 강한 말투가 되고 말았다. 이유는 알 수 없지만 부정해주기를 바랐다. 그런 게 있을 리 없지요. 그렇게 말하면서 웃어주기를 바랐다. 그런데 시즈오는 이상하다는 표정으로 마리를 보았다.

"당신은 믿나요?"

생각해본 적도 없다는 얼굴로 시즈오는 잠시 말이 없었다.

"물론 그런 것의 존재는 알고 있어요."

그러고는 신중하게 말했다.

"믿느냐고 물으면, 대답하기 곤란하지만 존재는 알고 있어요. 다만 나는 초능력이란 말을 싫어해서. 그것은 초능력이 아니죠. 그냥 능력입니다."

어느 틈에 큰길로 접어들고 있었다.

"지하철을 탈 거면 저기가 역입니다."

시즈오가 큰길 왼쪽을 가리키며 말했다.

그냥 능력이라, 마리는 그 말을 속으로 되풀이했다.

"그럼 나는 여기에서 택시를 탈 테니까."

거리는 사람과 소음, 그리고 네온사인 빛으로 넘쳐났다.

"한동안은 이리저리 오가는 생활을 할 테니 또 전화하지요. 다음에는 와인을 마실 수 있는 가게로 갑시다."

한 손을 들고 말하면서 시즈오는 웃었다.

7장

아빠와 엄마, 그리고 소이치로

1

큐, 잘 지내? 가을이야. 수영장에서 돌아오는 길에 고추잠자리를 봤어. 눈앞을 휙 지나갔어. 도쿄에 고추잠자리가 있네, 하고 생각했지. 옛날에 우리 상자 종이로 잔디 썰매 탔던 둔덕 기억나? 거리 전체가 내려다보이고 머리 위로 비행기가 날아다녔던 둔덕. 가을이면 억새밭에 고추잠자리가 많이 날아다녔지. 억새밭 옆에 만지면 부스럼이 나는 나무가 있었는데 기억나? 붉은색, 동그란 열매가 열렸던 나무.

큐의 활약상, 여기에서도 텔레비전이나 신문을 통해 보고 있어. 정말 놀랍더라. 큐리안이라는 사람들이 있다면서? 잘은 모르지만, 기사 내용이 좀 무서웠어. 아줌마와 긴지 아저씨, 그리고 오치아이 씨가 있으니까 괜찮을 거라고 생각하지만, 옥상 생활 조심해.

나와 사키는 잘 지내. 가끔 말다툼을 하지만 사이좋게 지내고 있어. 사키는 점점 반항이 심해지는 것 같아. 하지만 오빠는—물론 나만의 상상이지만—마리를 꼭 닮았다면서 웃겠지. 내가 어렸을 때는 좀 더 순진했다고 생각하는데.

일은 별 탈 없이 순조롭고 아주 재미있어. 나의 천직이라고 생각해. 생각해봐, 일하면서 술도 마실 수 있고 춤도 출 수 있잖아. 그런 일자리, 구하기 쉽지 않을 거야.

언젠가 큐에게도 가게를 구경시켜주고 싶어. 그곳에서 일하는 사람들도. 그곳과 그곳 사람들은 나의 자랑이야.

후쿠오카에 내려가면 숲으로 놀러 갈게. 안녕.

마리가

봉투를 봉하고 우표를 붙였다. 인생은 참 알 수 없다, 고 마리는 생각한다. 닥치는 대로 살아왔는데도 천직을 찾았다. 친구 따위는 필요 없다고 생각했는데, 지금은 친구들에 에워싸여 있고 그것을 자랑스럽게 여기고 있다. 그리고 몇 년이나 외국을 떠돌았던 큐가 지금은 옥상에서 선인처럼 살아가고 있다.

하기야 세상에서는 큐를 선인이 아니라 아주 위험한 호칭으로 부르고 있다. '신시대의 신'이라 추앙하는 사람도 있고 '사기꾼'이라고 폄훼하는 사람도 있다.

"큐 자신은 전혀 자각이 없을 거야. 그런 거 다 매스컴의 농간이지."

아라타는 그렇게 말하지만, 1년 만에 귀국한 시즈오까지 화제로 삼을 정도로 큐를 둘러싼 보도는 과열 상태였다. 마리는 큐에게 연인이 있다는 기사도 읽었다. 기사 내용을 보니, 연인은 과거 안마 시술소 아가씨였으며 초능력자 큐를 내조하고 있다고 한다. 과연 그럴까.

"초능력자 큐란 말이지."

마리는 소리 내어 중얼거렸다. 그 말은 큐에게 그리 어울리지 않는다고 생각했다. 큐는 훨씬 더 깊이 있고 체온이 높은 사람이다. 상대를 쏘아보는 듯한 눈길로 수줍게 웃는 사람이다.

준비를 하고 댄스 학원에 갔다. 돌아오는 길에 편지를 우체통에 넣고 식료품을 샀다. 오늘 저녁 반찬은 생선회와 돼지고기 된장국, 그리고 감자 샐러드다. 사키와 둘이 저녁을 먹은 다음 마리는 자전거를 타고 직장에 간다.

남자가 없으니 하루하루가 막힘없이 술술 흘러간다. 페달을 밟고 온몸으로 밤바람을 맞으면서 마리는 생각했다. 거의 웃음이 나올 만큼 아무것도 거침이 없다.

벌레 소리, 하나둘 별이 돋는 하늘, 늘 오가는 골목길. 지나치는 집에서 새어 나오는 불빛과 텔레비전 소리, 레스토랑 뒤쪽에서 흘러나오는 후끈한 냄새와 바람.

'엔드라'의 문을 열면 거기에는 자신이 있을 곳이 있다.

'엔드라'의 단골손님 중에 후지타 나츠코라는 여자가 있다. 삼십대 전반에 체구가 단단하고 눈이 큰 여자로, 직업은 택시 운전사다. 물론 비번인 날에만 오는 손님이지만, 그래도 일주일에 두세 번 이른 시간에 혼자 훌쩍 나타나 카운터 제일 끝자리—지정석이다—에 앉아 맥주나 진 토닉, 또는 블러디 메리를 맛나게 마시고 간다. 절대 취할 정도로 마시지 않는다. 수다스러운 성격이 아닌 듯 누가 뭐라 묻지 않으면 입조차 열지 않지만, 물으면 허물없이, 기분 좋게 대답한다.

마리는 그 손님이 마음에 들었다. 소탈하면서도 음울하지 않고, 육체노동을 하는데도 인생살이의 신산이 전혀 느껴지지 않았다.

그 후지타 나츠코가 지카라와 결혼한다는 것을 마리는 무르익은 가을에야 알게 되었다. 결혼식과 피로연은 없고, 서로의 부모님에게는 이미 인사를 한 터라 해가 가기 전에 혼인신고를 할 예정이라고 했다.

"난 전혀 몰랐네."

마리가 말하자 지카라는 유쾌하게 웃으면서 말했다.

"그 점에는 자신 있었지요. 마리 씨는 절대 모를 거라고. 미치루 씨는 눈치챘을지도 모르겠다 싶었고, 이시바시 씨가 있었더라면 틀림없이 알아챘을 거라고 생각했지만."

"참 내, 왜 나만."

마리는 일부러 기분이 상한 척했다.

"그럼 나만 둔하다는 얘기잖아."

"아니, 그런 게 아니라 마리 씨는 사람을 의심하지 않잖아요. 좋은 일이든 나쁜 일이든. 마리 씨는 사람을 의심하지 않는다, 뭐 그렇다는 얘기죠."

"그래요, 맞아요."

옆에서 나츠코 씨도 웃으면서 고개를 끄덕였다.

샴페인을 새로 따고, 쇼코 씨는 무슨 속셈인지 생일 축하 노래를 치기 시작했다.

해피 버스데이 투 유, 해피 버스데이 투 유.

박수. 그리고 손님들 사이에서 '축하해요'라는 소리가 터져 나왔다. 지카라와 나츠코 씨는 겸연쩍은 듯 고개 숙여 답했다.

"축하해."

마리는 진심으로 말하고, 두 사람을 차례로 포옹했다.

"이 가게에는 축하할 일이 줄을 잇는군. 이러다 내가 재혼한다고 하면 마리 씨는 어쩌나."

빨간 멜빵의 다케 씨가 말했다. 헤어크림을 듬뿍 바른 머리와 본인이 매력 포인트라 주장하는 덧니. 다케 씨가 축하할 일이 줄을 잇는다고 한 것은 쇼코 씨가 임신 4개월이기 때문이다. 그 뉴스에도 마리는 크게 놀라고 기뻐했다.

소중한 사람들의 인생에 좋은 일이 생기면 뿌듯하도록 기쁘다.

1998년 봄, 사키는 초등학교 6학년이 되었다. 그해 여름, 마리는 처음 치른 소믈리에 시험에서 떨어졌다. 주위 사람들은 단번에 붙는 사람은 많지 않다고 위로해주었고 사키는 그렇게 열심히 공부했는데, 하고 동정해주었지만 마리 자신은 조금도 기가 죽지 않았다.

"시험에 떨어지는 거 익숙한데, 뭘. 1년 더 공부하다 보면 그만큼 지식도 늘어날 테고."

진심이었다. 서두를 필요는 없다. 몇 년이 걸리든 상관없고, 언젠가는 반드시 합격할 거라고 믿었다.

"엄마, 너무 낙천주의 아니야?"

사키는 피식거리며 그렇게 말했지만, 과거의 시험문제를 퀴즈 형식으로 출제해주는 정도의 협력은 앞으로도 계속하겠다고 약속했다.

시즈오의 전시회는 개인 소장품까지 포함해서 회화 80점에 유년 시절부터 현재에 이르는 시즈오의 인생 궤적을 담은 스냅사진, 저명한 인사들과 주고받은 편지까지 전시될 정도로 성대했다.

마리는 하카타에서 열린 전시회 첫날에 맞춰 내려갔다. 시즈오는 서구에서는 높은 평가를 받지만 일본에는 잘 알려져 있지 않다고 여겼는데, 첫날 입장한 관람객 수에 마리는 내심 놀라지 않을 수 없었다. 관내를 걸어 다니는 것도 쉽지 않았다.

"시즈오 그림, 인기가 많은가 봐."

사키도 눈이 휘둥그레져서 말했다.

물론 본 적 없는 그림도 많았지만 마리에게는 모든 그림이 친근하게 느껴졌다. 아주 잘 알고 있는 것처럼 친근하고 정겨웠다. 시즈오 그 자체처럼 고요한 색감 때문인지도 모르고, 모순되지만 시즈오 그 자체처럼 거친—마리는 그렇게밖에 표현할 수 없다—터치 때문인지도 모르겠다. 파리의 아틀리에 냄새가 떠올랐다. 그림을 그릴 때 시즈오의 기척과 두려울 정도였던 그

고요함, 방이 살아 숨을 쉬었고 인간은 거기에 있는 하나의 물체나 다름없어 숨쉴 필요조차 없다고 느꼈다. 밝음, 명석함, 긴장감, 그리고 자유로움.

사키는 그림보다 오히려 사진에 관심이 가는 모양이었다. 조끼를 입은 갓난아기 적 시즈오, 긴 머플러를 두르고 숲 속에서 포즈를 취하고 있는 젊은 시절의 시즈오.

"엄마, 저것 좀 봐."

사키가 가리킨 것은 프랑스인 아내와 볼을 마주하고 있는 사진이었다. 무슨 파티 회장에서 찍었는지 둘 다 성장을 하고 손에는 잔을 들고 있었다.

마지막 방의 한 모퉁이에 마리를 모델로 그린 그림은 데생 넉 점과 유화 한 점이 전시되어 있었다. 그 앞에 서서 바라보았다. 마리도 사키도 왠지 가슴이 두근거려 뭘 어쩌면 좋을지 몰라 아무 말도 할 수 없었다.

그리움은 아니었다. 마리는 자신이 지금 그림을 보고 있는 것이 아니라 그림 속의 마리가 자신을 보고 있는 듯한 착각을 느꼈다. 그림 속 마리가 자신을 살피고 있는 듯한.

자신의 전시회인데 시즈오는 회장에 얼씬도 하지 않고 호텔 방과 단골가게를 오가며 지내는 듯했다.

"화가는 그 자리에 없는 편이 좋아요."

전화를 걸어 성황이었다고 전하자 별 흥미 없다는 듯이 그렇게 말했다.

"얼마 안 있어 도쿄에도 그림이 갈 테니까 굳이 여기까지 올 필요는 없었는데."

투덜거리는 말투였다.

"기분이 별로 좋지 않은 모양이네요."

후쿠오카는 마리가 태어나고 자란 도시다. 여름휴가를 일찌감치 받아 내려왔다. 아라타가 걱정스럽기도 했지만 큐를 만나고 싶기도 했다. 전시회 때문에 내려온 것만은 아니었지만, 그렇게 말하기가 조심스러웠다.

"최근에 그린 그림, 멋있었어요. 두 여자가 소파에 앉아 있는 그림."

마리는 그렇게 말했다.

한쪽은 아내인 듯했고, 다른 한쪽은 동양인이었다. 아마 필립이 시즈오의 '새로운 뮤즈'라고 한 중국인 여자이리라.

"사키는 사진이 재미있었나 봐요. 설명되어 있는 글도 다 읽었어요."

"아주 모르는 사람처럼 말하는군."

이번에는 못마땅하다는 말투였다.

"대체로 그런 전시회는 화가가 죽은 후에 여는 것이죠."

마리는 그만 웃고 말았다.

"그럼 왜 승낙했어요?"

난감해하고 있다는 것을 그제야 알았다. 그렇게 많은 사람이 모여들고, 인터뷰다, 취재다, 마치 고향에 금의환향이라도 한 꼴이 되어 난감해하고 있는 것이다.

"내일 친구를 만나러 갈까 하는데, 괜찮으면 같이 갈래요?"

생각난 김에 그렇게 말해보았다.

"전부터 한번 소개하고 싶었어요. 어린 시절부터 정말 친하게 지냈던 내 친구."

그러고 보니 건강했던 큐를 마지막으로 본 곳이 파리의 공항이었고, 시즈오도 옆에 있었다. 그때 생각이 나 마리는 천천히 눈을 깜박였다. 떠오르는 기억을 가로막듯이.

"다만 그는 지금 좀 특수한 상황에 있어요."

마리는 설명하려 했다. 사고, 초능력, 그리고 러브호텔의 옥상에 있는 숲.

"그 사람이……."

마리가 말을 끝내기 전에 시즈오가 놀란 투로 말했다. 그럼 그 사람이 전에 내가 말했던 그 남자입니까? 보나 마나 그렇게 물을 것이다.

"아니요."

황급히 말을 가로챘다.

"그렇지만, 아니에요. 내가 시즈오 씨에게 소개하고 싶은 사람은 매스컴에서 보도하는 큐가 아니라 그냥 평범한 현실 속의 큐예요."

"평범한 큐?"

시즈오가 이상하다는 듯 되물었다.

"잘 모르겠군."

기를 쓰고 설명하려는 마리를 오히려 흥미로워하는 듯했다.

"만나 보면 알 수 있어요."

"또 당신의 그 불변한 것인가?"

시즈오의 목소리에서 미소가 묻어나면서 평소의 울림이 되돌아왔다.

반년 만에 보는 아라타는 많이 늙어 보였다. 건강은 그런대로 괜찮은 듯했고, 마리와 사키를 위해 혼자 역 앞까지 가서 디짱을 사 오기도 했지만, 과거 마리가 학자다운 명민함이 돋보인다고 여겼던 옆얼굴은 이제 친절한 할아버지의 모습이 되었다. 그리고 기요가 있을 때보다 훨씬 자주 '엄마가' 소리를 한다는 것도 마리는 알아챘다.

"엄마가 보면 놀라겠구나."

"엄마가 화낼라."

그렇게. 이런 아빠를 리에 씨는 어떻게 생각하고 있을까? 상상하니 왠지 허탈해졌다.

집 안은 지난번보다 훨씬 더 기요의 소지품과 취향으로 넘쳐났다. 구석구석 청소를 하지 않아 어지럽게 널려 있는 것과 식물이 말라비틀어진 채 방치되어 있는 것을 제외하면.

저녁은 마리가 준비했다. 부엌 식탁이 아니라 거실에서 셋이 먹었다. 샹들리에 밑에서. 아라타는 거실이 넓고 음악도 들을 수 있어서 좋다고 했지만, 사실은 부엌에 서 있는 마리의 모습을 보고 싶지 않아서인 듯했다.

사방이 온통 망령들이다.

마리는 가슴속으로 중얼거렸다. 그것이 소이치로를 향한 것인지 기요를 향한 것이지 마리 자신도 분명하지 않았다. '어린아이 방'인 채 남아 있는 소이치로의 방, 움직이지 않은 지 오래인데 정원 끄트머리에 그대로 자리하고 있는 하지메의 픽업트럭.

디짱을 다 먹고 나자 마리는 새시 문을 활짝 열어놓고 자잘한 짐들이 쌓여 있는 트럭을 바라보았다.

"모기 들어오겠어, 엄마. 방충망은 닫아야지."

뒤에서 사키의 목소리가 들렸다.

밤의 정원에 그것은 신기할 정도로 자연스럽게 자리하고 있었다. 마치 원래부터 그곳에 있었던 것처럼. 붙임성이 좋아 누구에게든 솔직하게 대했던 하지메처럼.

"저거 방해돼?"

밖을 바라보면서 마리는 최대한 명랑한 목소리로 물었다.

"저거?"

되물으며 다가온 아라타의 목소리는 '저거'가 뭘 가리키는지 모른다는 듯이 울렸다. 담배 냄새가 났다.

"트럭, 이제 움직이지도 않잖아."

아, 하고 아라타가 애매하게 반응했다. 목소리가 부드러웠던 걸 보면 웃었는지도 모르겠다.

"괜찮아, 그냥 둬도."

마리는 눈을 감고 등 뒤에 서 있는 아라타의 기척과 밤의 정원의 축축한 내음을 느끼려 했다. 빨간 고물 차의 그리운 존재감도.

"하지메 군의 유품인 데다, 저걸 없애버리면 엄마 정원의 잔해도 갈 곳이 없어지잖니."

엄마 정원의 잔해. 나무 울타리, 침니 포트, 뭐라뭐라 하는 서리 방지통. 시들고 메말라 오브제로 변해버린 화분도, 하얗고 검은색의 매끄러운 돌도. 트럭의 짐칸에는 아닌 게 아니라 '정원'이 실려 있었다.

"온통 망령들이야."

이번에는 소리 내어 말했다.

"그래, 망령들이지."

아라타가 당당하게 대답했다. 왠지 웃음이 나왔다.

"그냥 저렇게 둬도 되는 걸까?"

그럼, 하고 대답한 것이 아라타인지 하지메인지 소이치로인지 마리는 구분할 수 없었다.

"모기 들어온다니까."

사키가 화난 목소리로 소리를 질렀다.

"모기가 좀 들어오면 어떠냐."

이번에는 아라타가 대답했다는 것을 마리도 알 수 있었다.

2

한낮의 니시나카스는 한산하다. 연두색 전(前) 귀빈관, 그 옆에 서 있는 나무들과 벤치, 만남의 다리. 이 부근은 예나 지금이나 변함이 없다.

"무지 덥네."

사키가 돌아보며 말했다. 할아버지에게 선물이라도 하자고 한 것은 사키였다. 늘 세뱃돈과 생일선물을 보내주잖아, 하면서. 작년에 시즈오에게 주었던 것처럼 재미있는 가면이 좋겠다고 고집을 부려, 하카타에도 틀림없이 있을 대형 잡화점을 찾아다니는 중이었다.

나카스에 줄지은 라면집도 오후의 이 시간대에는 거의 문이 닫혀 있다. 어쩌다 열려 있는 한 군데에서 끔찍할 만큼 큰 소리로 트로트가 흘러나왔다. 무슨 속셈인지 바깥쪽을 향하게 스피커를 설치한 모양이다. 바닷물 냄새, 훅 끼치는 뜨끈한 김.

음식점, 오락센터, 유흥시설 무료 안내소.

"분위기가 좀 수상하네."

사키가 목소리를 죽여 말했다.

"그야 밤에 어른들이 노는 데니까 그렇지."

그렇게 설명했는데도 사키는 인상을 한층 더 찌푸리며 말했다.

"너무 이상해. 황폐한 것 같아."

"낮이라서 그래. 밤에는 얼마나 북적거리는데."

마리는 웃으면서 대답했지만 자신에게는 익숙한 풍경이 사키의 눈에는 전혀 다르게 보일 수 있다고 생각했다.

"잡화점이 영 안 보이네. 이 부근에 있을 줄 알았는데."

그렇게 중얼거리는 마리를 사키는 어이없다는 표정으로 쳐다보았다.

"몰라? 엄마 후쿠오카에서 태어났다면서."

"사키 너도 후쿠오카에서 태어났잖아."

"그거야 갓난아이 적 얘기지."

사키의 되받는 말에 마리는 패배를 인정했다. 말로는 좀처럼 사키를 이길 수 없다.

결국 백화점에 가서 모자와 샌들을 샀다. 재미있는 가면은 도쿄에서 사서 보내기로 했다.

아라타는 서재로 쓰는 다다미방이 아닌 침실에 있었다. 제대로 나오는 게 불가사의할 만큼 조그맣고 낡은 텔레비전이 켜져 있었는데, 아라타는 텔레비전을 등진 자세로 신문을 오리고 있었다.

"다녀왔어요. 야나기바시 시장에 들렀다가 먹음직스러운 전갱이가 있어서 샀더니, 아주머니가 덤으로 잔뜩 줬어. 다 먹을 수 없을 정도로."

"어서 오너라."

아라타가 고개를 들었다. 침대 위에 신문이 마구 널려 있었다. 옆에는 앨범도 쌓여 있었다.

"튀겨서 절반쯤은 나나 아줌마네 갖다 드릴까 봐."
"그러면 되겠구나."
얼굴에 은근한 미소가 어렸다. 방충망 너머로 바람이 솔솔 들어와 초록색과 흰색이 섞인 체크무늬 커튼이 흔들거렸다.
"뭐 하는 건데?"
들여다보며 물었다.
"숙제."
"숙제?"
"그래. 동네 아이의 학교 숙제를 도와주고 있다. 중학생인데, 매일 신문을 읽고 가장 관심 있는 기사를 하루에 하나씩 오려서 스크랩하는 숙제란다."
마리는 어이가 없었다.
"그런 걸 왜 아빠가 하는데? 스스로 해야 의미가 있지."
아이들 숙제를 돕다니, 아라타가 가장 꺼릴 법한 일이었다. 물론 마리도 소이치로도 아라타가 숙제를 도와준 적은 없었다.
"왜는. 달리 할 일이 없으니까 그렇지."
아라타는 그렇게 대답하고 갑자기 히죽 웃으며 덧붙였다.
"게다가 제 손으로 해봐야 그다지 의미 있는 숙제도 아니지 않느냐. 오려서 붙이는 것뿐이니 난 하나 마나 한 숙제라고 생각한다."
가위, 풀, 스크랩북, 게다가 침대 위에는 온통 신문지가 널려 있었다.
"그야 그럴 수도 있겠지만."
달리 뭐라 말해야 좋을지 몰랐다. 전혀 아라타답지 않은 일이었다. 동네 아이? 대체 어느 집 아이일까. 어떻게 알게 되었을까. 그렇게 한가한 것일까. 강사로 나와달라는 부탁을 몇 번이나 받았다고 들었다. 그런데도 거절한 까닭은 쓰고 싶은 것이 있어서였다는 말도.

후쿠오카에 머문 나흘이 눈 깜짝할 사이에 지나갔다. 도쿄로 돌아가는 날 아침, 마리는 시즈오와 함께 큐가 살고 있는 러브호텔 옥상을 찾았다. 여름날답게 파랗고 화창한 아침이었다.

호텔 앞에서 줄무늬 티셔츠에 하얀 셔츠를 겹쳐 있고 남색 바지를 입은 시즈오가 마리를 보고 미소를 띠었다.

"당신 친구를 소개 받기는 처음이군. 내 친구는 당신에게 꽤나 빼앗겼는데 말이야."

입구에 젊은 사람들이 몰려 있었다. 큐리안들인지도 모르겠다고 마리는 생각했다.

승강기를 타고 옥상으로 올라가자 오치아이 씨가 큐는 오두막에 있다고 알려주었다.

"삼엄하군."

시즈오가 중얼거렸다. 하지만 숲은 여느 때와 다름없이 고요했다. 물을 막 뿌렸는지 나무들이 촉촉하게 젖어 풋풋한 냄새를 풍기고 있었다.

큐는 한눈에 마리를 알아본 듯했다.

"오랜만이야."

머쓱한 미소를 띠고 그렇게 말했다.

"큐, 굉장하다. 아래 길에 지나다닐 수 없을 만큼 사람들이 몰려 있어."

음, 하고 고개를 끄덕이고 큐는 시즈오를 힐금 쳐다보았다.

"내가 여러 가지로 신세를 지고 있는 화가 아오야마 시즈오 씨야."

일단은 소개했다. 낯선 사람에게 큐가 어떤 반응을 보일지 불안했다. 옛날만큼 건강하지 않은 큐를 시즈오가 제대로 이해해줄지도.

"처음 뵙겠습니다. 아오야마라고 해요."

시즈오의 목소리는 평소와 다름없이 부드럽고 차분했다. 게다가 조금은 흥미로워하는 울림까지 풍겼다. 큐는 커다란 눈으로 시즈오를 쳐다보았다. 시즈오 역시 눈길을 돌리지 않아 둘은 말없이 서로를 쳐다보는 꼴이 되었다. 불안해서 마리의 가슴이 쿵쿵거릴 정도로 오래.

"수, 숲을 좋아하나요?"

그렇게 물었을 때 큐는 웃고 있었다.

"네, 아주 좋아하지요."

그렇게 대답하는 시즈오 역시 웃는 얼굴이었다. 마리는 그제야 자신이 숨조차 못 쉬고 있었다는 것을 깨달았다. 다행이라고 생각했다. 두 사람을 만나게 하길 잘했다고. 오래도록 그렇게 하고 싶었다는 느낌이 들었다.

큐는 평소답지 않게 말이 많았다.

"요, 요즘, 벼, 벚나무를 심어보았는데, 기, 기적적으로 살아났습니다. 여기, 여기 나무는 처음에 심은 것들입니다. 이제, 다, 다 큰 어른이지요."

그렇게 기꺼이 설명했다. 시즈오는 몇 번이나 고개를 끄덕이면서, 큐와 앞서거니 뒤서거니 하며 걸어 다녔다.

"큐가 건강해 보이네요."

옆에 있는 오치아이 씨에게 말을 건넸다.

"네. 선생님이 건강하면 나도 기쁩니다."

그는 정말 기쁘다는 듯이 눈을 가늘게 뜨고 싱글거리며 대답했다. 신기하다고 마리는 생각한다. 큐는 행동이 바뀌었는데도 늘 모든 사람에게 특별한 방식으로 사랑받는다. 자신의 가족뿐만 아니라 오빠나 아빠에게도.

그리고 지금은 알지도 못하는 타인인 이런 아저씨에게도.

한 시간쯤 숲에 있었을까. 이날 큐는 시즈오에게 초능력을 보여주었다.

"요즘에는 거의 시도해본 적이 없었어요."

오치아이 씨는 그렇게 말하고는 걱정스럽다는 듯이 지켜보았다. 시즈오는 사다리와 의자가 공중에 뜨는 것을 보고는 바짝 긴장하고 말았다.

하지만 마리는 이제 그런 것들을 무서워하지 않는다. 이 숲에 있는 한 뜨는 것들은 모두 큐와 친근하게 보였고, 뜨게 하는 큐 자신도 왠지 즐거워 보였기 때문이다.

서서히 마르기 시작한 지면, 수목의 밑자락에 핀 꽃들, 맑은 여름 하늘과 몇 종류의 매미 울음소리. 마리에게 그런 것들은 속속들이 큐의 세계였다. 세상에서 떠들썩하게 구는 큐가 아니라 마리가 잘 아는 소년 시절의 큐였다.

"교미는 자연스러운 거야."

언제였나, 느닷없이 그런 말을 해서 마리를 놀라게 한 큐의 세계.

"놀랍군."

시즈오가 어깨를 오르내리며 크게 숨을 내쉬고 그렇게 말한 것은 건물을 나온 후였다. 입구를 메울 듯이 몰려 있는 사람들 사이를 빠져나와 다리를 건너 강가를 걸었다.

"의심했던 것은 아니지만 직접 내 눈으로 보니 신선하더군."

신선. 마리는 그 말을 마음속으로 되뇌어보았다. 정말 적절하다고 생각했다. 큐의 능력은 신선하다. 나뭇잎 무성한 가지를 뻗고, 바람에 살랑거리며 물과 빛을 마음껏 누리고 있는 나무들처럼.

시즈오는 큐를 모델로 해서 그림을 그리기로 했다고 말했다. 큐도 승낙했다면서.

"내 친구 멋지죠?"
강바람을 속눈썹으로 맞으면서 마리는 자랑스럽게 말했다.

도쿄로 돌아온 다음 날부터 '엔드라'에 출근했다. 습도가 높고 구름 낀 밤하늘, 지금은 오히려 익숙한 배기가스 냄새. 여름은 이제 막 시작되었다. 젖은 머리 그대로 수영장에서 나와 자전거를 타고 버드나무 길을 달렸다. 돌아와서 기뻤다. 늘 다니는 수영장, 늘 오가는 길, 그리고 '엔드라'.
"할아버지 좀 늙은 것 같지 않던?"
마리가 물었을 때 사키는 어리둥절한 표정을 지었다.
"무슨 뜻이야?"
신호 대기로 멈춰 서서 마리는 피식 웃는다. 애당초 사키에게 물은 게 잘못이었다. 사키에게 아라타는 처음부터 할아버지였다.
횡단보도를 건너 가게 옆에 자전거를 세웠다. 그렇지만 기요가 돌아온 후로 아라타는 혼이 나간 사람 같다. 마리는 불안을 떨칠 수 없다. 그저께 저녁때도 아라타는 밥에는 거의 손을 대지 않은 채 소주만 마셨다. 기분은 유난히 좋아 그 밤에도 몇 번이나 '엄마'라는 말을 했다.
"엄마가 보면 깜짝 놀라겠구나, 마리가 저녁 준비를 다 하다니."
"엄마가 좋아하는 곡이다."
그렇게 말할 때마다 아라타는 빙그레 웃었다. 사키가 선물한 모자와 샌들을 보고는 마치 기요가 옆에 있는 것처럼 말했다.
"이거 멋지군. 잘 쓰마. 안 그래, 당신?"
그때 심장에 소름이 돋는 것 같았던 느낌을 마리는 잊을 수 없다.
그 전날 밤, 리에의 가게에 갔을 때도 그랬다. 어처구니없게 아라타는 그녀 앞에서도 '엄마'와 '기요' 소리를 연발했다.

"그렇구나."

카운터에 놓여 있는 잔 세 개에는 모두 화이트 와인이 담겨 있다. 마리가 끈질긴 시행착오 끝에 술을 마시지 못하는 미치루의 입에서 '맛있다'는 말이 나오게 한 그리스산 와인이다.

"데라우치 교수님 이제 예순여섯인가, 일곱인가? 노망이 들기에는 이른 나이 아닌가?"

가게 안은 적당히 혼잡했다. 지난봄에 딸을 낳아 출산 휴가 중인 쇼코 씨 대신 CD가 글렌 굴드를 들려주고 있었다.

화들짝 놀랐다. 미치루의 말투가 옛날부터 직설적이라는 것은 알고 있었지만 그 단어는 너무도 생소했다.

"물론 노망이 든 건 아니야. 전혀 달라."

그렇게 부정했지만 부정의 근거는 분명하지 않았다.

"그래, 달라."

다시 한 번 말했다.

"단지 엄마 소리를 너무 자주 하는 게 이상하다는 거지. 얼마 전까지만 해도 절대 하지 않았던 말인데."

마리는 지난 며칠 동안의 아라타에 대해 설명하려 했다.

"게다가 책을 쓴다고 했는데 전혀 쓰지 않는 것 같아. 보지도 않는 텔레비전을 켜놓기도 하고. 옛날의 아빠 같으면 생각도 할 수 없는 일인데."

미치루는 희미하게 웃고 있었다.

"정상이야. 이미 옛날이 아니잖아. 그런 거 다 정상이야."

반론할 말이 없었지만 그렇다고 승복하기도 어려웠다. 아라타를 잘 아는 미치루라면 이해해줄 것이라고 생각했다.

"그래도 걱정이네. 혼자 지내고 계시잖아."

유미코 씨가 옆에서 한마디 거들었다.

"특히 불은 조심하는 게 좋습니다."

지카라까지 끼어들었다. 뚱딴지같은 소리다. 마리는 잠자코 와인을 마셨다. 미치루가 뭐가 그리 걱정이냐는 듯이 웃었다.

"괜찮아. 마리도 옛날에 그랬잖아. 기억 안 나? 내가 가정교사로 있을 때 너 툭하면 오빠에게 뭐라고 중얼거렸잖아. 같은 거 아니겠어? 두 사람 다 거기에 있는 거야. 교수님 옆에."

망령들, 하고 마리는 생각했다. 하지메의 픽업트럭, 엄마를 위한 샹들리에, 오빠의 방, 엄마의 뼈.

마리는 소믈리에 자격증을 따기 위해 하루에 두 시간씩 공부했다. 일어나서 아침 겸 점심을 먹고 난 후 두 시간 동안이다. 방 여기저기에 와인의 등급표와 산지의 지도, 음식과 와인의 조합표, 산도 표시표가 붙어 있다. 집안일을 하면서도 외울 수 있도록 나름 궁리를 한 것이다.

시험에는 와인 자체에 대한 문제 말고도 공중위생과 질병, 권련에 관한 지식을 묻는 문제까지 폭넓게 출제된다. 교재와 실전대비 문제집의 내용을 전부 암기한다는 것은 거의 불가능하지만, 읽기만 해도 재미있고 또 기본만 잘 숙지하고 있으면 어떻게든 풀 수 있다는 것도 알게 되었다. 함정이 있는 문제가 많기 때문에 그 점만 주의하면 게임을 하듯 풀 수 있다.

다만 한 가지 난감한 것은 공부를 하면 할수록 마시고 싶은 와인이 늘어난다는 것이다. 지금은 마리가 산지와 포도의 품종, 맛의 표현 방법까지 알고 있는, 그러나 아직 마리는 한 번도 마셔본 적 없는 무수한 와인들.

오후, 교재를 덮고 슬슬 댄스 학원에 갈 준비를 하려는데 현관 벨이 울렸다. 나가보니 아라타가 보낸 택배였다. 물건을 받아 들고 문을 닫았다. 대형 종이 상자인데 크기에 비해 의외로 가벼웠다.

"뭐가 왔는데?"

방에서 나온 사키와 함께 상자를 열었다. 노란색 줄무늬 원피스, 오렌지색 블라우스, 짙은 갈색 재킷. 기요가 입었던 옷들이었다.

"이게 다 뭐야?"

그렇게 말하면서 사키가 하나둘 꺼내 상자를 비웠다. 마리는 그저 서서 보고만 있었다.

"전부 어른 옷이네. 엄마 옷인가 봐."

사키가 말했다.

"새우과자나 명란젓은 없네."

손을 대기조차 두려울 정도로 옷들이 기요로 보였다. 체온과 목소리와 몸짓의 기억까지 상자에 꼭꼭 담겨 있다가 밖으로, 다시 말해 도쿄로, 아오야마로, 마리와 사키가 사는 이 조그만 아파트로 풀려나온 것 같았다.

"편지나 메모 같은 건 없니?"

겨우 그렇게 물었다. 마리의 가슴에 가득 차오른 것은 그리움이 아니라 이물감, 기묘한 존재감에 대한 당혹스러움이었다.

"아무것도 안 들어 있는데. 이거 엄마가 옛날에 입던 옷이야?"

별 관심 없다는 듯 그렇게 말하고 사키는 오렌지색 블라우스를 손에 들고 멀뚱멀뚱 바라보았다.

아이, 답답해서 혼났네.

기요의 목소리가 들리는 듯했다. 방을 돌아보고는 호오, 이런 데서 살고 있구나, 하면서 미소 짓는 기요가 눈앞에 그려졌다.

"됐어, 엄마가 할게."

흩어놓은 옷가지를 상자에 다시 넣으려는 사키에게 마리가 말했다. 하지만 그것들을 어떻게 하면 좋을지 몰랐다. 상자에 다시 들어가고 싶어하지 않는 것 같았다.

아마 이것도 정상인 것이리라. 마리는 생각한다. 아빠가 죽은 엄마의 옷을 딸에게 보낸다. 딸이 입을 수도 있겠다고 생각하고서.

"공부하고 있었어?"

사키가 물으면서 교재를 들었다.

"그럼 내가 문제 내줄게."

마리는 침실로 사용하는 사키 방에 가서 옷장을 열었다. 옷걸이에 걸린 옷을 걷어내고 얼른 거실로 다시 돌아갔다.

"메독 5등급의 생산지가 가장 많은 곳은 어디일까요?"

기요의 옷을 옷걸이에 걸어 옷장에 걸었다. 하나둘, 전부.

"엄마, 듣고 있어?"

마리는 듣고 있지 않았다. 망령. 그 생각을 머리 한구석으로 밀어냈다. 무의식적으로 기요가 입었던 옷의 촉감—부드러운 시폰의, 결이 촘촘한 트위드의, 몇 번을 세탁한 면의—을 손가락 끝으로 확인하면서.

아라타에게 전화를 걸어 짐이 잘 도착했다고 알려야 한다. 입을 마음은 없지만, 입겠노라고 말해야 할까. 가족을 버리고 다른 남자의 품으로 달려가 죽은 엄마의 옷을.

"정답은 포이약이야."

사키가 뭐라고 중얼거렸다.

3

비 오는 날, 실내 수영장의 조명이 유난히 반짝거리는 것은 어째서일까? 자유형으로 두 번을 왕복하고 풀 사이드에 서서 잠시 쉬면서 마리는 생각했다. 울리는 물소리도 누군가의 헛기침 소리도, 비 오는 날에는 평소보다 한결 크게 들린다. 자신이 숨 쉬는 소리마저.

마리는 아라타가 보낸 기요의 옷을 돌려보내고 말았다. 옷장 안에 걸려 있는 것만으로도, 그 옷들이 거기에 있다는 것을 마리는 끊임없이 의식하지 않을 수 없었다. 알록달록한 천으로 변한 기요의 존재를 어떻게 대하면 좋을지 몰랐다.

"아빠가 애써 보내주었는데 미안해."

마리는 전화를 걸어 아라타에게 말했다.

"우리 집이 정말 좁아서."

씁쓸히 웃는 소리가 들렸을 때는 안도했다. 그렇지만 대답하는 아라타의 목소리는 허망하게 울렸다.

"그렇구나. 그렇게 좁은 줄은 몰랐구나."

마리는 다른 가정에 대해서는 잘 모르지만, 딸과 손녀가 사는 집에 할아버지가 한 번도 와 본 적이 없다는 게 흔한 일일까? 아니면 자신이 유독 불효를 하고 있는 것일까?

하기야.

짧게 심호흡을 하고 마리는 다시 물에 몸을 담갔다. 벽을 차고 몸을 쭉 뻗으면서 수면 위로 떠오를 때까지 숨을 조금씩 내뱉었다. 얼굴 바로 옆으로 동그란 공기 방울이 줄줄이 올라가는 것이 보였다.

오라고 해봤자 아빠는 오지 않을 것이다. 내기를 해도 좋다. 같은 시내에 있는 시바타가에도 단 한 번도 오지 않았다.

물안경을 싫어하는 마리는 물을 가르면서 가끔은 일부러 눈을 찌푸렸다. 그러면 속눈썹이 물의 무게에 파르르 떨리는 것을 느낄 수 있다. 마리는 시야에 물이 번지는 것을 좋아한다.

평영으로 두 번을 왕복하고 자유형으로 다시 한 번 오가고 물에서 나왔다. 물을 먹은 것도 아닌데 목과 코가 찡했다.

비가 오는 탓인지 그날 밤 '엔드라'에는 손님이 뜸했다. 테이블 자리에 둘, 카운터 자리에 여자 손님이 한 명. 마리와 다케 씨가 남몰래 사금이라고 부르는 여자 손님들—지카라를 보러 온 여자 손님들, 지카라가 자석이라면 그녀들은 자석에 들러붙은 사금처럼 카운터 자리를 메운다—가운데 한 명인데, 와인을 좋아한다. '이 가게는 레스토랑도 아닌데 레스토랑처럼 와인의 종류가 풍부하다'고 한 적이 있어 마리 마음에 들었다. 젊고 머리가 긴 데다 얼굴 생김이 단정하고 늘 정장 차림이다. 비서 비슷한 일을 하는지도 모르겠다고 마리는 상상한다.

"지카라 군은 무뚝뚝한데도 인기가 많네."

언제였나, 손님이 없을 때 마리가 놀리자 지카라는 쑥스러워하거나 싱긋 웃지도 않은 채 심각한 얼굴로 말했다.

"마리 씨는 그럼 사근사근한 남자가 좋아요?"

"사근사근해서 인기가 많다면 나는 여자들이 줄을 섰겠군."

다케 씨가 옆에서 껄껄 웃으며 그렇게 찬물을 끼얹었던 것도 기억하고 있다.

"빗소리가 여기서는 전혀 안 들리네요."

지카라의 일거수일투족을 바라보면서 여자 손님이 은근하게 말했다.

"음악 소리도 나고, 철근 콘크리트니까."

썰렁한 지카라의 대답. 그래도 지카라는 허우대가 좋은 남자다. 훤칠한 키에 가슴팍도 두툼하고 약간 가느다란 눈은 서글서글하고 늠름한 인상을 준다. 지카라의 아내 나츠코도 '엔드라'의 단골손님이었다. 두 사람의 신혼집에 초대 받은 적이 있는 마리는 그녀의 음식 솜씨가 훌륭하다는 것도, 실로 자상하게 지카라를 보살피고 있다는 것도 잘 알고 있다. 그녀는 결혼 후에도 택시 운전을 하면서 매달 친정에 송금을 하고 있다.

"와인, 어때요?"

마리가 웃는 얼굴로 여전히 지카라만 바라보는 손님에게 말을 건넸다. 오늘 밤 그녀가 마시고 있는 것은 파소도블레라는 아르헨티나 와인이다.

"무척 맛있어요."

손님은 그렇게 대답하고 하이힐을 신은 가냘픈 다리를 바꿔 꼬았다.

다음 날도, 그다음 날도 비가 내렸다. 늦가을 비에 기온이 갑자기 떨어지고 길에는 낙엽이 뒹굴었다. 이마니시 리에로부터 엽서가 날아왔다. 가게를 접는다는 글이 인쇄되어 있었다. 지금까지 꾸려올 수 있었던 것은 오직 여러분의 성원 덕분이었으며, 운운. 여름에 만났을 때는 그런 암시조차 없었다. 어떻게 된 일인지 마음에 걸려 아라타에게 전화를 걸어보았지만 아라타는 태연했다.

"아, 그 일."

아라타는 대수롭지 않은 일이라는 듯 무덤덤하게 대답했다.

"알아. 문 닫겠다고 했으니까."

"왜? 왜 그렇게 갑자기?"

"글쎄."

마리는 그 대답밖에 들을 수 없었다.

"글쎄라니. 아빠, 리에 씨가 아빠에게 아무 의논도 안 했어?"

침묵이 흘렀다. 그리고 아라타가 차분하게 말했다.

"요즘은 잘 안 만난다."

마리의 가슴에 몇 가지 의문과 놀라움, 그리고 불안이 한꺼번에 소용돌이쳤다. 언제부터? 왜? 그럼 아빠는 지금 날마다 저녁을 어디서 먹는데?

"그럴 만한 때가 된 거 아니겠냐."

온화하면서도 미소까지 머금은 목소리로 아라타가 말했다.

"그녀도 이제 자신을 해방시킬 때가 된 거야."

"무엇으로부터?"

마리가 묻는 목소리는 힐난조였다.

"여러 가지가 있겠지."

아라타의 대답이 애매했다. 그리고 마리의 불안을 앞질러 오히려 위로하는 것처럼 덧붙였다.

"나는 괜찮다. 잘 지내고 있으니."

리에에게 직접 전화를 걸어보아야 하나. 마리는 생각한다. 일요일 오후, 마리는 삶은 감자의 껍질을 벗기고 있다. 튼튼한 철근 콘크리트 구조물인 '엔드라'와 달리 아파트의 부엌에서는 빗소리가 잘 들린다. 부슬부슬, 후드득후드득, 그리고 때로는 좍좍.

마리는 리에와 그리 친하게 지내지는 않았다. 의도적으로 거리를 두었다. 지난 몇 년 동안 후쿠오카에 내려갈 때마다 얼굴을 마주했고, '같이 살지 그래요' 하고 농담 비슷하게 말한 적도 있지만, 진심은 아니었다. 리에도 마리의 속마음은 알고 있었을 것이라고 생각한다.

두 사람은 혼인신고를 한 것도 아니었고 같이 살지도 않았다. 아담한 요릿집의 여주인과 단골손님, 흔히 있는 남녀 관계가 아닌가. 그렇다면 둘의 관계가 소원해졌다고 해서 딸이 나설 일은 아니니다.

으깬 감자에 다져 볶은 고기를 섞고 소금과 후추로 간을 해서 동글동글하게 빚으며 마리는 생각한다. 하지만 두 사람의 만남은 아주 오래되었다. 기요가 없어진 후에도 이혼 서류를 제출하지 않아 법적으로는 유부남이었던 사람과 오랜 세월을 두고 교제했으니 리에로서는 힘겨웠을 것이다.

아담한 몸집에, 1960년대 부인 잡지의 모델 같은 머리 스타일—너무 부풀린 탓에 머리가 크게 보여 이상하다고 늘 생각했다—과 눈가를 강조한 화장. 늘 기모노를 입었지만 지갑이나 수첩, 손수건이나 화장품 파우치 같은 신변 잡화는 주로 분홍색이나 빨간색에, 리본 그림과 고양이 그림이 있는 소녀 취향이었다. 아라타를 '선생님'이라 불렀고, 아라타가 대학을 퇴직한 후에도 그 점은 바뀌지 않았다. 왠인지, 리에의 가게에 있던 키스하는 인형이 떠올랐다. 그리고 기요도.

옷을 죄다 돌려보냈는데도 마리는 기요가 늘 옆에 있는 기분이었다. 색이 바랜 다다미 위에, 너저분한 사키의 방에, 또는 비 내리는 날의 부엌에.

망설인 끝에 마리가 리에에게 전화를 건 것은 수요일이었다. 흐린 날을 끼고 거의 일주일 동안 줄기차게 내렸던 비가 그쳤고, 베란다에 내다 넌 이불 너머로 파란 하늘이 보였다.

리에는 잘 지내는 듯했다. 적어도, 목소리는 그렇게 들렸다.

"마리? 어머나, 반가워라. 이렇게 전화를 다 걸어주고. 처음이지, 아마."

잘 지내? 사키는? 연말에는 또 내려올 거지?

말이 아예 없지는 않지만 수더분한 여자라는 인상을 갖고 있었는데 오늘은 어딘가 모르게 평소와 달랐다.

"엽서 받고 깜짝 놀랐어요."

"그래. 일이 그렇게 되고 말았어."

목소리에 침울한 기색이 섞였다.

"하지만 이번 달까지는 영업할 거야. 그다음에는 고향 집에 가서 살 테지만 가까우니까 언제든 놀러 와."

—거짓말!

카드놀이를 할 때처럼 그렇게 말하는 소이치로의 목소리가 들렸다. 마리는 무시한다.

"히가시 구였던가요?"

"그래, 규슈대학에서 가까워."

"그런데 왜 그렇게 갑자기? 아빠에게 물어봐도 갈피를 잡을 수 없는 말만 하고."

침묵이 내려왔다. 마리는 가슴이 쿵쿵거렸다. 과감하게 물었다.

"아빠하고 무슨 일 있었어요?"

열린 창문으로 동네 아이가 연습하는 피아노 소리가 들렸다. 리에의 대답을 듣기까지 몇 초 틈이 벌어졌다.

"이런 걸 차였다고 해야겠지."

자신의 말에 스스로 웃으면서 덧붙였다.

"그래도, 이제 후련해."

—거짓말!

소이치로가 또 그렇게 말했다.

금색과 은색 리본으로 벽을 두르고, 폭죽 12개와 샴페인 한 병, 피아노 위에는 꽃다발을 준비했다. 11월 말 쇼코 씨가 '엔드라'로 돌아왔다. 원래는 이듬해 봄까지 쉴 예정이었는데 몸이 근질근질하다며 일주일에 사흘만 두 시간씩 연주하러 오게 되었다.

오랜만에 미치루와 유미코 씨도 얼굴을 내밀었다. 오타 씨도, 지카라의 아내 나츠코도. 이럴 때 다츠야가 있었다면, 하고 마리는 아쉬워한다. 마리뿐만 아니라 오너 부부와 지카라에게도 빌린 돈을 갚지 않고 사라져버렸으니 이런 자리에 나타날 리 없다는 것은 알고 있지만.

쇼코 씨는 약속한 10시보다 10분 일찍 출근했다. 예상한 일이었기에 모두들 때맞춰 폭죽을 터뜨렸다. 이쪽저쪽에서 보고 싶었다, 축하한다는 인사가 날아들었다. 쇼코 씨는 여느 때처럼 입구에 서서 주위를 한 번 빙 돌아보고는 인사를 하고 곧바로 피아노 앞에 가서 앉았다.

단박에 박수 소리도 환성도 잦아들었다. 잠잠해진 어두운 실내에 복귀를 기념하는 첫 곡이 흐르기 시작했다. 동시에 다시 박수 소리와 환성이 일었다. 샴페인을 터뜨리자 중단되었던 말소리도 제자리를 되찾았다. 평소 '엔드라' 의 분위기다.

첫 번째 곡은 지그였다. 경쾌하고 힘찬 〈Up the sides and down the middle〉. 두 번째 곡도 지그. 속도가 더 빠른 〈Droichead Nua〉였다. 마리는 기쁨에 들끓어 플로어로 뛰어나가 춤을 추었다. 웃음소리, 박수, 오타 씨의 휘파람 소리.

바닥을 쿵쿵 울리며 머리칼을 흔들고, 앞으로 뒤로 좌로 우로. 무릎을 치고 손을 교차시켜 다시 한 번 치고, 뒷굽, 뒷굽, 뒷굽. 앞으로 뒤로, 바닥을 쿵쿵 울리고, 울리고, 울리고.

마리는 땀에 흠뻑 젖어 카운터로 돌아왔다. 샴페인을 단숨에 들이켰다.

"야, 정말 오랜만이네."

마리가 만족스러운 숨을 헉헉 내쉴 때 피아노는 엘튼 존으로 바뀌었다.

그날 밤, 마리를 더욱 행복하게 한 것은 쇼코 씨의 인사말이었다. 한마디 하라는 요청에 자리에서 일어난 쇼코 씨는 모두를 향해 인사하고는, 예기치 못한 임신에 무척 당황했지만 그렇게 귀여운 사키를 키우면서 열심히 일하는 마리를 보고 낳을 결심을 했다, 그래서 특별히 존경의 마음을 담아 마리에게 오늘의 연주를 바친다고 간결하게 말했다.

"아고, 그만해."

부끄러운 나머지 하카타 사투리가 나오고 말았다. 믿기지 않았다. 자신이 누군가의 인생에 영향을 줄 수도 있다니 도무지 믿어지지 않았다.

"사키가 귀여운 아이란 것은 맞지만."

작은 소리로 항변했다. 그 사키가 한 달 후에 가출을 하리라고는 꿈에도 몰랐다. 소파석에서 오타 씨가 엄지손가락을 들어 보였다.

가출이라고 해도 어디로 갔을지는 뻔했다. 미치루에게 전화를 걸었다. 마리가 묻기도 전에 미치루가 말했다.

"와 있어. 싸웠다면서?"

어이가 없어 멍한 것도 잠시, 마리는 울화가 치밀었다. 역시. 역시라고 해야 할지, 그래도라고 해야 할지 헷갈렸지만, 아무튼 사키는 미치루를 믿고 의지했던 것이다. 어제 말다툼을 한 것도 원인을 따지면 그 때문이었다.

"사키가 왜 싸웠는지도 얘기했어?"

"얘기하고 싶어하는 것 같지 않아서 아예 묻지도 않았어. 물어보는 게 좋겠으면 물어볼까? 얘기해줄지는 잘 모르겠지만."

미치루는 태평했다.

"됐어. 사키 좀 바꿔줘."

원인은 선물이었다. 사소한 일이라는 것은 안다. 알지만 마리는 화가 났고 서운했다. 크리스마스에 뭘 갖고 싶은지 물었더니, 사키는 아무것도 필요 없다고 했다. 늘 그랬지만, 올해는 한술 더 떠서 '크리스마스 같은 거 관심 없어'라고까지 했다. 그렇다고 선물을 안 하자니 섭섭해서 마리는 스웨터와 CD를 골라, 현관에 꾸민 조그만 트리 밑에 놓아두었다.

어제저녁, 미치루와 유미코 씨가 사키 앞으로 보낸 조그만 소포가 왔다. 안에는 프랑스어 사전이 들어 있었는데, 카드에 적힌 글귀를 보고 마리는 사키가 미치루에게 선물해달라고 주문했고, '오래전부터 갖고 싶었던 리스트 상위'에 사전이 있었다는 것을 알았다. 아니, 알게 되었다.

"왜 엄마에게는 말 안 했어?"

그렇게 물었을 때 마리가 고른 선물은 포장도 뜯지 않은 상태였다.
사키는 대답은커녕 마리의 얼굴조차 보려고 하지 않았다.
"대답해."
다그쳤다. 그런데 사키의 대답에 마리는 화가 더 솟구쳤다.
"딱히 이유 같은 거 없는데."
하고 말했다가,
"갖고 싶었으니까 그렇지."
하고 말했다가,
"사실은 그렇게 갖고 싶은 것도 아니야."
하고 말했다가, 끝내는
"필요 없어. 그러니까 돌려주면 되잖아."
하고 말했다.
—거짓말!
소이치로가 굳이 그런 소리를 하지 않아도 알 수 있었다.
"그런 얘기 엄마에게는 안 했잖아?"
"했어."
"안 했어."
그다음은 서로 고함을 질러댔다. 결국 사키는 사전을 테이블에 내던지며 악을 썼다.
"아유, 지겨워!"
오늘 아침에는 서로가 말을 하지 않았다. 사키는 어디로 간다는 말도 없이 나가서 돌아오지 않았고, 마리는 댄스 학원에 가지 않았다. 저녁 준비를 해놓고, 지각을 겨우 면할 시간까지 기다렸다가 미치루에게 전화를 건 것이다.

사키는 완강했다.

"지금은 얘기하고 싶지 않대."

다시 수화기를 든 미치루는 그렇게 말했다. 어처구니가 없었다. 미치루와 유미코 씨는 사키와 함께 있을 수 있는데 엄마인 자신은 얘기도 할 수 없다니, 어떻게 그런 일이 있을 수 있을까?

"마리, 이제 가게에 나가야 되잖아. 오늘 밤은 여기서 재울 테니까 일단 오늘은 그냥 놔둬보자."

미치루가 말했다.

사키는 지금 유미코 씨와 핸드 블렌더로 채소를 다지고 있다고 했다. 텔레비전 소리에 섞여 즐거운 대화 소리가 들렸다.

마리는 미치루에게 미안하다는 말과 함께 고맙다고 짧게 말했다.

"유미코 씨에게도 미안하다고 전해줘."

"괜찮아. 우리는 생각지도 않게 사키를 만나서 좋으니까."

물론 미치루는 잘못이 없다.

"사키에게 내일은 꼭 돌아오라고 전해줘."

하지만 마리는 그렇게 토를 달았다.

"내일모레는 후쿠오카에 가야 돼. 사키도 그건 알고 있으니까."

"그래, 알았어."

미치루가 문제없다는 듯이 대답했다.

"무슨 일이 있었는지는 모르겠지만, 전하기는 할게."

전화를 끊었을 때 마리는 사키에게 버림받은 기분이었다. 사전 때문만은 아니었다. 학교에서 있었던 일, 좋아하는 친구, 싫어하는 친구, 하지메에 관해 기억하는 것과 기억하지 못하는 것. 사키는 마리에게 하지 않는 얘기를 미치루와 유미코 씨에게는 하고 있었다. 전혀 몰랐다. 몇 번을 그렇게 중얼거렸을까.

마리 안에서 누군가가 키들키들 웃었다.

—바보구나, 우리 마리.

—괜찮아. 아이들은 다 자기가 알아서 크니까 그냥 내버려둬.

누구의 목소리인지는 알고 있었다. 하지만 수긍할 수는 없었다.

4

비참했다. 게다가 화도 났다. 사키는 돌아오지 않았다. '엔드라'는 오늘부터 연말 휴가에 들어갔다. 밤 9시. 마리는 남아도는 시간을 어쩌지 못하고 있다.

"아직 집에 가고 싶지 않은가 봐."

저녁때 전화를 걸었더니, 미치루는 별일 아니라는 듯이 말했다.

"바꿔줘."

한참을 기다렸는데 사키는 받지 않고 미치루가 대신 듣고 싶지 않은 소리를 했다.

"마리를 닮아서 그런지 고집이 세네."

데리러 갈까 하고도 생각했지만, 끌고 돌아오기에는 사키가 너무 컸다. 미치루 앞에서 또 악을 쓰고 싶진 않았다.

와인을 잔에 따르고 텔레비전을 켰다. 소리를 죽이고 와인을 마셨다. 외톨이라고 생각했다. 감상적인 기분에서가 아니라, 갑자기 그렇게 깨달은 것처럼. 깜짝 놀랐고, 그리고 이어 한기가 들었다. 가게가 쉬는 밤, 갈 곳도 없고 할 일도 없었다. 함께 술을 마시러 갈 사람조차 없었다. 더구나 혼자서 후쿠오카에 가야 한다.

"아, 싫다 정말."

마리는 소리 내어 그렇게 중얼거렸다.

마리는 새해를 아라타와 단둘이 맞았다. 리에의 가게도 없고, 설음식도 없으며, 찾아오는 손님도 없다. 더구나 사키마저 없다.

"없는 거 투성이네."

한 되짜리 정종을 잔에 따르면서 말했다. 날씨가 맑아 밖은 환했고, 더러운 유리창 너머로 누런 잡초만 돋아 있는 정원과 하지메의 픽업트럭이 보였다.

"기분이 별로 안 좋은 게로구나."

아라타가 흥미롭다는 듯이 말했다.

"적어도 술은 있지 않니."

아라타는 마리가 건넨 술잔을 이마 높이까지 들어 보였다.

"게다가 사키는 같이 못 왔을 뿐이지, 잘 있는 거 아니냐. 미치루 군네 있으니 그럼 됐지."

그럼 됐지. 아라타는 옛날에도 비슷한 말을 자주 했다. 기억이 떠올라, 마리는 심경이 복잡해졌다. 마리가 그렇게 하고 싶다는데 그럼 됐지. 다른 사람이 뭐라고 하든 무슨 상관이야. 아라타가 그렇게 말하면 기요는 반론하지 않았다. 다만 어이없다는 표정을 지으며 눈살을 찌푸리든지, 화를 내면서 방을 나가든지, 옆 사람도 느끼지 못할 만큼 작게 한숨을 쉴 뿐이었다.

낮술은 취한다, 고 마리는 생각한다. 사방에 망령이 붙어사는 집 안에서 홀로 남은 사람끼리 술을 마시면 더더욱.

후쿠오카에 도착한 날 바로 성묘를 다녀왔다. 다음 날에는 욕실과 화장실을 청소하고 시장과 슈퍼마켓에 가서 장을 봤다. 그러고 나자 달리 할 일이 없었다.

후쿠오카에 오면 만날 수 있으리라 여겼던 큐도 '화가인 아오야마 선생과 여행을 떠났다'고 한다. 그 사실을 알려주는 나나가 오히려 놀란 표정이었다.

"어머나, 마리는 몰랐어? 선생님이 큐에게 얼마나 잘해주시는지, 그림도 그려주시고. 꼼짝도 하지 않더니 큐가 옥상에서도 제 발로 내려왔어."

나나는 시즈오를 은인이라고 했다.

"그 은혜를 어떻게 갚아야 할지 모르겠구나."

시즈오를 소개해주었다는 이유로 마리에게도 고개를 숙였을 정도였다.

다행이다. 마리는 진심으로 그렇게 생각했고, 정든 옆집 현관 앞에서 웃는 얼굴로 그렇게 말하기도 했다. 하지만 큐에게까지 버림받았다는 기분이 든 것도 사실이었다.

"나중에 신사에 참배하러 가겠니? 날씨도 좋고, 달리 할 일도 없는데."

아라타가 느긋하게 말했다.

"참배? 아빠가 웬일로 그런 소리를 다 해?"

아라타는 동서를 막론하고 종교에 관련된 장소와 사람을 꺼리는 사람이었다. 사람들로 북적거리고 시끄러운 장소를 가급적 피하려고 했다.

"엄마는 해마다 갔잖니. 나나 씨와 같이 말이다."

마리가 자신도 모르게 눈썹을 추어올리자 아라타가 말을 이었다.

"그 표정, 엄마를 꼭 닮았구나."

예정을 하루 앞당겨 도쿄로 올라간 것은 사키 때문이 아니었다. 마리는 모든 것이 왠지 견디기 힘들었다. 변함없는 강의 흐름과 변함없는 하늘 빛, 변함없는 거리와 간판, 묘지와 가게와 신사. 사람들은 변해가는데.

깔끔하게 청소하고 멋들어진 소나무 가지로 장식한 옆집 현관을 보았을 때 울타리 하나 너머 황폐한 자신의 집과 그 집에 똑같은 시간이 흐른다는 것이 의심스러웠다.

참배를 할 때도 기분이 참담했다. 아라타는 그나마 기분이 좋아 눈에 보이는 것 하나하나에 '호오', '야, 그것 참' 하면서 걸었다. 하지만 표정이나 목소리에는 관심과 열의 따위의 편린도 묻어 있지 않았다. 뭐를 보고 '호오' 하고 '야, 그것 참' 하는지 옆에 있는데도 알 수 없었다. 그러다 아라타 자신도 이내 따분해졌는지 걸음을 멈추고 안경을 벗어 닦았다. 사람들이 시끌벅적하게 오가는 참배길 한가운데에서.

아라타는 그저 어쩔 바를 모르는 것처럼 보였다. 재미없어하기보다는 어떤 식으로 재미있어야 하는지 몰라 자신감이 없는 것처럼.

지금 비행기 좌석에 등을 기대고 앉아 있는 마리는 자신이 멍하게 있다는 것을 안다. 항로를 따라 지도가 표시되는 스크린, 밤이라 아무것도 보이지 않는 창문, 까칠까칠한 담요와 머리 위 짐칸, 그런 것들이 왠지 모르게 나고 자란 집보다 친근하게 느껴졌다.

"리에 씨는 아빠에게 차였다고 하던데."

마리가 그렇게 말한 것은 참배를 하고 돌아오는 길에 들른 우동집에서였다.

"설마."

아라타는 작은 소리로 짧게 부정했다. 우동 그릇을 들고 국물을 마시면서. 김이 서려 안경이 뿌예졌다.

"그럼 아빠가 차인 거야?"

물었지만 대답은 없었다. 맥주 한 병과 우엉튀김 우동 두 그릇, 유부초밥 하나. 가게 문은 활짝 열려 있고, 좁은 실내에서는 가스스토브가 열기를 뿜어내고 있었다.

"그래도 괜찮은 거야?"

코트를 입은 채로 먹고 있어, 마리의 이마에는 때 아닌 땀까지 송골송골 맺혔다.

"괜찮다."

더 이상 물을 말이 없었다.

엄마는 어떻게 그런 매몰찬 행동을 할 수 있었을까? 비행기 엔진의 단조로운 굉음 속에서, 마리의 의문은 어쩔 수 없이 그곳에 집약되었다. 세월이 흐른 지금, 엄마를 원망하는 마음은 없었다. 하지만 아라타의 아내로서의 기요는 이해할 수도 용서할 수도 없었다.

가령 더러운 부엌에서, 그 더러움 때문에 놀란 것이 아니라 거기에 기요의 소지품이 죽 놓여 있어 소스라쳤다. 손수 밥을 지어 먹는다는 말이 거짓은 아닌지, 쌀과 채소와 된장도 있었다. 곰팡이 핀 귤도, 유통기한이 지난 빵도. 찌개 냄비는 새로 산 듯했다. 선반에는 기요 같으면 절대 사지 않을 싸구려 병조림과 레토르트식품도 쌓여 있었다. 그리고 무슨 생각인지 기요의 책과 만년필, 헤어브러시와 핸드백, 사진과 장신구, 스웨터, 재봉틀 실, 북집까지 부엌 여기저기에 널려 있었다.

"아니, 이게 다 뭐야?"

마리가 느낀 것은 공포였다. 순간적으로, 사키를 데려오지 않기를 잘했다고 생각했다.

"어지럽냐? 그래도 이 정도는 좀 널려 있어야 마음이 안정될 것 같아서."

아라타는 태연하게 대꾸했다.

마리는 기억을 떨어내려고 천천히 눈을 깜박거렸다. 눈앞에 있는 것이 비행기의 좌석이 아닌 것처럼.

괜찮아. 숨을 들이쉬고 창밖의 어둠을 보았다. 이 비행기는 도쿄를 향하고 있으니까, 괜찮다. 아파트로, 사키가 있는 미치루의 집으로, '엔드라'로 향하고 있다. 안도하는 동시에 마음이 급해졌다. 한시 빨리 사키의 얼굴을 보고 싶었다. '엔드라'의 공기를 들이마시고 싶었다. 그러나 한편으로 마리는 도쿄 생활을 접을 결심을 하고 있었다.

크리스마스 선물. 그것이 말다툼의 원인이었다. 기억하고 있다.

"왜 엄마에게는 말 안 했어?"

"그때는 갖고 싶지 않았으니까 그렇지."

"괜히 거짓말하지 마."

"돌려주면 되잖아."

"엄마가 그런 뜻으로 하는 얘기가 아니잖아."

"그럼 어쩌라고. 아유, 지겨워."

그때 오간 대화뿐만 아니라 사키의 반항적인 태도와 표정까지 마리는 기억하고 있다. 그런데 분노의 감정만은 잘 떠오르지 않았다. 댄스학원에도 가지 않고 방에서 줄곧 기다렸던 것도, 사키가 전화를 받지 않았다는 것도. 서운함은 되살아났지만 분노는 되살아나지 않았다. 예정을 하루 앞당겨 올라간다는 것도, 공항에서 바로 사키를 데리러 갈 것이라는 것도 미치루에게 미리 알렸다. 사키는 그때도 전화를 받지 않았다.

아무리 그래도 웃는 얼굴로 가는 것은 좀 이상하다고 생각했지만, 전철을 갈아타고 가는 동안 알고 보니 자신의 얼굴에 웃음이 번져 있었다. 정월 초이틀, 전철 안에는 사람들이 뜸하고 밤공기는 투명하고 고요했다. 그리고 얼어붙을 듯 차가웠다. 미치루와 유미코 씨가 사는 오기쿠보에 도착한 것은 10시가 조금 넘어서였다.

"기다리고 있어."

세 들어 사는 정원 달린 단독주택의 문을 열어주면서 미치루가 작은 소리로 말했다. 무슨 의미인지 몰랐다. 거실에서 텔레비전을 보고 있는 사키의 태도가 조금도 누그러지지 않았기 때문이다.

"엄마 왔어."

마리는 사키의 등에 대고 말했다. 무늬가 복잡한 카펫, 커피 잔이 두 개, 덮어놓은 책은 미치루가 읽던 것이리라.

"응, 왔어?"

바닥에 납죽 앉아 일어서지도 않은 채 사키는 마치 이 집 아이라도 된 것처럼 마리를 올려다보며 말했다.

"커피 마실래? 아님 술이 좋을까? 맥주나 와인은 있는데."

부엌에서 미치루가 말했다. 유미코 씨는 고향 집에 간 듯했다. 이 집은 언제 와봐도 두 사람의 기척이 농밀하게 떠다닌다. 유미코 씨가 없는 지금도.

마리는 커피를 달라고 했다. 코트를 벗고 방 안을 휘 둘러보았다. 소파 너머에 접이식 낮은 사다리가 있는 것은, 손님이 있을 때면 미치루가 거기에 앉기 때문이다. 벽에 걸린 유화는 유미코 씨의 여동생이 그린 것이고, 소파 위에 놓인 무릎 덮개—역시 무늬가 복잡하고 우스꽝스러울 만큼 색상도 복잡하다—는 유미코 씨가 짠 것이다.

"엄마가 미안했어."

마리가 말을 이었다.

"그렇게 화내는 거 아니었는데."

사키는 아무 말이 없었다.

"뭐가 갖고 싶은지, 그런 건 네가 판단할 일인데."

진심이었다. 마리를 보는 사키의 눈에 원망 섞인 불안 같은 것이 어렸지만 입은 꾹 다문 채였다.

어쩔 수 없다고 마리는 생각한다. 자신의 말이 딸을 내몬 것처럼 들렸다면, 사실이 그러니까 어쩔 수 없다고.

"사키, 우리 컵도 좀 가져올래?"

사키는 미치루의 말을 순순히 따랐다. 테니스공을 물고 주인에게로 달려가는 개처럼.

커피를 마시면서 마리는 사키와 미치루가 지난 며칠 동안 했던 일을 들었다. 콘서트, 영화, 그리고 외식. 마리는 후쿠오카 얘기는 하지 않았다. 아라타가 잘 지내고 있다는 것만 전하고, 하루 앞당겨 온 것에 대해서도 '홈시크'라고만 했다.

"도터시크겠지."

미치루가 놀리듯 말했다.

"물론이지."

마리가 답했다. 조만간 가게에서 만나자고 하고서 마리는 사키를 데리고 집으로 돌아갔다.

봄이 오기 전에 후쿠오카로 내려갈 계획이었다. 그럼 사키가 전학을 하지 않아도 되기 때문이다. '엔드라'의 오너 부부에게도 그렇게 말했고, 아라타에게는 후쿠오카에 있는 몇몇 중학교 자료를 보내달라고 했다.

"좀 곤란한데."

아라타가 그런 반응을 보여, 정말 뜻밖이었다.

"돌아오겠다는 거냐? 완전히? 그건 좀 곤란한데."

"곤란할 일이 뭐가 있는데?"

그렇게 묻자 우물쭈물하면서 대답했다.

"그야 곤란하지. 혼자 사는 데 익숙해져서 말이야."

"우리가 폐가 된다는 말이야?"

그렇게 물을 수 없었다. 아라타가 '그렇다'고 할 것 같아서.

"아빠, 부탁이야. 달리 갈 데가 없잖아."

그래서 그렇게 매달렸다.

2월. 마리는 본 적 없는 거리에 서 있다. 자신이 무슨 짓을 했는지 믿을 수 없었다. 너무 추워서 얼굴이 따끔거렸다. 아무튼 집에 가야겠다고 생각했다. 택시가 잡힐 만한 큰길로 나가자.

가지 말라고 잡아주기를 바랐다는 기억은 난다. 누군가 잡아주었으면 하고 바랐다.

밭. 꽤나 시골이다. 그리 먼 곳은 아닐 텐데. 길에 고가가 있었다. 도로인지 선로인지 밑에서는 판단할 수 없다. 서둘러 가야지 안 그러면 날이 밝는다. 가방을 가슴에 껴안고 마리는 비틀비틀 걸었다. 사방이 온통 밭인 네거리. 대체 여긴 어딜까? 내가 어젯밤에 그렇게 취했었나. 너무 춥다. 차 소리가 들리는 것을 보면 근처에 간선도로가 있을 것이다. 전신주에 주소가 적혀 있었다. 세타가야구 기누타. 문은 닫혀 있지만 가게가 몇 군데 모여 있는 방향으로 걸었다. 조금이라도 빛이 있는 곳으로.

'엔드라'가 문을 닫은 것은 2시 반이었다. 조금 더 마시고 싶어서 혼자 늦게까지 문을 여는 가게를 찾았다. 전에 지카라나 다츠야와 몇 번 가본 적 있는 가게였다. 위스키를 두 잔 마셨다. 팝콘 냄새가 났다. 이제 곧 이 도시를 떠난다고 생각하니 아쉬움이 아니라 즐거움이 끓어올랐다. 파리에서 느꼈던 그런 즐거움이었다. 즐거움과 후련함.

자신이 외톨이라는 것도, 사키가 이사하고 싶어하지 않는다는 것도, 아라타가 곤란해한다는 것도 전혀 문제되지 않았다. 문제시할 일이 못 된다고 생각했다.

내쉬는 숨이 하얗다. 까마귀 울음소리에 섞여 차 소리가 가까워졌다. 가로등 빛, 어제저녁에 내놓은 쓰레기. 다시 네거리로 나왔을 때 마리는 자신이 옳은 방향으로 가고 있다는 것을 알았다. 세타가야 거리. 도로 표지판 한쪽에 굵직한 글씨로 그렇게 쓰여 있었다. 좋았어. 마리는 마음속으로 자신을 칭찬했다. 훌륭해. 이제 택시만 잡으면 되는군.

가게에는 남자들만 한 무리 있었다. 모두 양복 차림이었고 취해 있었다. 청년과 중년의 중간쯤인, 출세는 꿈도 못 꿀 남자들이었다. 생각이 떠올라, 마리는 피식 웃었다. 지갑에 아이 사진은 넣고 다녀도 정작 목욕 한 번 시켜준 적이 없을 법한 분위기의 남자들. 그 가운데 한 명은 독신이었다. 마리도 지금은 그것을 알고 있다.

누구 하나 매력적이지 않았고, 여자를 꾀는 솜씨도 서툴렀다. 웃음소리만 유난히 크고, 와글거리는 틈에나 슬쩍 여자의 몸을 더듬는. 그럼에도 맥주를 사주었고, 마리는 고맙다고 하고 맥주를 받아 마셨다.

데려다 주겠다면서 택시를 잡았지만, 정말 데려다 주리라고는 생각지 않았다.

"어디 살죠?"

그래서 그렇게 물었다. 남자가 기누타라고 대답했는지는 기억나지 않는다.

남자의 방은 너저분했다. 마리는 후쿠오카 집의 부엌이 떠올랐다. 남자가 너무 취해 이대로 자버리는 것은 아닐까 의심스러웠다. 그런데도 마리가 옷을 벗기자 짐승처럼 덮쳤다. 신선했다고도 할 수 있을 만큼.

하늘은 점차 밝아오는데 빈 택시는 좀처럼 오지 않았다. 하루가 시작되는 청결한 공기. 차라리 히치하이크를 할까. 마리는 발을 동동 구르면서 키들키들 웃고 싶은 기분이었다. 괜히 켕겨할 일이 아닐지도 모른다. 알지도 못하는 남자와 자기까지 했으니까.

"기가 막혀서."

키들키들 웃으면서 마리는 소리 내어 중얼거렸다.

일이 끝나자 남자는 이내 잠들어버렸다. 속옷조차 입지 않고서 번들거리는 빨간 얼굴로. 팔다리를 쫙 벌리고. 잠든 얼굴을 잠시 쳐다보면서 그때까지 남자의 얼굴을 제대로 보지 않았다는 것을 알았다. 남자는 처음 안겼을 때 인상보다 훨씬 젊은 나이인 듯했다.

빨간 '빈 차' 표시등을 보았을 때 마리는 손을 드는 것도 부족해 마구 흔들었다. 가는 곳을 말하고 등받이에 푹 기댔다. 슬프지는 않았다. 아무렇지도 않았다. 내가 누구와 자든 아무도 슬퍼하지 않는데 나 자신이 슬퍼하다니, 난센스다. 술 때문이 아니었다. 설령 그렇다 해도 지금은 술도 다 깼다. 마리는 몸속에서 힘이 솟는 것을 느꼈다. 훌륭해. 다시 한 번 속으로 말했다. 처신은 훌륭하지 못했지만 대처 방식은 훌륭했어.

사키가 깨기 전에 아파트에 돌아갈 수 있을 것이다. 마리는 샤워를 하고 아침을 준비했다.

"아이 참, 깜짝 놀랐잖아."

사키는 그렇게 중얼거렸지만 그뿐이었다.

5

"이제 그 부루퉁한 표정, 그만둘 수 없니?"

마리가 말했다.

"미치루나 유미코 씨 모두 널 위해 와 있는데."

사키는 마리를 쳐다보지도 않은 채 턱을 괴고 유리컵에 담긴 물을 한 모금 마셨다. 하얗고 야들야들한 볼, 아무것도 바르지 않아도 빨간 입술, 낮은 코, 남색 재킷.

오늘 사키는 초등학교를 졸업했다. 말이 봄이지 아직은 써늘한 강당의 학부모 자리에 앉아 무수한 아이들을 내려다보면서 마리는 감동하기보다 불가사의한 것을 보고 있는 듯한 기분이 들었다.

그때 하지메의 표정. 장소는 시카 섬이었다. 겨울이었고 하늘은 맑았다. 마리가 임신했다고 하자 하지메는 기성을 지르면서 놀라고는 당장에 함박웃었다. 그리고 그 웃음이 지워지지 않은 얼굴로 힘껏 마리를 껴안았다. 하지메가 아니라 하지메의 기쁨에 껴안긴 듯한 포옹이었다. 갓난아기. 그 말로 막연하게만 인식되었던 것이 졸업장을 손에 든 소녀란 형태로 서 있었다. 하얀 양말을 신고 기념사진을 찍는 대열에 끼어 수심이 어린 찡그린 얼굴로.

"그런 주문은, 힘들지."

희미하게 웃으면서 미치루가 말했다.

"마음이 부루퉁한데 어떻게 다른 표정을 짓겠어."

마리는 설명할 수 없는 슬픔을 간신히 참고 있었다. 미치루에게 반론해봐야 어리석은 짓이다.

"이거, 맛있네."

풋 파파야 샐러드란 것을 먹으면서 마리는 할 수 없이 그렇게 말해보았다. 실내 인테리어가 세련된—그러나 낮인데도 몹시 어둡다—태국 음식점의 테이블에는 그 외에도 다진 고기 요리와 춘권이 있었다. 미치루가 '졸업 축하 파티니까 힘 좀 쓰지 뭐' 하면서 이 가게를 예약했다. 향이 독특한 향초와 고추를 듬뿍 넣은 음식은 아이들이 그리 좋아하지 않는다. 미치루가 어떻냐고 물었을 때 넌지시 그렇게 비쳤는데 당사자인 사키가 가보고 싶다고 했다.

사키가 부루퉁한 것은 어제오늘 일이 아니다. 후쿠오카로 내려가기로 했다고 말한 날부터 내내 이런 식이었다.

"난 가고 싶지 않으니까 엄마 혼자 가."

그럴 수는 없다고 설득하자 입이 툭 튀어나왔고, 혼을 내자 이번에는 증오스럽다는 표정으로 마리를 노려보았다.

"불안해서 그런 거지?"

유미코 씨가 사키에게 말을 건넸다.

"하지만 금방 익숙해질 거야. 새로운 친구도 생길 테고."

어찌 된 일인지 마리는 신경질이 났다. 그 심정을 이해한다는 듯이 구는 유미코 씨에게도, 아무 말이 없는 사키에게도.

"됐어. 사키는 그냥 내버려두자고."

애써 직장에 있을 때처럼 명랑한 목소리로 말하고는 맥주를 제 손으로 따랐다. 작은 병에 들어 있는 낯선 태국 맥주였다.

'엔드라'는 마리의 퇴직이 불씨를 던진 것처럼 종업원은 물론 손님들의 얼굴까지 변했다. 마리가 후임으로 추천해 오너 부부의 면접을 거쳐 견습생으로 같이 일하고 있는 마나—댄스 학원에서 알게 된 여배우 지망생으로 에이전시에서 뛰쳐나와 프리로 일하고 있다—의 탤런트 동료들과 그 친구, 연극 관계자들이 종종 드나들었고, 과거 단골손님이었던 오타 씨의 전근과 학생 그룹의 졸업이 겹치면서 손님의 계층이 알게 모르게 바뀌었다. 가을에는 지카라가 독립해서 자신의 가게를 내는 터라 '사금'들도 모습을 감추게 될 것이다.

"기대되는데."

마리가 지카라에게 슬쩍 말했다. 육감적이면서도 차분한 지카라의 아내가 택시 기사 일을 그만두고 지카라의 일을 거들게 된다는 것도 마리는 정말 기뻤다. 좋아하는 남자와 종일 함께하는 행복을 마리 자신이 잘 알고 있었다. 행복했던 그때보다, 시간이 훨씬 흐른 지금 더 잘 알고 있다.

"아직 해결해야 할 문젯거리가 산더미 같지만요."

지카라는 들떠서 재잘대지는 않았지만, 눈을 찡긋하며 가볍게 웃었다.

"홍보지 보낼 테니까 들르세요."

지카라의 후임자는 아직 찾지 못했지만 어차피 새로 올 바텐더와 다케 씨, 마나, 그리고 쇼코 씨가 새로운 '엔드라'를 만들어나갈 것이다.

마리 씨가 없으면 허전할 거라고 다들 말해주었다. 다케 씨는 마리와 눈이 마주칠 때마다 우는 흉내를 냈고, 댄스 학원 선생은 호들갑스럽게 포옹해주었다. 그 모든 것들이 거짓이 아니라는 것을 마리는 알고 있었지만, 한편 마리가 없어져도 그들의 생활에 별 지장이 없다는 것, 이 거리도 변함없이 움직인다는 것도 알고 있었다.

"아, 아쉬운데요."

하지만 그날 밤 '엔드라'에서 마리를 똑바로 쳐다보면서 그렇게 말한 남자는 처음 보는 사람이었다.

"마나에게 당신 얘기를 많이 들었습니다."

젊은 그 남자는 연극 관계자인지 발성 연습이라도 하는 것처럼 낭랑한 목소리로 말했다. 치약 광고에라도 나가면 좋겠다 싶을 정도로 활짝 웃으면서.

"나, 정말 만나고 싶었어요."

마리는 미소를 띠고서 술을 건넸다.

"만났잖아요, 이렇게."

"파리에서 돌아와 바에서 마담을 하고 있고, 옛날에는 화가의 뮤즈였고,

남편과 사별한 후에 혼자 몸으로 딸을 키웠고, 춤을 정신없이 펑키하게 추는 여자라고 해서 상상이 안 된다고 했지요."

남자의 말을 듣고 마리는 웃고 말았다. 나이 육십 줄은 된 여자를 말하는 것처럼 들렸기 때문이다.

"바의 마담이 아니라 종업원이죠. 아이는 키웠다가 아니고 키우는 중이고요."

그렇게 정정해주고는 한잔 마셔도 되겠느냐고 물었다. 손님의 술을 얻어먹어서는 안 되지만 마리는 간혹 그런다.

"왜 나까지 가야 하느냐고?"

사키는 여전히 고집을 부렸다.

"후쿠오카로 내려가고 싶은 사람은 엄마잖아. 엄마 사정이 그렇다고 왜 나까지 가야 해?"

"그래, 네 말이 맞아."

마리는 인정했다.

"그래서 몇 번이나 사과했잖아. 그리고 애당초 도쿄로 올라온 것도 엄마 사정이었어. 그렇게 왔으니까 갈 때도 있는 거야."

엄마는 아무것도 몰라.

입을 꾹 다물고 있는 사키가 마음속으로 그렇게 악을 쓰는 소리가 들리는 듯했다.

너하고 어쩜 그렇게 닮았니.

그렇게 속삭이는 기요의 목소리도.

들으라는 듯이 탁탁 소리를 내며 종이 상자에 물건을 쑤셔 담는 사키를 보면서, 분명하게 기억하고 있다고 마리는 생각한다.

엄마는 몰라.

그렇게 고함을 질렀다.

이상하잖아, 그런 거.

기요가 영국으로 유학을 가겠다고 한 것은 마리가 중학교에 입학한 해였다. 의논이 아니라 통보였다. 아라타가 동의한 이상 마리는 아무것도 할 수 없었다.

마리는 등골이 오싹해졌다. 지금 역시 마리는 아무것도 할 수 없다. 사키가 할 수 있는 일이 없는 것처럼.

"집 나오고 싶을 때는 언제든 와."

태국 음식점에서 식사를 하고 나서 헤어질 때 미치루는 사키에게 그렇게 말했다.

"엉뚱한 소리 하지 마. 그렇게 먼 데를 어떻게."

그때는 울컥했지만 사키 옆에 미치루 같은 사람이 있다는 것을 고마워해야 할지도 모르겠다. 집을 나가고 싶을 때는 언제든 미치루 아줌마네 집에 가라고 딸에게 말할 수는 없지만.

약간의 저금과 '엔드라' 에서 일한 경험, 그리고 따스한 말 한마디 해주지 않는 딸. 태어나고 자란 집으로 돌아갔을 때 마리에게 남은 것이라고는 그것밖에 없었다.

언제나 그렇지만 불쑥 생각한 것을 실행에 옮겼기 때문에 염두에 둔 일자리가 있는 것도 아니었다. 후쿠오카에—그렇다, 일자리는 없어도 반드시 후쿠오카여야 한다고 마리는 생각한다. 아라타가 있고, 소이치로가 잠들어 있고, 하지메가 사랑한 곳—파리의 살롱 같은 가게를 내려고 마음먹었다. 마음은 먹었지만 돈을 조금 더 모으고 괜찮은 자리를 찾을 때까지는 일을 해야 하리라. 하지만 그 전에 집을 청소하고 마당의 잡초를 뽑는 게 우선이었다.

봄. 지금까지 몇 번이나 내려왔지만, 거리의 모습은 이제까지와는 전혀 달라 보였다. 부드러운 색감도 그렇고 푸근한 공기도 그렇고.

나, 왔어.

하루요시 다리 네거리에 접어든 택시에서 강이 보였을 때 마리는 가장 먼저 소이치로에게 말했다. 그리고 하지메에게도. 해가 질 무렵이었고, 강가에 줄 서 있는 포장마차에서는 초롱이 빛나고 있었다. 삼삼오오 걸어가는 사람들, 언제 봐도 변함없는 유키지루시 버터의 광고탑. 그것은 기쁨이었다. 마리 자신도 예상하지 못한 일이었지만 돌아와서 기뻤다.

그러나 아라타의 감정은 다른 듯했다.

"어서 오너라."

미소를 머금고 말은 그렇게 했지만.

"거 참, 기분이 묘하구나."

거실에는 앞서 보낸 이삿짐이 발 디딜 틈 없이 쌓여 있었다. 아라타는 그것들이 거치적거린다는 표정이었다.

"막 도착했는데 미안하다만 아이들에게 이곳을 개방했는데, 요즘은 이것들 때문에 있을 자리가 없다고 모두들 투덜거리는구나."

그렇게 설명하는 말투가 흐뭇하게 울렸다.

"개방? 그게 뭔데?"

모두들, 이라는 말도 이상했다. 내가 모르는 모두와 아빠가 그렇게 친한

줄 몰랐다.

사키는 인사조차 하지 않았다.

"어이구, 사키 왔니. 오랜만이구나. 중학교에 입학한 거 축하한다."

아라타의 말에 사키는 고개만 까딱 숙였을 뿐 웃지도 않았다.

마리는 원래 자신의 방을 쓰고 사키는 소이치로의 방을 쓰기로 했다. 짐은 천천히 풀기로 하고, 그날 밤 세 사람은 전골집에 가서 외식했다.

"언제나 여길 오게 되네."

발을 디딜 때마다 삐걱거리는, 티끌 하나 없이 깨끗한 복도를 걸으면서 마리는 웃었다. 어린 소이치로와 큐가 복도에서 쩍 미끄러지면서 우당탕탕 뛰어 들어오는 모습이 보이는 듯했다. 긴장한 야마베의 등과 스타킹을 신은 기요의 다리도.

이곳에서 사키가 '프리, 프리'에 맞춰 춤을 춘 것은 언제 적 일이었을까?

그런 생각을 하면서 전골을 먹고 술잔을 기울이다 보니 전에 없이 약간 취했다. 식후에 과일이 나올 때는 자신이 두 다리를 쭉 뻗고 벽에 기대어 있다는 것을 알았다.

"괜찮으냐?"

아라타가 걱정스러운 듯이 물었다.

"물론 괜찮아. 기분 좋은 정도."

그렇게 대답했지만 혀가 잘 돌아가지 않았다.

"다들 한꺼번에 나타나서 좀 놀랐을 뿐이야."

마리는 변명하듯 말했다.

"엄마, 그만해. 정신 차려. 정말 꼴불견이네."

사키의 목소리가 들렸다.

"여긴 '엔드라' 가 아니라고. 할아버지도 있는데."

뭐야, 하고 마리는 생각했다. 말을 걸어도 대꾸조차 하지 않더니, 이제 말하네. 그러자 웃음이 터져 나왔다. 참으려고 하면 할수록 더욱 밀고 올라와 마리는 몸을 떨며 웃었다.

그 후의 일은 잘 기억나지 않는다. 다음 날 아라타의 말에 따르면 제대로 서서 택시 있는 데까지 제 발로 걸어갔다는데, 다만 내내 깔깔거리고 웃었다고 한다.

아무튼 그렇게 마리는 이곳에 돌아왔다.

가장 놀라운 것은 아라타가 말한 '모두' 가 동네 아이들이었다는 점이다. 거실을 개방했다는 것도 사실이었다. 날마다 오후가 되면 어디선가 아이들이 나타나 책가방과 보조가방을 아무 데나 던져놓은 채 마당이나 방 안에서 놀았다. 가방만 갖다 놓은 채 없어지는 아이들도 있었다. 그들은 밖에서 놀다가 가방만 가지러 다시 돌아왔다. 아이들이 많이 있을 때는 시끄러우니까 금방 알 수 있는데, 아무도 없다고 여긴 거실에 혼자 책을 읽는 아이가 있으면 화들짝 놀란다. 심장이 오그라들어 마리는 자신도 모르게 소리를 지르고 만다. 그럼 책을 읽던 아이가 고개를 들고는 히죽 웃는다. 또는 고개를 까딱 숙인다.

"저 여기 있어요."
하는 아이도 있다.

"깜짝 놀랐어요?"
하고 묻는 아이도 있다.

아이들의 면면은 일정하지 않았다. 자주 오는 아이도 있고, 새로운 얼굴도 있고, 전에 한 번 본 것 같은데 구별이 잘 안 되는 아이도 있다. 그 정도로 많이 온다.

어쩌다 이렇게 되었는지 마리는 전혀 짐작이 가지 않았다. 아라타는 기분이 내키면 거실로 와서 '왔구나' 하거나 '오늘은 뭐 하고 있니?' 하고 말을 건네지만, 그다음에는 그저 선 채로 아이들이 노는 모습을 보고만 있을 뿐이다. 아이들도 딱히 아라타에게 친근하게 굴지 않는다.

놀러 오는 아이들에게 아라타가 마실 것이나 간식을 주는 일은 한 번도 없었다. 들고 온 것을 먹지 말라고 하지도 않아, 때로는 거실이 그들의 연회장이랄까 사교장 같은 꼴이 된다. 패스트푸드, 과자, 탄산음료. 그런 날에는 아이들이 모두 돌아간 후에도 그 냄새가 한참이나 고여 있다.

"언제부터 이런 거야?"

그렇게 묻자 아라타는 어깨를 으쓱하고는 대답했다.

"꽤 오래되었지. 처음에는 한두 명이 그것도 어쩌다 한 번 왔는데, 그러다 아이들이 많아지고 오는 횟수도 잦아지고."

"웃기는."

마리가 말했다.

"왜 그렇게 속으로 웃어?"

"그랬나."

아라타는 고개를 갸웃했다.

"처음 온 녀석은 이제 중학생이 됐어. 지금은 잘 안 오지만 오면 둘이서 얘기도 나누고 녀석에게는 차도 끓여주지."

마리는 입을 쩍 벌렸다. 녀석? 누구? 그런 얘기는 들은 적이 없었다.

"하지만 이렇게 잔뜩 몰려오게 된 건 바로 얼마 전부터다."

작년 여름, 아라타가 중학생의 숙제를 도와준다고 했던 일이 생각났다. 침실에 신문을 잔뜩 늘어놓고서 어딘가 모르게 신이 난 표정이었다.

"왜? 불편하냐?"

순간적으로, 마리는 할 말이 궁했다.

"아니, 상관은 없지만."

달리 뭐라 말할 수 있을까.

아라타는 요즘은 외출할 때도 낮에는 문을 잠그지 않는다고 한다.

두 번째로 놀란 것은 큐 때문이었다. 여전히 옥상에서 살고 있지만 옥상에 틀어박혀 있지는 않는다고 한다.

"얼마 전에는 오키나와에 다녀왔단다. 여행을 자주 하고 있어."

나나는 눈시울을 적시며 말했다.

"그럼 건강해졌다는 뜻인가요? 혼자서도 여행을 할 수 있을 정도로요?"

소후에가의 시원한 새 다다미방에 무릎을 꿇고 앉아 마리가 물었다.

나나는 울다가 웃으면서 고개를 끄덕였다. 도코노마(일본 건축물에서 객실 정면에 설치하여 미술품 등을 장식하는 장소—옮긴이)는 족자와 하얀 백합이 꽂혀 있는 꽃병으로 장식되어 있었다. 반대쪽 벽에는 일본도가 세 자루 있다. 움찔 놀란다.

"다만 지금은 세상이 큐를 가만히 내버려두지 않잖니. 조용히 살고 싶어도, 있는 거 없는 거 다 들춰내서 시끄럽게 구니."

초능력. 마리는 속으로 중얼거렸다. 공중부양, 예지력, 큐리안. 사기다, 위험한 사상이다.

"아 참, 이거요."

마리는 그날 아침에 구운 롤 케이크 꾸러미를 내밀었다.

"그냥 맛만 보시라고 들고 왔어요."

우물쭈물 말했다. 이 집에는 옛날부터 포장도 뜯지 않은 선물이 늘 있었다. 고급스러운 술에, 전통 과자에.

"어머나."

나나가 반색했다. 꾸러미를 받아 들고 무게를 가늠하듯 만져보았다.

"롤 케이크? 고마워. 마리가 만든 롤 케이크를 내가 얼마나 좋아하는데."

남편이 일찍 죽은 후에도 '조직' 이다, '보복' 이다, 마리는 잘 모르는 갖가지 일이 있었다. 재혼을 하는 바람에 화가 난 큐가 집을 뛰쳐나갔고, 지금은 또 큐가 세상을 떠들썩하게 하고 있고—나나는 세상이 큐를 못살게 군다고 하겠지만—그런데도 이 사람은 늘 친절하다.

"다시 여기로 돌아왔네요."

그만 어린아이 같은 말투가 튀어나오고 말았다. 나나는 미소를 머금고 마리를 보면서 말없이 고개를 끄덕였다.

6

"왜 그렇게 오랫동안 이곳을 떠나 있었는지 모르겠어."

마리가 말을 이었다.

"미신을 믿는 성격은 아니지만, 누군가 여기서 나와 사키가 돌아오기를 기다리고 있었던 것 같아."

그 정도로 모든 것이 자연스러웠다. 더구나 만사가 운명적으로—운명이란 것이 있다면—느껴졌다.

마리는 후쿠오카로 내려온 후 세 번째로 찾아가 겨우 만난 큐에게 뭔가를 설명하려 한다. 옥상의 숲에서는 시원스레 물이 흐르고 매미가 울고 있다.

"예를 들면 지금 사키는 옛날에 내가 다녔던 학교에 다니고 있거든. 하지만 여기 내려오기 전까지는 그렇게 되리라고는 상상도 못했어."

실제로 마리는 사키를 공립학교에 보낼 생각으로 절차를 밟고 있었다. 그런데 마리의 의중을 모르고, 당연히 마리가 다녔던 학교에 사키를 보낼 거라고 생각한 아라타가 사립학교에 원서를 보내고 말았다.

"얼마나 놀랐는지 몰라."

그때 생각을 하면서 마리가 웃었다.

"난 원서를 낸 줄도 몰랐고, 시험 보는 날도 사키는 도쿄에 있었으니까."

결국 공립학교에는 서류를 다시 보내야 했지만, 사립학교의 3차 모집 시험에는 응시할 수 있다는 것도 알게 되었다.

"밑져야 본전이란 기분으로 시험이나 한번 보라고 했는데 어쨌든 지금은 다니고 있잖아."

"공부도 안 했는데 왜 내가 그런 시험을 봐야 하는데."

사키가 그러면서 또 퉁퉁 부었다는 얘기는 하지 않았다.

"모교가 어쩌고저쩌고, 그런 거 다 엄마의 향수병 아니냐고."

그런 소리까지 들었다는 것도.

"아마 모두가 다 그랬을 거야."

큐가 조용조용 말했다.

"마리와 사키가 돌아오기만을 여기서 모두들 기다렸을 거야. 기대하거나 바란 게 아니라 그냥 알고 있으니까 기다렸던 거지."

알고 있으니까 기다렸던 거지. 마리는 그 말을 되뇌면서 고개를 갸우뚱 기울였다.

"안 믿는군."

큐가 미소를 띠었다. 마리를 빤히 쳐다보면서. 그것은 틀림없이 미소였는데 마리는 왠지 피부가 술렁거리는 것을 느꼈다.

"안 믿는 게 아니라."

그렇게 단언하면 무섭다고 말을 이으려 했는데 끝까지 말할 수 없었다.

"아니, 안 믿으려 하고 있어."

강경한 말투에 당황했다.

"아니."

큐는 다시 한 번 중얼거렸다.

"아니야, 아무것도 아니야."

그다음 큐의 얼굴에 떠오른 미소는 방금 전 미소보다는 온화했지만 곤혹스러운 표정이 섞여 있었다. 또는 후회의.

"요즘 여러 가지 일이 많았어."

작은 소리로 말했다.

"이런 얘기하면 또 겁을 먹으려나. 겁쟁이 마리가."

맞는 말이었지만 반사적으로 마리는 분개한 표정을 지었다.

"겁쟁이? 내가? 그런 소리는 들어본 적 없는데."

하긴 옛날에는 겁쟁이라는 소리를 자주 들었다. 그런 생각이 떠오르자 마리는 오히려 놀랐다. 요즘은 줄곧 용감하다는 말에 길들어 있었다.

큐가 이상하다는 듯이 웃었다.

"겁쟁이지, 마리는. 소이치로 형도 그랬는데."

녹슨 의자에 마주 앉은 채 마리는 큐의 얼굴을 보았다. 기적을 보는 것처럼 살며시.

"아, 다행이다."

말이 그만 입 밖으로 튀어나왔다. 기억이 돌아와서 다행이다. 건강해 보여서 다행이다. 덩치만 큰 어린아이 같지 않아서 다행이다.

"여행, 많이 한다면서?"

명랑한 화제다 싶어 말했는데 큐의 표정이 시무룩해졌다.

"응. 그쪽에 아직 할 일이 남아 있어서."

"그쪽이라니, 오키나와?"

고개를 끄덕인 큐는 슬픈 눈빛으로 마리를 보았다.

"슬픈 일이야?"

마리가 묻자 숨 한 번 쉴 정도의 침묵이 흐른 후에 큐는 미소를 머금고 부정했다.

"아니야. 다만 작년에 소중한 사람이 죽었어."

"그럼 슬픈 일이네."

마리는 그렇게 말했지만 큐는 이제 슬픈 눈빛이 아니었다.

"소중한 사람은 다들 없어져버리네."

큐는 오히려 재미있어하는 표정으로 테이블에 턱을 괴고 마리를 쳐다보았다.

"왜?"

"고집쟁이로군. 잘 알면서. 소중한 사람은 없어지지 않는다는 거."

그때였다. 바람이 살랑살랑 불면서 나무들이 흔들렸다. 조금 전까지 요란스럽게 울어댔던 매미들이 지금은 한 마리도 울지 않았다. 물소리도 들리지 않아서 보니 분수도 멈춰 있었다. 바람이 불고 수많은 나무가—큰 나무, 작은 나무, 짙은 초록색 나무, 황록색 나무—흔들리는 소리만 들렸다. 귓가에서 속삭이고 피부를 감싸고 머리칼을 스치고 속눈썹에 머물고 볼을 어루만지는 그리운 것. 스쳐 지나가는 농밀한 기운.

"이게 뭐지?"

기요의 가든에서 느꼈던 식물의 생기 비슷한데, 훨씬 고요하고 따스했다. 마리는 생각한다. 실체는 없는데 있다고밖에 생각할 수 없는 것—투명한 안개 같고 빛의 알갱이 같은 것—이 지금 나를 스치고 지나갔다. 내 안을, 내 주위를, 지금 이곳 전부를.

"와, 이게 뭐지?"

그것이 지나간 후에도 마리는 황홀하게 눈을 감고 있었다. 따스하고 그리운 것들. 그렇다, 아주 많았다. 모두 까르르까르르 웃고 있는 것 같았다. 또는 작은 새들처럼 지지배배 지저귀었다. 그 소리를 들은 것은 아니지만.

눈을 떠보니 큐는 여전히 테이블에 턱을 괴고 있었다.

"응? 무섭지 않았지?"

매미가 울고 있다. 분수는 아직 물을 뿜고 있지 않았지만 조금도 무섭지 않았다.

"응, 전혀."

그래서 그렇게 대답했다.

"다행이다."

큐가 싱긋 웃으며 일어섰다.

"이런 것들을 더 많이 깨달을 수 있게 하는 게 나와 엄마가 하려는 일이야."

나나가 초능력이나 큐리안과는 무관하게 어떤 '운동'을 시작했다는 것은 알고 있었다. 글도 쓰고 모임도 갖는 듯했다. 어쩌다 아줌마까지. 그런 의문이 들지 않을 수 없었다. 조용한 생활을 원했던 사람인데.

"그렇구나."

마리는 대꾸했지만 이해한 것은 아니었다.

"큐, 이제 이 옥상을 벗어날 수 있으니까 우리 시내에서 데이트하자."

대답이 없어 마리는 다시 말을 이었다.

"나 말이지, 요즘 후쿠오카 거리를 탐험하고 있어."

"탐험?"

"응. 꽤 많이 변해서 재미있어. 변하지 않은 곳은 반갑고 오히려 신선하게 보여. 이상하지?"

큐는 눈가에 미소를 머금었다. 눈이 부실 때 그러는 것처럼.

"좋은데, 즐거울 것 같아."

마리는 한바탕 이야기를 늘어놓았다. 어디 공터에는 분양주택이 들어섰고, 어디 공터는 건재하기는 한데 여기까지—마리 허리쯤까지—잡초가 무성하고, 초등학교 옆에 있던 구멍가게도 건재하고, 크림소다의 '올베라'도 건재하지만 어렸을 때는 흔했던 '생선조림가게'는 해변까지 가봤는데도 없었다는 얘기를 했다. 또 쇼와 거리에 있던 주유소—거기가 시댁이었다는 말은 하지 않았다—는 4층짜리 건물이 되었는데 2층에는 탁아소가 있다는 말도 했다.

큐는 흥미롭게 들었다. 눈을 반짝이며 '옛날 생각나는데' 하고 말하기도 하고 '거기는 기억 안 나' 하고 말하기도 하고, 그러다 마지막에는 아주 조용한 목소리로 말했다.

"하지만 밖에서는 안 만나는 게 좋을 거야. 마리에게 폐가 될 테니까."

마리는 목구멍까지 나왔던 말—폐는 무슨—을 삼켰다. 위험에 노출되는 쪽은 오히려 큐다.

"그렇구나."

그래서 그렇게 말했다.

"그래도 오늘은 만나서 좋았어. 물이 다시 흐르기 시작했네."

분수를 가리키며 말하자 큐는 장난스럽게 한쪽 눈을 찡긋하고는 말했다.

"내내 흐르고 있었어. 분수잖아."

"순 거짓말."

마리는 웃는 얼굴로 대답했다.

정말 재미있다.

과거에는 소이치로의 방이었다가 지금은 사키가 쓰고 있는 조그만 방 한가운데에 서서 마리는 생각했다. 몇십 권이나 되는 소녀 만화, 봉제 인형, 목마, 쿠션, 미피 그림이 있는 달력. 어느 모로 보나 여자아이의 방이다. 그리고 동시에 어느 모로 보나 소이치로의 방.

"너 하고 싶은 대로 꾸며봐."

사키에게 그렇게 말했다. 사키는 소이치로의 책상은 치우고, 그 자리에 자신이 좋아하는 앤티크 책상을 놓고 싶다고 했고, 침구는 아무리 깨끗하게 빨았다 해도 싫으니까 모두 새것으로 바꿔달라고 했다. 주문은 그뿐이었다. 서랍장이나 침대 자체도 그냥 쓰겠다고 했고, 벽에 붙어 있는 세계지

도와 천체도, 곤충 표본까지 '시크하니까' 떼지 않아도 좋다고 했다.

그 결과 마리 눈에는 그 방에 오빠와 사키가 혼재하는 것으로 보였다. 정리 정돈을 좋아했던 소이치로와 정돈을 모르는 사키. 하지만 양자가 같은 공간에서 기분 좋게 조화를 이루고 있다.

"같이 자도 돼?"

그러고는 툭하면 소이치로의 침대에서 잤던 자신이 생각났다. 소이치로가 죽은 후에도 몰래 그러다가 큐가 불쑥 창문을 넘어 들어오는 바람에 심장이 멈출 만큼 놀랐던 일도.

망령들이 모여 있는 이 집에서의 생활이 마리는 점차 마음에 들었다. 모르는 아이들이 멋대로 들락날락하는 것에도 이제는 익숙해졌다. 사람이 하나라도 있으면 그것만으로도 바람이 잘 통한다. 그들의 개성이 아니라 의지에 마리는 종종 놀란다. 그렇게 어린데도 각자 명백하고 확실한 의지를 지니고 있다. 주장은 하지 않더라도. 그것은 재미있는 일이었다. 재미있고, 멋진 일.

소이치로의 책상은 지금 거실에 놓여 있다. 아이들이 언제든지 쓸 수 있도록.

"강습회, 정말 안 가도 되냐?"

서재로 홍차를 들고 가자 아라타가 물었다. 오전 10시 반의 홍차는 마리와 아라타의 새로운 습관이었다. 사키와 너무 이른 시간에 아침을 먹기 때문에 10시쯤이면 배가 출출해지는 아라타를 위해 준비하다 보니 그렇게 되었다.

"괜찮아, 작년에도 안 갔는걸, 뭐."

마리가 대답했다.

여름이 끝날 즈음, 마리는 두 번째 소믈리에 시험을 치르기로 했다. 해마다 시험 약 한 달 전에 열리는 강습회는 의무가 아니라 임의로 참가하면 되었다. 그런데 작년 시험에 떨어진 후에 소믈리에 자격이 있는 '엔드라'의 손님 한 명을 비롯해서 몇몇 아는 사람에게, 강습회에 가지 않은 것이 실패 요인 중 하나라는 소리를 들었다. 강습회에 가면 그해 1차 시험의 출제 경향을 알 수 있다는 것이다.

"가봐야 별 의미 없어."

두툼하게 자른 카스텔라를 접시에 담고 손가락에 묻은 설탕을 핥으면서 마리가 말했다.

"어떤 문제가 나오든 풀 수 있게 하면 되니까."

미치루에게 그렇게 배웠다. 중요한 것은 어떤 문제가 나오느냐가 아니라, 어떤 문제가 나오든 풀 수 있느냐 없느냐, 라고.

"마음가짐은 과감하고 훌륭하다만."

아라타가 씩 웃으면서 카스텔라에 포크를 꽂았다.

"참, 사키가 어제 레코드 빌려달라고 하던데."

"레코드? 어떻게 듣겠다고. 그 아이 방에는 플레이어가 없는데."

"학교에 가지고 간다더라. 음악실에서 미니디스크에 녹음할 거라던데."

"그랬어?"

마리는 홍차를 마셨다. 두툼한 겉표지와 끈으로 묶여 있는 자료 다발, 차르륵차르륵 금속성의 소리가 나는 구식 블라인드. 대학 이름이 새겨진 기념 시계, 그리고 왜 그런 게 나와 있는지 모르겠지만 기요가 썼던 털모자. 그 모든 것들이 환한 아침 햇살 속에서 얇게 먼지를 덮어쓰고 있다.

사키는 지금 별 탈 없이 학교에 다니고 있다.

"재미있어?"

"오늘은 무슨 일이 있었는데?"

그렇게 물으면 금방 심통을 부리지만, 며칠 전에는 불쑥 '미술부에 들었어' 라고 해서 마리를 놀라게 했다.

"아빠는 사키를 어떻게 생각해?"

아라타는 눈을 껌벅거리며 마리를 보았다.

"어떻게라니, 무슨 소리냐?"

"여기 생활에 잘 적응하는 것 같아?"

아라타는 잠시 생각하는 표정을 지었다. 그렇게 한참이나 마리를 기다리게 해놓고 겨우 한다는 말이 이랬다.

"카스텔라 한 조각 더 갖다줄 수 있겠니?"

요즘 들어 아라타의 식욕은 도중에 끊기는 대화만큼이나 마리를 불안하게 한다.

일자리는 아직 못 구했지만 이리저리 탐험을 하다 보니 점포 자리가 예상보다 많다는 것을 알았다. 목이 아주 좋은 곳만 아니면 집세도 도쿄보다 쌌다. 당장 세를 얻을 계획은 아니지만 그래도 마음 든든한 발견이었다.

"꽤 좋은 곳인걸."

기쁜 마음에 그렇게 중얼거렸다.

지카라는 이케지리오하시와 미슈쿠 사이에 새 가게를 내기로 했단다. 좀 늦어져서 가을이 아니라 겨울에 문을 열게 되겠지만 만족스럽게 시작할 수 있을 것 같다고. 전화는 마리 쪽에서 걸었다. '엔드라' 를 그만두었다는 것은 알고 있었고, 새 가게의 준비가 어떻게 되어가고 있는지 궁금해서였다.

"전화 한 통 없더군요."

지카라가 말했다.

"지금 이렇게 걸고 있잖아."

"더 빨리 올 줄 알았죠. 그렇게 휑하니 내려갔는데, 며칠 후에나 첫 전화가 걸려 오나 보자고 다들 내기를 했다고요."

생각지도 못했다고 말할 수는 없어서 '내가 좀 터프하잖아' 하고만 말했다. 그런데도 한 사람 한 사람의 얼굴이 떠오르면서 절로 웃음이 흘러나왔다.

지카라는 원래 무뚝뚝한 사람이라 대화에 흥이 나지는 않았다.

"내 목소리 듣고 싶어지면 언제든 또 거세요."

그래도 그렇게 말해주고는 전화를 끊었다. 끊은 다음에도 잠깐 동안 더 웃었다. 기운을 북돋는 말은 없었지만 기운을 얻었다고 생각되었다. 같은 목표를 향해 움직이는 지카라란 존재가 든든했다.

기라메키 거리, 덴진 역, 중앙공원을 가로질러 니시나카스, 전 귀빈관. 마리는 꽤 좋은 곳을 걷고 있었다. 나카 강을 건너 나카스, 나카스가와바타. 여기에서 버스를 타고 하카타 역으로 갈 생각이었다.

길거리에 있는 자리는 피할 생각이다. 그런 자리는 집세가 비싸기도 하지만 특별한 공간다운 정취가 없기 때문이다. 좁은 계단을 올라가야 하는 2층이나 내려가는 지하 1층이 적당하다고 생각한다. 승강기를 사용해야 한다면 얘기는 또 달라진다. 큰 빌딩의 6, 7층도 바람직하지 않다. 지카라의 가게도 2층이라고 했다.

두서없는 생각을 하면서 버스를 기다리는 사람들—세 명이 있다—뒤에

섰다. 오후 2시. 하카타 역에는 앞으로 일하게 될지도 모르는 가게에 면접을 보러 가는 것이다. 약속한 시간은 3시지만 조금 일찍 가서 주변을 탐사랄까, 돌아보고 싶었다.

"편한 마음으로 다녀와."

집을 나설 때 아라타는 그렇게 말했다.

"그쪽에서는 너를 판단하겠지만, 너도 가게를 판단하고서 결정하면 되는 일이니까."

"저."

목소리와 함께 누가 손가락으로 등을 쿡 찔렀다. 뾰족하고 딱딱한 감촉이었는데, 나중에 생각해보니 그 사람의 손톱이 길어서였다.

돌아보니 양산을 든 젊은 여자가 서 있었다. 짙은 화장에 해바라기 무늬가 찍혀 있는 검은 원피스를 입고 있었다. 길이는 천을 최소한으로 절약한 것처럼 짧고, 깊게 파인 네크라인 위로는 파우더라도 바른 것처럼 하얀 가슴에 풍만한 유방이 절반은 드러나 보였다. 그곳으로 빨려 들어가는 시선을 마리는 억지로 끌어 올렸다. 그 여자의 얼굴이 보이는 위치로.

"네?"

마리는 속으로 젊다는 인상을 지웠다. 단정한 생김과 절묘한 화장술, 하지만 그곳에는 세월이 깊이 새겨져 있었다. 절대 온건한 세월은 아니었으리란 것을 쉽게 알 수 있는 주름.

"데라우치 마리 씨 맞죠?"

느닷없이 이름을 말해 움찔 놀랐다. 하지만 그렇게 말한 여자 역시 마리 못지않게 주눅 든 표정이었다.

"네."

고개를 끄덕이며 대답했다. 여자는 아무 말 없이 마리의 얼굴을 유령이라도 마주친 것처럼 쳐다보았다. 그리고 입을 열었다.

"기쿠마루라고 해요. 우리 한 번 만난 적이 있어요, 아주 오래전에. 잊어버렸을지도 모르겠지만."

그 이름이라면 기억하고 있다. 큐의 '초능력을 뒷받침하는 여자'로 몇 년 전 매스컴에서 시끄럽게 다뤘던 사람이다. 만난 적이 있는 줄은 몰랐다. 언제, 어디서 만났다는 것일까.

"나나 씨 집에서 당신 사진 많이 봤어요. 그래서……."

사진? 하지만 이 사람은 방금 만난 적이 있다고 하지 않았는가? 기쿠마루는 왠지 모르지만 말을 더듬었다.

"우리 어디 앉아서 차분하게 얘기해요."

손에 쥐고 있던 버스비를 지갑에 다시 넣으면서 마리가 말했다.

7

빌딩 2층의 커피 전문점은 손님은 그리 없는데 에어컨을 너무 틀어놓아 서늘했다. 창가 자리에 마주 앉고 보니 기쿠마루라고 한 여자의 얼굴을 어디선가 본 듯한 기분이 들었다.

"방생회?"

그렇게 물어보았다. 큐의 여자 친구를 언뜻이나마 본 것은 그때 딱 한 번

뿐이었으니까.

"그래요, 방생회."

여자의 얼굴에 비로소 미소가 번졌다. 입가가 아니라 눈가가 벌어지는 귀여운 웃음이었다.

"그때 당신이 큐를 데리고 가버려서, 난 그 많은 사람들 속에 멀거니 남아 있었어요."

"설마. 난 그런 적 없어요."

놀라서 부정했지만, 어쩌면 그랬을지도 모르겠다고 마리는 생각했다. 그때는 마리에게도 옆에 누가 있었다. 그 사람도 길거리에 내버려둔 채 큐와 둘이 러브호텔로 달려갔다.

기쿠마루는 여전히 미소를 머금고 있다. 그때가 그립다는 듯, 오히려 즐거운 추억이라는 듯.

"괜찮아요. 옛날 고리짝 어렸을 때 일인걸요."

아이스커피가 나왔다. 마리는 빨대가 담긴 종이를 찢었다.

"그 후에 나, 큐와 사귀었어요. 그러니까 뭐라고 해야 하나. 음, 진지하게."

기쿠마루의 표정이 어두워졌다.

"그런데 결국은 헤어졌어요."

더듬는다 싶으면 갑자기 빨라지고, 열기를 띠는가 싶으면 다시 맥이 풀리는 말투였다.

"내가 먼저 헤어지자고 했어요. 그런 일을 더는 견딜 수가 없어서."

그녀가 말했다.

시선이 차분하지 못하게 이리저리 흔들리는 것은 이 사람의 버릇일까, 하고 마리는 생각했다.

"저……."

몸을 앞으로 내밀고 누가 들을까 봐 겁이 난다는 듯 기쿠마루가 작은 소리로 속삭였다.

"큐는 잘 있어요?"

마리는 어처구니가 없었다.

"잘 있어요."

대답하고 마리는 커피를 마셨다. 얼음에서 청량한 소리가 났다. 테이블을 짓누르는 하얀 솜사탕 같은 유방에 그만 눈길이 빨려 들어가고 만다.

"정말요?"

속삭이는 소리에, 마리는 빨대를 입에 문 채 시선만 위로 들었다. 기쿠마루는 잔뜩 긴장해서 거의 겁에 질린 표정이었다. 마리는 두 번 고개를 끄덕였다.

"잘됐다."

목소리에서도 몸에서도 힘을 쭉 빼면서 기쿠마루는 다시 의자에 등을 기댔다.

"그래요, 잘됐죠."

마리 역시 웃으면서 같은 말을 되뇌었다. 헤어졌는데도 이렇듯 큐를 걱정하는 여자가 있다는 것을 알자 마리는 가슴속에 따스한 무언가가 흘러드는 느낌이 들었다.

"그런데 미안해요. 나 지금 가봐야 돼서."

기쿠마루는 아이스커피에 손도 대지 않았지만 마리는 면접 약속이 있다는 얘기를 했다. 이 도시에서 장사 감각을 익히기 위해 당분간 어디서든 일을 하고 싶다고.

"어느 가게인데요?"

마리가 가게 이름을 말하자 그녀는 고개를 절레절레 흔들었다.

"가지 말아요. 점장은 호색한인 데다 브랜디에 물까지 섞어요."

마리는 벌써 일어난 상태였는데, 그 말을 듣고 나자 잠시 생각하고는 다시 의자에 앉았다. 점장이 호색한인 것은 둘째 치고 술에 물을 섞다니 체질에 맞지 않았기 때문이다.

기쿠마루는 이 도시의 물장사에 관해서라면 무엇이든 물어보라고 했다. 열여덟 살 때부터 이 세계에 몸담고 있으니 술을 파는 가게란 가게는 대충 다 가 보았다면서. 그리고 은색 펄 매니큐어를 칠한 긴 손톱으로 추천 가게를 네 군데 찍어주었다. 수첩을 쭉 찢어 건넨 종이쪽지에는 소녀 글씨 같은 동글동글한 글자가 적혀 있었다.

"너희들이 오고 난 후로 가장 많이 변한 곳이 부엌이구나."

마리가 준비한 저녁—고기 완자에 우엉 샐러드—을 먹으면서 아라타는 흐뭇하게 말했다.

사방에 물건이 어지럽게 널려 있었던 부엌을 말끔하게 정리하고 치우는 데 시간이 꽤 걸렸다. 하지만 일단 정리하고 나니 질서를 유지하기 쉬운 장소였다. 사키나 아라타나 냉장고를 여닫는 것 외에는 부엌에서 하는 일이 없기 때문이다.

"처음에는 바닥이 좀 끈적거렸는데."

사키가 말했다. 하지만 마리는 아라타가 전하려는 말이 이제는 바닥이 끈적거리지 않는다는 것이 아님을 알고 있었다. 기요의 기척이다. 마리는 부엌에 새 조리 기구를 몇 가지 들여놓았다. 기요가 수집한 크리스털 제품은 깨뜨릴까 봐 겁이 나 사용하지 않는다. 그런데도 부엌은 과거의 생기를 되찾았고, 이 집의 다른 어느 장소보다 짙게 기요의 기척이 느껴졌다.

게다가 정말 신기한 것은, 마리는 엄마에게 음식 만드는 것을 배운 적도 없고, 메뉴도 기요의 발치를 따라가지 못하는데도 마리가 만들 수 있는 몇 가지 음식은 모두 기요가 만들었던 음식과 비슷한 맛이 난다는 것이다.

아라타 혼자 살았을 때는 마리가 부엌에 들어가는 것을 싫어했다. 그야말로 사방이 끈적거리고 한눈에 남자 혼자 산다는 것을 알 수 있는 공간에, 부엌과는 거의 무관한 기요의 옷가지와 장신구, 심지어 구두까지 놓았던 아라타를 떠올리니 가슴이 찌르르 아팠다. 두 병째 맥주를 마시는 아라타의 시선이 허공을 더듬었다. 가스레인지 앞, 늘 기요가 서 있던 언저리를.

다음 날 아침, 마리가 사키를 배웅하러 문밖에 나갔더니 나나가 길에 물을 뿌리고 있었다.

"안녕하세요."

햇살이 벌써부터 아스팔트 위에 쏟아져, 뿌린 물이 단박에 미지근해지면서 스며들었다.

"그래, 마리. 날씨가 참 좋다."

나나는 허리를 펴고 뒤로 젖히는 동작을 하고서 대답했다.

"다녀와, 사키."

사키에게도 인사를 건네고, 한 손으로 햇살을 가리면서 함께 배웅해주었다.

"많이 컸네."

네, 하고 대답하고 나자 그다음은 무슨 말을 해야 좋을지 몰랐다. 교복을 입은 사키의 뒷모습을 보면 늘 조금은 혼란스럽다. 옆에 '큐의 엄마'가 있으면 더더욱. 울타리와 아스팔트 사이에 돋은 연초록 잡초가 촉촉하게 젖어 상쾌한 모습이다. 나나가 뿌린 물은 곧 수증기가 되어 사라질 것이다. 아스팔트 특유의 역한 냄새가 벌써 나기 시작한다. 마리는 집 안으로 들어가고 싶지 않았다. 그렇게 한다고 온도가 내려갈 리 없는데도 등을 구부리고 물통과 바가지로 길에 물을 뿌리는 나나의 모습을 조금 더 보고 싶은 충동이 일었다.

마리는 두 번째 소믈리에 시험에도 떨어졌다. 시험에 떨어지는 것에 아무리 이골이 났다지만 이번에는 내심 자신이 있었기 때문에 실망이 컸다.

"좋은 일이 있으면 나쁜 일도 있는 법이지."

아라타는 그런 말로 위로해주었다.

좋은 일이란 일자리를 구한 것이다. 일주일쯤 전부터 마리는 불효자 거리에 있는 바에서 일하고 있다. 기쿠마루가 가르쳐준 가게 중 하나였다. 손님 다섯이 앉으면 꽉 차는 카운터 자리와 테이블 자리가 하나뿐인 조그만—뿐만 아니라 마리 생각에는 아주 촌스러웠다—가게였지만, 차분하게 마실 수 있는 분위기와 바텐더의 능란한 솜씨에 끌렸다.

마리는 그곳에서 술을 일곱 잔이나 마셨다. 면접이라 할 만큼 공식적인 것은 아니었지만, 일자리를 구한다고 연락하고서 찾아간 그날이었다. 첫 세 잔은 잡담을 하는 중에 그쪽에서 '시음해보라'고 해서 마셨다. 그다음 네 잔째는 마리가 부탁했다. 그러니까 나오면서 돈을 내겠다고 한 것은 물론 진담이었다. 가게 주인이며 바텐더인 중년의 도미타 씨는 붙임성이 있고 목소리나 하는 행동이 부드러운 남자였다.

"그런 걸 받을 수야 없지."

그는 그렇게 말하면서 히죽 웃었다.

"아까 말한 거 노동조건까지 포함해서 잘 생각해보고 괜찮겠다 싶으면 다시 연락해요. 아니면 다음에는 손님으로 마시러 오고."

도미타 씨는 웃으면 눈가와 눈썹이 축 처지는 칠복신(복덕(福德)의 신으로서 신앙의 대상이 되고 있는 일곱 신—옮긴이) 같은 얼굴에 손가락도 뭉툭하고 굵어서 빈말이라도 여자 손님을 끌 것 같지 않은데, 기쿠마루를 비롯해서 절반 가까이가 여자 손님이라고 한다.

다음 날, 마리는 바로 연락을 했다.

"괜찮으니까 일하게 해주세요."

"시험은 내년에도 있지?"

아라타는 마리가 들고 온 과자를 눈 깜짝할 사이에 먹어치우고는 아무것도 안 먹은 것처럼 시침 뗀 표정으로 마리의 접시를 보고 있다.

"그건 그렇지만."

내년에도 떨어질 수 있다고 생각하면 불안했다. 5년이 지나고 10년이 지났는데도 떨어지면?

"이름이 뭐였더라, 그 여배우 말이야."

거의 중얼거림에 가까운 목소리로 아라타가 말했다. 초가을 바람에 블라인드가 흔들렸다. 거실에서는 아이들이 재잘대는 짜랑짜랑한 목소리가 들렸다.

"그 왜 있잖니. 〈필라델피아 스토리〉하고 〈겨울의 사자〉에 나왔던 여배우."

마리가 대답을 못하자 아라타는 '아니, 됐다' 고 하고는 더 조그만 소리

로 중얼거리더니,

"기다리는 자에게는 언젠가 꿈이 이루어진다."

하고 대뜸 말했다.

"〈여정〉이란 영화에 나오는 대사다."

〈여정〉. 영화는 기억나지만 그런 대사가 있는지는 기억나지 않는다. 마리가 생각하는 틈에 아라타는 포크를 쑥 내밀어 마리 접시에 담겨 있던 과자를 먹어버리고 말았다. 마리는 깜짝 놀랐다는 듯 눈썹을 추켜올렸지만 할말은 찾을 수 없었다.

약 때문인지도 모른다, 고 생각한다. 얼마 전부터 아라타가 잠이 안 온다고 해서 수면제를 처방 받았다. 단 음식만 이렇게 먹으려고 하는 것도 부작용이 아닐까.

그때 거실에서 자지러지는 울음소리가 들렸다. 어른의 감각으로는, 거의 정상이 아닌 비명에 가까운 소리였다.

마리가 후다닥 달려가 보니 아이들 네다섯 명이 걱정스러운 표정으로 한 아이를 에워싸고 있었다. 울고 있는 아이는 가장 어린 여자아이였다. 선 채로 혼신의 힘을 다해 아픔을 호소하고 있었다.

"왜? 왜 울어?"

마리가 묻자 울음소리가 조금 낮아졌다. 나이가 좀 있는 아이들이 저마다 설명했다.

"보물찾기 놀이를 하고 있었는데요, 방 밖으로 나가면 안 된다고 했는데 마당에 숨었어요."

"다리를 부딪쳤어요."

"마당에서 거실로 들어오다가."

"아니야, 들어와서 부딪친 거야."

다들 무슨 소리를 하는 것인지 모르겠지만, 아무튼 여자아이는 발톱 절반이 벗겨져 있었다. 놀랄 만큼 조그맣고 귀여운 발끝에서 빨간 피가 배어 나왔다.

"조금만 기다려. 금방 치료해줄 테니까."

울음소리가 훌쩍거림 정도로 잦아들었다. 탈지면에 소독약을 묻혀 상처 자리를 누르자 아이가 깜짝 놀랐지만 그 덕에 우는 것도 잊어버린 듯했다.

"우와, 용감하네."

마리가 칭찬해준다.

"그렇게 심하지 않으니까 이제 괜찮을 거야."

"아야, 아."

가와보란 아이가 묘한 소리를 질렀다.

"내가 그런 거 아니라니까."

마리는 마당에서 알로에를 잘라 와, 한 조각을 상처에 대고 거즈를 덮은 후 붕대로 꼭꼭 감아주었다. 발톱이 갈라지기는 했지만 다행히 떨어지지는 않아서 만지지만 않으면 아프지 않을 것 같았다.

"자, 이제 됐어."

마리는 그렇게 말하고, 운 탓에 아직도 뜨끈뜨끈한 여자아이의 얼굴에 들러붙은 머리카락을 떼어주었다.

"고맙습니다."

여자아이는 훌쩍거리는 목소리로 또렷하게 말하고는 마리의 눈을 보면서 방긋 웃었다. 마리는 허를 찔린 기분이었다. 개성이 아니라 의지에, 이렇게 어린데도 독립적인 인간이라는 단순한 사실에.

아이는 다리를 절룩거리면서 소파로 걸어가 앉더니 자신의 발에 칭칭 감긴 붕대를 신기하다는 듯 살펴보았다.

이번 가게는 '엔드라'와는 전혀 달랐다. 음악도 없고 춤도 없고 종업원도 마리 한 명뿐이다.

도미 씨—도미타 씨를 모두 그렇게 부른다—는 매일 밤 8시에 가게 문을 연다. 그러면 주류업자와 얼음업자, 물수건업자가 찾아온다. 마리가 출근하는 시간은 10시다. 단골손님은 대부분 동네의 가게 주인과 술집에서 일하는 여자들로, 혼자 오거나 둘이 와서 잠시 머물다 간다. 오래 있는 것은 주로 관광객이다. 하지만 도미 씨는 그들에게도 싹싹하게 대한다. 양복 차림의 손님도 있다. 그들은 출장 중인 회사원으로 하카타에 출장 오면 이곳에 들르는 사람들이다.

"우리 가게 새 여자."

도미 씨는 단골손님들에게 마리를 소개했다.

"잘 부탁드립니다."

그때마다 마리는 웃는 얼굴로 인사했는데 도미 씨는 딱딱하다고 놀린다.

"딱딱해, 딱딱해."

접객은 자신 있다고 생각했는데 손님과 종업원이 친구랄까 동료 같았던 '엔드라'에 너무 익숙한 탓인지, 그야말로 술장사를 하는 이 가게에 적응하는 데 한동안 시간이 걸릴 것 같았다.

"어디서 왔지?"

하카타 사투리로 말하는데도 그렇게 묻는 손님이 있었다.

"아, 마티니는 좀 버거울 테니까 진 토닉이나 어디 한번 만들어봐."

시험하듯 그렇게 말하는 손님에게 속으로 '거드름을 피우기는' 하고 중얼거리지만, 동시에 마리는 좀 더 분발했다.

전과 다른 점은 그 외에도 많았다.

"아, 배고파."

일을 끝내고 돌아가는 길에 들른 여자들은 인형 머리를 덮어쓴 건 아닐까 싶을 정도로 구불거리는 머리와 긴 속눈썹에 달짝지근한 목소리로 도미 씨에게 말을 걸었다. 그가 마술을 부리듯―주문한 것조차 잊어버렸을 때쯤에―오므라이스와 비프스튜를 갖다준다는 것을 알고 있는 것이다. 그 음식들은 동네 가게에 주문해서 받아 오는 것으로 그 일은 마리 몫이다.

"도미 씨도 마셔, 마셔."

손님이 그렇게 말할 때만 도미 씨는 술을 마신다.

"나는요?"

아무리 마리지만 아직은 그렇게 말할 수 없다.

기쿠마루는 이 가게의 단골손님이다. 늘 혼자 와서 시끌시끌하게 수다를 떨다 간다. 화제가 큐만 아니면 그녀가 아주 쾌활하다는 것을 마리는 알게 되었다. 다른 손님들과도 부담 없이 얘기하고, 다소 무례하다 싶을 정도로 솔직하게 말한다. 그러다 누가 농담이라도 하면 깔깔거리고 웃는다. 가끔 누군가 큐를 화제 삼으면―그런 일이 심심찮게 있었다. 도쿄에서도 뉴스거리였지만, 이 고장에서는 모두가 큐에 대해 일가견이 있는 듯했다―눈빛이 어두워지면서 조개껍데기처럼 입을 꾹 다물어버렸다.

마리 역시 곤혹스러웠다. 그들이 말하는 큐는 범죄자까지는 아니어도 반사회적 인물이었고, 때로는 마리가 아는 큐와는 엇비슷하지도 않은 인물로 왜곡되어 있었다.

"마리 씨는 안전해요?"

기쿠마루가 뜬금없이 그렇게 물은 것은 가을이 무르익어 갈 무렵이었다. 가게에는 얼굴이 익숙하지 않은 남자 손님이 한 명 있었다. 오이타에서 왔다는 그 손님은 도미 씨가 상대하고 있었다.

"안전이요?"

마리가 되묻자 기쿠마루는 고개를 숙이고 위스키 칵테일에 떠 있는 얼음을 손가락으로 빙빙 돌렸다. 그러고는 고개를 숙인 채 말했다.

"이상한 사람들이 쫓아다니거나."

카랑, 하고 얼음이 유리에 부딪히면서 돌았다.

"협박장이 날아들거나."

카랑.

"팔을 비틀어 잡고 귀에 대고 속삭이거나."

카랑.

"집의 유리창이 깨지거나."

"그런 일을 당했어요?"

경악해서 그만 소리를 지른 마리를 기쿠마루가 나무라듯 쏘아보며 젖은 손가락을 빨았다. 가슴이 철렁할 만큼 섹시한 몸짓이었다.

"그런 건 시작에 불과하지."

툭 던지듯 말을 내뱉었다.

"큐 씨가 하는 일을 많은 사람에게 알리고 싶어서 라디오에도 나가고 그랬는데, 그게 잘못이었어."

기쿠마루가 얘기를 이어갔다. 광신자들이 따라다니고, 침까지 뱉으며 규탄하고, 얻어맞아 다친 일도 있고, 집 밖에 나가기가 겁이 나서 노이로제에 걸릴 뻔했지만, 무엇보다 아들의 안전이 걱정되었다고.

"아들이 있어요?"

기쿠마루는 얘기를 하다 말고, 두 손으로 잔을 감싸 쥐고서 눈가에만 사근사근한 미소를 머금었다.

"그래요."

그뿐이었다. 몇 살이다, 이름이 뭐다, 그런 얘기는 하지 않았다. 그래요. 눈앞에 있는 여자가 아들을 얼마나 사랑하고, 얼마나 자랑스럽게 여기는지 그 한마디로 충분히 알 수 있었다.

"이제 그만 가야겠네."

달아둬요, 하고 큰 소리로 말하고는, 용케 저런 것을 신고 걸어 다닌다 싶을 만큼 뾰족하고 높은 하이힐을 또각또각 울리며 나가는 기쿠마루를 보면서도, 마리는 방금 들은 끔찍한 얘기를 도무지 믿을 수가 없었다.

8

마리는 집 안 이곳저곳을 청소하고 정리하다가 불현듯 거실에 아직도 붙어 있는 소이치로의 그림을 떼어내고 싶어졌다. 그것은 머리가 유난히 작은 사내아이와 그 아이의 절반 크기만 한 거대한 무당벌레가 초록으로 색칠된 땅에 서 있는 그림이다. 여백에는 빨간색과 파란색 자동차가 한 대씩 그려져 있고, 꼭대기에서는 노란 태양이 그 모두를 비추고 있다. 종이는 바짝 말랐고 초록색도 변했다. 몇 번이나 자리를 바꿔가며 압정으로 고정시킨 탓에 네 귀퉁이는 너덜너덜했다. 이 그림을 그렸을 때 소이치로는 과연 몇 살이었을까, 하고 마리는 생각한다. 그림으로 봐서는, 네 살이나 다섯 살. 그 이상은 아닐 것이다.

이제 지쳤으니까 그만 떼어줘.

그림이 그렇게 말하는 것 같았다. 벽에 고정되어, 마리와 아라타가 아닌 사람들의 눈에—사키의 눈에, 놀러 오는 아이들의 눈에—드러나 몸을 움츠리는 것처럼 보였다 .

"거실에 있는 오빠 그림, 이제 떼어도 돼?"

서재에서 글을 쓰고 있는 아라타에게 물었다.

"그림? 그런 게 있었나."

그래서 마리는 떼어냈다. 화창한 낮이었다. 거실에는 아직 아이들이 없고, 그림은 바스락바스락 마른 잎 같은 소리를 냈다. 마리는 그것을 기요 화장대의 길쭉한 서랍에 집어넣었다. 고이고이 잠재우듯.

벽에는 네모난 흔적이 생겼다. 마리는 그 흔적이 소이치로를 무척 닮았다고 느꼈다. 매정하고 텅 비어 있지만 거기에 분명하게 존재하는.

후쿠오카에 내려온 지 1년이 지났을 때쯤 오랜만에 바바라는 이름을 들었다.

"어머나, 바바 주니어? 마리, 그 바바와 사귀었단 말이야?"

젓가락을 휘두르며 기쿠마루는 기성을 질렀다. '도미즈' 영업이 끝나면 이렇게 밤늦은 시간에 둘이 포장마차에서 야참을 먹는 일이 때로 있었다. 불투명하고 두꺼운 비닐에 둘러싸인, 훅 끼치는 돼지뼈 국물 냄새 속에서 내장찜을 안주 삼아 시원한 맥주를 마신다.

"아니라니까. 사귄 게 아니라 빌붙어 살았다고. 나하고, 그 당시 내가 사귀던 사람이."

정말 오래전 일이라고 생각하면서 마리는 대답했다. 찜은 달달하고 짙고, 맛있었다.

"그럼 더 이상하네. 남자 둘에 여자 하나? 징그럽다."

기쿠마루는 짙게 화장한 얼굴을 마리의 코앞까지 들이밀며 놀려댔다. 향수 냄새가 났다.

"아니라니까. 그런 게 아니라."

마리는 설명하려다 쓸데없는 짓 같아서 웃고 말았다. 지금은 아무래도 상관없는 일이다. 기쿠마루도 웃었다. 웃으면서 말했다.

"우리, 남자들 눈물 좀 뺐지."

"그렇긴 하네."

울기도 했지만, 하는 말은 속으로 삼켰다. 기쿠마루와 함께 있으면 마리는 명랑해진다. 어떤 일이든 자잘한 부분은 아무래도 상관없다는 기분이 든다. 늘 그렇다. 기쿠마루는 사람 말에 귀를 기울이지 않는다. 하지만 결과적으로 나름 허용할 수 있는 범위 안에서 결론을 끌어낸다.

"술 줘요."

기쿠마루가 말했다.

"이 내장찜 정말 맛있네. 역시 아줌마네 내장찜이 최고라니까."

넉살이 좋다. 거짓말은 아니다.

"나도 한 잔 마실까."

포장마차 아줌마는 반색하며 컵 두 개에 술을 채웠다.

바바 마코토가 복 요릿집의 뒤를 이을 아들이라는 것은 알고 있었다. 마리가 사귀었던 남자와 달리 그는 도쿄에서도 성실하게 수련을 쌓고 있는 듯했다. 하지만 마리는 그 복 요릿집의 장소나 이름을 몰랐고, 바바가 무사히 가게를 물려받았는지 어떤지도 생각해본 일이 없었다. 그런데 후쿠오카로 내려와 있었다. 기쿠마루 얘기로는 시내에 지점을 하나 냈다고 한다. 본인은 대형 수족관이 두 개나 있는 본점에서 일하고 있단다. 결혼을 해서 어린 딸도 셋이나 있고.

"그런데 말이지."

눈가가 발그레해진 기쿠마루가 고개를 약간 쳐들고 말했다.

"내가 보기에는 좀 듬직하지 못하다니까. 너무 현대판이랄까, 가정적인 타입? 애인 하나 못 거느리고, 절대 그런 배짱 없을걸."

마리는 웃었다.

"애인 같은 거 없으면 어때서."

"그야 그렇지만."

기쿠마루도 동의한다. 혀가 조금씩 꼬인다.

"다음에 한번 만나러 가볼래?"

마리는 고개를 옆으로 살짝 기울이고서 눈을 찌푸린다. 마리가 생각할 때의 버릇이다.

"아니."

가정적인 타입이 되었다는 바바가 어떤 모습일지 궁금하기도 했지만.

"하기야."

취한 기쿠마루가 고개를 까딱거린다.

"다 옛날 일이니까."

"그럼, 다 지나간 일이지."
마리는 아줌마에게 계산을 부탁했다.

가을. 잡초와 잡동사니로 가득한 마당 바로 위에 파란 하늘이 펼쳐져 있다. 집안은 조금씩 치우고 정리하고 쓸고 닦았지만, 아직 엉망진창으로 어질러져 있는 마당은 손을 대지 못했다. 이름도 모르는데 키만 웃자란 마른 풀이 사락사락 바람에 흔들렸다. 마치 조그만 숲처럼 무성한 잎에는 벌레 투성이고, 마당 구석에 있는 금목서는 물을 제대로 주지 않아 이파리에 허옇게 먼지가 쌓여 있는데도 소박한 꽃이 몇 송이나 피어 있었다.

등 뒤에 있는 거실에서 아이들이 놀고 있다. 몇 명은 밖에 나가서 노는지 오늘은 비교적 조용하다. 벽 앞에 한데 놓여 있는 가방을 보자 마리는 씩 웃음이 나왔다. 또다. 검은 책가방 하나가 입을 쩍 벌리고 있다. 꼼꼼하게 잠그지 않는 것이리라. 내던지듯 놓으니까 종종 가방이 벌어진다.

소파에는 남자아이 둘이 만화를 탐독하고 있다. 바닥에는 여자아이 셋이 납죽 앉아 분홍색, 하얀색, 파란색 구슬을 줄에 꿰고 있다. 열심히 손을 놀리면서 입으로는 수다를 떤다. 초등학교 2학년쯤 되었을까? 마리는 대충 가늠해본다. 여자아이들은 자동차 얘기를 하고 있다. 뜻밖이네, 하고 마리는 생각한다. 요즘은 여자아이들도 차에 관심이 있는 것일까?

"우리 집 차는 RV라서."

한 아이가 말했다.

"역시 그럴 줄 알았어."

다른 아이가 대꾸했다. 어른스러운 말투가 귀엽고 우습기도 해서 마리는 터져 나오려는 웃음을 참는다.

"그럼 지프차니?"

"아니, 지프차는 아니고."

"그럼 왜곤이야?"

"왜건이라는 차 있잖아."

"왜건이 아니고 왜곤이야."

"알아. 그게 아니고 파란색 왜건을 하루에 다섯 대 보면 행운이 온대."

"그게 무슨 소리니?"

"에이, 이상하다……."

종종 들리는 아이들의 얼굴과 이름을 마리도 얼추 기억했다. 적극적으로 관찰하는 것은 아니니까 저마다의 성격까지는 모르지만, 그래도 이렇게 가끔 마당에 서서 그들의 모습을 살피다 보면, 그들이 옛날부터 잘 아는 그리운 사람처럼 느껴진다. 전혀 닮지 않았는데 아이들 중 한 명이 소이치로처럼 보이기도 한다. 큐를 닮은 것처럼 보이기도 하고, 마리 자신을 닮은 것처럼 보이기도 한다.

거실에 들어가자 말소리가 끊겼다.

"아줌마, 이것 좀 봐요."

대신 한 명이 그렇게 말하면서, 길게 이은 구슬을 들어 올린다.

"응, 아주 예쁘네."

시야 한끝에 사람의 그림자가 어른거렸다. 부엌과 거실 사이에 소리 없이 서서 아라타가 마리와 아이들을 바라보고 있었다. 쓸쓸하게, 하지만 역시 그리운 어떤 자연을 바라보듯.

장마가 끝날 무렵부터 아라타는 말이 없어졌다. 늘 멍하니 있거나 뚱하거나. 말을 건네도 대꾸하지 않을 때도 있었다. 그런가 하면 갑자기 마리를

'여보' 하고 불러서 마리와 사키를 어리둥절하게 했다.

"아니지, 미안하다. 좀 혼란스러워서."

이내 정신을 차리기는 하지만, 두통을 참는 것처럼 미간을 찡그리고 피로감이 밴 목소리로 말하는 모습이 보기에도 애처로웠다.

아이들을 보면서 아빠는 나나 오빠가 어렸을 때를, 아빠는 젊고 엄마가 살아 있었을 때를 추억하는 걸까. 아니면 아빠 자신이 어렸을 때를 그리워하는 걸까. 누가 알 수 있으리.

도미 씨에 대해 마리가 가장 감탄하는 부분은 손님을 다루는 능숙한 솜씨다. 이 사람에게는 기분이나 몸 상태가 나쁠 때도 없는 것일까 싶을 만큼 늘 같은 분위기, 같은 행동, 같은 말투와 웃는 얼굴로 거기에 있다. 취한 관광객이 지껄여대는 시시껄렁한 농담에도 호탕하게 웃고, 그들이 돌아갈 때는 정말 아쉽다는 듯이 '하카타에 또 오실 일이 있으면 꼭 들러주십시오. 기다리고 있겠습니다' 하고 천연덕스럽게 말한다. 올 때마다 진부하기 짝이 없게 정세를 비판하는 단골손님—게다가 혼자 와서 3시간은 눌러 있는다—의 얘기에도 싫은 내색 하나 하지 않고 귀를 기울인다.

"그렇군요. 난 전혀 몰랐습니다. 야, 이거 많이 배웠습니다."

도미 씨는 아직 결혼은 하지 않았고 어머니와 함께 살며 고양이를 키우고 있다. 매일 얼굴을 마주하는데도 그 이상은 알 길이 없었다.

그런 도미 씨도 화를 낼 때가 있다. 남자 손님이 여자 손님—물장사를 하는 여자들—에게 집적거릴 때다. 집요하게 치근덕거리거나 음담을 농담처럼 늘어놓을 때면 처음에는 은근하게 나무란다. 그런데도 상대가 태도를 고치지 않으면 카운터 안에서 나와 직접 말한다.

"이러시면 곤란하다고 했는데, 말귀를 못 알아들으시는군요."

그렇게 말할 때면 오른손이 반드시 상대의 팔을 잡고 있다. 아마도 꽤 힘주어 강하게. 그럼 손님은 대개 고함을 지른다.

"내가 뭘 어쨌다고 그래!"

"무슨 짓이야, 이거 놔!"

그래도 도미 씨는 아무 말 하지 않는다. 팔을 놓지 않은 채 상대가 눈길을 피할 때까지 노려본다. 길게는 몇 십 초나. 그 정도 되면 가게 안은 조용해진다. 하지만 그렇게 끝난다. 손님은 투덜거리면서 자리를 털고 일어선다.

"시끄럽게 해서 죄송합니다."

남아 있는 손님들에게 그렇게 말할 때 도미 씨의 얼굴은 이미 칠복신으로 돌아가 있다.

마리는 이 가게에서 일하면서 물을 섞은 위스키를 좋아하게 되었다.

"마리 씨도 마시라고."

그래서 손님이 권하면 마리는 위스키를 마신다. 연습 삼아서. 같은 위스키와 같은 얼음, 같은 물을 섞는데도 마리가 만든 위스키 칵테일과 도미 씨가 만든 것은 맛이 천지 차이였다. 연수(軟水)와 경수(硬水)만큼이나. 도미 씨가 만들면 위스키의 고급스러운 풍미가 고스란히 잔 속에 녹아들어 봄날의 개울물처럼 부드럽게 목을 넘어간다.

가장 어려운 게 위스키 칵테일이라는 것을 도미 씨도 인정한다.

"다른 칵테일은 기본적으로 배합이잖아. 양만 정확하게 맞추면 누구든 만들 수 있지. 하지만 위스키에 물과 얼음만 섞는 칵테일은 뭐라 설명하기도 어렵고, 감각을 익히는 데 시간도 오래 걸려. 시간을 들인다고 다 익히는 것도 아니고."

자신이 그 감각을 익힐 수 있는 사람인지 아닌지 확인하기 위해서라도 시간을 투자해보겠다고 마리는 결심한다.

비가 내리고 있다.

"아, 추워. 벌써 겨울인가 봐."

가게로 들어선 기쿠마루는 얇은 레인코트 속에 짧은 원피스 차림이다.

"핫 럼 줘요. 버터는 넣지 말고."

물수건으로 손을 닦으면서 기쿠마루가 말했다.

"덴진에 좋은 물건이 나왔던데. 새 빌딩이고 2층이야. 내부 설계도 복사해 왔어."

기쿠마루는 접은 종이를 꺼내 카운터에 올려놓았다.

"고마워."

기쿠마루뿐만이 아니었다. 도미 씨도 때로 점포용 물건 정보를 건네준다. 여름에 귀국했던 시즈오도—그때는 시즈오가 너무 바빠서 만나지는 못하고 전화 통화만 했다—아는 사람 중에 부동산 중개업자가 있다면서 괜찮으면 지금이라도 부탁해놓겠노라고 했다.

"하지만 아직은 좀……."

마리는 종이를 펼쳐놓고 '입지 최고!'라고 손으로 쓴 글자가 인쇄된 도면을 쳐다보면서 말했다.

"조금 더 기다려봐야 할 것 같아."

적당한 때가 오면, 지금이 때라는 것을 알 수 있을 것이다.

"도미 씨에게 배울 것도 아직 많고."

그렇게 덧붙이자 도미 씨가 답답하다는 표정을 지었다.

"배울 게 뭐 있다고."

조용한 밤이었다. 비 때문인지 손님도 기쿠마루밖에 없었다.

"이제야 몸이 좀 녹은 것 같네."

기쿠마루는 다리를 꼬고 가느다란 박하 향 담배에 불을 붙이면서 말했다.

"조금 전까지 끔찍한 손님과 같이 있었다니까."

그녀가 한 말은 그뿐이었다. 어떤 손님이고 무슨 소리를, 또 무슨 짓을 했기에 끔찍했는지는 알 수 없었다. 하지만 이미 끝난 일이다. 기쿠마루의 웃는 얼굴로, 그렇다는 것을 알 수 있었다.

"그럼 마시고 있어."

마리도 웃는 얼굴로 그렇게만 말했다. 하루의 끄트머리에 한잔 술이 할 수 있는 것.

"아 참, 이삼 일 전에 사키를 봤어."

기쿠마루가 말했다.

"베이사이드 플레이스에서."

"베이사이드 플레이스? 사키가 왜 그런 곳에 있었지?"

잘은 모르지만, 교복을 입고 있었고, 혼자였다고 기쿠마루는 말했다. 건물 안에서, 배를 기다리는 사람들과는 조금 떨어져, 유리창 앞에 뎅그러니 서 있었다고 한다.

"말을 건넸더니, 안녕하냐고 인사했어. 뭐 하느냐고 물었더니, 그냥 고개만 갸웃하고 빙긋 웃기만 하던데. 사키, 마리를 꼭 닮았어."

기쿠마루와 사키는 지금까지 두 번을 만났다. 처음에는 우연히 만났지만, 두 번째는 셋이서 같이 설 참배를 했다. 마리와 기쿠마루가 처음 만났던 하코자키 궁에서였다.

"흐음, 그랬구나."

대답은 했지만 순간적으로 불안이 싹텄다. 베이사이드 플레이스는 옛날부터 있던 선착장이고, 집에서도 학교에서도 꽤 먼 거리다. 전망대는 있지만, 아이들이 가고 싶어하는 번화한 장소는 아니다.

"몇 시쯤이었는데?"

기쿠마루는 잠시 생각하고는 '4시쯤' 이라고 대답했다.

"미야 씨를 배웅하러 갔으니까, 오래전부터 잘 아는 손님인데 4시 25분 배를 탈 예정이었거든."

"그렇구나."

마리는 다시 한 번 말했다.

다음 날도 비는 계속 내렸다. 스산한 11월의 비였다. 아침을 먹는 자리에서 마리가 사키에게 따졌다. 그런 장소에서 혼자 뭘 했는지.

"그냥."

사키가 대답했다.

"그냥 배를 봤지, 뭐."

마리처럼 구불구불한 머리가 어깨까지 자랐다. 갓 입학했을 때는 어색했던 교복의 매무새도 어느 틈에 단정해졌다.

"거기서는 잘 보이거든. 배가 선착장으로 들어오는 것도, 그때 담당 직원이 로프를 던지는 것도."

4시라면 학교가 끝난 후일 것이다. 수업을 빼먹고 간 것이 아니라면 사키가 그런 곳에서 배 구경을 했다고 꾸짖을 이유는 없다.

"도착하는 배 갑판에는 많은 사람들이 서 있어. 난간 너머 유니폼을 입은 사람들이 앞에 있고."

사키가 설명했다.

"고토에서 오는 배는 8시간이나 항해를 한 셈이야. 엄마, 그거 알고 있었어?"

"그런 데 혼자 가면 위험하잖아. 누가 너 납치해 가면 어쩌려고."

마리는 그렇게 나무랐다.

"몰랐구나. 하지만 고토는 머니까 그 정도는 걸리겠지."

아라타가 그렇게 말한 것과 거의 동시였다. 사키는 말이 없었다. 볼이 조금은 부은 듯 보였다. 와삭, 하고 아라타가 토스트를 물었다.

"그래도 가고 싶으면 친구랑 같이 가. 엄마 부탁이다, 알겠니?"

사키는 대답하지 않았다.

"알았어?"

그만 목소리가 낮아지고 말았다.

"몰라."

사키도 낮은 목소리로 말했다.

"내가 낯선 사람을 따라갈 리 없잖아. 가끔은 다가와서 농을 거는 사람도 있기는 하지만 유치하다고 생각했지 따라간 적은 한 번도 없어."

"당연하지."

단호하게 말했지만 마리는 내심 당황했다. 농을 걸어? 겨우 중학교 2학년짜리에게? 아라타가 후루룩 홍차를 마셨다.

물론 나도 불량소녀였다.

사키를 학교에 보내고 설거지를 하면서 마리는 생각한다. 학교도 걸핏하면 땡땡이쳤고, 열일곱 살 때는 다카히코와 가출도 했다. 하지메도 그가 마리에게 농을 걸었기 때문에 만났다. 하지만 사키는 겨우 열네 살이다. 열네 살이면 중학생이고 나는 그 나이 때…….

기억을 더듬다가 설거지를 하던 손을 멈췄다. 나는 그때 연상의 남자에게 혼이 나가 있었다. 혐오스러운 남자였는데 결국 키스까지 하고 말았다.

사키, 마리를 꼭 닮았어.

기쿠마루의 말이 귓속에 되살아났다.

8장

다시 사랑에 빠지다

1

오랜만이었다. 구름이 낮게 낀 오후, 마리는 큐의 옥상을 찾았다. 빌딩 주위를 어슬렁거리는 몇 명의 젊은이들이 눈에 들어왔다. 길바닥에서 사는가 싶을 정도로, 언제 와도 그들은 늘 그곳에 있다. 쭈그리고 앉아 담배를 피우는 사람, 빵이나 컵라면을 먹는 사람, 옷을 껴입어 두루뭉술한데 모자에 목도리로 중무장을 하고 선글라스까지 쓰고 서 있는 사람.

이제 마리는 무섭지 않았다. 오히려 봐서는 안 될 것을 본 듯한, 불온하면서도 슬픈 기분이 들었다. 옛날에 더러운 붕대로 손발을 둘둘 감고서 동전 그릇과 함께 길가에 앉아 있는 사람 앞을 지날 때도 이런 감정을 느꼈다. 저러지 않으면 참 좋겠다, 하는 마음이 드는 동시에 어떤 커다란 것, 마리로서는 알 수 없는 사회의 거대한 물결 같은 것은 아무도 막을 수 없다고 생각했다.

젊은이들이 큐의 편인지 아니면 적인지 마리는 모른다. 강가 가드레일에는 매직으로 '나는 알고 있다', '진리를 왜곡하는 자에게 심판을'이라고 휘갈겨 쓴 하얀 천이 걸려 있었다.

경비원에게 인사를 한 뒤 승강기에 올랐다. 대낮의 러브호텔은 썰렁하다. 덜컹덜컹 흔들리는 때묻은 상자 속에서, 이거야 형무소로 면회 가는 여자 같군, 이라는 생각을 떨칠 수 없었다.

꼭대기 층에 도착했다. 비상계단으로 나가는 문이 잠겨 있었다. 귀를 갖다 대보았지만 아무 소리도 나지 않았다. 마리는 문을 두드렸다.

"큐, 안에 있어?"

대답이 없었다.

"여보세요. 아무도 없어요?"

아무도 없는 공간에 메아리치는 자신의 목소리가 경박하고 허망하게 울렸다. 오키나와에 간 것일까. 기억을 되찾은 후, 큐는 주로 오키나와에 가 있다. 요즘은 나나마저 집을 곧잘 비워, 옆집이 마치 빈집 같다.

단추를 누르자 승강기 문이 곧바로 열렸다. 마리가 타고 올라온 채로 정지해 있었던 것이다. 손님도 없는 걸까. 러브호텔은 영업 중인데.

마리는 강을 따라 해거름의 길을 걸었다. 얼굴을 보고 싶었는데. 마음속으로 큐에게 말한다. 얘기를 나누고 싶었는데. 소중한 사람들은 없어지지 않는다는 것, 착실하게 일하고 있고, 사키도 잘 키우고 있다고 말하고 싶었는데.

마리는 오늘 빨간 립스틱을 발랐다. 코트 밑에는 검은 터틀넥 스웨터와 빨간 치마를 입었다. 초연하고 싶어서 그런 옷을 골랐다. 딸의 학교에 불려 가는 엄마로서.

"정장 안 입어도 괜찮겠지, 아빠?"

이것저것 몇 번이나 옷을 갈아입고 나서 집을 나오는 길에 아라타에게 물었다. 학칙이 엄격한 학교지만, 학부모의 복장에 무슨 규정이 있는 것은 아니니까 괜히 소박한 옷을 입고 가서 위축돼 보이고 싶지 않았다.

"그럼. 잘 어울린다."

아라타는 마리를 보면서 미소 지었다.

학부모회가 있는 것도 아닌데 오라고 한 것은 처음이었다. 사키는 성적도 좋고 얌전했다. 미술부 활동도 열심히 했고, 바로 얼마 전에는 포스터 그리기 대회에서 입상까지 했다.

"웬일인지 영 가기가 껄끄럽네."

그 학교에는 학창 시절의 마리를 기억하는 선생도 있었다.

"미안하구나. 성가신 일만 너에게 시켜서."

아라타는 노고라도 치하하듯 그렇게 말하고는 말을 이었다.

"하지만 사키는 똑똑한 아이야. 성적이야 나쁠지도 모르지만, 그래도 머리는 꽤 좋아."

침묵이 깔렸다.

"저녁 전에는 돌아올 텐데, 조금 늦더라도 걱정하지 마요. 잠시 큐 얼굴이나 보러 들렀다 올 테니까."

마리는 애써 활기차게 말했다.

사키의 담임은 행동이 느긋한 중년 여자다. 다행스럽게도 마리가 학교를 다니던 시절에는 없었던 선생으로, 담당 과목은 과학이다. 1년에 한 번 있는 면담 때처럼 상담실로 데려갈 줄 알았는데 그렇지 않았다. 마리는 교무실의 그녀 책상 옆에 준비된 의자에 앉았다.

"걱정하실 일은 아니고요. 인근 주민들로부터 민원이 들어와서."

선생은 눈가에 잔주름이 지도록 미소를 머금고, 전화로 했던 말을 되풀이했다.

마리는 상대를 똑바로 쳐다보았다.

"물론 저도 얘기를 했어요. 그런데 집에서는 키울 수 없다면서."

선생이 전후 상황을 설명하지 않아 마리는 아무런 대꾸도 할 수 없었다. 선생은 마리가 상황을 이미 알고 있다고 여기는 듯했다. 마리는 상황 그 자체—사키가 도둑고양이에게 먹이를 주고 있다는, 그것도 남의 집 마당에 멋대로 들어가서—보다 자신이 아무것도 모른다는 사실에 화가 났다.

바로 얼마 전에 사키가 귀여워하던 고양이가 새끼를 세 마리 낳았다고 한다.

"사키가 그 고양이들을 얼마나 예뻐하는지."

선생은 눈을 가늘게 찡그리며 말했다. 마치 깨물어주고 싶을 만큼 귀여운 손녀딸 얘기라도 하는 것처럼.

그 순간 마리는 누가 차가운 손으로 자신의 몸을 만진 것처럼 불쾌했다. 어머, 어머님은 모르고 계셨나요? 그렇게 말은 하지 않았지만 선생의 목소리와 표정에서 충분히 묻어나고도 남았다.

"아이들은 보통 동물을 다 좋아하지요. 특히 사키처럼 마음이 고운 아이는 모른 척할 수 없었을 거예요."

(그건 아시겠죠?)

"집이 아파트나 맨션이라서 동물을 키울 수 없는 것은 아니지만, 각 가정에는 나름의 사정이란 게 있겠지요. 다만 학교로서는 이 일 때문에 사키가 상처를 입지 않도록 하기 위해서라도, 가정에서 배려를 좀 해주셨으면 합니다."

(이제 아시겠어요?)

해가 조금씩 길어지기는 했지만 2월의 저녁 어스름, 하늘은 푸르스름 어둡고 강바람은 찼다. 멀리 커다란 별 하나가 하얗게 빛났다.

어이가 없어서.

걸음을 재촉하며 마리는 속으로 투덜거렸다.

그런 일로 사람을 오라 가라 하다니, 선생이 시간이 남아도는 모양이지.

도둑고양이가 눌러사는 집의 주인은 보건소에 신고할 생각이라고 전했다. 그래서 선생은 사키가 상처를 입을까 봐 걱정이 되어 부른 것이다.

"사키가 정말 아무 말도 안 했나?"

그날 밤 '도미즈'에서 학교에서 있었던 일을 얘기하자, 도미 씨는 그렇게 물었다.

"네, 안 했어요."

마리는 사키가 말해주기를 바랐다. 언제부터 이렇게 되었을까. 도쿄에 있을 때도 사키는 마리가 아니라 미치루와 이런저런 의논을 했다.

"고집불통이군."

도미 씨는 웃었다.

"딸이 지금 몇 살인데 그래?"

단골손님 하나가 끼어들었다. 시장에서 중간상을 하는 자그마한 남자로, 오늘도 트레이드마크인 점퍼 차림이다.

"열네 살이요."

손님은 알 만하다는 듯이 고개를 끄덕거렸다.

"골치 아픈 때지. 우리 집에도 딸이 있어서 잘 알아. 지금은 시집가고 없지만."

마리로서는 뜻밖이었지만, 사키는 후쿠오카로 내려와서도 도쿄를 그리워하는 행동은 보이지 않았다. 미치루를 만나고 싶어하지도 않았고, 가끔 마리가 미치루에게 전화를 걸 때도 할 말이 없다고 말했다.

한번은 마리가 전화를 끊자 사키가 물었다.

"미치루 씨와 유미코 씨는 어떤 관계야? 그 두 사람, 왜 같이 사는데?"

마리는 사키의 물음에서 단순한 의문이 아닌 그 무엇—그러니까 거리를 두려고 애쓰는 자세 같은 것—을 느꼈다.

"왜라니, 친하니까 그렇지. 알잖아?"

그러자 사키는 말없이 마리를 쳐다보고는 하긴, 이라고 말하듯 어깨를 으쓱했다.

고양이들은 이미 집에서 살고 있었다. 마리가 학교에 다녀온 그날, 사키가 데리고 들어온 것이다. 무모하게도 고양이들을 스포츠 백에 담아 자전거를 타고 두 번을 왔다 갔다 하면서.

유난히 조용한 고양이들이라 마리는 꼬박 이틀을 눈치채지 못했다. 처음 발견한 것은 아이들이었다.

"아줌마."

오후였다. 마리가 방에서 다림질을 하고 있는데 계단 아래에서 부르는 소리가 들렸다. 여러 명의 목소리였다. 남자아이도 여자아이도 섞여 있는데, 누가 다친 것은 아닌지 다급한 목소리는 아니었다.

"아줌마."

입을 모아 합창을 하듯 몇 번이나 불렀다.

"알았다, 지금 간다. 무슨 일이니?"

마리가 내려가자 저마다 한마디씩 늘어놓았다.

"저기 봐요, 고양이."

"마당에 고양이가 있어요."

"여기 보세요."

"두 마리예요. 아주 조그매요."

가장 어린 여자아이가 마리의 손을 잡아당겼다. 언제였나, 발톱을 다쳐서 울고 있을 때 마리가 치료해주었던 아이였다.

"저기요."

정말 고양이 한 마리가 있었다. 얼굴이 아직 어려 보였다. 하얀 바탕 군데

군데에 검정과 갈색 점이 섞여 있었다.

"야옹아."

"이리 와."

"이리 와봐."

아이들이 재잘거리며 알은체를 해서 그런지 고양이는 눈만 동그랗게 뜨고서 꼼짝하지 않았다.

"아까는 한 마리 더 있었어요. 엷은 갈색 고양이요."

아이 하나가 그렇게 말했다. 그렇겠지, 있겠지. 엷은 갈색 말고도 또 한 마리가. 마리는 속으로 그런 생각을 하며 마당을 휘 돌아보았다. 하지만 고양이의 모습은 없었다. 대신 사키의 쿠션과 무릎 덮개만 보였다. 밥그릇으로 쓰고 있는지, 더러운 용기도. 그것들은 빈 화분과 플라스틱 플랜터가 쌓여 있는 마당 한구석에 놓여 있었다. 창문 밖으로 몸을 쑥 내밀지 않으면 집 안에서는 보이지 않는 장소에.

아이들이 저마다 우유를 줘야 한다고 해서, 마리는 그릇에 우유를 따라 마당에 살며시 갖다 놓았다. 그런 다음 마른침을 삼키며 지켜보는 아이들에게 설명했다.

"저렇게 놔두면 언젠가는 와서 먹을 거야."

저녁때가 되자 사키가 돌아왔다. 보통 때 같으면 부엌에 와서 다녀왔다고 한마디 툭 던진 뒤 2층으로 올라가 옷을 갈아입는다. 그런데 오늘은 마리가 부르자 돌아보며,

"왜?"

하고 물었다. 사키는 마리와 눈이 마주치고 2, 3초쯤 지나자 히죽 웃었다.

"들켰나?"

마리는 아무 말도 하지 않았는데, 스스로 그렇게 말했다.

"괜찮지? 아주 얌전하잖아."

처음 보는 사람을 관찰하듯 마리는 사키를 보았다. 이 아이가 어느새 이렇게 컸을까. 건방지고, 게다가 씩씩하게.

"그래. 괜찮기는 하다만."

"하다만?"

사키의 말투나 표정에는 엄마에게 숨겼다는 꺼림칙함이나 그것이 들통난 데 대한 거북함 따위는 없었다.

"키울 거면 책임도 져야지. 병원에 데려가서 검사도 받아야 하고, 그리고 아마 주사도 맞아야 할 거야."

"알았어."

사키는 토를 달지 않았다. 아라타의 반주 안주로 잘라놓았던 콘비프를 한 조각 입에 쏙 넣고는 느닷없이 말했다.

"고마워. 고놈들, 불쌍했단 말이야."

마리는 놀라 사키를 쳐다본다. 한 번도 본 적이 없는 것을 지금 바로 본 것처럼.

모든 것이 뚝딱뚝딱 결정되었다.

게고에 좋은 물건이 있다는 말을 듣고 보러 간 마리는 한눈에 반해버리고 말았다. 주택가에 새로 선 맨션의 2층이었다. 콘크리트를 그대로 드러나게 지은 건물로 1층에는 빵집과 미용실이 들어올 예정이라고 했다. 2층에 '가장 좋은 장소' 가 비어 있는 것이 기적이다 싶었다.

인테리어를 어떻게 하느냐에 따라 분위기가 바뀔 수 있는 단순한 구조와도로가 내다보이는 커다란 창문. '엔드라' 보다는 좁지만 '도미즈' 보다는 조금 넓다. 천장이 낮은 것도 마리 눈에는 아늑하게 보였다. 햇살 속에서 보니 너무 하얗고 깨끗해서, 오히려 지나치게 밝은 느낌이었다. 하지만 영업은 밤에만 하니까 그 문제는 간접조명으로 쉽게 해결할 수 있을 것 같았다.

가장 멋진 것은 나무였다. 맨션 입구에 서 있는 한 그루의 커다란 느티나무는 창문 밖으로 손을 내밀면 만질 수 있는 곳까지 가지가 뻗어 있었다.

"나무, 말인가요?"

소개해준 부동산 중개업소 남자는 이상하다는 표정을 지었다.

"네. 테라스에도 테이블을 하나 놓고 싶거든요. 물론 한겨울에는 사용할 수 없겠지만. 램프를 달아도 괜찮겠죠?"

파리의 옛 비스트로처럼, 하고 마리는 상상했다. 그때 옆에서 나뭇잎이 사락사락 흔들렸다.

콘센트의 위치, 에어컨의 성능, 대형 냉장고를 설치할 공간, 전기 허용량, 배수 등 확인할 것이 한두 가지가 아니었다. 부동산 중개업자는 점포용으로 설계된 곳이기 때문에 문제없을 것이라고 장담했다. 하지만 마리는 생긋 웃으면서 말했다.

"최대한 빨리, 다시 올게요. 보여줘야 할 사람이 있어서."

그것은 약속이었다. 전부터 몇 번이나 시즈오와 그렇게 약속했다.

시즈오는 그답지 않게 강경한 말투로 말했다.

"그 사람에게 물건을 부탁할 필요는 없지만, 결정하기 전에 그 사람에게 얘기하면, 안전한 물건인지 아닌지 알 수 있어."

그 사람이란 시즈오가 아는 부동산 중개업소 사람이었다.

도미 씨도 이렇게 말했다.

"중요한 것은 입지야. 입지 조건에 따라서 손님의 계층이 확 달라지니까. 이상한 곳에다 빌리면 어떤 가게든 꾸려나가기가 힘들어."

기쿠마루까지 번번이 이렇게 말했다.

"절대 혼자 결정하면 안 돼. 내가 아는 사람 중에 풍수를 잘 보는 사람이 있는데, 그 사람은 신뢰할 수 있어. 내가 이사를 할 때도……."

그런데 이미 자신의 가게를 운영하고 있고 그런대로 장사도 잘되고 있는 지카라만 이렇게 말했다.

"직감이 중요합니다. 여기다 싶은 감이 오면, 바로 거기예요."

그랬다. 그래서 두 번째로 찾아갔을 때는 꽤 사람이 많아 부동산 중개업자—그때는 상사까지 해서 두 사람이었다—가 당황했다. 모두들 다짜고짜 물어댔고, 이 도시를 꿰뚫고 있었다. 장사에 대해서나 임대 물건에 대해서나.

실내를 걸어 다니면서 손보아야 할 곳을 얘기할 때, 마리는 무척 안심이 되었다. 이미 잃을 것이 없었다. 망해봐야 가게만 잃을 뿐이었다.

닷새 후에 계약서에 도장을 찍었다. 초여름, 게고 거리에 부드러운 바람이 불어 느티나무의 무성한 잎사귀가 살랑살랑 흔들리는 날이었다. 그리고 마리는 시미즈 도모유키를 만났다.

두 달 후에 문을 열기로 했다. 마리는 준비하느라 정신이 없었지만, 바쁜 것조차 즐거웠다. 실내 인테리어는 순식간에 끝났다. 바 카운터를 설치하는 데 가장 많은 비용이 들었다. 유리류는 값이 싼 재활용품을 사용했다. 술은 주류업자에게 부탁하고, 와인만 다른 회사에서 사기로 했다. 와인 수입을 전문으로 하는 조그만 회사로 쉽게 구할 수 없는 와인을 많이 취급했다.

마리는 그런 일들을 집에서 처리했다. 약속이나 일이 없는 날에는 외출을 했다. 고르고, 정하고, 사고, 포기하고.

"일대 소동이구나."

그런 마리를 보며 아라타가 말했다. 아라타는 마리가 자신의 가게를 갖게 되었다고 말했을 때 별 반응이 없었다.

"그러냐."

그렇게 한마디 툭 내뱉고는 이어 간신히 덧붙였다.

"잘됐구나."

자신과는 무관한, 강 건너 일이라고 생각하는 것처럼.

아라타는 또다시 불면을 호소하기 시작했다. 밤중에 살짝 방을 들여다보면 코를 골고 자고 있는데, 아침에 일어나면 늘 한숨도 못 잤다고 하소연했다. 의사에게 처방받은 수면제와 안정제의 종류도 양도 눈에 띄게 많아졌다.

저녁때, 집에 돌아와 저녁 준비를 하려다 거실에 한 아이가 있다는 것을 알았다. 아직 날이 밝기는 했지만 불을 켜지 않은 실내는 어두웠다.

"이쿠짱?"

또 그 아이네, 하고 생각하면서 마리는 말을 건넸다.

"왜 아직 집에 안 갔어?"

불을 켜자 소파에 널려 있는 도화지와 크레용이 보였다. 아이의 이름은 이쿠코로, 이쿠짱으로 불렸다. 어리고 가냘픈 몸에 검은 머리, 손발이 길다. 얌전하고 책을 좋아하는 아이였다. 얼마 전에도 이렇게 혼자 남아 있었다.

"벌써 6시야. 집에서 걱정할 텐데."

지난번에는 마당에서 고양이를 보고 있었다. 지금 생활에 완전히 익숙해져, 한참을 밖에서 돌아다니다 돌아와서는 배가 고프면 야옹거리는 사키의 고양이들.

이쿠코는 마리를 보고서 까딱 고개를 숙이고는 소파에서 내려오며 말했다.

"갈게요."

그리고 말없이 흩어져 있는 크레용을 갑에 담았다. 현관에서 벨이 울렸다. 나가 보니 양복 차림에 넥타이를 느슨하게 푼 낯선 남자가 서 있었다. 하얀 피부에 몸은 호리호리하고 인상은 온화했다.

"안녕하세요. 시미즈 도모유키라고 합니다. 혹시 우리 딸이."

마리는 웃는 얼굴로 말하는 그 남자가 이쿠코의 아빠라는 것을 그제야 알았다.

"어두워졌는데, 아빠가 데리러 와서 다행이네."

마리의 말이 공허하게 울렸다. 눈앞에 있는 남자를 뚫어져라 쳐다보고 있다는 것을 마리도 알고 있었다. 그런데도 마리는—아무 이유 없이—그 사람의 얼굴을 바라보았다. 서 있는 모습이 해거름의 파란 공기와 신기하리만큼 잘 어울렸다.

훗날 마리는 시미즈 도모유키에게 이날을 이렇게 회상했다.

"그 여름은 특별했어. 내 인생에 당신과 이 가게가 한꺼번에 찾아왔으니까."

2

가게 이름은 오래전부터 마음속으로 남몰래 정해놓은 '포스트 데상스'라고 했다. 프랑스어로 주유소라는 뜻이다.

개점 전날 밤, 마리는 테라스로 나가는 유리문을 활짝 열어놓고 한껏 숨을 들이쉬었다. 게고 거리의 밤공기를. 건너 건물에는 정식집이 있다. 그 옆의 조그만 헌옷가게에도 아직 불이 켜져 있다. 주택가지만 몇 군데 가게들 덕분에 밤이 되어도 분위기가 따스하고 밝다.

내 가게다. 한없이 기쁘고 뿌듯한 마음으로 가게 안을 둘러본다. 새하얗던 벽은 따스한 아이보리색으로 다시 칠하고, 시즈오가 그린 스케치 두 장—마리의 옆얼굴을 각기 다른 각도에서 부드러운 터치로 그린 연필화—으로 꾸몄다. 딱 하나 있는 플로어 램프의 갓은 짙은 초록색이다. 역시 하나밖에 없는 2인용 소파도, 테라스로 쭉 뻗은 차양도, 몇백 장을 한꺼번에 산 싸구려 코스타(술잔 등을 받치는, 종이로 만든 밑받침—옮긴이)도. 마리는 기요가 좋아했던 색을 가게의 컬러로 선택했다. 바로 옆에서 살랑거리는 느티나무의 잎과 같은 색으로.

와인 저장고를 겸한 대형 냉장고는 시즈오의 개점 축하 선물이다. 마리는 눈을 가늘게 뜨고서 그것을 바라본다. 안에는 도쿄에 있을 때부터 조금씩 수집한 와인이 잠들어 있다. '엔드라' 의 오너 부부가 얼룩말 무늬 카펫을 보내주어 기겁을 했다. 털이 길고, '엔드라' 에나 어울릴 것 같아서였다. 그런데 막상 소파 밑에 깔아놓고 보니, 뜻밖에도 주위 풍경에 쏙 녹아들었다. 마치 처음부터 거기에 있었던 것처럼.

그 밖에도 많은 친구들이 이것저것 보내주었다. 화환은 원치 않겠지, 하면서. 미치루와 유미코 씨는 와인 잔을, 나츠키 지카라는 애정이 담긴 축하 카드를 보냈다. 도미 씨는 가죽 장정의 멋들어진 치즈 사전과 아주 실용적인 칵테일북을 보냈다. 그것들은 모두 가게 안에 두었다.

마리는 벽과 천장을 칠한 페인트와 새것들이 뿜어내는 냄새를 황홀한 기분으로 맡았다. 보건소에는 이미 신고를 했고, 인근 가게와 사람들에게도 인사를 마쳤다. 근처에 있는 절—사이코지란 이름에, 문 옆에는 아름드리 소나무가 있었다.—과 게고 신사에 가서도 절을 올렸다. 이제 내일, 문만 열면 된다. 물론 불안한 일들은 수두룩하게 많았다. 이 가게를 순식간에 잃을 수도 있고, 설령 순조롭게 손님들이 찾아준다 해도 대출한 은행 빚을 갚으려면 상당한 시간이 걸릴 것이다. 하지만 지금은 기쁘고 자랑스럽다는 것 외에는 생각지 말자.

마리는 카운터를 쓰다듬기도 하고 수도꼭지를 비틀어 물이 잘 나오는지 확인한 뒤 소파에 앉아본다. 그리고 올해로 죽은 지 11년이 되는 남편을 떠올렸다. 그도 기뻐해주리라. 뼈 모양까지 일그러지지 않을까 싶을 만큼 환하게 웃으며 마리를 축복해주리라. 주유소를 되찾을 수는 없었지만 '포스트 데상스'의 여주인이 되었으니까.

마리가 경험한 파티가 모두 그랬듯이, 개업 당일은 뭐가 뭔지 도통 모를 만큼 혼란스러운 가운데 끝났다. 낮부터 마리는 내내 그곳에 있었다. 업자들이 쉴 새 없이 드나들었고, 꽃다발과 전보가 배달되었다. 저녁때는 아라타가 사키를 데리고 찾아와 맥주를 두 잔 마시고 돌아갔다.

"야! 이거, 대견하구나!"

아라타는 짧게 탄성을 지르고 마리를 칭찬했다. 그러고는 입가에 미소

비슷한 것을 떤 채 눈이 부신 듯 미간을 찌푸리고 실내를 훑어보았다.

"야!"

그리고 다시 한 번 그렇게. 키가 크고 마른 몸이지만 자세가 반듯한 아라타가 그날은 왠지 몸을 웅크리고 고개마저 움츠리고 있는 것처럼 보였다.

"아빠, 앉아. 오늘은 샴페인을 마음대로 마셔도 돼."

마리가 일부러 들뜬 목소리로 말하자 아라타는 맥주를 달라고 했다. 그리고 우연히 동석하게 된 양복 차림의 두 남자—부동산 중개업자와 에어컨 관리업자—에게 정중하게 인사했다.

"딸이 신세를 많이 졌습니다."

사키는 페트병에 든 차를 마셨다. 아라타의 옆 스툴에 앉아 이따금씩 차를 마시면서 주위 사람들의 움직임을 관찰했다.

마리가 다가가자 이렇게 말했다.

"돈 많이 벌면 좋겠네."

이날 기쿠마루는 세 번을 드나들었다. 그중 두 번은 남자와 함께였다. 기쿠마루의 인맥으로 화려하게 차려입은 시끌시끌한 여자들이 수시로 찾아왔고, '도미즈' 의 단골도 몇 명 얼굴을 내비쳤다. 도미 씨 본인도 자신의 가게를 열기 전에 들렀다.

순수한 손님—누구의 소개로 온 것이 아니라—1호는 젊은 여자 둘이었다. 건너 정식집에서 밥을 먹고 가는 길이라고 했다. 테라스에서 반짝거리는 불빛과 길까지 들리는 음악 소리에 끌려 들어와 보았다고 했다. 마리는 키스라도 해주고 싶을 만큼 두 여자가 반가웠다. 정말 키스해주고 싶었다.

가츠미의 모습을 보았을 때는 정말이지 놀랐다. 하지메의 동생 가츠미는 전에 다니던 회사를 그만두고 하카타를 떠나 오사카에 있는 제지 회사에 취직했다고 들었다. 하지만 시바타가와 소원해지는 바람에 그를 마지막으로 만난 지가 벌써 몇 년이나 되었다. 작년에 조용히 치른 제사에도 가츠미는 참석하지 않았다. 아사가 죽은 후, 그 일가는 다츠오 삼촌과의 불화로 관계가 엉망이 되고 말았다.

"축하드립니다."

가츠미는 쑥스러운 미소를 띠고 말했다. 세로로 잔주름 생긴 볼이 하지메와 똑같았다.

"어머나! 어떻게 알았어? 오사카에 살고 있는 거 아니었어? 어머나, 믿기지가 않는다. 잘 지냈어? 아, 사키를 먼저 보내지 말 걸 그랬네."

웃음소리와 얘깃소리, 왕왕 울리는 음악 소리에 스칠 듯 가까이에 서 있어도 목소리를 높여야 했다. 이러다 하루도 못 가 동네에서 민원이 들어올지도 모르겠다, 하고 마리는 생각했다.

"여름휴가 중입니다. 처가가 이쪽이라서."

가츠미의 말투와 표정은 온화했지만 거기에서 묻어나는 은밀한 슬픔에 마리는 가슴이 먹먹해졌다. 가츠미에게는 이제 돌아갈 집이 없는 것이다.

"결혼, 했어?"

마리는 카운터에 주르륵 놓인 샴페인이 담긴 잔을 두 개 들었다. 새 병을 따고 싶었지만 그러기에는 가게 안이 너무 혼잡했다.

"오늘이 지나면 좀 더 조용한 가게가 될 거야. 술도 꽤 여러 가지 갖추고 있고."

마리는 변명하듯 말했다.

가츠미의 눈에 미소가 감돌았다.

"괜찮아요. 첫날은 다 이렇잖아요."

그러는 동안에도 테라스 자리에서 마리를 부르는 소리가 들렸다. 피넛을 좀 더 달라고.

"또 들를게요."

가츠미는 그렇게 말하고 마리와 잔을 부딪쳤다.

"시오다 씨, 왜 이렇게 시끄러워."

기쿠마루의 친구 한 명이 까르르 웃으면서 피넛을 가져갔다.

"가게 종업원인가요?"

가츠미의 물음에 마리는 고개를 저었다.

"아니, 손님이야. 전에 일했던 가게의 단골."

"마담."

익숙지 않은 호칭이었다. 돌아보니 양복 차림의 중년 남자 둘이 서 있었다.

"이 가게는 서서 마시는 건가, 아니면 오늘 밤은 전세 내서 파티라도 하는 건가?"

"아니에요."

사람들이 주로 서서 마시고는 있었지만 카운터 앞에는 빈자리가 있었다.

"죄송합니다. 좀 시끄럽지요? 그래도 괜찮으시다면 꼭 한잔 드시고 가세요."

"제가 좀 거들까요?"

가츠미가 끼어들었다.

"무슨 와인이 있지?"

손님의 물음에 마리는 방긋 웃었다. 다른 술도 많았지만 이곳은 와인바다. 간판에도 광고 전단에도 그렇게 썼다. 마리는 카운터 안으로 들어가 와인 목록을 내밀며 말했다.

"잘 오셨어요, '포스트 데상스' 에."

초여름에 처음 만난 후로 마리는 시미즈 도모유키에게 호감을 품고 있었다. 딸인 이쿠코는 무슨 이유에선지 늦게까지 마리의 집에 있는 일이 많았다. 따라서 도모유키가 데리러 오는 날도 다른 아이들에 비해 많다. 도모유키가 찾아와도 현관 앞에 서서 얘기를 나눌 뿐이었다. 고작해야 5분, 그것도 늘 저녁을 준비하고 있을 때라 가스레인지 위에서 뭐가 끓거나 오븐에 호박이 들어 있어서, 마리가 먼저 대화를 끊고 돌아섰다.

"아."

그때마다 도모유키는 짧게 외마디소리를 낸다. 그러고는 정말 미안하다는 듯이 말한다.

"아, 미안합니다. 괜한 얘기를 하느라."

"협죽도가 너무 예쁘게 피어 있는 탓에."

하지만 가지 말라고 하고 싶은 쪽은 늘 마리였다고, 그럴까 봐 겁이 나서 대화를 먼저 끊어버리는 것이다. 도모유키가 가리킨 것은 울타리 너머 옆집에 핀 협죽도였다. 나뭇가지가 멋들어지고 빨간 꽃이 소담스럽게 피어 있다.

"정말 예쁘네요."

마리는 맞장구를 치면서 오히려 자신이 아쉬워했다.

"실례했습니다."

도모유키가 등을 돌리고 대문 쪽으로 발끝을 가볍게—그만 가자는 듯이—내디뎠다. 그러자 이쿠코가 조르륵 달려갔고, 손을 잡고 돌아가는 두 사람을 마리는 조용히 배웅했다.

땅콩과 말린 과일, 햄과 바게트와 치즈. 손님이 들어와 앉을 때 처음 내놓는 심심풀이 안주거리를 제외하면 '포스트 데상스' 에서 제공하는 안주는 그것뿐이었다. 차차 늘릴 생각이기는 하지만, 종업원이 하나 더 있지 않으면 그것도 불가능한 일이다. 개점 후 일주일 정도는 그 정도로 손님의 발길이 끊이지 않았다. 기쿠마루와 '도미즈' 의 단골인 '우정파' 말고도 손님들로 몇 번 자리가 꽉 찼다. 약속한 대로 그다음 날 나타난 가츠미가 나흘을 계속 도와주지 않았다면, 손님들을 오래 기다리게 하거나 몇 쌍은 돌려보냈을지도 모른다.

사실 와인이나 맥주만이라면 문제가 없었다. 그런데 대여섯 명이 우르르 들어와 칵테일을 각각 주문하면 만드는 데만도 시간이 꽤 걸린다. 게다가 다른 손님이 추가 주문을 하고, 또 다른 손님은 이 시간을 기다렸다는 듯이 일어나 계산을 해달라고 하면, 다 만든 칵테일을 가츠미가 손님에게 갖다 주는 것만도 큰 도움이 되었다. 전화를 받아주고, 테라스 자리의 주문을 받으러 가주고.

"이 일은 저도 익숙해요."

가츠미가 재떨이를 바꾸며 말했다. 웃으며 알아서 척척 움직이면서.

한편 손님이 뚝 끊기는 시간도 있었다. 마리는 가츠미에게 술잔을 내밀며 본의 아니게 일을 시킨 것을 사과한다.

"괜찮아요. 어차피 여기 있는 동안은 할 일도 없으니까."

"섭섭하게 그런 말 하지 마. 여기는 가츠미 씨의 고향이잖아."

생각보다 말이 앞서 튀어나왔다.

가츠미의 표정은 바뀌지 않았다. 카운터 자리에 앉아 잔을 흔들며 말한다.

"떠나고 싶어서 떠난 겁니다. 태어나고 자란 곳이지만 내 고향이란 느낌이 이젠 안 들어요."

마리는 할 말이 없었다. 마리는 사고로 남편을 잃었고 사키는 아빠를 잃었다. 자신의 슬픔을 껴안는 것만으로도 벅차서 주위를 돌아볼 여유 따위는 전혀 없었다. 하지만 가츠미는 부모와 형을 한꺼번에 잃었다. 뿐만 아니라 집도 고향도 잃은 것이다.

가츠미가 밝은 목소리로 말했다.

"하지만 형수가 집에 있었을 때가 가장 좋은 추억이랍니다. 조카가 태어나고, 우리 부모에게는 첫 손녀였잖아요. 남자들만 있던 주유소에 여자가 나타나다니, 그 당시까지만 해도 드문 일이었죠. 어머니는 좀 당황했지만 할머니는 형수를 좋아했어요. 술만 좀 덜 마셨으면 좋겠다고 했지만."

마지막 말에는 쓴웃음이 섞였다.

"지금은 이렇게 바를 운영하고 있으니, 술을 마음껏 마실 수 있어 잘됐어요."

마리도 덩달아 조그맣게 웃었다.

"형이 살아 있을 때는 상상도 못했는데."

"그만해."

한계였다. 마리는 웃으면서 훌쩍였다. 눈물이 줄줄 흘러내렸다. 이런 때 손님이 들어온다면 보나 마나 오해하고서 어색해하리라. 생각은 그랬지만 눈물이 멈추지 않았다.

"미안, 이제 그만해. 그치고 싶은데, 그래도 울고 싶고. 미안해, 내가 무슨 소리를 하는지 모르겠네."

잔에 얼음을 담아 수도꼭지를 틀었다. 절반을 마시고 숨 한 번 쉬고 나머지 물을 단숨에 들이켰다.

"아, 더워."

마리는 리모컨을 집어 들고 실내 온도를 1도 낮게 설정했다. 어리둥절한 표정으로 마리를 보고 있던 가츠미가 끝내는 웃으면서 말했다.

"정말 하나도 변하지 않았어요. 걱정 없겠습니다, 이 가게."

"지금 그런 걸 어떻게 알겠어."

폴로셔츠에 면바지, 하얀 피부에 온화한 모습. 시동생은 그야말로 휴가차 고향에 내려온 사람으로 보인다. 어느 모로 보나 육체노동자였던 하지메와는 볼에 생긴 주름 외에는 공통점이 없다. 그런데도 움직일 때의 몸짓이나 기척, 웃는 얼굴에서 마리는 하지메와 똑같은 냄새를 느꼈다.

"걱정 없게 해야지."

그럭저럭 진정한 마리가 힘주어 말했다.

"그보다 가츠미 씨, 또 와요. '하카타 아닌 곳에서는 죽어도 라면을 먹지 않는 남자' 의 동생이잖아."

그다음 주에는 '우정파' 가 거의 얼굴을 내밀지 않았다. 그래서 마리 혼자서도 그런대로 꾸려나갈 수 있었다. 하지만 손님이 하나도 없을 때는 갑자기 불안해지기도 하고, 지난주의 야단법석이 꿈이었는지도 모르겠다는 생각도 들었다. 그래도 밤 8시에서 2시까지 영업하는 동안 몇 쌍의 손님이 왔다. '도미즈' 와는 전혀 부류가 다른 손님이었고, 때로는 여러 명이 우르르 오는 일도 있어 한가하다고 방심하고 있다가 갑자기 바빠졌다.

그 밖에는 회사원인 듯한 여자 손님과 연인들이 주로 눈에 띄었다. 첫날 왔던 양복 차림의 2인조가 다시 나타나 무엇보다 기뻤다. '포스트 데상스' 는 글라스 와인에 주력하고 있는데, 와인 마니아를 자처하는 두 사람은 한 병을 주문해서 깨끗이 비우고 돌아갔다. 안주 메뉴에 훈제 오리를 추가한 것도 그들의 조언 덕분이었다. 캔에 담긴 훈제품을 사면 별 품을 들이지 않고도 간단하게 안주를 만들 수 있다고 가르쳐주었다. 업자에게 문의한 마리는 의외로 싼 훈제 캔도 있다는 것을 알았다.

시간이 흐르면서 마리 자신의 태도나 마음가짐에도 여유가 생겼다.

손님은 다양했다. 물론 그 점은 '도미즈'나 '엔드라'에서도 경험했지만 자신의 가게를 갖고 나서야 비로소 마리는 정말 그렇다는 것을 절감했다.

오후 1시에 일단 출근한 마리는 안주거리와 다른 준비를 해놓고 집으로 간다. 그러고는 집안일을 하고 저녁을 먹은 후에 다시 가게로 나간다. 낮에는 전철을 타고 다닌다. 야쿠인 역에서 게고 역에 있는 가게까지는 걸어가도 좋을 만큼 풍경이 흥미진진하다. 와인과 빵을 전문으로 취급하는 고급 슈퍼와 귀여운 옷들이 전시된 아동복점, 건강식품점 등 특이한 가게들이 많다. 오후의 따사로운 햇살 아래 잎이 무성한 가로수가 바람에 살랑인다.

밤에는 자전거나 전철을 탄다. 전철을 타는 날에는 가게 문을 닫고서 잠시 눈을 붙이거나 장부 정리를 하면서 새벽 첫 전철이 움직일 시간을 기다렸다. 하지만 너무 지치고 피곤할 때는 택시를 불렀다.

"그래도 이만해서 다행이다. 소주바 같으면 몰라도 후쿠오카에서 와인바가 잘될지 조금 걱정했는데."

기쿠마루가 말한다.

마리는 기쿠마루를 위해서 늘 소주 한 병을 준비해놓는다.

"파리가 날고 있지 않을까 하고 와보면 그래도 늘 손님이 있잖아. 지금은 말이야."

기쿠마루는 풍수 덕분이라고 말했다.

"그럴지도 모르지."

마리는 선선히 인정한다. 문을 연 지 몇 달이 지난 지금까지 영업상의 문제도 딱히 없었고, 단골이랄 수 있는 손님도 몇 사람 생겼다.

"그리고 첫날에 가츠미 씨가 불쑥 나타나서 도와준 것도 어째 좀 으스스한 사건이었고."

"그것 말고도 또 있어."

마리가 말을 받았다.

"며칠 전에 여자 손님이 갑자기 나를 보더니 '마리짱?' 하는 거야. 난 전혀 기억에 없는 사람인데. 그런데 여고에서 같은 반이었다는 거야. 얼마나 놀랐는지."

기쿠마루는 놀란 표정으로 마리를 보았다.

"신기하다. 마리 씨는 정말 사람이 좋은가 봐. 고향에서 장사한다는 거, 그런 것 아닐까?"

기쿠마루는 우롱차를 섞은 소주에 손가락을 집어넣고 얼음을 빙빙 돌렸다.

"그렇네. 잘 몰랐는데, 그런 것 같다. 그런데 왠지 난 그런 소리들이 무섭게 들려."

마리의 말에 기쿠마루가 대답했다.

"무서운 일이니까 그렇지."

3

11월의 저녁 나절, 마리는 부엌에 있다. 거실에서는 사키가 이쿠코에게 음악을 들려주고 있다. 비프스튜를 끓이면서 마리는 사키가 좋아하는 그 낡은 레코드의 직직 잡음 섞인 선율과 수심 가득한 노랫소리에 귀를 기울인다. 아무래도 아빠와 엄마의 음악 취향이 사키에게 전수된 모양이다. 그렇게 생각하자 마리는 묘한 만족감에 마음이 뿌듯해졌다. 사소하지만 질량을 지닌 만족감이라고 마리는 생각한다. 인생이란 참으로 불가사의하다. 그리고 이 냄새, 마리는 스튜를 조그만 접시에 덜어 맛을 보고는 흐뭇한 미소를 짓는다. 그러고는 생각한다. 이제 슬슬 도모유키가 등장할 때라고.

도모유키가 이쿠코를 데리러 오는 일이 한결 잦아졌다. 아니, 잦아진 정도가 아니라 거의 날마다 그랬다. 도모유키는 올 수 있을 때와 없을 때를 반드시 보고한다.

"오늘은 술자리가 있어서."

"다음 주에는 출장입니다."

"아리사와 함께 오라고 했어요."

"다른 아이들과 함께 가라고 하세요."

그러니까 지금은 누가 봐도 오직 딸을 위한 행위는 아니라는 것이—사키나 아라타는 물론 이쿠코의 눈에도—분명했다. 마리 역시 불에 뭘 올려놓았다느니 호박이 탄다느니 하는 속이 뻔한 변명은 하지 않는다. 거실에서 또는 저녁을 준비하는 부엌에서 두서없는 대화를 한없이 조심스럽게, 그러다 때로는 핵심을 건드리는 남녀 특유의 얘기를—예감에 찬—즐기게 되었다.

도모유키는 현재 서른네 살이다. 이혼인지 사별인지는 묻지 않아 모르지만 아내가 이미 없다는 것, 부모님과 딸과 넷이 살고 있다는 것을 알았다. 도모유키와 이쿠코는 저녁을 같이 먹자고 권해도 먹지 않는다. 어머니—이쿠코의 할머니—가 준비해놓고 기다린다면서.

그들의 집은 초등학교 근처에 있다. 그 학교는 이쿠코가 다니는 학교로 과거 마리와 소이치로가 다녔던 학교이기도 했다. 도모유키도 그 초등학교를 졸업했다고 하는데, 마리와는 나이 차가 많으니까 학교에서 얼굴을 마주쳤을 가능성은 없다.

하지만 도모유키는 등나무 아래에서 자살한 학생에 관한 이야기는 알고 있었다. 그런 소문이 죽 이어져 내려오고 있단다. 소문은, 소이치로는 조숙하고, 어른 못지않은 지식과 행동력을 가진 것으로 되어 있었다. 그쯤에서 도모유키가 말을 더듬었고, 이에 마리가 채근했다. 그러자 도모유키는 '너무 예쁜 모습에 반한 죽음의 신이 데리고 갔다' 는 설이 가장 그럴싸하게 유포되어 있다고 알려주었다.

그리고 죽은 그 학생만큼이나 숟가락 휘는 소년도 유명하다고 했다. 학교에서 살았던 '죽은 학생의 친구' 이며, '불가사의한 힘' 을 갖고 있다는 얘기는 거의 전설이라고 했다. 어른이 된 큐가 사회적으로 유명해지기 전까지 도모유키는 두 가지 소문 모두를 반신반의했다고 한다. 그런 소년들이 있었다는 것마저 아이들의 상상력의 산물이랄까, 일종의 괴담이라고 여겼다는 것이다.

도모유키의 취미는 새를 관찰하는 것과 트래킹이었다. 쉬는 날에는 호만산이나 야마다 녹지까지 간다고 한다. 그 밖에 체스도 좋아해서 경기에 참

가한 일도 있단다. 도모유키가 마리의 취미를 물어 마리는 '음주'라고 대답했다.

"전에는 춤도 배웠고, 수영도 좋아했지만, 지금은 양쪽 다 안 해요."

도모유키는 감격한 얼굴로 마리를 보았다. 마치 음주가 특별하고 고상한 취미라도 되는 듯이.

닭고기를 가장 맛있게 먹는 방법은 튀겨 먹는 것일까, 쪄 먹는 것일까?

빙수의 시럽은 기본이 설탕물이냐, 딸기냐?

그러나저러나 상관없는 얘기에 열을 올렸다.

어렸을 때 치과에 가는 것과 학교에 가는 것 중 어느 쪽을 더 싫어했나?

데이트할 때 다자이후에 간 적이 있나?

딸과 스티커 사진을 찍은 적이 있나?

도모유키가 하는 대답 모두가 마리의 마음에 들었다. 대답 그 자체보다 대답에 이른 과정, 도모유키의 사고, 결론을 이끌어내는 방식이.

날마다 똑같은 것은 아니지만 마리와 도모유키는 길게 한 시간이나 얘기를 나눌 때도 있다. 그럴 때면 사키와 아라타는 눈치껏 행동한다. 저녁을 먹자고 재촉하지 않아, 한번은 출근 시간이 되도록 얘기에 빠져 있었던 적도 있었다. 만들어놓고서 손도 대지 못한 채 뒷일을 사키에게 맡기고 마리는 허둥지둥 출근했다.

도모유키와 지내는 저녁에는 훈훈한 온기가 감돌았다. 경쾌하면서도 부드럽고, 온몸이 간질간질한 온기. 그것은 도모유키가 빚어내는 공기였다. 느긋하고, 말이 말 자체의 의미일 뿐 아무런 암시도, 속뜻도 없다. 있는 그대로의 공정한 말.

또 다른 11월의 어느 날, 하지만 이날 마리는 도모유키를 만나지 못했다.

빈 병을 밖에 내놓으려고 부엌문을 열었는데, 불 켜진 옆집 창문이 마리의 시야에 들어왔다. 지난 몇 달 동안 사람 기척은 전혀 없었는데.

"아줌마! 아줌마, 계세요?"

마리는 현관으로 돌아가 드르륵 소리 나게 문을 열었다.

안에는 사람들이 아주 많은 듯했다. 가지런히 놓여 있는 신발, 소곤소곤 오가는 말소리. 허둥대는 사람들의 기척이 집 안을 가득 메우고 있었다.

현관으로 나온 사람은 긴지 아저씨였다. 원래 말이 없는데, 오늘은 미간에 팬 주름이 한결 깊게 느껴졌다. 무언가에 화가 난 표정이었다. 하지만 마리를 보자 표정을 약간 누그러뜨렸다.

"아, 마리."

안도한 것일까. 미소까지 살짝 머금었다.

"어서 들어와요."

"저, 나나 아줌마는요?"

마리가 물었을 때 긴지 아저씨는 이미 돌아서 있었다.

따라가 보니 도코노마에 일본도가 있는 예의 다다미방에 남녀 대여섯 명이 앉아 있었다. 한가운데 놓인 옻칠을 해 검게 반들거리는 테이블에는 조린 반찬과 유부초밥이 담긴 찬합이 놓여 있었다.

"어머나, 마리. 어서 와, 이리 앉아. 미안해, 사람들이 많이 들락거려서. 시끄럽지?"

나나가 화사한 목소리로 말했다.

시끄럽기는커녕 불 켜진 창문을 보지 않았다면 마리는 사람이 있는지조차 몰랐을 것이다.

"어디 조용한 방이 있으면 좋겠지만, 온 집안을 발칵 뒤집어놓아서."

나나가 난처한 듯이 웃었다.

기묘한 분위기였다. 그것은 나나 말고는 모두가 침묵하고 있는 탓이 아니라 오히려 나나가 까르르 웃는 탓인 듯했다. 까르르, 늘 그렇듯.

"미안해요. 손님이 오신 줄은 몰랐어요. 몇 달이나 집이 비어 있었고, 호텔도 잠겨 있어서, 어떻게 된 일인가 싶어서, 그래서……."

선 채로 마리가 말하자 나나는 마리의 걱정을 덜어주려는 듯이 두세 번 고개를 끄덕이고는 다시 한 번 미안하다고 말했다.

"호텔은 벌써 접었어. 지난 7월이었나, 그 사건이 있은 후에."

"그 사건이요?"

나나는 그 이상 설명할 필요가 없다는 듯이 고개만 끄덕이고는 이렇게 덧붙였다.

"참 말 많은 세상이지."

"큐는요?"

마리가 얼른 궁금한 것을 묻자 나나는 싱긋 웃었다.

"홋카이도에 있어, 아카누만차 서커스단과 같이."

"홋카이도요?"

마리는 큐가 오키나와에 있는 줄로만 알았다. 오키나와에서 수행 비슷한 것을 하고 있다고 생각했다.

"괜찮아, 큐는 건강하게 잘 있을 거야."

나나는 또 미소짓는다. 아들이 사랑스럽고 자랑스럽다는 듯이.

"옆에서 돌봐주는 여자도 있고."

여자? 연인이라는 의미일까. 아니면 추종자? 보디가드?

"좀 앉아. 마리도 어떻게 지냈는지 얘기해줘. 사키는 잘 있고? 아라타 씨는?"

나나 옆에 있던 여자가 얼른 일어나 마리 앞에 접시와 젓가락을 놓았다.

모두 도쿄에서 자신의 활동을 거들어주는 사람들이라고 나나가 설명했다. 도쿄로 가져가야 할 것들도 많고, 앞으로 이쪽 일을 어떻게 할 것인지 의논하면서 처분할 것은 처분하는 중이라고.

그래서 그런지 분위기가 어수선했다. 어수선하면서도 왠지 긴장된.

나나는 당분간 도쿄로 옮겨 생활할 거라고 했다. 큐도 건강을 회복했고, 나는 나대로 일을 해야 하니까, 라고 덧붙였다. 마리가 가게를 냈다고 말하자 나나는 마리의 손등을 감싸듯 쥐고서 잘됐다고 말해주었다.

"축하해. 이제 아라타 씨도 한시름 놓았겠네."

조그만 손이었다. 조그맣고 보송보송한, 따스한 손이었다.

시행착오의 연속이었지만 '포스트 데상스'는 순조로웠다. 밤새 손님이 두 쌍밖에 없는 날도 있기는 했지만, 대개는 밤이 깊어질수록 더욱 북적거렸다. 이른 시간—9시에서 9시 반 사이—에 찾아오는 손님은 비교적 나이가 많은 단골로, 주로 혼자 오거나 둘이 왔다. 그러다가 시간이 늦어지면 젊은 손님들이 예닐곱 명씩—때로는 더 많이—몰려와 즐겁게 마시고 떠들다 돌아갔다.

마리는 손님이 모두 좋았다. 손님이라 고맙기도 하지만, 그들 하나하나의 표정과 대화, 미각, 그런 것들에서 엿보이는 어떤 것을 바라보는 것이 그저 즐거웠다. 그곳이 마리의 가게라는 것, 그들과 시간을 공유할 수 있다는 것, 손님의 잔에 각자가 좋아하는 술이 담겨 있다는 것.

일반적으로 손님의 발길이 뚝 끊긴다는 비 오는 날에는 오히려 더욱 북적거렸다. 그 점도 뿌듯했다. 램프의 불빛에 끌려서인지, 잠시 비를 피하려는 듯 훌쩍 들어오는 커플도 있었고—처음 오는 손님이다—비가 오면 와인 생각이 난다며 들르는 단골 남자도 있었다.

도모유키가 처음 가게를 찾은 것도 비 오는 밤이었다. 10시가 좀 넘은 시간이었다. 남자 손님 세 명과 커플이 한 쌍 있었다.

도모유키는 혼자였다. 양복 차림에 넥타이를 느슨하게 푼, 낯익은 평소 모습이 아니라 헐렁한 스웨터에 청바지 차림이었다.

"안녕하세요."

조심스럽게 웃는 얼굴이었지만, 눈에는 장난기가 어려 있었다.

"안녕하세요."

실내에 있어야 할 것을 밖에서 본 것처럼 위화감이 있었는데 목소리에는 환영도 놀람도 아닌, 기다리고 있었다는 울림이 배어 있었다. 마리 자신도 놀랄 정도로.

"어머나, 앉아요."

서로를 쳐다보며 말하고는 마리는 자신이 '어서 오세요' 라고 말하지 않았다는 것을 깨달았다.

"맥주, 주십시오. 아, 아니다, 화이트 와인으로 하죠. 잔으로, 종류는 잘 모르니까 데라우치 씨가 권하는 것으로 마시죠."

언젠가 마리는 와인바인데 다른 술을 주문하는 손님이 의외로 많다고 도모유키에게 말했던 것을 떠올렸다.

"정말요? 맥주도 시원한데."

"와인으로 하겠습니다."

도모유키는 그렇게 대답했다.

비는 그칠 기미가 없었다. 소파 자리는 남자 손님들이 돌아간 후 또 다른 손님이 차지했다. 젊은 커플로, 파티에서 돌아오는 듯한 차림이었다.

도모유키는 마리가 고른 세르바로가 마음에 든 듯, 그 와인을 두 잔째 마시면서 벽에 걸린 그림을 보고 있다. 그러고는 마리를 보며 눈으로 묻는다.

"10년 전쯤에 그려준 거예요. 그때는 유명한 화가라는 것도 몰랐는데, 행운이었죠. 지금 생각하면 영광스러울 뿐이고."

가게에서 누가 물을 때만 하는 대답이다. 거짓은 아니지만, 그렇다고 100퍼센트 사실도 아니다. 마리는 시즈오와의 만남을 행운이나 영광이라고 생각하지 않는다. 그저 우연이었을 뿐이다. 그리고 자연스러웠고.

"에스, 아오야마."

도모유키는 소리 내어 사인을 읽었다.

"흐음, 유명한 사람이군요."

마리는 그런 도모유키의 반응을 흐뭇해했다. 그리고 살짝 귀띔했다.

"저 있죠, 그 사람도 아마 우리 초등학교 출신일걸요."

"결정했어. 고등학교에는 가지 않을 거야. 그렇게 정했어."

사키가 그렇게 통보한 것은 작년 세밑이었다.

사키는 아라타의 지지를 얻고 있었다. 할 얘기가 있다고 한 쪽도 아라타였고, 홍차를 끓여 오라고 한 것도 아라타였다. 홍차를 끓여서 서재로 갖고 들어가자 그곳에 사키도 있었다.

"부탁이야, 엄마. 안 된다고 하지 마. 나, 프랑스에 가고 싶단 말이야."

마리가 뭐라고 입을 열기도 전에 사키는 그렇게 말했다.

"너, 그게 무슨 소리니?"

얘기할 것도 없다는 식으로 말했지만, 손끝이 싸늘해지고 두 무릎에서 힘이 쫙 빠졌다. 이런 느낌, 알고 있었다. 아직은 벌어지지 않았지만 벌어질 일이었고, 피할 수도 없다. 감정이나 말과 무관하게, 뇌 어딘가에서는 이것을 알고 있었다.

"벌써 결정했어. 만일 엄마가 안 된다고 하면 내가 벌어서 내 힘으로 갈 거야. 그래도 여기서는 고등학교에 안 갈 거고."

사키는 똑같은 말을 되풀이했다.

마리는 천장을 올려다보았다.

"당연히 안 되지."

목소리가 생각했던 것보다 또렷하게 나왔다. 또렷하고, 그리고 아마도 단호했으리라.

"할아버지는 좋다고 하셨어."

"할아버지는 관계없잖아."

"……시즈오도 좋다고 했고."

그때 마리가 화가 난 것은 어쩌면 아라타가 홍차를 마시면서 후루룩거린 탓인지도 모른다. 더욱이 사키가 벌써 시즈오에게 연락했다는 사실에는 현기증까지 일었다.

"시즈오 씨도 관계없어."

이번에는 사키가 두 팔을 벌리면서 두 손 들었다는 포즈를 취했다.

"그럼 누가 관계 있다는 거야?"

침묵이 낮게 깔렸다. 낮의 서재는 햇살이 따사롭고 밝아서, 공중에 떠다니는 잔 먼지까지 보였다. 말려 올려진 채 먼지만 쌓여 있는 블라인드, 책꽂이에 꽂혀 있는 무수한 책, 누렇게 바랜 책등. 묵직한 나무 책상은 마리가 어렸을 때부터 눈에 익은 것이다. 그 평화로운 풍경들이 앞으로 벌어질 일은 피할 수 없다고 말하는 듯했다.

"저금해둔 돈이 조금은 있으니까, 비행기 요금 정도는 내가 내주마."

아라타가 말했다.

"아빠! 돈 문제가 아니라는 것은 아빠도 알잖아요."

마리가 말을 잘랐다.

"그럼 뭐가 문젠데?"

사키의 목소리는 낮고, 진저리가 난다는 울림이 배어 있었다. 마리는 한숨을 쉰다. 가슴속으로 외로움, 이라고 중얼거렸다. 네가 없어지면 엄마도 할아버지도 외롭잖아.

"봐라."

불쑥 아라타의 신이 난 목소리가 들렸다. 의자에 앉은 채 깡마른 다리 한 쪽을 들어 보였다.

"뭘?"

마리의 물음에 아라타는 사키에게 대답했다.

"네 엄마가 한참을 파먹었지만 그래도 아직은 살이 좀 붙어 있어."

신이 난, 그러나 맥없는 말투였다. 사키도 그 말에는 대꾸하지 못했다. 마리는 금방이라도 울음이 터져 나올 것 같았다.

해가 바뀌어도 사태는 호전되지 않았다. 사키가 허락을 구하는 태도를 보인 것은 그날 서재에서 딱 한 번뿐이었다. 그리고 '유학을 가든 일을 하든 고등학교에는 가지 않는다' 는 결정을 뒤엎지 않았다. 학교에도 그렇게 뜻을 전했는지, 어느 날 담임 선생이 면담을 요청했다.

그림 공부를 하고 싶은 사키는 우선 현지의 어학원에서 프랑스어를 공부하고, 그다음에 미술 전문학교에 들어가고 싶어했다. 시즈오는 좋은 생각이라면서 하숙을 시켜주겠노라고 했단다.

미술은 일본에서도 공부할 수 있고, 유학은 고등학교를 졸업한 후에 가도 늦지 않다고, 마리는 생각할 수 있는 온갖 이유를 들어 반대했다. 하지만 사키는 어깨를 으쓱 올리며 피식 웃는 모습으로 말했다.

"엄마 말이 맞아. 그렇다고 반드시 일본에서 공부해야 하는 건 아니잖아. 그래, 고등학교를 졸업하고 가는 사람도 있지."

또 마리가 사키 얘기를 하면, 모두들 사키 편만 드는 것 같아 마리는 어쩔 줄을 몰랐다.

"와, 좋겠다. 멋지잖아. 왜 안 되는데?"

기쿠마루는 그렇게 말했다.

"아이들은 부모가 생각하는 것만큼 어리지 않다고. 그러니까 그렇게 걱정할 거 없어."

도미 씨는 웃는 얼굴로 마리를 달랬다.

"제법인데, 사키 고 녀석."

미치루는 전화에 대고 깔깔 웃기까지 하면서 감동이라는 듯이 중얼거렸다.

유일하게 마리 편을 들어준 사람은 도모유키뿐이었다. 하지만 마리로 하여금 사키를 유학 보내기로 결심하게 한 사람 역시 도모유키였다.

"갑자기 왜 또 그런."

도모유키는 그다운 솔직함으로 말했다. 저녁때 식탁 의자에 앉아서 우유를 마시면서. 도모유키는 우유를 좋아한다.

"딸을 혼자서 외국에 보내다니, 생각할 수도 없죠. 위험하기도 하고."

유럽에는 개방적인 젊은이가 많다고 들었는데, 휩쓸리기 쉬운 나이니까 이상한 사상에 물들지도 모른다, 요즘은 테러의 위험도 있다고 하는 데다 범죄에 휘말릴 가능성도 없지 않다.

그런 말을 듣다가 마리는 그만 웃고 말았다. 말도 안 되는 소리라고 생각했다. 그런 것은 어딜 가나 마찬가지잖아, 하고.

"법률에 위반되는 약물도 그렇고. 사키가 귀엽게 생겨서 남자들이 그냥 놔둘 리도 없고."

도모유키는 계속 말을 이었다.

마리는 이미 도모유키의 말을 듣고 있지 않았다. 대신 도모유키의 머리를 꼭 껴안고 싶은 충동을 느꼈다. 머리를 껴안고 '그만해, 말도 안 되는 소리' 라고 말해주고 싶어 견딜 수가 없었다. 이 사람은 사랑을 받으며 자랐을 것이라고 생각했다. 시바타 하지메가 그랬던 것처럼.

아, 그렇다! 만일 하지메가 살아 있었다면 보나 마나 딱 잘라 반대했을 것이다. 그리고 마리 자신은 마음을 굳힌 사키 편을 들었으리라.

"지금 안 간다고 프랑스가 어디로 도망가는 건 아닌데."

도모유키가 그렇게 말했을 때, 마리는 충동을 실행에 옮겼다. 도모유키의 머리는 묵직하고 따스하고, 거실에 뛰어다니는 남자아이들과 똑같은 냄새가 났다.

4

매주 편지를 보내거나 전화를 건다는 조건으로 마리는 사키의 유학을 허락했다.

"고마워."

놀랍게도 어렸을 때조차 그런 일이 없었던 사키가 마리를 껴안았다.

"얘는."

그래서 반사적으로 입에서 튀어나온 말이 퉁명스럽고 언짢은 목소리가 되고 말았다. 사키에게 안겨 불쾌했던 것도 아닌데.

"엄마 감동했나 보네."

그렇게 너스레를 떠는 사키를 보고 마리는 다시 놀란다. 어쩌면 이 아이는 나를 이토록 안 닮았을까. 기요에게나 아라타에게 자신은 한 번도 이렇게 천연덕스러운 말을 한 적이 없다.

출발은 어학원의 제도 때문에 7월로 잡혔다. 하기 집중 프로그램에 참가할 거란다. 중학교를 졸업한 후 남은 몇 달을, 사키는 집에서 프랑스어 공부를 하면서 지냈다. 아라타가 또 대학에서 가정교사를 구해주었다.

"아빠는 사키가 하는 말이라면 꼼짝을 못한다니까. 옛날에는 의연하고 엄격했는데."

닭 날개를 보글보글 튀기면서 마리가 투덜거렸다.

그러자 토마토 샐러드에 넣을 마늘을 잘라주던 도모유키가 웃으며 말했다.

"하지만 아버님이 마리 씨에게도 가정교사를 붙여주었다면서요. 아주 옛날에, 마리 씨가 대학에 가겠다고 했을 때."

마리는 고개를 돌리고 도모유키를 노려본다. 그러다 이내 고개를 떨어뜨렸다.

"내가 그런 얘기까지 했었나."

시치미를 뗐지만 사실 기억은 났다. 마리는 지금까지 있었던 일—주로 사람에 관한 이야기—은 거의 다 했다.

"그래도 아직 들을 얘기가 많아요."

도모유키는 쑥스러워하며 말한다. 용기를 내서 말하고 있다는 것을 어린아이도 알 수 있을 만큼 진지하고 열의 있게.

나무에 새싹이 움트는 계절인 봄을 올해처럼 실감한 적도 없다. 살랑거리는 바람과 드넓은 옅은 파란색 하늘, 마당에서 온몸에 흙과 모래를 묻힌 채 엉겨 붙어 뒹구는 고양이들. 그리고 도모유키는 그 고양이들만큼이나—하고 마리는 생각한다—솔직하게 마리 앞에서 기쁨을 드러낸다. 말이 아니라 만나고 싶었다는, 눈에는 보이지 않는 열기—파동 또는 진동일까—를 만나러 올 때마다 온몸으로 뿜어낸다. 이 사람에게는 방어 본능이 없는 걸까. 아니면 그 기능이 망가진 걸까. 마리는 행복이 따스한 물처럼 온 마음에 찰랑찰랑 차오르는 것을 느낀다.

그런데도 도모유키는 조금도 성급하게 굴지 않았다. 마리는 자신보다 나이가 한참 어린 이 남자의 그런 온화함이 듬직했다.

둘 다 홀몸으로 아이를 키우고 있다는 사실이 두 사람을 더욱 가깝게했다. 그것은 실제로 가장 큰 공통점이었다. 서로가 아이를 키우는 힘겨움과 기쁨을 얘기하는 일은 없었지만, 그것은 말하지 않아도 알 수 있었다. 그래서 더욱 상대를 존중하고, 상대의 영역에는 함부로 발을 들이밀지 않는 암

묵적인 합의가 자연스럽게 생겼다. 물론 엄밀하게 따지면 양쪽 다 혼자서 키우는 것은 아니다. 가족의 도움을 받으며 키우고 있다. 그래서 그런지 도모유키의 인상이 부드럽고 복합적이고 강인하고 좋게 그려졌다.

도모유키의 아내가 갑자기 집을 나간 것은 작년 2월이었다고 한다.

"나만 갑자기라고 생각하는 거겠죠. 그녀는 오래도록 생각했을 테니까."

어느 날 밤, 도모유키는 '포스트 데상스'의 카운터 자리에 앉아 그렇게 말했다.

"원래 감정을 잘 드러내지 않는 여자였어요."

결혼 생활을 하는 동안 도모유키는 단 한 번도 아내와 싸운 적이 없었다고 한다. 그래서 도모유키는 부부 사이가 원만하다고 여겼다. 그런데 아내가 헤어지고 싶다는 말을 꺼냈을 때, 아내에게는 이미 다른 남자가 있었다.

"흔히 있는 얘기지, 뭐."

그날 함께 있던 기쿠마루가 툭 내뱉었다. 도모유키는 씁쓸하게 웃으면서 인정했지만, 마리는 기쿠마루의 무례한 말투에 화가 났다.

"그럼 이쿠짱은? 이쿠짱은 가끔 엄마 안 만나요?"

"네. 어머니가 엄청 화를 내면서 가족을 버리고 다른 남자에게 간 여자가 이쿠코를 만날 권리가 어디 있느냐고 해서."

"하기야 그렇지."

도모유키의 말에 기쿠마루가 맞장구쳤다. 순간 마리는 엄마를 떠올렸다. 엄마처럼 처신하는 여자가 아직도 이 세상에 있구나, 하고.

도모유키가 말을 이었다.

"그런데 더 심한 건 어머니가 아니었어요. 이쿠코의 엄마인 그녀가, 알겠다고 한 것이죠."

그 말을 듣는 순간 도모유키는 미련을 떨쳤다고 말한다. 이 여자와는 다시 시작할 수 없겠구나, 하고.

"참 대단하네."

기쿠마루가 내뱉듯이 말했지만, 마리는 달리 생각했다. 도모유키가 아니라 도모유키의 아내를. 반론의 여지가 없다는 것을 알고 있었을 그녀를.

하지만 그런 말은 해서는 안 된다고 마리는 생각했다. 집을 나간 여자를 어떤 의미로든 비난할 수 있다면, 도모유키에게는 그 편이 더 좋을 테니까.

작년 2월, 이쿠코가 마리네 거실에 늦게까지 남아 있던 그 무렵이었다.

언뜻 보니 기쿠마루가 도모유키에게 딱 달라붙어 앉아 있었다.

"그만 됐으니까 마셔요."

기쿠마루는 자신의 잔에 담긴 소주를 마침 빈 도모유키의 잔—와인 잔이었다—에 좌르륵 부었다.

"오히려 잘됐잖아요. 그런 일이 있었기에 지금 이렇게 마리 씨를 만났으니까."

웃는 얼굴로 긍정적인 말을 중얼거리는 도모유키의 순수함이 마리는 좋았다. 마구잡이로 소주를 붓는데도 싫은 내색을 하지 않는 어른스러움도.

연인이라기에는 왠지 모를 거리가 있었다. 키스한 적은 한 번 있지만, 가게 문을 닫고서 테라스에서 나눈 그 긴 키스마저도 그저 키스로 끝나고 말았다. 둘은 어색하게 사과하고는 각자 집으로 돌아갔다. 그 이상은 생각이 없었다. 그래도 마리는 거의 날마다 얼굴을 보는 도모유키에게는 무슨 얘기든 할 수 있었다.

도모유키가 자신 얘기—헤어진 아내 얘기—를 한 것은 딱 한 번이었고, 키스를 한 것도 딱 한 번이었다. 그 밖에는 대개 이른 시간에 찾아와 카운터 자리에 앉아서 화이트 와인이나 맥주를 두세 잔 마시고 전철이 끊어지기 전에 돌아갔다. 마리가 눈길을 돌리면 거의 늘 눈이 마주쳤다. 그리고 도모유키는 웃었다. 여기 있다, 잘 지켜보고 있다는 식으로. 그 눈길에서 듬직한 사랑이 느껴져 마리는 마치 몸이 녹아들 것 같았다. 안심이 되면서도 심장이 뛰었다.

부슬비가 부옇게 내리는 바다 위를 간몬 연락선이 하얀 물보라를 일으키며 달리고 있다. 날씨는 초여름답지 않게 서늘하다. 일요일, 마리는 도모유키와 함께 시모노세키에 와 있다.

그들은 모지 항에서 배를 타고 시모노세키로 건너갔다. 모지 항까지는 하카타에서 전철을 타고 갔다. 비 때문에 어디를 가나 사람의 발길이 뜸했고 풍경도 썰렁했다.

"괜찮아요? 춥지 않아요?"

도모유키는 몇 번이나 그렇게 물었다. 그러나 마리는 추우면서도 괜찮다고 대답했다.

"이쿠코도 데리고 올 걸 그랬나 봐."

마리 역시 도모유키에게 몇 번이나 그렇게 말했다.

"오고 싶어하지 않았어요."

모지 항에서는 새 도개교가 올라가는 광경을 바라보았다. 역 앞 빌딩에서, 낮부터 소시지 안주에 맥주를 마시면서.

'포스트 데상스' 개업 1주년 기념 소풍이었다. 가게에서도 파티를 열 예정인데, 도모유키는 먼저 단둘이 축하 파티를 하자고 했다.

시모노세키에서는 시장을 구경했다. 걸을 때는 자연스럽게 손을 꼭 잡았다. 바닥에 널린 게의 잔해를 밟지 않기 위해 조심조심 걸어서인지 마리는 마치 허공을 걷는 기분이었다. 도무지 믿기지 않았다. 누군가를 좋아하게 되면 주저 없이 상대의 품으로 뛰어들었다. 그다지 좋아하지 않는 남자와 육체관계를 가진 적도 있었다. 그런 것쯤은 아무 문제도 되지 않았다. 그런데 도모유키와는 오후의 항구를 걸어 다니기만 하는데도 왜 이렇게 가슴이 두근거리는 걸까. 마치 부모 몰래 데이트하는 소녀처럼. 우산도 두 개가 있는데, 하나를 같이 쓰고 있는 것도 마음에 걸렸다. 이상해, 정말 이상해.

아카마 신사에서는 헤이케 일족의 무덤을 돌아보고 '귀 없는 호이치'의 목상을 보았다. 목상은 왠지 으스스했다. 마리는 호이치가 '난 봤지' 하고 말하는 것 같았다. 다른 남자와 팔짱을 끼고 걸어가는 것을.

"내가 아는 사람 중에 아주 재미있는 녀석이 있어요. 원래 머리가 좋고, 학벌도 빵빵해서 지금은 회사를 경영하고 있죠. 그런데 그 녀석, 귀 없는 호이치(芳一)를, 바로 얼마 전까지 요시카즈('芳一'를 뜻으로 읽은 것—옮긴이)로 알고 있더군요."

마리는 잠깐 어리둥절해했지만, 요시카즈, 하고 속으로 중얼거리자 히죽 웃음이 나왔다. 눈앞에 있는 목상은 여전히 으스스했지만 요시카즈라 생각하면 그리 무섭지 않다. 마리는 도모유키의 팔에 볼을 댔다. 깔끔하게 세탁한 면의 포근한 냄새가 났다.

돌계단을 내려가자 모래사장이 나왔다. 바다도 하늘도 뭍도 온통 잿빛이었다. 비닐우산을 펼쳐 들고 마리는 앞장서 걸었다. 눅눅한 정도를 넘어 푹 젖은 공기를 한껏 들이쉬었다. 그리고 돌아보며 도모유키에게 웃는 얼굴로 말했다.

"정말 오랜만이네, 이렇게 여유부리는 거."

통통한 볼과 빨간 입술, 구불거리는 갈색 머리는 마리를 닮았다. 보통 키인데 키가 큰 사람처럼 손발이 긴 것은 하지메를 닮았는지도 모르겠다. 사키는 평소와 다름없는 초록색 티셔츠에 청바지 차림으로 공항 라운지에 앉아 있다.

파리 공항에는 시즈오가 직접 마중을 나오기로 되어 있었다. 그리고 적어도 한동안은 시즈오의 집에서 살기로 했다. 그런데도 사키는 혼자 여행을 떠나니까 모든 것을 스스로 해결해야 하는 사람처럼 몇 번을 읽어 닳고 닳은 가이드북을 또 읽고 있다.

"조심해."

몇 번을 그렇게 말했는지 마리 자신도 잘 모를 정도였지만, 그래도 다시 한 번 말했다. 달리 할 말이 생각나지 않았다.

"응."

여전히 가이드북에 눈을 콕 박은 채 고개만 끄덕이는 사키의 옆얼굴이 왠지 불안해 보였다. 엊저녁까지는 그렇게 다부지게 굴더니.

엊저녁, 가족 셋이 둘러앉은 전골집 다다미방에서 마리는 사키에게 전별금을 주려 했다. 아주 오래전 그곳에서 기요가 마리에게 그랬던 것처럼.

사키는 웬 돈이냐는 표정으로 말했다.

"안 줘도 돼."

사양이 아니라 전별금이 무엇인지 잘 모르겠다는 표정이었다.

"그쪽에 은행 계좌 개설했으니까 송금해주면 되잖아."

"그건 수업료지."

마리의 말에 사키는 그제야 안심이라는 듯 고개를 끄덕이고는 대답했다.

"그럼 그 돈도 은행으로 넣어줘."

"물잔을 나누자."

아라타가 뜬금없이 그렇게 말해 마리는 움찔 놀랐지만, 사키는 의미를 잘 모르는지 순순히 술잔을 받아들고는 중얼거렸다.

"나도 조금은 마실 수 있는데."

그러면서도 아라타가 따라주는 물을 받았다.

"아빠, 이러지 마"

아라타는 마리의 말을 듣는 둥 마는 둥 싱글거리며 자신의 술잔을 날름 비우고 거기에도 물을 따랐다.

"행운을 빈다."

물잔을 들었다. 아빠는 이제 정말 늙었나 보다. 얼마나 늙고, 얼마나 나약해 보이는지.

"감사합니다."

수줍은 미소를 띤 채 사키는 대답하고서 아라타를 따라 물잔을 비웠다. 기쁜 듯이, 아니 자랑스러운 듯이.

사키의 짐은 매우 적었다. 여행 가방 하나를 수화물로 부치고 나자 어깨에 비스듬히 멘 가방만 남았다. 겨우 16년밖에 살지 않아 소지품이랄 수 있는 것도 이렇게 조금밖에 없는데, 그런데도 혼자서 외국에 나가 살려 하다니. 마리는 무모하다는 생각에 다시금 속이 들끓었다. 사키가 지금 자신을 버리려 한다는 생각과 함께.

"이제 그만 들어가. 출국 심사도 받아야 하고, 아마 줄을 길게 서 있을 거야."

괴로움에 당장이라도 숨이 막힐 것 같아 마리가 먼저 그렇게 말했다.

"알았어."

사키는 선선히 대답하고 가이드북을 가방에 넣은 뒤 일어나 걷기 시작했다.

비행기 몇 대가 활주로 위로 서서히 이동하고 있었다. 화창하게 맑은, 그러나 바람이 불지 않아 후텁지근한 아침이었다. 아라타는 전망대에 올라가 배웅하겠노라고 고집을 피웠다. 마리가 요즘은 비행기를 타고 내릴 때 트랩을 사용하지 않는 일도 많으니까 전망대에 가봐야 소용없다고 말렸지만 아라타는 끝내 고집을 꺾지 않았다.

"날씨가 참 좋네."

마리는 그렇게 말하면서 가방에서 선글라스를 꺼내 썼다. 어떤 표정으로 이륙하는 비행기를 보내야 할지 난감했다.

지난 몇 달 동안 사키는 툭하면 '고양이들이 보고 싶으면 어쩌지' 하고 중얼거렸다. 마치 마음에 걸리는 건 고양이들뿐이란 듯이. 새삼 그 생각이 떠올라 마리는 씁쓸하게 웃었다. 그 아이의 그런 말투는 대체 누굴 닮은 걸까.

"가버렸구나."

아라타가 하늘을 올려다보며 중얼거렸다. 사키가 탑승할 비행기가 아직 게이트에도 도착하지 않았으니까 사키는 아직 공항 안에 있을 테지만 마리는 동의했다.

"가버렸네. 또 아빠하고 나만 남았네."

옛날에 둔덕에 올라 비행기를 기다렸다. 소이치로와 큐와 셋이서 오로지 비행기를 보고 싶다는 마음으로. 굉음과 함께 하얀 배를 보이며 머리 위를 지나가는 비행기는 사람들이 타고 다니는 것으로는 절대 보이지 않았다. 그것은 미지의 '물체'였다. 미지의, 그러면서도 친근한, 손으로 만든 새 같은 물체였다.

지금 마리는 비행기의 내부를 쉽게 그릴 수 있고, 이착륙하는 순간 기체가 뒤뚱하는 흔들림까지 상상할 수 있다. 이제는 미지의 것도 아니고 친근하지도 않다.

쉬익, 귀에 익은 소리가 들려왔다. 돌아보니 아라타가 담배에 불을 붙이고 있었다. 실외이기는 하지만 문에는 금연 마크가 붙어 있었다.

"아빠."

마리의 비난 어린 목소리에도 아라타는 고개만 움찔했을 뿐 태연하게 연기를 뿜어냈다. 마리는 잠자코 있다가 말했다.

"날씨가 참 좋네. 비행기 타기에 딱 좋은 날씨야."

상실감이 조금씩 조금씩 늘어나다가 저녁때가 되자 터질 것처럼 빵빵해졌다. 집 안의 모든 것들이 완전히 달라 보였다. 허전함이 아니라 믿을 수 없는 심정—오늘 아침까지만 해도 허전했는데—이 되었다. 지금쯤 나리타 공항에 있을까, 무사히 비행기를 갈아탔을까, 지금쯤 어느 하늘을 날고 있을까, 도착하면 바로 전화를 걸까. 그런 현실적인 일들이 차례차례 마리의 마음을 채워나갔다.

그보다 가장 힘든 것은 저녁을 먹는 내내 아라타가 한마디도 하지 않은 것이다.

"아빠, 이제 밥 풀까?"

"오늘 밤에 가게로 올래요?"

마리가 뭐라 물어도 아라타는,

"아니, 아, 응."

이란 세 단어를 한꺼번에, 그것도 애매하게 중얼거려 뭐가 대답인지 판단할 수 없었다. 그나마 대답을 하면 나은데, 들리지 않는 건지 못 들은 척하는 건지 분명한 질문에도 입을 꾹 다물고 있었다.

"초상집도 아니고."

마리가 툴툴거리는데도 아라타는 쳐다보지도 않았다.

하지만 가게로 나가서 일을 시작하자 상실감은 거짓말처럼 사라졌다. 아니, 사키가 떠났다는 사실조차 거짓으로 느껴졌다. 새벽 1시에 시즈오로부터 무사히 도착했다는 전화가 왔을 때도, 다른 세계에 사는 다른 사키의 얘기처럼 느껴졌다.

"아, 다행이다. 잘 부탁해요."

그래서 침착한 목소리로 부탁할 수 있었다. 그리고 전화를 바꾼 사키에게도 이렇게 말했다.

"하고 싶은 거 마음껏 해."

지글거리는 잡음에 섞여 사키의 목소리가 아주 작게 들렸다. 파리는 지금 낮이었다.

"그럼, 잘 지내."

미련 없이 전화를 끊었다.

5

그해 가을, 마리는 바라고 바라던 소믈리에 시험에 합격했다. 후쿠오카 시내에 있는 호텔에서 치러진 2차 시험 때는 꽤나 긴장했지만, 40분 동안의 구두시험도 30분 동안의 블라인드 테스팅도 시작되고 나니 오히려 즐거웠다. 마지막 관문인 실기시험—수험자 모두 유니폼까지 입었다—때는 잘 안 되면 운이 없었다고 생각하자는 배짱으로 임했다. 가게에서 평소에 새 와인을 딸 때도 코르크 마개가 부서지는 일이 가끔 있었는데, 그때는 퐁 소리가 나면서 매끄럽게 빠졌다.

끝나고 보니 별것 아니었다. 합격 통지는 10월에 날아왔다. 그다음 달에는 포도 모양의 반짝거리는 금색 배지와 함께 인정서, 자격인정 등록카드란 것도 날아왔다. 후련하다, 고 생각했다. 간단하다고. 하지만 자격증을 따겠다고 마음먹은 지 5년이나 지나버렸다.

배지는 가슴에 달기에는 너무 반짝거려서 갈색 액자에 넣어 '포스트 데 상스'에 두었다. 담뱃갑만 한 조그만 액자를 술병 사이에 놓아두니 그리 눈에 띄지는 않았다. 눈에는 띄지 않아도, 마리는 뿌듯하고 자랑스러웠다.

"이것 좀 봐. 이게 갖고 싶었어, 나."

도모유키에게만 살짝 자랑했다.

사키가 떠나고 없으니, 마리는 갑자기 해방된 기분이었다. 불안할 정도로 가뿐했다. 사키는 자기 일을 스스로 할 수 있을 만큼 이미 어른이 되었다. 오히려 식사며 건강이며 걱정인 사람은 아라타이고 손도 많이 갔지만, 사키가 없는 것만으로도 마리는 오랜만에 자신만의 자신이 된 듯한 느낌이었다.

가게 소파에서 도모유키와 하게 된 것도 그 해방감의 영향인지도 모르겠다. 1차 시험에 합격하고 2차 시험을 기다리는 사이, 9월 중순의 어느 날이었다. 돌이켜보면 마리 쪽이 한결 적극적이었다. 문을 닫기에는 좀 이른 시간이었지만 도모유키 말고는 손님도 없었고 더는 오지도 않을 것 같아 일찍 문을 잠갔다. 잠그자마자 그 문에 기대듯 서서 키스를 했다. 그때까지만 해도 가게에서 사랑을 나눌 생각은 아니었다. 다만 잠시 둘이 있고 싶었다.

음악을 틀어놓고 새 잔에 와인을 따랐다. 시험을 앞두고는 있지만 소믈리에가 된 연극적인 몸짓으로. 레드 와인은 잘 못 마시겠다는 도모유키를 위해 차가운 화이트 와인을 골랐다. 시칠리아산 술통 향이 강렬한 와인이었다. 도모유키는 무료한 표정이었다.

"이렇게 일찍 문을 닫아도 괜찮은 건가."

그렇게 중얼거리면서 아무도 없는 실내를 돌아보았다. 처음 온 손님처럼.

소파에 앉아 잠시 얘기를 나누었다. 사키와 도모유키의 회사—기업을 상대로 전화, 팩스, 관엽식물, 환기장치가 달려 있는 거대한 재떨이까지 다양한 것들을 빌려주는 렌탈 회사다—에서 있었던 일에 관해서였다. 마리는 왜 사람들이 물건을 빌리는지 이해가 되지 않았다. 도모유키는 사는 것보다 싸기 때문에 빌린다고 말했지만, 사는 것보다 싸다면 회사는 무슨 이익이 있을까 싶은 생각도 들었다. 그렇게 말하자 도모유키는 웃었다. 마리의 생각이 어처구니없어서가 아니라 이해할 수 있다는 듯이 재미있게 받아들였다. 마리는 모든 게 자기와 무관하다고 생각하지 않았다. 무엇이든 궁금해서 질문이 잇달아 입에서 튀어나왔다. 그러다 마리는 그곳이 가게도 아니고 후쿠오카도 아닌 듯한 기분이 들었다. 그 어느 곳도 아닌 장소에 지금 둘이 있는 듯한 기분이.

"춤출래?"

춤 생각이 난 것은 아주 오랜만이었다. 도모유키는 놀란 눈을 하고서 대답했다.

"난 춤출 줄 모르는데. 아니, 마리 씨가 추고 싶으면 춰요. 난, 그런 거 잘 못하니까."

도모유키가 난감하게 덧붙이자 마리는 맥이 풀렸다.

"그래? 난 춤추는 거 무척 좋아하는데. 옛날부터 좋아했는데."

마리가 일어나 도모유키의 손을 잡았다가 다시 소파에 앉았다. 그러고는 달리 뭘 어쩌면 좋을지 몰라 그렇게 말했다.

"옛날에는 디스코텍에도 자주 다녔어. 그 후에는 춤을 본격적으로 배운 적도 있었고. 가장 좋아하는 춤은 지그. 지그라는 춤 알아?"

도모유키가 잘 모른다고 하자 마리가 일어나 설명했다. 이렇게, 이런 식으로, 피들과 백파이프 소리에 맞춰, 자요, 이렇게. 마리는 웃음을 터뜨리고 말았다. 흘러나오는 슬로 재즈와 동작이 전혀 맞지 않았기 때문이다.

"아, 안 되겠다. 지그를 추려면 CD를 자꾸 바꿔야 하거든."

도모유키는 웃지 않았다. 대신 뜨거운 눈빛으로 마리를 보았다. 소중한 것, 손에 닿지 않는 무엇을 쳐다보듯이. 그 시선을 느끼기가 무섭게 마리는 도모유키를 덮쳤다. 당신이야말로 가장 소중한 것이라는 감정에 휩싸여 머리칼에 얼굴을 묻고 거의 소파째 남자를 껴안았다. 도모유키의 손이 후두부로, 등으로, 둔부로 움직이면서 동시에 입술과 입술이 포개졌다. 도모유키의 두 다리가 마리의 허리를 꽉 조여들었다. 소파가 삐걱거리고, 가죽이 땀에 젖은 살에 들러붙었다. 그러면서도 마리는 와인잔을 슬쩍 테이블 안쪽으로 밀었다. 도모유키의 손이 치마 안으로 스르르 들어왔다. 자신의 목에서 새어 나오는 웃음소리를 들으면서, 마리는 생각했다. 사람은 재미있는 일이 없어도 행복에 겨워 웃는다. 그 몸을 갖고 싶다는 순수한 욕망이 육체의 사랑으로 이어질 때, 마리는 늘 웃었다. 웃으면서 안쪽으로 들어오는 뜨거운 것을 받아들였다.

일이 끝난 후, 거친 숨이 잦아들었는데도 몸을 겹치고 누워 있을 때 그것이 눈에 들어왔다. 시즈오가 그린 마리의 데생. 그 무렵의 나는……. 숨을 내쉬면서 마리는 생각했다. 그 무렵의 마리는 물론, 지금의 이런 마리를 상상도 하지 못했다.

"무거워?"

가슴을 껴안은 채 묻자 도모유키가 고개를 저으며 대답했다.

"딱 좋은데."

사이코지는 멋들어진 절이다. 막다른 길목에 다소곳이 자리 잡은 절의 문 옆에는 푸릇푸릇한 소나무 한 그루가 서 있다. 게시판에는 독서 모임이나 부인들의 모임 등 손으로 쓴 알림이 빼곡히 적혀 있어, 행사가 늘 끊이지 않고 열린다는 것을 알 수 있었다. 마리는 가게에 오가다가 가끔씩 이 절에 들러 본당을 향해 합장을 한다. 사키의 무사함을 기원하며. 경내는 늘 깔끔하게 청소된 상태고, 묘석과 부도가 서 있는 한 모퉁이에 발을 들여놓으면 하늘이 드넓게 보이고 마음이 차분해진다.

사키는 약속대로 일주일마다 편지를 보내거나 전화를 걸었다. 수업이 재미있다느니 어렵다느니, 피부색이 다양한 친구들이 생겼다느니, 마음에 드는 카페가 있어서 늘 그곳에 간다느니. 때로는 마리가 그리워하는 사람들의 이름도 등장했다. 안느를 만났다느니, 필립이 엄마에게 안부를 전해달라고 했다느니.

"정말 대견해."

마리는 도모유키에게는 솔직하게 인정했다.

"내가 어렸을 때는 부모에게 편지 같은 거 절대 안 썼는데. 전화 좀 하라고 해도 좀처럼 하지 않았고."

일요일, 마리는 도모유키와 이쿠코와 함께 상가에 있는 인도 음식점에서 막 점심을 먹었다. 요즘은 일요일이면 거의 셋이서 지냈다.

"세상이 많이 달라졌으니까."

도모유키가 미소를 지었다.

"그때는 부모와 사이가 좋은 것을 오히려 창피해하는 경향이 있었잖아. 불량기 있는 아이들 사이에서는 특히 그랬고."

충격 받았다는 것을 표현하기 위해 마리는 숨을 들이쉬었다.

"불량기 있는 아이들이라니, 나 말이야?"

화난 척하고 싶었는데, 도모유키 앞에서는 뜻대로 성공한 적이 없다. 지금도 마리는 단박에 눈초리를 내리며 웃고 만다. 도모유키는 사뭇 난감한 표정으로 말했다.

"미안해."

마리를 보는 얼굴이 어눌하고 사랑스럽다.

세상이 달라졌다. 정말 그랬다. 전에는 이곳에 이렇게 맛있는 인도 음식을 먹을 수 있는 가게가 없었다. 실내는 밝고 가정적인 분위기다. 좁지만 아늑하다. 요리사가 인도 사람이라고 한다.

음식점에 오기 전에 상가에 있는 아동복점에 잠시 들렀다. 어른 옷인가 싶을 만큼 세련된 데미지 가공 데님, 레이어드용 티셔츠, 퍼 재킷 등이 진열

되어 있었다. 마리는 그 가게에서 이쿠코에게 줄 양말을 한 켤레 샀다. 양말을 고르는 마리에게 점원이 당연하다는 듯 '엄마' 라고 칭했다.

이쿠코는 도모유키 옆에서 천천히 디저트를 먹고 있다. 인도에서는 일반적인 디저트라는 라스 마라이. 1월, 창밖은 환했지만 추웠다.

마리의 집에 놀러 오는 아이들은 모두 마리를 '아줌마' 라고 부르는데, 이쿠코만은 '마리짱' 이라고 부른다. 요즘 도모유키가 마리를 그렇게 부르기 때문이다.

사랑은 천천히 진행되고 있다. 연말에는 도모유키의 부모에게도 인사를 드렸다. 도모유키가 마리의 집에서 자고 가는 일도 가끔 있다. 그럴 때는 아라타와 셋이서 아침을 먹는다.

흥분한 목소리로 사키가 전화를 건 것은 후쿠오카에는 흔치 않은 싸락눈이 흩날리는, 살이 에도록 추운 저녁 나절이었다.

"엄마, 좀 들어봐. 믿을 수 없겠지만, 그 아이를 만났어. 정말 그 아이야."

표정은 보이지 않아도 웃고 있다는 것을 알 수 있는, 기쁨에 통통 튀는 목소리였다.

"누구? 그 아이가 누군데?"

활기찬 사키의 목소리에 마리의 목소리에도 절로 웃음이 번졌다. 날마다 다양한 사람을 만나고 다양한 발견을 하고 있는 것이리라. 자랑스러움과 눈부심, 그리고 조금은 부러움을 느꼈다.

"내 꿈에 나왔던 남자아이 있잖아? 엄마에게도 말했는데, 기억 안 나?"

기억하고 있다. 외국인이고, 사키를 보면 싱긋 웃으면서 손을 흔드는 아이. 사키는 그 꿈을 몇 년을 두고 간간이 꾼다고 했다.

"꿈에 나왔다는 남자아이?"
마리는 피식 웃지 않을 수 없었다.
"그러니까 사랑에 빠졌다는 얘기니?"
사키는 정말 답답하다는 듯이 말했다.
"아니, 그게 아니라, 내가 만났다는 그 아이는 아직 어린애야. 열세 살. 좀 괜찮네 하고 마음에 두고 있는 사람은 다른 사람이고."
마리는 사키의 말에 가슴이 철렁 내려앉았다.
"아무튼 그건 그렇고, 지금 하고 싶은 얘기는 그 아이도 나를 꿈에서 봤다는 거야. 누구인지 모른 채 계속. 만나는 순간 얼마나 놀랐는지 아무 말도 못했어. 옛날에 알던 사람을 오랜만에 만나는 것 같았다니까. 그런데 길거리라서, 나는 수업을 들으러 가는 중이었고, 그 아이도."
사키의 설명이 줄줄이 이어졌다. 어제 우연히 만났는데, 그 아이는 엄마와 함께 걷고 있었다. 꿈 얘기는 그 엄마도 알고 있었다. 아들이 '그녀야!' 라고 몇 번이나 말해 놀랐다고 한다. 주말에 차 마시러 오라고 해서 다시 만나기로 했단다.
"알지도 못하는 사람 집에?"
사키의 얘기를 다 들은 마리가 놀라 물었다. 순간 침묵이 흘렀다. 이윽고 사키는 한숨을 쉬었다.
"주소하고 전화번호, 이름까지 다 알아두었어. 뭘 더 알아야 하는데? 우린 처음 만난 거라고."
흥분한 기색은 간데없고 어느새 목소리에는 실망감만 가득했다.
"알았어, 알았어. 다녀와."
양보하는 셈 치고 마리는 그렇게 말했다. 그런데 사키는 당연히 그럴 거라고 대답했다.

"엄마가 그런 말 안 해도 갈 거야."

코트를 입고 빨간 목도리를 목에 빙빙 감았다. 눈은 내리지 않지만, 창문 너머로 보이는 하늘이 온통 회색이라서 헐벗은 나뭇가지마저 추워 보였다. 그 차림으로 마리는 서재에 얼굴을 들이밀었다.

"아빠, 다녀올게."

텔레비전이 켜져 있다. 책을 읽던 아라타가 고개를 들고 대답했다.

"아, 그래. 다녀와라."

난방을 세게 틀어놓아 후끈했다.

"포토푀(고기와 야채로 만든 수프—옮긴이) 만들어놓았어요."

마리의 말에 아라타는 히죽 웃으면서 대답했다.

"그래, 냄새가 나서 알았다."

순간, 왠지 그 자리를 떠나기가 어려워, 마리는 사키에게서 전화가 왔다고 말했다. 내용은 말하지 않은 채, 잘 있는 것 같다, 집을 떠나 오히려 자유로운 모양이라고만 전했다.

"잘됐구나."

아라타는 미소 띤 얼굴로 대답했다. 그러다 이내 표정이 어두워지면서 물었다.

"그런데 사키는 프랑스에 간 거 아니냐?"

아라타와의 대화는 이렇게 뭔가가 어긋난다. 그때마다 마리는 허탈감을 느낀다.

"맞아, 아빠. 사키는 프랑스에 있고, 거기에서 전화를 건 거야."

아라타는 멍한 표정으로 그 말을 듣고 있다가 대답했다.

"그렇구나, 미안하다. 좀 흐리멍덩해져서 말이야."

마리는 거실로 돌아가 새시 창문을 잠근다. 저녁 9시가 되면 거실에는 아무도 없다. 도모유키가 그러라고 일렀는지, 이쿠코도 오늘은 친구들과 돌아갔다. 바닥에 떨어져 있는 학습장 한 권을 집어 책상에 올려놓았다. 소이치로가 쓰던 책상이다. 책상 위에는 온갖 것들이 놓여 있다. 손수건, 모자, 샤프펜슬, 지우개, 과자, 마스코트 인형. 아이들이란 정말 물건을 잘 잃어버린다. 그중에는 몇 년 동안이나 주인을 찾지 못한 것도 있다.

약속한 장소에 도모유키는 아직 도착하지 않았다.

"안녕하세요. 꽤 춥네요."

마리는 가게 사람들에게 그렇게 말하고, 목도리를 풀고 코트를 벗으면서 먼저 맥주를 주문했다. 이곳은 도모유키의 단골 가게로 마리도 몇 번 따라온 적이 있었다.

지난달, 마리는 '포스트 데상스'에 구루미라는 여자를 고용했다. 오래전부터 일을 거들어줄, 힘든 일도 맡길 수 있는 남자를 찾았지만 결국 찾지 못했다. 그래서 고용한 구루미는 스물여섯 살에 하카타 토박이다. 구루미는 소속되어 있는 극단에서 배우로 활동할 때 쓰는 예명이고 본명은 지카다 가즈코였다. 낭랑한 목소리에 활기차고 손님을 다루는 솜씨도 있어 보였다. 소개해준 도미 씨가 그녀의 부모와도 잘 안다고 해서, 전혀 모르는 사람보다 안심이 되었다. 공연이 시작되면 출근할 수 없다는 단점이 있었지만 잠시 쓰는 일손으로는 더할 나위 없는 인재였다.

실제로 구루미가 출근해주는 덕분에 마리는 이렇게 평일에도 도모유키와 둘이 식사를 즐길 수 있다.

"연인이랑 있을 때 마담 언니 참 귀엽네요. 마담 언니랑 있을 때 도모유키 씨는 더 귀엽지만."

구루미는 그렇게 말했다.

마리는 구루미가 이미 도모유키가 '마담의 연인'으로 존재한다는 것을 당연하게 여기는 듯해서 기뻤다. 설명하지 않아도 되니까 쉬웠다.

메뉴에 레이즌 버터를 추가한 것도 구루미였다.

"레이즌 버터가 없으면 안 되죠."

이유는 모르겠지만 아무튼.

도모유키는 약속 시간인 6시 반보다 15분 늦게 왔다.

"미안. 늦어서."

양복 차림의 도모유키는 자리에 앉자마자 넥타이를 풀고 가방을 발치에 내려놓았다.

그들은 군만두와 닭 날개튀김과 마카로니 샐러드를 주문했다. 묵직한 맥주잔을 짱 부딪쳤지만 꿀꺽거리고 마신 것은 마리뿐이었다.

"저 말이지."

잔을 든 채로 도모유키가 말했다. 웃으려는 것인지 화를 내려는 것인지 가늠할 수 없는 표정이었다. 그제야 도모유키의 머리칼이 유난히 사락거린다는 것을 마리는 깨닫는다. 검고, 순수한, 소년 같은 머리칼이다.

"뭔데?"

마리가 묻자 도모유키는 말을 얼버무리고 애매하게 미소만 지었다.

"뭔데?"

마리는 다시 한 번 물었다.

"결혼하자."

도모유키의 대답에 마리는 자신의 귀를 의심했다.

지금 이 사람이 정말 그렇게 말한 것일까. 몇 초 동안 침묵이 찾아왔다. 텔레비전 소리와 만두를 튀기는 소리만 들렸다.

"농담이지?"

마리의 입에서 그 말이 저절로 나왔다.

"아니."

도모유키는 또 말을 더듬는다. 잔은 여전히 쥔 채로. 두 볼이 분홍색으로 물든 것은 긴장했기 때문이겠지만, 엷은 미소를 띠고 있는 것을 보면 거절당하리란 걱정은 안 하는 모양이었다.

도모유키는 등을 쭉 펴고, 마리를 똑바로 쳐다보면서 한마디씩 천천히 끊어서 말했다.

"농담 아니고, 진심이야."

그러고는 그제야 안심이 되는지 맥주를 단숨에 절반쯤 마셨다.

마리는 대답할 수 없었다. 대답할 말은 분명히 아는데, 말하기가 고통스러웠다. 그래서 그저 도모유키를 바라보기만 했다.

"안 되나요?"

존댓말로 물어보며 도모유키가 마리를 쳐다보았다. 두 사람의 눈길이 마주치는 순간, 도모유키는 알아차린 듯했다. 눈동자에 이내 실망의 빛이 어렸다.

"미안해. 그리고 고마워. 고맙다고 해야겠지?"

마리는 황망하게 말했다.

자신도 동요하고 있었다. 말이 피상적으로 입에서 흘러나온다.

"그래도 좀 심했다, 그런 말이나 하고. 만나서 기뻤는데, 보고 싶었는데."
마지막 말은 투덜거림이 되고 말았다.
도모유키는 표정을 읽을 수 없는 얼굴로 마리를 물끄러미 쳐다보았다. 아니, 관찰에 가까운 눈길이었다. 그러고는 싱긋 웃었다.
"미안하군. 놀라게 해서."
종업원이 들고 온 마카로니 샐러드를 마리 앞으로 밀어놓고는 젓가락을 내민다.
"지금 내가 한 말은 잊어줘. 자, 이거나 먹자고."
도모유키는 처음 만났을 때의 초여름 마당처럼 시원스러운 말투로 말했다.

6

겨울이 어언 끝나갈 무렵, 출장을 왔다면서 '엔드라'의 단골 오타 씨가 가게를 찾아왔다. 혈색도 풍채도 여전히 좋았고, 실크 셔츠의 단추를 두세 개쯤 풀어 젖힌 차림새도 변함없었다.
"오, 있었군."
그는 젊은 남자 하나를 데리고 가게로 들어서자마자 그렇게 말했다.
"오타 씨!"
마리는 후다닥 뛰어나가 맞았다. 자신도 놀랄 만큼 기쁘고 반가웠다. 오타 씨는 마리를 꽉 껴안는 '엔드라' 식 인사를 했다. 구루미가 놀란 듯 토끼 눈을 하고서 쳐다보았다.

"멋진 가게로군. '엔드라' 와는 많이 달라."

오타 씨는 소파석에 앉아 실내를 빙 돌아보고는 말했다.

"와인바니까 그렇죠."

마리는 당당하게 가슴을 폈다.

"그래도 '엔드라' 만큼 기분 좋은 가게예요."

오타 씨는 늦었지만 축하한다면서 샴페인 한 병을 주문했다.

"마리 씨도 같이 마시자고. 취하면, 춤도 추고."

그날 밤에는 이른 시간부터 손님이 있었다. 카운터 자리에 커플이 한 쌍, 가게의 터줏대감이나 다름없는 후지모리 씨와 네모토 씨—개점한 날부터 와서 단골이 된 초로의 와인 마니아들—그리고 테라스 자리에는 추위도 아랑곳하지 않는 젊은이 네 명이 진을 치고 있었다.

오타 씨가 데리고 온 사람은 배우였다. 마리는 잘 모르는 사람이지만 구루미가 반색을 하면서 말했다.

"나 알아요! 영양 드링크 광고에 나오는 사람이잖아요."

후지모리 씨가 불렀다.

"마담, 시가 부탁해."

카운터에서 케이스를 꺼내 한 개비를 고르라고 했다. 마리는 손님이 고른 길이가 좀 짧은 코이바의 필터 부분을 커터로 자르고 건넸다.

"고마워."

후지모리 씨는 테이블에 놓여 있는 촛불에 얼굴을 들이밀고 불을 붙인다. 단박에 달짝지근하고 씁쓰름한 마른 향이 사방으로 퍼졌다.

"난 훈제 안주거리가 좀 있었으면 좋겠군."

네모토 씨가 말한다. 두 사람이 지금 마시고 있는 것은 1985년산 코트 로티였다. 이렇게 비싼 와인을 병으로 주문하는 손님은 드물다.

"대단하군."

소파 자리로 돌아가자 오타 씨가 말했다.

"시가 커터 사용법은 언제 배웠지? 아오야마에서 내 무릎에 앉았던 일이 거짓말 같군."

"꺄, 마담 언니, 그런 것도 했어요?"

구루미가 괴성을 질렀다.

"왜 지금은 못할까 봐."

오타 씨는 입술을 비쭉 내밀고 마리의 볼에 키스했다.

전근 발령이 떨어져 오사카에서 2년을 지낸 오타 씨는 다시 도쿄로 돌아가 나츠키 지카라의 가게에도 몇 번 다녀왔다고 했다. 지카라의 가게는 늘 손님이 북적거려서 밤늦은 시간에는 서서 마시는 바 같다고 한다.

"주로 젊은 사람들이 많아. 나는 '엔드라' 취향이지만. 마누라가 메뉴에는 없는 안주거리를 맛 보여줄 때도 있는데, 그것도 인기가 많은 모양이더라고."

마리가 '엔드라'는 요즘 어떠냐고 묻자 대뜸 대답했다.

"아직 망하지는 않았어."

발길을 끊은 단골도 있거니와 새로 생긴 단골도 있고, 마리 후임으로 들어온 마나는 벌써 그만두었지만 그 대신 젊은 남자—오타 씨는 그가 틀림없이 게이일 것이라고 의심했다—가 들어왔고. 오너 부부와 다케 씨, 쇼코 씨 모두 건강하게 잘 있다고 한다. 다케 씨는 언제 은퇴해도 상관없을 만큼 모아놓은 돈이 많을 텐데 지금도 열심히 일하면서 '노구에 채찍질을 해가면서 분발하고 있습니다'란 말이 입에 붙었고, 쇼코 씨는 둘째를 원하고 있다고 전했다.

"아, 그립다."

마리는 진심으로 말했다. 어느 날 갑자기, 마리는 달랑 시즈오의 소개장 하나만 들고 도쿄로, 그리고 손님을 접대하는 장사의 세계로 뛰어들었다.

"그런데 마리 씨는 아직도 독신인가?"

샴페인을 다 마시고 위스키 칵테일을 마시고 있던 오타 씨가 소파에 깊숙이 기댄 낯익은 자세로 잔을 흔들며 물었다.

"다행히 난, 혼자가 좋은가 봐요."

마리가 대답했다.

엄마, 잘 지내죠? 난 잘 있어요. 지난번 중간시험 때 회화와 속독에서 A를 받았어요. 리스닝은 B++, 문법은 C였어요. 그럼 또, 안녕히.

엄마, 잘 지내죠? 난 잘 있어요. 어제 안느를 찾아가 머리를 잘랐어요. 돈을 내려고 했는데 받지 않았어요. 그래서 군밤을 사서 둘이 같이 먹었어요. 아듀.

엄마, 잘 지내죠? 난 잘 있어요. 송금해주어서 고마워요. 지금 베아와 도서관에 가요. 시간이 없어서, 오늘은 이만.

소리 내서 엽서 세 장을 읽고는 마리는 한숨을 쉬었다.

"어떻게 생각해, 이거?"

거실에는 뚜껑 열린 슈트케이스가 놓여 있고, 안에는 사키에게서 온 편지가 뒤죽박죽 쌓여 있다.

"처음에는 편지도 길게 써 보내더니, 요즘은 엽서뿐이야. 그것도 썰렁하게 딱 몇 줄."

도모유키가 피식 웃었다.

"그런가?"

"그렇지."

마당에서는 이쿠코가 고양이와 놀고 있었다.

"베아가 누구지?"

"사키 친구. 같은 어학원에 다니는 스페인 아이라는데, 베아트리스라나 베아트리아라나, 그런 이름이야."

"이 정도로 편지를 보내주면 매우 착실한 거지. 마리 씨가 어렸을 때 불효한 거에 비하면 사키는 천사처럼 순종적인 딸 아닌가?"

도모유키의 입가에는 여전히 미소가 감돌았다.

도모유키는 반듯하게 무릎을 모으고 몸을 앞으로 약간 구부린 자세로 소파에 살짝 걸터앉아 있다. 아빠라 불리기에는 너무 젊은 풍모와 학생 같은 예의 바름.

"유학이 위험하다고 한 사람은, 당신 아니었나?"

마리의 말에 도모유키가 대꾸했다.

"물론 그랬지. 하지만 말도 안 되는 소리라고 한 사람은 당신이었잖아. 일단 보낸 이상은 믿어야지."

마리는 소파 뒤로 돌아가 도모유키의 머리를 꼭 껴안았다.

"어어, 이거, 왜 이래?"

우후후후, 하고 웃으며 마리는 머리칼에 얼굴을 비빈다. 그러고는 손을 풀어 도모유키의 머리를 해방시켜준 뒤 싱글거리며 말했다.

"알아. 나도 안다고. 그리고 사실은 걱정 안 해. 사키는 착한 아이잖아. 하지만 난 당신의 의견을 듣는 게 좋더라. 아는 거라도 당신의 입으로 듣는 게 좋다고."

마리는 이쿠코가 보아도 상관없다고 생각하며 도모유키의 입술에 입술이 엇갈리게 키스를 했다.

혼자가 좋은가 봐요.

그렇게 오타 씨에게 한 말이 마음에 없는 말은 아니었다. 하지만 그것은 어디까지나 결혼이나 동거에 한한 얘기일 뿐, 대등하고 개인적인 관계는 별개였다. 마리는 도모유키를 무엇과도 바꿀 수 없는 소중한 존재로 느끼고 있었다. 말로 표현하는 것보다 훨씬 더 소중하게.

도모유키는 감정적일 때가 없다. 흐르는 물처럼 담담하다. 그럼에도 마리를 향한 눈길에는, 만난 지 2년 가까운 세월이 흐른 지금도 눈부신 동경의 빛이 어려 있다. 그 점은 마리가 청혼을 거절한 후에도 변하지 않았다.

잊어줘. 도모유키는 그렇게 말했다. 마리 씨가 그럴 마음이 생길 때까지 기다리겠다고 하면서. 그런 날은 오지 않을지도 모른다는 불안감을 마리가 드러내도, 도모유키는 너그럽게 웃으면서 말할 뿐이었다.

"인내력 테스트군."

기분 나쁜 기색이라곤 하나도 없었다. 마리는 그런 도모유키가 옆에 있다는 사실만으로도 늘 안심이 되고 행복했다.

봄. 하지메의 묘소에 바칠 꽃으로 마리는 샛노란 개나리를 골랐다. 장미, 프리지아, 공조팝꽃, 조팝꽃. 꽃가게에는 색깔도 모양도 다양한 꽃들이 많았다.

"남편이 좋아하던 꽃인가?"

도모유키의 물음에 마리는 고개를 저었다.

"아니. 그냥 화사하고 예뻐서."

마리는 하지메가 어떤 꽃을 좋아했는지 모른다는 사실이 신기했다. 그토록 사랑했는데.

도모유키와 하지메의 묘소를 찾은 것은 처음이었다. 도모유키가 가고 싶다고 했다.

"날씨 한번 참 좋군."

꽃가게에서 나오자 도모유키는 하늘을 올려다보고 눈을 찡그리면서 말했다.

큰길을 걸어 버스 정거장까지 갔다. 바람이 부드러웠다. 젊은이들 취향의 옷가게에서 힙합이 흘러나왔다. 주유소 앞을 지날 때였다. 늘 그랬지만 마리는 또 묘한 기시감에 사로잡혔다. 장소도 회사도 다르지만 마리는 자신이 여기에서 일할 수도 있었는데, 하고 생각한다. 눈을 부릅뜨고 보면 또 하나의 자신이 일하는 모습이 보일지도 모른다고. 그런 생각에 걸음을 멈추고 보면 그쪽이 진정한 마리 자신으로 느껴진다. 길에 서서 멀거니 보고 있는 자신은 그 누구도 아닌 존재리라.

"왜 그래?"

도모유키의 자상한 목소리가 머리 위에서 내려온다.

"아무것도 아니야. 이 주유소는 셀프인가 봐. 옛날에는 없었는데. 굉장한 발명이지?"

주유소에는 차와 종업원이 없었다. 그리고 아무리 눈을 부릅뜨고 보아도 또 하나의 자신도 오다 군도 후지와라 씨도 없었다.

묘지에는 가족 성묘객이 더러 있었다. 모두들 손에 물동이를 들고 있다. 향과 떡도.

어떻게 지냈어?

손을 모으고 마리는 마음속으로 하지메에게 말을 건넨다.

사키도 봤어? 시즈오 씨가 그러는데, 사키가 프랑스어를 굉장히 잘한대. 전화 왔을 때, 좀 해보라고 했더니 시큰둥해하면서 '쿠아(뭘)?' 하는 거야. 그리고 가츠미 씨가 여기 내려오면 가게에 놀러 와. 음, 그리고 이 사람은 시미즈 도모유키 씨, 내 연인이야. 같이 가고 싶다고 해서 데리고 왔어. 당신이 살아 있다면 셋이 술도 마셨을 텐데. 좋은 사람이야. 이쿠코라는 딸이 있어. 그리고, 음…….

길게 얘기하는 동안 마리는 눈을 꼭 감고 있었다. 눈을 뜨고서야 마리는 도모유키가 자신을 물끄러미 보고 있다는 것을 알고 머쓱해졌다.

"미안해. 따분했지?"

"아니. 그런데 상당히 심각한 표정이던데."

도모유키는 웃었다.

"응, 이것저것 보고했어."

마리는 그렇게 대답했다. 사키 얘기도 하고, 이것저것.

오늘 도모유키는 엷은 보라색 면 셔츠에 하얀 면바지 차림이다.

"오해는 말았으면 좋겠는데, 남편의 묘소가 있다는 게 부럽군."

도모유키의 말에 마리는 고개를 갸우뚱한다. 과연 그럴까. 부럽다고? 도모유키와 헤어진 아내는 집을 나간 후 돌아오지 않았다. 이혼 서류만 달랑 날아오고는 끝난 모양이다.

"하지만 난, 살아 있는 편이 더 좋은걸, 뭐."

잠시 생각한 뒤 마리는 덧붙였다.

"만나지는 못해도 이 세상 어딘가에, 지금, 살아 있었으면 좋겠어."

마리는 땅딸막한 영국인이 기요의 뼈를 가슴에 매달고 왔을 때를 떠올린다. 엄마가 돌아왔다. 낯선 남자와 함께 왔는데도, 마리는 그 귀국에 안도했다.

"잘은 모르겠지만, 그래서 난, 지금 어딘가에 살아 있어주는 사람이 더 좋아."

마리의 말에 도모유키가 미소를 지으며 말했다.

"마리 씨는 강하네."

연휴였다. 마리는 '포스트 데상스'의 문을 닫고 도모유키와 둘이 여행을 떠났다. 오키나와로. 마리나 도모유키나 처음 가는 곳이었다.

"느긋하게 지내다 와요."

구루미는 그렇게 말하며 배웅해주었고, 기쿠마루는 놀렸다.

"잘됐네, 잘됐어, 러브 러브네."

둘은 해변에 있는 리조트 호텔에 묵었다. 호텔 종업원들도 둘을 커플로 대했다. 높은 천장까지 뻥 뚫린 로비, 기둥에 매달린 풍경에서는 딸랑딸랑 시원한 소리가 났다. 도착하자마자 와인 잔에 담겨 나온 분홍색 음료는 남쪽 나라 과일 맛이 났다.

하지만 마리는 방에 들어서기 전까지 이렇다 하게 실감 나지 않았다. 그저 2박 3일의 짧은 여행일 뿐이라고 생각했다.

그런데 방 안으로 한 걸음 들어서는 순간 불쑥 밀려들었다. 가게와 집과 도모유키의 가족, 그리고 하루하루의 일상으로부터 떠나왔다는 현실이. 처음 그것은 불안의 형태로 찾아왔다. 일상으로부터 분리되었다는, 또는 일상을 내던지고 말았다는.

"이렇게 멀리 오다니, 믿어지지가 않아."

마리는 가방을 내려놓으며 중얼거렸다.

커다란 유리창 밖 테라스 너머로 드넓은 바다가 보였다.

"멀리? 파리나 도쿄보다는 가까운데?"

도모유키는 이상하다는 듯이 말했다.

마리의 가슴에 환희가 밀려왔다.

"우리 둘뿐이네. 아빠도, 가게 일도, 이쿠코도 신경 안 써도 되고."

도모유키의 목을 껴안았다가 이내 팔을 내렸다.

"오, 어쩌지! 아, 정말 기쁘다!"

시미 셰이크를 추듯 몸을 위아래로 퉁기는 동작을 하며 마리는 환성을 질렀다. 그냥은 믿기 어려운, 압도적인 해방감이었다.

그날 밤에는 호텔 레스토랑에서 스테이크를 먹었다. 섹스를 하고 잠들고, 다음 날 아침에는 일찍 일어나 바다에서 수영을 했다. 바닷물은 충분히 따뜻했다. 햇살도 여름처럼 찬란하게 빛났다. 수영을 하는 것도 오랜만이었다. 평영으로 느긋하게, 바다 저 멀리를 향해 나아갔다. 해변의 물보다 앞바다의 물이 차갑다는 단순한 사실에조차 마리는 행복했다.

도모유키의 수영 솜씨는 훌륭했다. 길쭉한 손발로 물살을 크게크게 가르면서 마리가 있는 곳까지 거침없이 다가왔다.

"아, 기분이 정말 좋아."

마리는 물위에 둥실 떠서 하늘을 바라보았다. 눈을 감고 있어도 눈이 부셨다.

"당신도 이렇게 해봐. 통나무처럼, 시신처럼."

도모유키도 마리가 말한 대로 했다.

그러고는 방으로 돌아와 또 섹스를 했다. 그 후 잠이 들었다가 눈을 뜨니 오후가 절반이 지나 있었다.

"신기할 만큼 배가 고프다."

마리는 침대에서 벌떡 일어나 선언했다. 그러자 도모유키가 심각한 표정으로 대꾸했다.

"아니, 나보다는 덜 고플걸."

둘은 택시를 불러 90분이나 걸리는 나하까지 갔다.

해질녘의 국제거리를 걸어 다니면서 알로하셔츠가게와 유리 세공품가게를 구경했다. 그리고 가슬가슬한 다다미방에서 창문으로 불어드는 시원한 바람을 맞으며 오키나와 요리에 입맛을 다셨다.

"참 이상하지."

달콤하고 정갈한 맛이 나는 돼지고기찜과 고채(苦菜)라 불리는 야채볶음을 먹으면서 마리는 도모유키에게 말했다.

"난, 당신이랑 있으면 열일곱 살 때로 돌아간 기분이야."

"열일곱 살? 왜 열일곱 살이지?"

"모르겠어. 그냥 그래."

마리는 대답하고서 오키나와 소주가 찰랑거리는 술잔을 들었다.
"열일곱 살에, 나 혼자고, 사키도 없고, 엄마는 살아계시고."
작은 접시에 남아 있는 바다포도를 손가락으로 집어 입에 넣는다. 그리고 또 소주를 찔끔. 술이 그리 세지 않은 도모유키는 소주에는 손도 대지 않고 맥주를 마시다 지금은 차를 마시고 있다.
사키도 없고, 엄마는 살아계시고. 마리는 마음속으로 다시 한 번 그렇게 말한다.
"물론 지금 그랬으면 좋겠다는 건 아니야. 그런데 뭐랄까?"
말이 꼬이기 시작했다. 마리는 간신히 다음 말을 이었다.
"갑자기 슬퍼지네."
가게에서 나오자 서늘한 공기가 피부를 감쌌다. 동그란 달과 촉촉하게 빛나는 별이 하나 떠 있었다.
"후(밀가루에서 단백질 성분을 추출한 식재료―옮긴이) 계란볶음 맛있었지?"
그렇게 말하는 도중에 도모유키에게 꼭 껴안기고 말았다. 뜨거운 도모유키의 목덜미에서는 바닷물과 땀과 호텔 시트가 섞인 냄새가 났다.

7

열일곱 살 기분은 여행에서 돌아온 후에도 계속되었다. 도모유키를 만날 때는 물론, 집이나 가게에 있을 때도 도모유키를 생각하면 자신이 이내 열일곱 살로 돌아간 기분이었다. 그것은 미래 앞에서 발이 움츠러드는 느낌이었다. 넘치는 시간과 가능성 앞에서 도모유키와 둘이 자유와 불안 사이에 끼여 있는.

동시에 슬픔이 덮쳤다. 얼마나 압도적인지 옴짝달싹할 수 없을 만큼 깊은 슬픔이었다. 자신이 열일곱 살처럼 느껴진다는 것은 자신이 이미 열일곱 살이 아니라는 것을 자각하는 것과도 같다.

도모유키를 알기 전의 마리는 나이가 들어가는 것에 전전긍긍한 적이 없었다. 칙칙해진 피부도, 하나둘 눈에 띄기 시작한 흰머리도, 지방이 엷게 낀 몸도, 나이를 먹었으니까 당연한 일이라고 생각했다. 그런데 도모유키를 만나고 나서는 모든 게 달라졌다. 주저함과 두려움, 수치심과 날아갈 듯한 환희, 그리고 자신이 살아 있다는 감정을 안에서 발견한 마리는 외모와의 불균형에 소스라치게 놀랐다.

내가 언제 이렇게 나이를 먹었을까.

이렇게 싱그러운 감정이 전혀 싱그럽지 않은 내 안에 갇혀 있다니, 가여운 생각이 들었다. 도모유키에게 말하면 웃으면서 위로해주겠지만, 마리는 그런 식의 위로를 원치 않았다.

여름. 책을 보면서 케이크를 네모나게 굽는 방법을 익혔다. 별것 없다. 반죽을 케이크 틀에 붓지 않고 오븐 철판에 그대로 부어 구우면 그만일 만큼 간단하다. 반죽이 얇아서 금방 구워진다. 몇 장을 구워 두 장을 겹치고 사이에 크림을 두껍게 바르면 거실에 있는 아이들이 몇 명이든 충분히 먹일 수 있을 만큼 커다란 케이크가 완성된다.

"나는 끄트머리 쪽 먹을래."

미쿠짱이라 불리는 피부가 하얀 여자아이가 말했다.

"어, 크림이 막 흘러요."

가야인지 타야인지 키가 큰 여자아이가 말했다. 남자아이들은 그런 사소한 얘기는 하지 않는다.

"와! 엄청나다!"

"맛있겠다!"

말꼬리를 늘어뜨리며 신이 나서 재잘댈 뿐이다. 거실에 모이는 아이들은 마리에게 마당을 드나드는 도둑고양이 같은 존재였다. 한 명 한 명 다 귀엽지만, 어디선가 나타났다가 모르는 사이에 돌아간다. 그러다 조금씩 발길이 뜸해지고, 어느 날부터는 모습을 보이지 않는다.

그렇다고 누구누구는 잘 있니, 요즘 잘 안 보이던데 어떻게 지내니, 이런 식의 질문은 하지 않는다. 어차피 어느 쪽에나 의미 없는 질문이기 때문이다. 애당초 이곳으로 아이들을 초대한 아라타에게 중요한 것은 아이들의 면면이 아니라 집 안에 아이들이 있다는 단순한—그리고 시끌시끌한—사실이었다. 마리도 그 뜻을 따랐다. 따라서 오지 않는 아이는 금세 기억 속에서 지워진다.

그런데 가끔 길을 걷다가 교복을 입은 커다란 아이가 인사를 해서 깜짝 놀라는 일도 있다.

"안녕하세요, 오래도록 연락을 못 했네요, 잘 지내시죠?"

그렇게 정중하게 인사한 소녀도 있었다. 마리는 조금도 변하지 않았는데, 주변은 쉬지 않고 변하는 걸 느꼈다. 그때마다 묘한 기분이 들었다.

마리가 케이크를 자르고 보리차를 컵에 따라주자, 영어 학원에 다니는 미쿠짱이 낭랑한 목소리로 설명했다.

"케이크, 원래는 케잌이야. 그리고 어 피스 어브 케잌은 아주 쉬운 일이란 뜻이고."

아라타의 몫을 남겨놓고, 남은 케이크는 플라스틱 용기에 담아 다시 종이봉투에 넣었다.

"이거, 할아버지 할머니에게 맛보시라고 갖다 드릴래?"

소파 끝에 앉아서 얌전히 먹고 있는 이쿠코에게 말했다.

오키나와 여행을 다녀온 후 마리와 도모유키는 추석 연휴에도 나가사키로 여행 갈 계획을 세웠다. 2박 3일의 짧은 여행이지만, 단둘이 일상을 떠난다고 생각하면 손발이 짜릿짜릿할 만큼 기뻤다.

"어떤 잡지에서 봤는데, 좋은 온천이 있대."

깊은 밤, 마리의 침대가 너무 작아서 방바닥에서 섹스를 한 후 마리가 작은 소리로 속삭였다.

"온천? 유후인에 가면 많을 텐데."

도모유키가 속삭이듯 작은 소리로 말했다.

"그거야 나도 알지. 하지만 내가 말하는 온천은 좀 다른 데야. 잠깐 기다려봐."

꿈지럭꿈지럭 기어 나와 잡지를 쌓아놓은 곳으로 다가갔다. 그러자 도모유키가 왼쪽 발목을 잡고 끌어당겼다.

"그만해."

숨소리처럼 작은 소리로—이 집의 벽은 얇다—말하고, 동시에 걷어차듯 발을 움직여 도모유키에게서 벗어나려 했다. 목에서 웃음소리가 새어 나온다. 자신이 알몸이라는 생각을 하자 개구리처럼 방바닥에 달라붙어 있는 모습이 우스꽝스럽게 느껴졌다. 엎치락뒤치락하며 도모유키의 손에서 빠져나오려고 하는 것도.

"괜찮아."

여전히 작은 소리였지만 도모유키도 웃고 있었다.

"이리 와. 온천은 내가 알아보면 돼."

숨죽인 웃음소리와 숨소리가 겹쳐진다. 마리는 이내 포기하고 뜨거운 도모유키의 팔에 몸을 맡긴다. 마리의 등이 뒤에서 꼭 안기고, 다리와 다리가 엉킨다. 뜨겁고, 더웠다. 마리는 자신이 뭔가 조그만 것이 된 기분이었다. 감미로운 착각이다.

"차를 빌려서 드라이브하자고."

도모유키가 귓가에 속삭이자 목덜미에 뜨거운 숨이 느껴진다. 마리는 자신의 몸을 안고 있는 팔을 가슴에 꼭 누르듯 껴안고서 그 모양을 더듬는다.

"박물관이나 외국인관 같은 데는 그냥 건너뛰고 짬뽕 먹으러 가자."

마리는 간지러운 듯 몸을 꿈틀거린다.

"그리고 음, 걸어 다니면서 부른 배를 꺼지게 하는 거야."

마리가 웃는다.

"차는 어떻게 하고?"

대충 아무 데나 주차해 놓지 뭐, 하고 도모유키가 대답하리란 걸 마리는 알고 있었다. 그런 건 아무 문제 아니라는 식으로. 마리가 물은 것도 그 말을 듣고 싶어서였다. 걱정 없다, 우리에게는 아무 문제도 없다.

"좀 더운데."

도모유키가 그렇게 말하면서 부스럭 소리 나게 타월 이불을 걷어찼다. 그러자 방구석에 쌓여 있던 잡지가 한 권 툭 떨어졌다. 마리와 도모유키는 눈짓을 주고받으며 동작도 숨도 멈추고, 방 밖의 기척에 귀를 기울였다. 아무런 소리도 나지 않았다. 밤과 똑같은 묵직한 정적이 있을 뿐이었다. 몇 초 후, 도모유키의 가슴에서 배로, 배에서 그 아래로 마리의 입술이 미끄러지듯 천천히 내려갔다.

지난 1년 동안, 도모유키는 이렇게 가끔씩 자고 갔다. 시간에 따라서는 자지 않고 행위만 끝내고 가는 일도 있었지만, 온다고 반드시 섹스를 하는 것은 아니었다. 밤새도록 얘기꽃을 피우거나 텔레비전을 보면서 술을 마시기도 했다. 한번은 가게 문을 닫고 집으로 돌아와 계속 술을 마시다가 불현듯 마음이 동해서 요리를 한 일도 있었다. 빵을 구우려고 밀가루로 반죽을 해 조리대에 툭툭 던지기도 하면서. 요란한 소리가 났다. 아라타가 무슨 일인가 싶어 일어나 부엌까지 왔지만, 그쯤에는 날이 밝기 시작해 호화로운 아침을 준비하고 있다고 둘러댈 수 있었다.

"그러냐."

아라타는 그렇게 중얼거렸다. 부엌은 온통 밀가루로 뿌옇고, 도모유키는 잠시 발효시킨 반죽을 동글동글 말고 있었다. 마리는 키들키들 나오는 웃음을 참을 수 없었다. 창밖은 아직 짙푸른 어둠에 감싸여 있었고, 실내에는 잼으로 쓸 사과를 끓이는 달짝지근한 냄새가 짙게 풍겼다.

옛날에 이 집안은 이랬다. 마리 자신이 사는 집인데도 미지의 공간이 구석구석 숨어 있었고, 소이치로와 함께하는 하루하루가 모험이었다. 엄마 아빠 눈치를 보면서 살금살금 걸어 새로운 놀거리를 발견했다. 부엌에서 아메리칸 도그를 만드는 것은 소이치로에게는 실험이었다. 새 시트를 꺼내 계단 중간에 텐트를 친 적도 있었다. 아라타가 애지중지하는 조니워커 블

랙을 마실 것도 아니면서 잔에 따라보기도 했다. 소이치로의 곁에 있으면 언제나 안심할 수 있었다. 무서운 게 아무것도 없었다. 그래서 마리는 엄마 아빠 몰래 소이치로의 침대에 파고들어 잠을 잤다.

그때와 같다.

바닥에 이부자리를 깔고 도모유키의 품에 안겨 아라타가 깨어나지 않도록 조심조심하다 보면 그런 생각이 몸이 저리도록 밀려왔다.

"그런데 왜 도모유키 씨의 집에서는 자지 않는데?"

몸에 딱 달라붙는 탱크톱에 뱀가죽 무늬 미니스커트, 은색 뮬, 머리칼에도 드러난 가슴에도 반짝거리는 가루를 뿌린 기쿠마루가 이상한 일이라는 듯 물었다. 기쿠마루는 얼음을 넣은 소주잔을 보물이라도 되는 듯 두 손으로 감싸 쥐고 찔끔찔끔 마시고 있다.

"왜는? 이쿠코가 있잖아."

오늘 밤, '포스트 데상스' 에는 손님이 별로 없다. 마리 또래의 차림새가 세련된 여자 손님 넷이 시끌시끌하게 떠들며 마시다가 돌아간 후, 지금은 '도미즈' 의 단골인 아저씨 한 명과 기쿠마루가 카운터 자리에 앉아 있을 뿐이다. 늘 그렇지만 기쿠마루의 몸에서는 향수 냄새가 진동했다. 마시멜로 비슷한, 달콤하면서 강렬한 냄새다. 정성스럽게 손질한 갈색 머리, 시간과 노력을 아낌없이 들여 새끼 고양이—전에 기쿠마루 자신이 그렇게 표현했다—처럼 화장한 얼굴에 향수의 향이 잘 어울렸다.

"나 같으면 그런 거 전혀 신경 쓰지 않을 텐데. 이쿠코도 두 사람 관계를 벌써 눈치챘다고."

마치 자기 일처럼 기쿠마루는 불만스러워했다.

마리는 피식 웃으며 말했다.

"아직 어린데, 그런 걸 어떻게 알아."

카랑카랑 얼음이 술잔에 부딪치는 소리가 났다.

"그런가."

"그럼."

침묵이 찾아왔다.

"난, 일곱 살 때 벌써 어른들의 그런 거 알고 있었고, 본 적도 있었는데."

기쿠마루의 말에 마리는 이쿠코가 아니라 사키를 생각했다. 어렸을 때 사키는 필립과의 정사와 다츠야와의 동거를 어떻게 생각했을까.

"이혼한 지도 얼마 안 됐고, 그 집에는 부모님도 계시잖아."

그렇게 대답하는 순간 마리는 깨달았다. 도모유키의 집에 가지 않는 것은 이쿠코를 배려해서가 아니었다. 다른 집으로 시집간 딱 한 번의 경험을 치르고, 마리는 두 번 다시, 두 번 다시 남의 집에 시집가고 싶지 않다는 생각을 했다. 더없이 하지메를 사랑했는데도 마리는 자신이 하지메의 가족에게 적응했다고 할 자신이 없었다. 사고가 있은 후의 대화와 일방적인 통보, 상속을 둘러싸고 옥신각신했던 것을 생각하면 지금도 치가 떨렸다. 하지메가 없다는 것도 믿을 수 없었지만, 하지메가 없는 그 집 어디에도 마리가 있을 곳이 없다는 것도 믿기 어려웠다.

"하기야 마리 씨가 그래도 좋다면야 문제는 없지. 하지만 도모유키 씨는 친절하고 젊고 괜찮은 남자니까 전 부인이 다시 돌아올 수도 있잖아. 여자란 알 수 없다고. 마리 씨가 너무 태평하게 굴어서 걱정이다, 난."

기쿠마루가 탁 소리를 내며 클러치 백을 열었다. 금줄이 달린 화려한 백이다. 그녀는 기름종이를 꺼내 콧잔등을 누르고 립스틱도 다시 바른다.

"그만 가야겠네. 늑장부리다 혼날라."

기쿠마루는 그렇게 말하면서 스툴에서 내려왔다.

소후에 큐에게서 오랜만에 온 편지를 우편함에서 꺼낸 것은 아라타였다. 금방이라도 소나기가 쏟아질 듯한 저녁, 마리는 동네 슈퍼마켓으로 식료품을 사러 가고 없었다. 하늘이 점차 검붉은색으로 물들면서 흙과 먼지 냄새 나는 공기가 비를 예고하고 있었다. 걸음을 서둘렀다. 나중에는 거의 뛰다시피 해서 간신히 비를 맞지 않고 돌아온 마리를 아라타가 맞아주었다.

"왜, 아빠?"

안절부절못하는 아라타를 보고 마리가 물었다. 아이들이 있는 거실에도 들어가 보지 않고 그렇다고 서재로 발길을 돌리는 것도 아니고, 현관에서 부엌까지 답답하다는 듯이 마리를 따라왔다.

"왜는."

"배고파? 과자 가져다 드릴까?"

비닐봉지에서 물건을 꺼내며 마리가 물었다. 그때 천둥소리가 울렸다.

"아니. 배는 안 고파."

"아이들, 비가 쏟아지기 전에 돌려보내는 게 좋을까? 금방 멈추기는 할 테지만."

거의 마리 혼자 중얼거리는 꼴이었다. 아라타는 움직이지 않았다.

"아빠, 고양이들 트럭에 들어가 있는지 좀 봐줄래요?"

하지메의 픽업트럭은 지금 고양이들의 주거지다. 뛰어오르기 쉽게, 작년 겨울에 도모유키에게 부탁해서 문짝 하나를 뜯어냈다.

"두 마리만 있더라. 다른 놈들은 안 보여."

마당에서 돌아온 아라타가 말했다. 마리는 어깨를 으쓱 올린다. 할 수 없는 일이었다. 비를 피할 재주 정도는 있겠지만, 만일 젖어서 감기라도 걸리면 동물 병원에 데리고 가야 할 것이다.

"큐에게서 편지가 왔어."

아라타가 말했다. 아빠가 안절부절못한 이유를 알고는 마리는 피식 웃었다.

"아빠가 먼저 읽어 봐도 되는데."

테이블을 보니 청구서와 광고 우편에 섞인 하얀 봉투가 보였다. 네모나고 커다랗고, 꾹꾹 눌러 쓴 큐의 필체가 보였다. 데라우치 아라타 댁, 마리님. 이상하지만 꼼꼼한 큐는 받는 사람 이름을 늘 그렇게 쓴다.

"안 되지. 그럴 수는 없지. 연애편지일지도 모르는데."

마리는 눈을 동그랗게 떴다.

"그럴 리가 없잖아, 아빠."

짧게만 편지를 쓰는 사키와 달리 큐는 편지를 아주 길게 쓴다. 서커스에서 인기를 모으고 있는 종목, 그때그때 텐트를 치는 장소, 전생을 본다는 노인, 큐의 주변에 있는 사람들. 편지에는 그야말로 큐답게 영혼이다, 환생이다, 인생에 대한 자문이다, 마리는 전혀 이해할 수 없는 뜬금없는 내용이 줄줄이 엮여 있었다. 그런데도 큐가 일본의 여기저기에서 보내주는 편지를 읽을 수 있다는 것은 기쁜 일이었다. 기쁘고 반갑고, 글귀 하나하나가 신기하게 가슴을 적셨다. 어떤 내용이 쓰여 있든.

"뭐라냐? 큐가 지금, 어디 있대?"

오늘 편지는 한결 길었다. 글자를 읽어 내려가는 마리 옆에서 답답한 아라타가 채근을 한다. 이상한 일이지만 아라타는 손녀의 편지 이상으로 큐가 보내주는 편지를 기다린다.

"아빠 얘기도 쓰여 있어."

마리는 그 부분을 소리 내어 읽었다.

"참, 아라타 아저씨는 건강하셔? 마지막으로 만난 게 아마 긴지가 운영하던 러브호텔 옥상의 숲에서였던 것 같은데. 그때 나는 사고의 후유증이 심해서 머릿속에 안개가 낀 것처럼 가스가 차 있었어. 그래서 마리도 아라타 아저씨도 잘 알아보지 못했지. 아마 내 기억 속에 선명하게 남아 있는 아라타 아저씨는 내가 일본을 떠나기 전에 둘이서 하카타의 어떤 음식점에서 술을 마셨을 때의 모습일 거야. 마치 부모 자식 같은 관계를 쌓았던 시절의 기억이지. 만나 뵙고 싶군."

후후후, 하고 아라타가 웃었다. 하지만 편지는 사실 이렇게 이어졌다.

만나 뵙고 싶다는 생각을 요즘 많이 해. 어서 만나 뵈어야 하는데, 하는 초조함 같은 것도 있고.

물론 마리는 그 부분을 건너뛰었다. 하지만 가슴속에 싹튼 묵직한 불안감을 지울 수는 없었다. 큐의 능력이 때로는 미래를 내다보기도 하니까.

"큐, 정말 웃긴다. '마리는 사랑이 많은 사람이니까, 늘 누가 옆에 없으면 안 되는 사람이니까, 아마 지금도 멋진 사람이 옆에 있겠지. 내가 어렸을 때는 그것 때문에 질투를 많이 했는데. 마리가 데리고 다니는 지아이 조(G.I. Joe) 같은 핸섬한 청년들을 엄청 질투하면서.' 그랬대, 아빠. 그런데 지아이 조가 누구지?"

불안한 마음이 드러나지 않게 명랑한 소리로 읽었다.

"들어봐, 아빠. 큐가 결혼을 생각하는 사람이 있대. 아키코란 여자인데, 중학교에 다니는 아들이 있대. 전 부인에 대해서도 쓰여 있네, 마음이 흔들리나 봐. '아키코는 누구와도 비교할 수 없을 만큼 멋진 사람이야. 자상하고 순수한 사람이지.' 이건 순 자랑이다."

읽으면서 마리는 이유 없는 슬픔에 가슴이 조금 찡했다. 아키코 씨는 어떤 사람일까.

편지에는 그 밖에도 나나가 도쿄에서 입원했다는 것, 마음고생이 커서 그런 것이지만 심각한 상태는 아니라는 내용이 쓰여 있었다. 전에도 얘기했던, 전생을 본다는 노인에 대한—전생에 인연이 있는 비모 대사가 고양이의 모습으로 큐 앞에 나타나 '아홉 번 사람을 구원하라' 고 했다는—얘기도 있었다.

후드득 뿌리기 시작한 비가 단박에 좍좍 쏟아지는 소나기가 되어 지붕과 물받이를 타고 유리창으로 흘러내렸다.

"아카누만차 서커스가 지금은 교토에 있대. 앞으로도 단원들과 하나가 되어, 모두의 소중한 인생에 힘을 줄 수 있는, 규모는 작아도 멋진 쇼를 해나갈 생각이래. 무슨 선언문 같아."

마리는 그렇게 말하고 편지를 봉투에 집어넣었다.

"다행이구나, 잘 있는 것 같아서."

아라타가 만족스럽다는 듯이 중얼거렸을 때 또 천둥소리가 울렸다.

"교토라. 거기 좋은 커피 전문점이 있는데, 큐가 커피를 좋아했던가?"

"글쎄."

마리는 얼버무렸다. 커피를 좋아했는지 어땠는지, 그런 것까지 신경을 쓰는 아라타가 마리는 안쓰러워 보였다.

8

편지를 읽고서 가슴이 술렁거릴 만큼 불안을 느꼈지만, 그렇다고 설마 열흘 후에 아라타가 쓰러질 줄은 꿈에도 몰랐다. 그 전날까지 아라타는 별 탈이 없었다. 적어도 평소와 다름없어 보였다.

"피곤해서 먼저 좀 누워야겠구나."

저녁을 먹자마자 아라타는 침실로 올라갔다. 하지만 그런 일은 드문 일이 아니었다. 마리는 부엌에서 아이리시 지그를 들으면서 설거지를 하고 있었다. 싱크대 바로 앞에 있는 창문을 조금 열어놓아 뒷마당의 미지근한 바람이 불어 들어왔다.

갑자기 집 자체가 부르르 진동을 일으킬 만큼 커다란 소리가 2층에서 났다. 그 순간 마리는 수도를 잠그고 그 뒤에 이어질 소리의 실마리를 기다리며 귀를 쫑긋 세웠다. 그러고는 곧바로 계단을 뛰어 올라갔다.

아라타는 책꽂이에 매달리듯 바닥에 쓰러져 있었다. 사방에는 책이 어지럽게 널려 있었고, 위로 뻗은 손은 뭔가 잡으려고 버둥거렸다. 입가가 고통에 일그러지기는 했어도 맥없는 눈에는 오히려 놀란 빛이 역력했다. 잠옷을 입은 등을 구부리고서 딱딱한 등뼈가 마디마디 느껴질 만큼 아라타는 떨고 있었다.

구급차가 오는 동안 마리는 할 수 있는 것이 없었다. 눕히는 편이 좋을지도 모르겠다는 생각을 했지만, 아라타는 믿기지 않을 만큼 억센 힘으로 책꽂이를 잡은 채 손을 펴지 않았다. 얇은 거죽 위로 반점과 핏줄이 돋은 메마른 손은 좀처럼 펴지지 않았다.

"아빠, 금방 구급차 올 거야. 괜찮아? 정신 차려. 아무 일 없을 거야."

그저 근거 없는 애매한 말만 입에서 튀어나왔다. 아라타는 아무 반응이 없었다. 잠옷 안으로 느껴지는 온몸은 싸늘하고 이마에는 땀이 돋아 있었다.

마리는 조언을 구하듯이 기요의 화장대를 보았다. 혹시 데리러 온 걸까? 화장대 위에는 기요의 유골이 있었다. 그 옛날의 향수와 화장수 병과 함께.

구급차 사이렌 소리를 집안에서 듣기는 처음이었다. 구급대원이 아라타를 눕히고 산소마스크를 씌우고 혈압을 재면서 계속 말을 걸었다. 이름이 뭐죠? 나이는요? 어디가 아픈가요? 여기가 어디죠?

침실에서 들것에 실리자 아라타가 신음을 내뱉었다. 계단을 내려갈 때도 풀피리처럼 가냘픈 소리를 질렀다. 들것이 스트레처에 올려져 구급차에 실리자 거칠게 숨을 쉬었다.

마리는 운전석 바로 뒷자리에 앉아, 민첩하게 움직이는 구급대원들이 왔으니까 이제 안심이라고 생각하려 애썼다. 사이렌 소리와 함께 공포가 1분 간격으로 밀려오고 1분 간격으로 현실이 되었다.

병원에서 마리는 구루미에게 전화를 걸었다. 구루미는 가게 걱정은 하지 말라고 했다. 마리는 침착한 목소리로 미안하다, 고맙다고 말하고서 전화를 끊었지만 자신의 목소리에 자신은 없었다.

도모유키의 목소리를 듣고 싶었다. 전화를 쳐다보며 하마터면 손이 기억하고 있는 번호를 누를 뻔했다. 사정을 설명하면 도모유키는 틀림없이 달려오리라. 하지만 마리는 그러지 않았다. 그것도 도모유키를 배려해서가 아니었다. 그렇게 하면 이 불안과 긴장으로부터 자신만 도망치는 꼴이 되니까, 그럴 수는 없다고 생각했다.

아라타는 집중 치료실에 누워 있다. 의사는 아라타의 심장이 지금까지 일상생활을 무리 없이 해온 게 신기할 정도로 약해졌다고 설명했다. 지속적으로 복용했던 수면제, 항우울제, 안정제도 심장에 부담이 된 듯했다. 다행히 목숨은 건졌고 어디가 어떻게 나쁜지는 검사 결과를 기다려봐야 알 수 있겠지만, 현재는 일단 안정을 되찾았다. 몸 여기저기에 연결된 관과 그 관이 꽂혀 있는 기계가 지켜보는 가운데 조용히 잠들어 있다. 조그맣고 나약한 모습이었다. 저녁을 함께 먹고 일어나 걸어서 방으로 돌아갔던 아빠와 이 사람이 같은 사람일까.

나 여기 있다.

아빠가 뒤에서 얼굴을 쑥 내밀고 그렇게 말해주지는 않을까.

이런 데서 뭘 하고 있는 거냐? 그건 다른 사람 아니냐?

그렇게 말하면서 웃는 아라타가 눈앞에 떠올랐다.

집중 치료실의 환자는 가족이 옆에서 지켜볼 수 없다. 겨우 5분 만에 마리는 밖으로 쫓겨났다. 미련이 남은 느린 동작으로 복도에 있는 긴 의자에 털썩 앉았다. 일단 호흡은 정상으로 돌아왔지만 낙관할 수 없다고 의사는 말했다.

"상당히 쇠약해지신 듯합니다."

하지만 아빠는 지금 죽지 않아. 바로 얼마 전에도 내가 구운 네모난 케이크를 날름 맛있게 먹어치웠어. 아빠는 단것을 좋아했다. 했다? 아니지, 과거형이 아니지. 오늘 저녁때도 그렇지. 아빠는 쓰러지고서도 놀란 표정을 지었다. 웅크린 채 한 손으로 가슴을 누르고 있었지만, 다른 손은 위로 뻗고서 무언가를 꽉 잡으려 했다. 눕히려고 해도 싫다고 했고, 책꽂이를 잡은 채 놓지 않았다. 쇠약해진 인간이 어떻게 그런 힘을 쓸 수 있을까.

로비로 내려왔을 때 시계는 밤 12시 5분을 가리키고 있었다. 의사는 마리에게 아침 8시에 입원 준비를 갖춰 다시 오라고 했다. 소리 나지 않게 하려고 조심하는데도 자신의 발소리가 울렸다. 마리가 늦은 밤의 '포스트 데상스'에 들르려고 마음먹은 것은 가게가 걱정되어서가 아니라 술 한잔이 꼭 필요해서였다.

그 후 며칠 동안 허공을 밟는 심정으로 지냈다. 아라타의 병세는 심근경색으로 판명되었다. 게다가 심장이 비대해지고, 폐에도 기종이 있다는 진단이 나왔다. 그 밖에 뭐가 발견될지는 아직 알 수 없었다. 몇 가지 검사를 더 받아야 하는데 체력이 충분히 회복되지 않았기 때문이다. 하지만 증세가 안정되어 아라타는 일반 병동으로 옮겨졌다. 깨어 있을 때는 의식도 있었고, 마리를 보면 힘없이 한 손을 들어 보이기도 했다.

"미안하구나."

들리지도 않을 만큼 작은 목소리로 그런 말도 했다.

"아빠는. 그런 소리 말고 빨리 나아서 퇴원해야지."

길게 말하기는 피곤한지 아라타는 아무 대답도 하지 않았다. 책상 위와 침대 머리맡에 있던 책을 적당히 골라 왔는데, 읽기는커녕 집어 들 기력조차 없는지 종일을 그저 멍하게 천장만 바라보고 있었다. 라디오를 들고 와도 사키가 최근에 보내준 엽서를 갖다 보여줘도 그저 '아' 소리만 할 뿐 관심을 보이지 않았다. 어디가 아프냐고 물으면 아니라고 대답할 뿐이었다.

마리는 서글펐다. 어디가 아픈 것도 아니고, 숨도 제대로 쉬고 있는데 아빠는 병실 침대에 누워 마치 죽음을 기다리고 있는 것 같았다. 이렇게 같은 공간에 있는데도 전혀 다른 것을 보고 있는 듯한 기분이 들었다. 마리에게 병원은 끔찍한 곳인데, 아라타는 창밖을 오히려 끔찍해하는 듯했다.

"왜 알려주지 않았어?"

도모유키가 그렇게 물은 것은 아라타가 쓰러진 지 일주일쯤 지나서였다. 뒤늦게 마리가 출근해보니 카운터 자리에 도모유키가 앉아 있었다. 구루미는 미안하다는 표정을 지었다. 아라타가 입원한 것을 도모유키도 당연히 알고 있을 것이라 여겼던 것이리라.

"전화를 걸어도 받지도 않고."

평소 온후한 도모유키가 화를 냈다. 그것도 심각하게.

"미안해. 경황이 없었어."

마리는 최대한 밝게, 최대한 다른 뜻 없이 말했다. 그리고 도모유키의 목을 꼭 껴안고 싶은 충동을 참으면서 말을 이었다.

"병원에서는 왜 휴대전화 같은 거, 사용할 수 없잖아."

스스로 생각해도 말이 안 되는 변명이었다. 사실은 무서웠다. 지금은 더 무섭다. 그 증거로 이렇게 무릎을 떨고 있지 않은가. 그 사실을 마리는 놀람과 함께 인식했다.

마리는 안으로 들어가 가방을 선반에 올려놓았다. 사무실이라고도 할 수 없을 만큼 조그만 개인 공간에는 선반과 거울, 의자와 세면대밖에 없다.

"마리."

도모유키가 주저 없이 문을 열고 들어왔다. 이곳에 들어오기는 처음인데도 백번도 더 들어왔던 것처럼 당당했다.

"금방 나갈게."

하지만 이미 마리는 안겨 있었다. 다짜고짜, 절박한 모습으로, 그러나 아주 따스하게. 깡말랐다고만 생각했던 도모유키의 의외로 실팍한 몸, 그리고 체온, 감귤류 비슷한, 그리운 살 냄새. 사르르 풀린다. 마리도 도모유키를 안으면서 생각했다. 무서웠는데 이렇게 풀린다. 풀리면 또 안심하고 만다. 볼에 볼을 비비고, 팔에 힘을 주고, 그래도 모자라 온 등을 더듬었다. 보고 싶었어. 정말, 난 이 사람이 보고 싶었다.

"얼마나 걱정했다고. 그래서, 아버님 상태는 어떠셔?"

간신히 몸을 떼고 도모유키가 물었다.

마리는 안심하고 말았다. 상황은 변함이 없는데, 마리 자신의 무언가가 변하고 말았다.

"어이가 없어서."

그래서 그렇게 말했다.

"뭐?"

"어이가 없다고."

침묵이 찾아왔다. 도모유키는 이미 화를 가라앉히고 이상하다는 듯이 마리를 쳐다보았다.

"아니야, 미안해. 내가 무슨 소리를 하는 건지."

마리는 그렇게 말하고는 웃음도 한숨도 아닌 것을 내뱉었다.

"상태가 그리 좋지 않아. 여기저기 나쁜 데도 많은 것 같고. 당분간은 입원해야 해. 그건 그런데 무엇보다 아빠 자신이."

말이 봇물이라도 터진 것처럼 넘쳐흘러 마리는 놀라 입을 다물고 말았다. 대답조차 제대로 하지 못하는 아라타 말고는 지난 며칠 동안 얘기할 상대가 없었다는 것을 마리는 깨닫는다.

"나가봐야지. 나중에 얘기 들어줄래?"

"물론. 그러려고 왔는데."

도모유키는 그렇게 대답하고는 마리의 뒷머리에 살며시 손바닥을 대었다.

하지만 얘기는 뒷날로 미루어지고 말았다.

돌아오는 택시 안에서 둘은 내내 손을 잡고 있었다. 그렇게만 하고 있어도 만족스럽고, 만족스러움에 젖어 말은 한마디도 나오지 않았다.

둘은 현관에서 키스를 하며 서로에게 안긴 채 거실로 들어가 간신히 불을 켰다. 1초도 기다릴 수 없었다. 서로 몸을 부딪치며 어서 빨리, 심장이 안달하고 입술이 입술을 원하고, 동시에 손이 등을 목덜미를 머리를 허리를 엉덩이를 원하고, 다리가 다리를—무릎 뒤와 허벅지를 만지고 싶어—열렬하게 원했다. 마리는 옷을 채 벗지도 않고 소파에서 도모유키를 받아들였다. 소파 깊숙이 앉은 자세로.

쾌감보다는 충족감이 우선인 섹스였다. 아무튼 마리는 하고 싶어 견딜 수가 없었다. 마리는 자신과 똑같이 탐욕스럽게 덮치고 들어오는 도모유키의 숨소리와 자신의 숨소리를 들으면서 짐승끼리 싸우는 것 같다고 멍하게 생각했다. 의식 어딘가 멀리에서.

모든 것이 끝난 후에도 한동안은 움직일 수 없었다. 마리는 도모유키가 지그시 누르는 그 무게감이 좋았다. 자신이 아닌 한 인간의, 지금까지의 인생 전부의 무게.

"지저분하네."

소파에서 일어나면서 입에서 나온 첫말이 그랬다.

"오늘은 치울 시간이 없어서."

거실에는 아이들이 놀다 간 흔적이 그대로 남아 있었다. 펼쳐놓은 게임 CD 케이스, 그 껍질인 듯한 비닐 쓰레기, 점수 같은 것이 적혀 있는 종이,

깡통에 들어 있는 구슬. 지금은 마리도 청량음료의 사은품이라는 것을 아는 인형도—아이들이 '피규어'라 부르는—굴러다녔다. 한눈에 운동복이 담겨 있다는 것을 알 수 있는 보조가방은 누가 두고 간 것이리라.

"어때, 좀 널려 있으면."

커피를 끓여 부엌 식탁에 마주앉았다.

"기분이 묘하다. 이상한 소리라도 내서 아빠가 깨면 어쩌나 걱정할 필요가 없었네."

싱긋 웃었다고 생각했는데, 처량한 미소가 되었다는 것을 마리 자신도 느낄 수 있었다.

"아빠가 쓰러졌을 때, 나 벌받았다고 생각했어. 가게에만 정신 팔고, 연애에 넋이 빠지고, 열일곱 살 기분에 젖어 있느라 아빠가 죽어가는 것도 몰랐다고."

"살아계시잖아."

"그야 그렇지만 그때는 그렇게 생각했다고."

마리는 그때 상황을 설명했다. 구급차가 도착할 때까지는 그 차에 타기만 하면 괜찮을 것이라고 생각했는데, 막상 타고 보니 또 다른 공포가 밀려왔다.

"그걸 현실감이라 해야 하나."

구급차에 오르는 순간 대원 한 명이 문단속을 하라고 한 것도 생각났다. 그런 건 아무렴 어떠냐고 생각했는데, 문단속을 해주십시오, 하고 그는 강경하게 말했다.

"하긴 그런 규칙이 있는 거겠지."

사이렌 소리. 아이들에게나 할 법한 질문을 한 후 저러다 부서지겠다 싶을 만큼 강하게 아라타의 심장을 몇 번이나 눌렀다.

"하마터면 그만하라고 소리 지를 뻔했어."

병원. 스트레처를 밀고 가는 속도, 따라가기 위해 거의 뛰었던 것, 닫힌 문. 기다렸던 것. 공포. 혼자서는 도저히 감당할 수 없다고 생각했던 것, 하지만 혼자서 감당해야 하고, 또 그러고 싶다고 생각한 것. 의사, 집중 치료실, 아빠.

그리고 난 그러는 내내 당신이 보고 싶었어.

마리는 가슴속으로 그렇게 덧붙였다.

얘기가 끝났을 때는 벌써 날이 밝아오고 있었다. 파르스름한 여름의 아침이었다. 도모유키는 식탁 저쪽에서 손을 내밀어 마리의 손을 잡고서 손가락 끝을 자기 볼에 대었다. 말없이, 다만 그렇게 있었다.

가엾게.

마리는 도모유키가 마음속으로 그렇게 말하는 소리가 들린 듯한 기분이었다. 가엾게.

"하지만 지금 아빠는 병원에 있고, 의사 선생님이 옆에 있으니까 걱정 없겠지?"

"그래."

도모유키가 대답해주었다.

파리에 있는 사키에게는 전화로 아라타의 입원을 알렸다.

"엄마, 내가 가는 게 좋겠어?"

사키의 물음에 마리는 그럴 필요 없다고 대답했다. 사키는 마리와 약속한 전화나 편지 외에 병원에 있는 아라타에게도 편지를 쓰겠다고 했다.

"그게 좋겠다. 할아버지가 좋아하실 거야."

아라타가 뭘 읽을 의지도 기력도 없다는 것 같다는 말은 하지 않았다.

"너는 어떠니? 공부 잘하고 있어?"

"응, 엄청."

사키는 바로 대답했다. 내년에는 어학원을 졸업하고 그렇게 바라던 전문학교 시험을 볼 것이라고 했다.

"견학도 할 수 있거든. 얼마 전에 시즈오가 데려다 주었는데 정말 놀랐어. 모두들 얼마나 진지한지. 선생님 중에는 유명한 사람도 있고, 시즈오가 그러는데 수업 수준도 아주 높을 거래."

"멋지네."

사키의 목소리가 밝았다. 하루하루가—긴 편지 따위는 쓸 틈도 없을 정도로—분주하고 즐거우리라.

"어린 보이 프렌드는?"

사키가 어렸을 때부터 서로의 꿈속에서 만났다고 주장하는 소년에 관해 물었다. 길에서 우연히 만난 후로 서로의 집을 오가는 모양이었다.

"아미? 잘 지내. 정말 좋은 아이야. 하고 싶은 말이 너무 잘 통해서, 때로는 일본어로 얘기를 나누는 것 같은 착각이 들 정도로."

"일본어를 할 줄 아니?"

"그게 아니라 프랑스어로 하는데, 일본어로 얘기하는 것 같다고."

"그래?"

"응."

사키는 자신이 하는 말을 마리가 충분히 이해하지 못한다는 것을 알지만, 예전처럼 답답해하지는 않는다. 대신 가벼운 실망을 내비친 뒤 그만 전화를 끊으려 했다.

"뭐 필요한 것은 없니?"

마리는 늘 하는 질문을 했다.

"없어."

대답도 늘 똑같았다.

"건강 조심해. 시즈오 씨에게도 안부 전해주고. 그리고 할아버지는 그렇게 걱정 안 해도 돼."

"다코(알았어)."

사키는 프랑스어로 대답한 뒤 전화를 끊었다.

아라타의 입원이 길어졌다. 이제 산소마스크나 몸에 연결된 기계는 빼버린 상태다. 다만 하루에 세 번 링거주사를 맞는다. 의사는 현재 상태로는 수술할 수 없다고 했다.

"체력이 회복되면 퇴원하고 자택에서 요양하며 상황을 지켜보기로 하죠."

"아빠, 조만간 퇴원해도 된대. 잘됐다, 정말 잘됐어."

최대한 발랄한 목소리로 말해보았지만 아라타는 좋아하지 않았다. 좋아하기는커녕 퇴원하고 싶지 않다고 했다. 이유를 묻자 숨을 쉬지 못하게 될까 봐 걱정이라고 마지못해 대답했다. 집에 있으면 마리에게 폐가 된다고.

그렇지 않아.

마리는 목구멍까지 올라온 말을 다시 삼켰다. 가게에 나가 있는 동안 아라타에게 무슨 일이 생기면, 하고 생각하면 공포와 죄책감에 몸이 움츠러들었다.

"간병인을 구하면 어떨까?"

계속 입원해 있으면서 그런 사람을—어디에서 구할지는 도통 모르겠지만—구해 간병을 부탁하는 것과 집에 있는 것 중 어느 쪽이 비용이 더 들까. 순간적으로, 그런 생각을 했다.

"싫다, 난. 아직 기저귀를 찰 때는 아니야."

아라타는 그렇게 말하고는 고개를 옆으로 휙 돌렸다.

그 말에 소스라치게 놀란 마리는 아라타가 입술 한끝을 비죽 올려 농담이라는 것을 알았다.

"아빠는, 그야 당연하지."

대답은 그렇게 했지만, 한편으로는 언젠가 그런 날이 올지도 모르겠다고 생각했다.

도모유키에게 두 번째 청혼을 받은 것은 가을이 거의 끝나갈 무렵이었다. 둘은 마리의 집에서 맥주를 곁들인 스파게티로 저녁을 먹고 있었다. 여름휴가 때 가기로 계획한 여행은 무기한 연기되었다.

"미안해. 병원에서 이제 퇴원했으면 좋겠다고 해. 여행 같은 거, 당분간은 갈 수 없어."

냉동고를 열고 아이스크림을 꺼내면서 마리가 말했다. 그리고 뚜껑을 열고 딱딱한 아이스크림 표면에 숟가락을 꽂았다.

"무슨 소리야? 내가 그런 일 때문에 투덜거릴 거라고 생각했어?"

도모유키 역시 뚜껑을 열었지만 숟가락은 들지 않은 채 말했다.

"아니."

마리는 숟가락을 내려놓았다. 아이스크림이 너무 딱딱했다.

"그보다 우리 결혼하자."

입에서 똑바로 튀어나온 그 말에 마리는 오히려 슬픔을 느꼈다.

모든 것을 혼자 감당하려 할 필요는 없다고 도모유키는 말했다. 자신에게는 부모가 있으니까 결혼해서 같이 살면 적어도 집안일은 어머니에게 맡길 수 있다. 그리고 마리가 일하러 나가 있는 동안 아라타도 혼자 있지 않아도 된다고.

"기가 막혀서."

마리의 목소리에는 슬픔에 분노까지 배어 있었다. 예상치는 못했지만 권태도.

"그런 이유로 결혼하는 사람이 어디 있어? 아니, 어딘가에는 있을지도 모르지만 난 아니야."

하필이면 이런 때 왜 그런 말을 꺼내는 거야.

"집안일? 나, 집안일 하기 싫었던 적, 한 번도 없었어. 당신이나 당신 가족이 우리 아빠를 돌봐주었으면 하고 바란 적도 없고."

도모유키는 아무 말도 하지 않았다. 주눅이 든 것처럼 마리를 바라볼 뿐이었다. 그저 허탈한 표정으로.

9장

또 다른 운명, 아미와 사키

1

묘한 일이지만, 택시의 창문 너머로 보이는 경치가 마리의 눈에는 모두 새로워 보였다. 묵직한 코트를 걸친 사람들도, '연말 대 바겐세일' 이라 쓰여 있는 현수막도, 파란 하늘도, 햇살도, 헐벗은 나무들도. 운전사의 옆얼굴과 거울에 매달려 있는 방향제, 운전석 옆 좁은 틈에 놓여 있는 물병까지 새로웠다. 소음으로 가득하고, 온갖 색상으로 알록달록하며, 평화로운 병원 밖의 세계.

하지만 아라타는 등받이에 몸을 기댄 채 시큰둥하게 입을 꾹 다물고 있다. 퇴원했다는 기쁨도 해방감도 없는 사람처럼.

입원해 있는 동안 과거의 동료들과 제자들이 번갈아가며 면회를 와주었지만, 아라타는 그들을 기억하고 있는지 아닌지, 와주어서 반가운지 귀찮은지조차 모를 태도로 대했다. 옛날 얘기에는 아예 관심을 보이지 않았고, 퇴원하면 골프를 치러 가자거나 술이나 한잔하자는 말에는 오직 침묵으로 일관했다. 꽃다발과 과일, 그리고 과자에 에워싸여 그저 멍하니 상대의 얼굴을 볼 뿐이었다. 그렇다고 말을 할 수 없는 상태도 아니었다. 그러고는 손님이 돌아간 후에야 이런저런 말을 꺼냈다.

"그 사람, 살이 꽤 쪘더군."

"옛날에도 어휘가 빈약하더니 여전하군."

의사는 이번에는 바이패스수술까지는 하지 않아도 된다는 최종 결론을 내렸다. 두 달 후에는 조영검사 때문에 다시 입원해야 하지만, 그나마 합병증이 없어서 다행인 듯했다. 앞으로는 걷기를 중심으로 하는 재활 치료와 내과적 치료—마리는 각종 약을 지속적으로 복용하는 것으로 이해하고 있다—가 필요하다.

"풍선요법."

마리가 못마땅해 있는 아라타에게 말했다.

"거 참, 이름이 묘하구나."

쓰러진 직후에 혈관을 확장시키기 위해 시술한 치료의 이름이었다.

"흠."

아라타가 웃은 것인지 아니면 코로 숨을 내쉰 것인지 모를 소리를 냈다. 택시가 멈췄다.

낡은 건물, 금이 간 벽, 황폐한 마당이 있는 낯익은 집인데, 그날 아침의 마리에게는 새롭게 보였다. 새로우면서도 서글프게.

해가 바뀌자마자 마리가 가장 먼저 시작한 것은 운전 학원에 다니는 일이었다. 동시에 가게 손님을 통해 중고차를 싸게 사들였다. 아라타와 병원에 다니려면 차가 필요하다고 생각한 것이다. 아라타가 차를 판 후에는 차고가 비어 있었다. 마당에 있는 하지메의 유품인 픽업트럭은 이미 고양이들의 피난처였다.

주행거리 15만 킬로미터에 금방이라도 주저앉을 듯한 남색 혼다 어코드는 옮겨 온 순간부터 데라우치가의 차고에 푸근하게 녹아들었다. 마치 처음부터 그곳에 있었던 것처럼.

그 차로 간혹 도모유키가 마리를 가게에 데려다 준다. 두 번의 청혼을 모두 거절했는데도 여전히 도모유키는 마리에게 친절했다.

"정말 이해가 안 된다."

기쿠마루는 마치 자기 일처럼 열을 올리고 분개했다.

"도모유키 씨만큼 마리 씨를 소중하게 여기는 사람이 어디 있다고?"

기쿠마루 말로는, 아이가 있는 여자에게 청혼한 남자는 기특하고 착한 사람이란다. 그 남자에게 아이가 있든 없든.

"그야 그렇지."

마리는 애매하게 고개를 끄덕이고는 자신의 잔에 와인을 따랐다.

"나는 마담 언니 편이에요."

구루미가 끼어들었다.

"기쿠마루 씨의 생각 너무 진부한 거 아닌가요?"

그러고는 마리가 너무 마셨다면서 마리 잔을 홀짝거렸다.

"아, 맛있다."

"리볼라 지알라. 귀한 와인이라면서 네모토 씨가 주셨어."

와인 바인데도 와인을 갖다주는 손님이 많아서 마리는 늘 놀란다. 농담으로 '반입량을 좀 줄일까 봐' 라고 말하며 웃을 정도다. 리볼라 지알라는 자연파라 불리는 와인이다. 화이트 와인이지만 분홍빛이 감도는 색으로 체리 비슷한 맛이 난다.

구루미는 기쿠마루를 상대로 자신의 연애관을 과감하게 말했다. 사귄다고 해서 반드시 결혼할 필요는 없으며, 어떤 남자든 결혼하면 변하게 마련이므로 마리의 판단이 옳다는 것이다. 게다가 상대에게 어린아이가 있다면 여자가 짊어져야 하는 부담이 너무 크다는 말도 했다.

"그 정도로 해둬."

기쿠마루가 시큰둥한 표정으로 담배를 입에 무는 것을 보고서 마리는 말했다. 새끼 사슴처럼 젊은 구루미의 당돌한 태도와 생각이 듬직하면서도 귀여웠다. 하지만 한편으로는 무언가 메우기 어려운 구멍이 있는 것처럼도 느껴졌다.

"그래도 나 같으면 아이가 늘어나니까 두 손 들어 환영할 거야."

기쿠마루도 물러서지 않았다. 인형처럼 예쁘게 묶어 올린 머리를 살짝 기울이고서 담배 연기를 길게 뿜어낸다.

"출산의 고통 없이 아이가 더 생기는 건데, 최고잖아."

구루미는 입을 다물었고 마리는 키득키득 웃었다.

아라타는 변화를 싫어했다.

간병인이 오는 것도 거부해서 재활을 위한 산책을 비롯해 일상생활을 모두 혼자 힘으로 천천히 해나갔다. 거실을 아이들에게 개방하는 것도 당분간 중지하는 것이 어떻겠느냐고 마리가 제안했을 때도 고집스럽게 동의하지 않았다. 아이들이 떠드는 소리나 소음이 거슬리지 않을뿐더러 술도 담배도 없는 무미건조한 생활인데 그들을 바라보는 즐거움마저 빼앗지 말라면서. 그래서 마리가 양보했다.

하지만 아이들의 출입은 저절로 줄어들었다. 잠옷을 입은 노인이 쳐다보는 것이 꺼림칙해서였는지도 모르고, 부모가 폐를 끼치지 말라고—또는 절대 가지 말라고—당부했을지도 모르겠다. 저녁때가 될 때까지 한 명도 나타나지 않는 날이 계속되었다. 가끔 얼굴을 들이밀었다가도 다른 아이가 없는 것을 알면 우물쭈물하다가 금방 돌아갔다. 두고 가는 물건도, 거실을 어지럽히는 일도 없이.

여자아이 두세 명만 고양이 구경을 한다면서 여전히 찾아왔다. 멸치 같은 말린 생선을 주면 마당에 나가 고양이에게 먹인다. 어느 때는 고양이가 좋아하는 풀이란 것을 가져와 먹는지 안 먹는지 실험해보기도 했다. 아라타는 2층 창문으로 그런 아이들을 바라보았다.

한번은 아라타가 자고 있는 동안 그 여자아이들—웬일로 남자아이 한 명이 더 있었다—이 다녀간 일이 있었다. 저녁을 먹으면서 그 얘기를 하자 아라타는 몹시 아쉬운 표정을 지으며 말했다.

"낮잠 자는 시간을 맞추기도 어렵구나."

경과는 아주 좋았다. 조영검사 결과에도 이상이 없었다. 2주에 한 번 다니던 병원도 한 달에 한 번으로 줄어들었다. 의학서와 초보자용 홈페이지—도모유키가 검색해서 출력해주었다—등을 샅샅이 읽어본 결과, 심근경색이란 진단을 받고 수술까지 받은 환자가 10년, 15년을 더 살아 장수한 경우도 있었다. 아라타에게도 그런 경우의 환자를 얘기해주었지만,

"그야 다양한 사례가 있겠지."

하는 맥없는 대답만 돌아올 뿐이었다.

하지만 마리에게는 그보다 기쁜 소식이 없었다. 아라타가 이 세상에 조금이라도 오래 있어주기를 바랐다. 그러기 위해서라면 어떤 일이든 무릅쓸 각오도 했다.

어느 날은 새벽에 신음 같은 소리가 들려 눈을 뜬 적도 있었다. 벌떡 일어나 뛰어가 보면, 만일의 경우를 위해 열어두기로 약속했던 장지문이 굳게 닫혀 있었다.

"기요."

아라타가 훌쩍거리는 소리가 들렸다.

"아빠, 엄마."

그런 소리도 들렸다. 사람을 부르는 사이사이에 뭐라고 중얼거리는 듯했지만 내용은 알아들을 수 없었다. 억누른 오열이 때로 높아졌다가 낮아졌

다. 잠시 침묵이 이어지나 싶으면 또 중얼거림이 시작되었다. 눈물 젖은 한숨 소리도 들렸다. 어린아이가 심호흡을 하듯이 천천히 깊이 들이마셨다가 토해내는 울음 섞인 한숨이었다.

마리는 장지문을 열 수 없었다. 30분 가까이 그 자리에 서서 아라타가 잠들기를 기다렸다가 자신의 방으로 돌아갔다.

왜 그렇게 흥분했을까.

그런 생각을 하자 불안해서 견딜 수가 없었다. 잠을 자려 해도 잠이 오지 않아 몸만 뒤척이다가, 용기를 내어 가보면 아라타는 코를 골며 자고 있었다. 밖에서는 공기에 휘감기듯 소리 없이 비가 내리고 있었다.

언젠가는 또 마리가 가게에 있는 사이에 아라타 자신이 구급차를 불러 병원에 실려 간 일도 있었다. 전화를 받는 순간 마리는 이번에야말로 각오해야 한다고 생각했다. 순간 핏기가 가시면서 다리에서 힘이 쭉 빠졌다.

"걱정하지 않아도 됩니다."

그런데 담당 의사는 그렇게 말했다.

"불안해서 그러신 거겠죠."

마리는 택시를 타고 아라타를 데리러 갔다. 담당 의사가 하룻밤 쉬고 가라고 권하는데도 아라타는 집에 가고 싶어했다.

"아직은 죽을 때가 아닌 모양이구나."

마리를 본 아라타는 히죽 웃으면서 말했다.

"가끔은 정말 화가 치밀어."

어코드의 조수석에 앉아 도모유키에게 말했다.

"얼마 전에는 글쎄, 아침에 늘 일어나는 시간에 일어났는데 아빠가 안 보이는 거야.”

“알아.”

웃음을 머금은 목소리로 도모유키가 대답했다.

“금방이라도 기절할 듯한 목소리로 전화를 걸었었잖아.”

그랬다. 마리도 기억이 난다. 어떡해, 아빠가 없어졌어. 도모유키에게 전화를 걸어 그렇게 말했다. 어디서 쓰러졌으면 어떡해. 그런데 도모유키가 대답을 하기도 전에 현관문이 열리는 소리가 났다.

“다녀왔다.”

활기차다고 해도 좋을 표정으로 아라타가 말했다.

“동네 한 바퀴 돌고 왔어.”

의사가 권해서 새로 산 지팡이를 짚고 있었다.

“지금 왔다고 한마디 하고는 전화를 뚝 끊었지. 그 당시 내 심정도 좀 생각해보라고.”

“미안해.”

마리는 사과하고 핸들을 잡고 있는 도모유키의 손을 살며시 어루만졌다.

“제정신이 아니었어. 재활 운동 삼아 하는 산책은 점심식사 후로 정해져 있는데, 그것도 늘 투덜거리면서 나갔단 말이야.”

“좀 좋아지셨다는 거 아니겠어.”

도모유키는 그렇게 말하고는, 노인들은 보통 아침잠이 없다고 설명했다. 이렇게 아름다운 여름 아침을 두 번 다시 볼 수 없을지도 모른다고 생각하니까.

“너무 신경을 곤두세우는 거 아닌가. 상태가 안 좋으면 어떻게 집 밖으로 나가시겠어.”

마리는 도모유키의 말투가 왠지 거슬렸다. 혈관확장제, 강심제, 항의혈제, 이뇨제 등의 약을 한시도 떼놓을 수 없는 노인과 사는 사람은 도모유키가 아니다. 언제 또 발작을 일으킬지 알 수 없다.

"마리 씨도 가끔은 숨을 돌려야지."

"쉬고 있어."

단박에 대답했다.

"지난주말에도 밤늦게 당신과 라면을 먹었잖아. 그다음에는 같이 잤고."

"그것도 2주 만이었잖아. 전에는 매일 만났는데."

"어쩔 수 없잖아."

목소리가 날카로워졌다.

"게다가 매일 만난 건 이쿠코를 데리러 왔기 때문 아닌가? 요즘은 이쿠코도 우리 집에 잘 안 오지, 그러니까 당신도 잘 때 말고는 안 오는 거잖아."

도모유키가 분노를 참고 있다는 것을 알 수 있었다.

"힘든 때니까 조심하느라 그런 거지."

그는 거의 입을 열지 않고 이를 악문 채 말을 밀어내듯 말했다.

"아빠가 이쿠코를 보고 싶어해."

"이쿠코에게 자원봉사하게 할 마음은 없어."

순간 마리는 두 손으로 대시보드를 쳤다.

"무슨 소리야?"

차가 멈췄다. 가게 앞에 있는 골목길이었다. 밤의 가로등 불빛 아래 느티나무 잎사귀가 파릇파릇하게 빛나고 있었다.

"미안해."

먼저 사과한 쪽은 도모유키였다. 마리는 어느 쪽이 잘못한 건지 알고 있었다.

"됐어. 사과하지 마."

그래서 그렇게 말했다.

"내일 전화할게."

문을 여는 마리의 등을 뒤쫓듯 도모유키의 목소리가 들렸다. 낮고 애원에 가까운 목소리였다.

사키는 거의 한 달에 한 번 꼴로 전화를 걸었고, 엽서나 편지, 카드는 한 달에 두 번 정도 왔다. 그러니까 '매주' 라고 했던 약속은, 정확히 말해 지켜지지 않는 셈이다. 올 들어 온 편지에는 예정한 대로 어학원을 아마도 우등생으로 졸업할 수 있을 것 같고, 시즈오가 아내와 이혼했으며, 친구들과 남프랑스에 놀러 갔다 왔다는 내용이 그때그때 짤막하게 쓰여 있었다.

졸업식 날 밤에 전화를 걸었더니, 시즈오가 받아 방금 전에 나갔다고 했다. 서로의 말이 잘 들리지 않을 정도로 음악 소리가 시끄러웠다.

"여기에서도 지금 파티를 하고 있거든. 사키와 그 친구들이 주인공이었는데 따분했는지 어디로 가버리고 말았군."

시즈오는 자신이 말해놓고 웃었다.

"젊은 사람들끼리 자기들 방식으로 축하하고 싶은 거겠지."

취했는지도 모른다고 생각했다. 마리가 아는 아오야마 시즈오는 술을 마셔도 완벽하게 자신을 통제하는 사람이고, 옆에서 봤을 때 취했다고 느낄 만큼 많이 마신 적은 단 한 번도 없었다.

"내일 전화하라고 하지. 그럼 됐나?"

음악 소리 못지않게 소리를 질렀다. 마리는 고맙다고 대답했다. 이혼에 대해서는 묻지 않았다. 그런 얘기를 하기에 적절한 상황도 아니었고, 어차피 자신과는 관계없는 일이라고 생각했다. 그 옛날 살롱에서 마시고 노래하고 춤추었던 그리운 기억도, 시즈오의 사생활도, 기념할 사키의 졸업식도 지금의 마리에게는 아주 먼 곳의 일일 뿐이었다.

그다음 날, 사키가 전화를 걸었다. 그리고 사진을 몇 장 보내주었다. '마담 이사벨', 'C(문법)와 나', '친구들과 함께', '학교 교정에서', '나', '시즈오와 안느, 그리고 나'. 한 장 한 장의 사진 뒤에 설명이 적혀 있었다. 마리는 '친구들과 함께'를 액자에 넣어 거실에 걸었다. 다른 사진보다 사키의 모습이 작았지만 좋은 사진이라고 생각했기 때문이다. 백인, 흑인, 아시아인. 사키는 활짝 웃는 얼굴이었고, 다른 친구들도 모두 젊고 발랄했다.

"놀러 오면 좋을 텐데."

사키는 종종 마리에게 그런 말을 했다.

"예전에 '엔드라'에서 일할 때는 가게 쉬면서도 왔고, 한번은 나를 두고도 왔었잖아."

돈 받고 일하는 사람이 쉬는 것과 돈 주고 일 시키는 사람이 가게를 비우는 것은 다르다. 그리고 건강한 사키를 미치루에게 맡기는 것과 병든 아라타를 혼자 내버려두는 것은 더더욱 다르다고 생각했다.

"그래, 언젠가는. 여유가 좀 생기고 할아버지도 건강해지면 생각해볼게."

그래도 대답은 그렇게 했다.

한여름에 시카 섬에 간 것도, 초가을에 방생회 구경을 한 것도 도모유키가 말하는 '숨 돌리기'였다. 처음에는 내키지 않았던 마리였지만 도모유키가 끈질기게 조르고 기쿠마루까지 나무라듯 설득하는 통에 가기로 했다.

가고 보니 어느 쪽이나 즐거웠다. 오랜만에 실컷 웃었다.

어쩌다 보니 두 곳 모두 기쿠마루와 동행하게 되었다. 여름의 해변에 가는데, 빈틈 없이 화장한 얼굴에 하이힐을 신고, 양산과 스카프로 중무장한 기쿠마루—셀룰로이드 인형처럼 긴 속눈썹을 깜박거리는—에게 겁을 먹은 이쿠코가 처음에는 다가가려 하지 않았다.

도로 바로 옆에 있는 하얀 모래사장 군데군데에 넝쿨식물이 자라 있었다. 날씨가 화창한 낮이라, 많은 젊은이들이 해수욕을 하고 있었다. 마리와 세 사람은 수영은 하지 않고 모래사장에 깔개를 깔고 앉아 피크닉을 즐겼다. 도모유키의 어머니가 만들어준 김밥을 먹었다. 김밥은 넷이서 먹고도 남을 만큼 양이 많았는데 이쿠코가 바다에 왔으니까 먹고 싶다고 해서, 노점에서 핫도그도 사 먹었다.

해변에는 불꽃놀이를 하고 난 찌꺼기와 빈 깡통들이 널려 있었지만 드넓은 바다가 아름다워 인공적인 쓰레기는 오히려 애교로 느껴졌다. 소금기를 머금은 바람이 마리의 거칠어진 입술과 머리칼을 스치고 지나갔다. 바닷물에는 들어가지도 않았는데 파도 소리가 세포 속으로 스며드는 기분이었다.

방생회는 더 즐거웠다. 걸어 다니면서 끝없이 줄지어 있는 노점을 하나하나 구경했다.

"난 축제가 너무 좋더라."

기쿠마루도 신이 나서 재잘거렸다. 이제 이쿠코는 기쿠마루가 겁나지 않는 듯했다.

날씨는 흐렸지만 따뜻해서 모두들 겉옷을 벗고 걸었다. 구경도 하고 쇼핑도 하다 보니 옷이 거치적거려 마리와 도모유키가 짐을 갖다 놓으려고 차 있는 데로 돌아갔다. 차는 신사에 세워두었다. 자갈돌이 깔린 주차장에서 도모유키가 키스했을 때 펄럭이는 하얀 깃발—만인화락, 천하태평 이라 쓰인—이 보였다.

어렸을 때부터 몇 번이나 구경했으니까 그리 새로울 것도 없는 축제가 그토록 즐거웠던 이유는 바로 그 키스 덕분이었다는 것을 마리도 알고 있다. 젊은 나이도 아닌데 등이 휘어질 만큼 강렬한 키스였다. 사람들의 이목도 아랑곳하지 않고, 하늘이 보이고 바람이 부는 장소에서. 기쿠마루와 이쿠코에게 돌아가는 동안 둘은 손을 마주 잡고 걸었다. 그러고 싶지 않은데도 얼굴에 미소가 번지고, 우습지도 않은데 키득키득 웃음이 나왔다.

"이렇게 데리고 나와줘서 고마워."

마리는 그렇게 말하고 도모유키의 손가락 관절에 입을 맞췄다.

큐에게 1년 만에 편지가 온 것은 바로 그 후였다. 깜짝 놀랄 만큼 긴 편지였다. 큐가 이끄는 서커스단이 연일 성황 중이고, 교제 중인 여자와 '가족이 될 만반의 준비를 다 갖췄다' 는 내용이 큐다운 진솔한 문장으로 줄줄이 쓰여 있었다.

> 서커스를 마리에게 꼭 보여주고 싶어요. 일본 전국을 이리저리 돌고 있으니까, 시간 있을 때 어디로든 한번 와주세요. 대환영입니다.

하지만 사키가 프랑스에 놀러 오라는 소리나 마찬가지로 아주 먼 곳의 일처럼 느껴졌다. 아주 멀리 있는, 잘 모르는 사람이 하는 소리처럼.

"나나 아줌마는 수술한 후에 바로 퇴원해서 가두연설 모임에다 강연회까지 하고 있는 모양이야. 에너지가 넘치네."

점심을 먹고 산책에 나설 준비를 하는 아라타에게 말했다.

"하긴 옛날부터 부지런했으니까."

그러나 큐는 그 일에 관해서는 마음 아파하고 있었다. 글귀에서 풀 곳 없는 분노까지 느껴졌다. 하지만 아라타에게 그 말은 하지 않았다.

"그 호텔은 끝내 처분하려나 봐. 아쉽다. 큐의 숲, 멋있었는데."

아라타가 들어도 상관없을 부분만 요약해서 전했다.

"오치아이 씨가 관리하고 있었는데 이제 감당이 안 되나 보네."

마지막 한 장을 읽기 시작했을 때 마리는 자신도 모르게 인상을 찌푸렸다. 두 번을 거푸 읽고 나서는 아라타에게 물었다.

"아빠, 옆집 열쇠 갖고 있어?"

2

아라타는 무슨 소리인지 모르겠다는 표정을 지었다.

"열쇠?"

편지에는 분명히 그렇게 쓰여 있었다.

"어머니나 나나 지금 같은 생활을 하고 있으니 현재로는 후쿠오카의 집에 돌아갈 계획이 없습니다. 아라타 씨에게 열쇠를 맡겨두었는데……, 라는데."

"듣고 보니 내가 맡아둔 것도 같은데. 아주 오래전에 나나 씨가 맡겨서."

그 열쇠를 어디에 두었는지 아라타는 기억나지 않는다고 했다.

"어이가 없네."

마리는 양팔을 좍 벌렸다.

"열쇠가 우리 집에 있다는 건, 아줌마가 청소 같은 것도 내가 해줄 거라고 생각한다는 얘기잖아? 돌아왔는데 집이 엉망진창이면 얼마나 서글프겠어."

아라타는 신기한 것이라도 보듯 마리를 쳐다보았다.

"청소? 그 사람은 그런 얘기 안 했는데."

마리는 한숨을 쉬었다.

"아무튼 열쇠부터 찾아봐야겠어."

나나가 옛날부터 사람의 출입이 많았던 그 집을 먼지떨이와 걸레 같은 구식 청소 도구만 가지고도 반짝반짝 빛나게 했다는 것을 마리도 알고 있었다. 잠자는 시간이 모자라지 않을까 싶을 정도로 나나는 아침에 일찍 일어났다. 마리는 침대 속에서 절반은 잠든 채 나나가 마당을 쓰는 소리를 들었다.

"나나 아줌마, 퇴원해서 일하고 있다는데 건강한지 모르겠네."

마리가 떠올리는 나나는 요즘의—그래봐야 지난 몇 년 동안 만나지 못했으니까, 자신이 어른이 되어 본 운동가로서의—나나가 아니라 먼 옛날 '큐네 아줌마' 였던 시절의 방실방실 웃던 나나다. 개구쟁이였던 큐와 소이치로가 장지문을 찢든 족자에 낙서를 하든 바지랑대를 부러뜨리든 나나는 절대 화를 내는 법이 없었다. 학부모회나 반상회 같은 모임에 잘 적응하지 못했던 기요를 감싸주고 격려해준 것도 나나였다.

"신경 쓸 것 없어요. 억지로 모두에게 맞출 필요는 없으니까."

그렇게 말하던 그녀의 목소리가 생생하게 기억났다. 그것은 기요를 향해 한 말이었지만 옆에서 듣는 마리도 그 말을 들으면 안심이 되었다.

"그때가 그립다."

중얼거리다 마리는 아라타가 코를 골고 있다는 것을 알았다. 의자에 앉은 채로 입을 헤벌리고.

모두 나이를 먹는다. 마리 자신조차 당시의 아줌마보다 나이를 먹었다. 그런 생각을 하자 마리는 자신의 미숙함에 그저 놀랄 따름이었다.

얇게 자른 훈제오리를 접시에 담고 자잘하게 썬 쪽파를 뿌려 도모유키 앞에 놓았다.

"서비스."

속삭임에 가까웠다. 바깥에는 마른바람이 불고 있지만 가게 안은 따뜻하다.

"고마워. 맛있겠는데."

도모유키는 그렇게 말하고 조그만 포크를 들었다. 구루미는 연극에 출연 중이라서 카운터 안에는 마리밖에 없다. CD플레이어가 스탄 게츠를 연주하고 있다. 〈These Foolish Things〉. 아름다운 곡이라고 마리는 생각한다. 눈앞에서는 도모유키가 칠레산 레드 와인이 든 잔을 기울이고 있다.

"왜? 왜 웃는데?"

도모유키가 묻자, 마리는 갑자기 그 하얀 볼을 손가락으로 만지고 싶어졌다.

"왜는."

자제하고 대답했다.

"몬테스 알파, 그런 와인을 마시게 되다니."

도모유키를 처음 만났을 때 그는 맥주만 마셨다. 화이트 와인의 맛을 안 후에도 레드 와인은 떫은 것 같다면서 멀리했다. 그런데 언제부터인가 레드 와인을 즐기게 되었고, 지금은 아로마 향이 지나치지 않은 게 좋다느니, 소박하고 떫은맛이 좋다느니 하면서 주문을 하는 수준이 되었다.

겸연쩍은 듯 도모유키가 소리 없이 웃었다. 마리는 만족한다. 가게에는 젊은 커플이 한 쌍 소파 자리에 있을 뿐이다. 방금 전까지 단체 손님이 있었다. '포스트 데상스'는 장사가 잘되고 있다. 유리창 너머로 테라스를 장식한 콩알 전구의 반짝임이 보인다. 마리는 불쑥 행복감에 빠져든다. 술과 음악, 그리고 시간, 그것들을 즐기는 손님들. 이곳에는 지금 필요한 것이 필요한 만큼 있다. 시간을 들여 수집한 와인은 모두 적정한 온도에서 관리되고 있다. 벽에서는 시즈오가 그린 젊은 날의 마리가 지켜보고 있다. 그 그림을 그렸던 도시에 지금은 딸인 사키가 살고 있다. 마리는 눈을 감았다가 다시 뜬다. 몇 번이나. 그럴 때마다 도모유키와 눈이 마주쳤다.

"뭐 하는 거지?"

도모유키가 이상하다는 듯 물었다. 도모유키의 목소리가 들리자 마리의 행복감은 한층 도를 더해 목에서 거품처럼 톡톡 터진다.

"그 여름은 정말 특별했어."

마리가 말했다.

"그 여름?"

되묻자 마리는 타다닥 하고 스텝을 밟았다. 춤이 아니라 기뻐 깡충거리는 아이의 동작처럼 되고 말았다.

"내 인생에 당신과 이 가게가 한꺼번에 찾아왔으니까."

도모유키의 표정이 슬며시 어두워지는 듯했다.

"내게도 그래. 내게도 그 여름은 특별했어. 날마다 이쿠코에게 감사하고 싶을 정도였지. 아침에 눈을 뜨는 순간부터 저녁때가 기다려졌고."

그때를 그리워하듯 미소 지으며 도모유키가 말했다. 하지만 그 말에 잃어버린 것에 대한 애착 같은 것이 분명하게 배어 있었다는 것을 마리는 나중에야 깨달았다.

처음 충고해준 사람은 구루미였다. 기쿠마루와 도모유키 사이가 수상하다는 것이었다. 2월, 차가운 비가 내리는 밤이었지만 '포스트 데상스'는 손님들로 북적거려 눈코 뜰 새 없이 바빴다.

"정말 이 가게는 비 오는 날 유독 손님이 많군."

단골손님인 후지모리 씨는 어이없다는 표정으로 씩 웃고는 손님으로 꽉 찬 실내를 휘 돌아보고 그냥 돌아갔다. 그다음에 온 젊은 커플도 받을 수 없었다. 안주 주문도 유난히 많아, 자르고 데워서 내보내느라 정신이 없었다. 그 바람에 잔이 두 개나 깨졌다.

"마담도 좀 마시지."

평소 같으면 반겼을 그런 말조차 난감했다. 그래도 마시지 않을 수 없어 마셨다. 재떨이는 금방 담배꽁초로 수북해졌고, 테이블 위에 놓여 있는 촛불까지 평소보다 한결 빨리 타들어가는 것 같았다. 밤이 깊어서도 테이블은 비지 않았고, 와주었으면 할 때는 오지 않던 단체 손님이 한번 왔다 하면 꼬리를 물었다.

그런 상황이어서, 마리는 더욱 자신의 귀를 의심했다.

"뭐? 지금 뭐라고 했어?"

치즈를 자르다 말고 물었다. 구루미가 어깨를 으쓱했다.

"일단은 말을 해두는 게 좋을 것 같아서요. 그뿐이에요."

구루미는 더 물을 새도 없이 잔을 들고 가버렸다. 완벽한 귀띔이었다. 카운터 너머 가장 가까운 자리에 있는 손님조차 마리의 목소리 말고는 아무 말도 듣지 못했을 것이다.

"뭐? 지금 뭐라고 했어?"

마리는 그 말을 너무도 거침없이 무방비하게 뱉고 말았으니까.

마리 자신조차 구루미가 정말 그런 귀띔을 했는지 의심스러웠다.

"쟤는 대체 뭐야."

그렇게 중얼거리고는 눈썹을 찡그렸다. 피식 웃어넘기려고, 말도 안 되는 소리라고 생각하려 했다. 그보다 지금은 치즈를 잘라야 한다. 카운터 자리에 화이트 와인 두 잔도 아직 안 나갔고, 소파석에 훈제 오리가 나가야 한다.

구루미의 말이 거슬리지 않았다고 하면 거짓말이다. 사실 마리는 그 말을 듣고서 갑자기 도모유키가 보고 싶어졌고, 그렇게 만든 구루미가 괘씸했다. 하지만 그 밤은 너무 바빠서 간신히 가게 문을 닫았을 때는 무슨 말이었는지 다시 묻는 것마저 잊고 말았다.

"전 같으면 찰싹 들러붙어 있었을 텐데 지금은 안 그러잖아요."

구루미가 그렇게 말한 것은 그러니까 그다음 날이었다.

"기쿠마루 씨, 전에는 도모유키 씨에게 착 들러붙어서 안 그래도 되는데 팔도 만지고, 취한 척하면서 슬쩍 기대기도 하고."

마리는 웃으면서 긍정했다.

"그건 다른 사람에게도 다 그러잖아."

기쿠마루에게는 그런 몸짓이 일종의 '영업' 이라는 것을 마리는 알고 있었다. 절대 좋아서 하는 것은 아니다.

"그런데 작년 말부터 도모유키 씨에게만은 그러지 않더라고요."

그랬나? 마리는 기억을 더듬었다. 그런 것 같기도 하고, 그렇지 않은 것 같기도 했다.

"잘됐네. 나로서는 그래주기를 바랐는데."

마리가 말했다.

구루미는 입을 쩍 벌렸다. 잠든 아라타 못지않게 얼빠진 얼굴이 되고 말았다.

그리고 마리는 물었다.

"거짓말이지?"

"마담 언니, 너무 둔하네요."

마리는 상대하지 않았지만 결국 구루미의 말이 옳았다.

눈물이 나오지 않을 정도로 놀라고, 그리고 갑자기 가슴이 먹먹해지고, 어쩔 줄 몰라 잠 못 이루는 날들을 보내고, 그러다 끝내는 부질없어져 슬픈 것은, 하고 마리는 생각했다. 얘기를 도모유키가 아니라 기쿠마루에게 듣는 처지가 되고 말았다는 것이다. 게다가 그 전날 밤, 도모유키는 마리의 집에서 자고 갔다.

"우리 부모님이 오랜만에 마리 씨를 만나고 싶다는데."

행위가 끝난 후 달콤한 피로가 묻어나는 목소리로 도모유키가 말을 꺼내서 주말에 만나 같이 식사하기로 약속했다.

"괜찮으면 아버님도 함께 오셨으면 좋겠는데."

"물어는 보겠지만 힘들 거야."

아라타는 요즘 목욕하는 것마저 싫어한다.

"그래도 아빠까지 오라고 해줘서 고마워."

마리는 그렇게 말하고 도모유키의 어깨에 코를 비볐다. 도모유키의 살에서는 파슬리 비슷한 냄새가 났다. 매끄럽고 하얀 몸과 남자치고는 가냘픈 손발. 도모유키의 모든 것이 마리에게는 익숙했다. 심장에 귀를 대고 고동 소리를 확인한 것까지는 기억나는데, 그다음엔 자신도 모르게 잠들고 말았다.

다음 날 아침에 먹은 치즈 토스트와 커피가 도모유키와의 마지막 식사가 되었다.

"수양버들이 예쁜데 잠시 밖에 나가서 오뎅이라도 먹을까?"

그날 밤 기쿠마루는 그렇게 말을 꺼냈다.

막 8시가 넘었고, 가게에는 단골손님 두 명밖에 없었다. 그래서 마리는 뒷일을 구루미에게 맡기고 식사하러 나갔다. 걸어가면서 기쿠마루는 말이 많았다. 리버레인 종합 쇼핑몰에서 건진 치마, 그 치마에 어울리는 구두를 사고 싶었는데 마음에 드는 게 좀처럼 없었다는 것, 텔레비전에서 본 다이어트법 등에 대해 재잘재잘 떠들었다. 마리가 뭐라 맞장구를 쳐도 그 말에는 대꾸하지 않고, 목소리가 높았다 낮았다 오르내렸다.

"안녕하세요!"

가게에 들어서면서 명랑하게 인사하고, 그러고는 말이 뚝 끊겼다. 정종과 오뎅을 주문했다.

"다시마와 무, 어묵, 계란."

마리가 먼저 주문하고 기쿠마루를 보았지만 아무 말이 없었다. 평소 같으면 그리고 이거하고 저거, 라고 하든지 이왕 먹는 거 저것도, 하며 몇 가지나 더 주문했을 텐데.

"그리고 곤약."

할 수 없이 마리가 추가로 주문했다. 기쿠마루가 곤약을 좋아한다는 것을 알고 있었기 때문이다.

"마리 씨."

종업원이 테이블에서 물러나자 기쿠마루가 입을 열었다.

"나, 도모유키 씨와 사귀고 있어."

시선은 다른 곳을 향하고 있었지만 애매함이 없는 결연한 말투였다.

"방생회 지나고부터, 벌써 반년쯤 되었어."

"방생회?"

아무 상관없는 것을 되물은 까닭은 달리 뭐라 말하면 좋을지 몰랐기 때문이다.

"그래. 작년에 같이 갔었잖아, 이쿠짱하고 넷이서."

그렇게 설명하는데도 조금도 실감이 나지 않았다. 주차장에서 키스를 했다. 머리 한구석에서 그런 기억을 떠올렸다. 만인화락, 천하태평.

"말하려고 몇 번을 생각했는데 말할 수가 없었어."

기쿠마루의 눈이 부산스럽게 허공을 헤맨다.

"하지만 마리 씨 잘못이 커. 그렇게 좋은 사람을 싹 무시하고……."

끝말은 잘 들리지 않았다.

"그러니까 도모짱이 이렇게 된 것도 무리는 아니야."

도모짱? 이 사람이 도모유키를 그렇게 말한 것일까?

기쿠마루는 입을 꾹 다물고 마리를 쳐다보고 있다. 도발하듯, 노려보듯,

조금은 눈물까지 글썽이면서.

"그랬어?"

얼빠진 표정으로 물었다. 시선을 돌리지 않아 서로를 똑바로 마주 보는 꼴이 되었다.

"마리 씨 잘못이야."

기쿠마루는 또 그렇게 말했다. 코가 빨개졌다. 술이 나왔다. 둘 다 말이 없었다.

마리는 이해할 수 없었다. 기쿠마루가 왜 우는지, 왜 자책하는지.

어젯밤에는 술이 좀 지나친 모양이다. 일어나니 10시였다. 세탁기에 빨래를 집어넣고 유부국수를 만들었다. 아라타는 국수를 먹고 산책을 하러 나갔다.

봄. 어지럽히는 아이들이 없는 거실은 말끔하고, 새시 창문 너머로 비치는 햇살이 바닥에 무늬를 그리고 있다. 소파에 앉아 아라타가 펼쳐놓은 신문을 읽었다. 평소에는 거들떠보지도 않는 그런 것을—더구나 짧은 기사까지—꼼꼼하게 읽을 만큼 자신이 안절부절못하고 있다는 것을 깨달았다. 부엌으로 돌아가 설거지를 하고 싱크대를 닦았다. 은색 스테인리스를 스펀지로 쓱싹쓱싹 닦고 물을 끼얹어 거품이 사라지자 물방울이 빛나면서 굴렀다.

"그럼 주말에."

그렇게 말하면서 아쉬운 마음으로 도모유키를 보냈던 것이 정말 어제 아침 일일까?

산책에서 돌아온 아라타를 위해 차를 끓이려고 할 때 전화벨이 울렸다.

도모유키라는 것을 받기 전에 알았다. 수화기를 들고 싶지 않다는 생각이 강렬했는데도 뛰어가 수화기를 들었다.

"기쿠마루 씨에게 들었어."

대뜸 도모유키가 말했다.

"저녁때 들러도 괜찮을까? 설명하고 싶어."

마리는 자신이 생각해도 기묘할 만큼 냉정했다. 아니, 냉정하다기보다 아무 생각도 없었다.

"왜? 내가 무슨 설명을 해달라고 했나?"

도모유키는 말이 없었다.

"왜 말이 없지?"

"미안해."

도모유키가 대답했다.

"그녀를 좋아하게 된 거야?"

털끝만큼의 주저도 없이 그런 말이 입에서 튀어나왔다. 감정과 목소리의 연결 고리가 모두 끊어진 것 같았다.

"그런 게 아니고."

도모유키는 부정했지만 뒤이어 말했다.

"아니, 물론 좋아하지만 그건 좀 달라. 그러니까 설명하고 싶다는 거야."

"말해봐."

그렇게 말했을 때 마리는 자신의 목소리에 스며 있는 나쁜 감정을 분명하게 들었다.

"미안해."

도모유키가 또 사과했다.

"왜 미안한데?"

제자리걸음이었다.

"아무튼 갈게."

도모유키는 그렇게 말하고 전화를 끊었다.

그리고 실제로 현관 앞에—그 여름의 저녁때처럼—서 있는 도모유키를 보았을 때 마리는 사랑이 이미 끝났다는 것을 깨달았다. 오늘 끝난 것도 어제 끝난 것도 아니라 이미 끝났다는 것을. 도모유키는 지친 것처럼 보였다. 답답해하는 것처럼도, 슬퍼하는 것처럼도. 마리는 지치지 않았다. 답답하지도 않았다. 슬픔은 있었지만, 그것은 슬픔이 저 홀로 한없이 번지는 것일 뿐 마리가 슬퍼하는 것은 아니었다.

마리가 그야말로 이 사람답다고 생각하는 성실함과 평범함으로 도모유키는 설명하려 했다. 마리의 마음을 알 수 없게 되었다는 것, 두 번이나 청혼을 거절당해 자신감을 잃었다는 것, 기쿠마루는 그런 자신을 이해해주었다는 것, 필요할 때 옆에 있어주었다는 것을.

들으면 들을수록 충분히 그럴 수 있겠다 싶은 말이었다.

"알았어."

그래서 그렇게 말했다.

"아주 잘 알았어."

도모유키는 낯설다는 듯 마리를 보았다. 그리고 갑자기 마리 등 뒤에 있는 문에 두 손을 대고서 마리를 꼼짝할 수 없게 했다.

"믿어줘. 내가 진정 원하는 사람은 마리뿐이야."

고개를 돌린 것은 단순히 무서워서였다.

"믿을게."

마리는 진심으로 말했다.

"믿을 테니까 비켜줘."

말이 너무 심했다고 생각은 했지만 입 밖으로 꺼내지는 않았다. 도모유키 씨와 사귀고 있다고 단도직입적으로 말한 기쿠마루의 얼굴이 떠올랐다.

"우리가 헤어지는 건 그녀 탓이 아니니까."

대신 그렇게 말하고서 마리는 도모유키를 똑바로 쳐다보았다. 과거 언젠가는 서로의 어딘가가 맞닿아 있었지만 지금은 낯설기만 할 뿐, 피로와 슬픔과 답답함에 짓눌려 있는 듯한 한 남자를.

그날부터 마리는 꼼짝도 할 수 없었다. 후회는 없어 울거나 소동을 피우지도 않았다. 다만, 몸을 움직일 수 없었다.

3

기본적인 문법을 스스로 익혔을 뿐 말은 인사 정도나 겨우 하는 상태로 프랑스로 날아갔던 사키가 어학원을 우등생으로 졸업하고, 그토록 바라던 미술 전문학교의 전 과정을 수료하고 귀국한 것은 2008년 여름이 끝나갈 무렵이었다.

그날이 가까워오면서 수화기 너머에서 들려오는 사키의 목소리가 밝아졌다. 전에는 썰렁하게 '전화비 많이 나오니까 그만 끊을게' 하면서 전화를 끓던 딸이 별 중요하지도 않은 것을 줄줄이 물었다.

"일본은 아직 더워?"

"평화로워?"

"그 가게, 아직 있지? '길모퉁이 우동' 에 가고 싶다."

"포알랑에서 쿠키 사 갈까? 라뒤레에서 마카롱 사 갈까? 어느 쪽이 좋아?"

그렇게 몇 년 동안이나 언제 돌아갈지 모른다, 아직 하고 싶은 것이 있다고 하더니, 막상 돌아올 때가 되자 좋아하는 것 같아 마리도 기뻤다.

"그런 건 됐으니까 얼른 돌아오기나 해."

마리는 자신의 입에서 흘러나오는 사뭇 자상한 엄마로서의 목소리를 들었다.

사키보다 먼저 짐이 도착했다. 떠날 때는 애처로울 정도로 짐이 없었는데, 뭐가 들었는지 노란 비닐 테이프가 둘둘 감긴 종이 상자가 다섯 개나 되었다.

마지막 편지에서 사키는 일본으로 유학 가는 친구—길에서 만난 소년—와 함께 가겠다고 했다. 유학하는 대학은 규슈대학이라고. 여름방학이 끝나고 학생과를 통해 아파트를 얻을 때까지는 집에 있게 해달라고 부탁하는 내용이 쓰여 있었다. 기꺼이. 마리는 그렇게 답장을 써서 보냈다. 일본에 있을 때 사키는 마리의 눈에 그리 사교성 있는 아이로 보이지 않았다. 시바타가에서 살았던 보육원 시절을 제외하면 남자든 여자든 친구를 집에 데리고 온 적도 한 번 없었다. 친구가 별로 없고 타인과 거리를 두는 점에서 어린 시절의 마리와 비슷한 구석도 있었지만, 마리의 옆에는 소이치로와 큐가 있었다. 그래서 형제자매가 없는 사키를 안쓰러워하는 마음이 없지 않았다.

거실 유리창을 닦고 이부자리도 한 채 새로 마련했다. 사키의 방은 환기를 시키고 물건의 자리가 바뀌지 않을 정도로 청소도 했다. 하지만 지금 이 집에 사람을 둘이나 받아들여도 되는지 마리는 자신이 없었다. 물론 한 사람은 딸이지만.

아라타는 하루의 대부분을 누워 지낸다. 일과였던 산책을 그만둔 지도 벌써 1년 이상 지났다. 날씨가 좋은 날이면 마당에 나가 어슬렁거리며 오래도록 고양이와 논다. 산책을 그만둔 이유는 길을 잃어서였다. 나가서 돌아오지 않아 애간장을 태운 일이 몇 번이었는지 모른다. 그런 일이 있을 때마다 사고를 당했을지도 모른다는 생각이 하늘의 계시처럼 불쑥 머리를 스쳤고, 일단 스쳤다 하면 시시각각으로 확실한 사실로 굳어지면서 마리의 심장을 옭아맸다.

"길을 잃으셨나 봅니다."

한동네에 사는 알지도 못하는 사람이 아라타를 데려오기도 했다. 파출소에서 전화가 와 마리가 데리러 간 적도 있었다. 의사는 주저 없이 '배회'라는 단어를 사용했다.

원래는 말수가 적은데 종일 누워 지내다시피 하면서부터 간혹가다 말이 많아졌다. 어렸을 때 살았던 도쿄의 집을 꿈에서 봤다느니, 마리는 잘 모르는 친척 아무개의 소식을 알고 싶다느니. 마리를 기요로 부르는 일도 다반사였다. 한편 정신이 멀쩡할 때는 마리가 거푸 하던 말을—현관 벨이 울려도 나가보지 않아도 된다고 하거나 뜨거운 물이 포트에 들어 있으니까 손으로 주전자를 불에 올려놓아서는 안 된다고—또 되풀이하면 쓸쓸한 미소와 함께 '그 말은 벌써 했잖니' 하고 대꾸한다.

"내 걱정은 그만해라. 이제 갈 날을 기다리는 것만 남았으니까."

농담처럼 그렇게 말할 때도 있어 마리는 오히려 아라타의 정신이 멀쩡할 때 가슴이 메는 일이 많았다.

2층에는 늘 뭐라 단정할 수 없는 냄새가 떠다녔다. 아라타가 목욕을 싫어하는 탓도 있지만 그 때문만은 아닌 냄새였다. 약과 세정액, 약해진 피부와 머리칼에 배어 있는 슬픔의 냄새. 창문을 열어도, 청소를 해도, 시트를 깨끗하게 빨아도 그 냄새는 없어지지 않았다. 이런 장소에 손님을 묵게 하는 것이 사키에게 좋을 것 같지 않았다.

마리는 도모유키와 헤어진 지 3년이 지났는데도 옴짝달싹 못하는 생활을 하고 있었다. 우는 것도 한탄하는 것도 아니었다. 해야 할 일은 모두 했다. 하지만 무엇을 해도 기쁘지 않았다. 필요하니까 할 뿐이었다.

이제 욕망이란 것이 없어진 것일까?

마리는 생각한다. 어디에 가고 싶다는 생각도, 무엇을 먹고 싶다는 생각도, 누군가를 만나고 싶다는 생각도 없이 살아가고 있었다. 멀리 있는 사키조차 보고 싶은지 어떤지 알 수 없었다. 건강하게 잘 있어만 주면 그것으로 충분한 기분이었다.

사키가 떠났을 때 마리 옆에는 도모유키가 있어주었다. 아라타가 쓰러졌을 때도, 마리가 소믈리에 시험에 합격했을 때도. 과거의 도모유키가 그리울 뿐, 지금도 같은 도시에 살고 있는 현실의 도모유키가 그리운 게 아니라는 것이 슬펐다. 마리는 문득 어쩔 수 없이 그렇다는 것을 깨닫는다. 그리고 자신을 짜증스러운 인간이라고 생각한다. 짜증스럽고 경멸스러운 인간이라고.

내게는 살아 있는 남자를 사랑할 힘이 없는 것이리라. 그렇게 생각하면서 자신을 납득시켰다. 나는 자신의 것 말고는 사랑하지 못한다. 죽은 남편과 죽은 오빠, 기억 속의 그들은 나만의 것이니까, 안심하고 내 마음껏 사랑할 수 있는 것이다.

도모유키가 기쿠마루에게 마음이 기운 것은 당연하다고 마리는 생각한다.

비행기는 예정된 시각에 후쿠오카에 도착했다. 도착 로비에서 승객들이 나오는 게이트를 뚫어져라 쳐다보면서 마리는 자신이 몹시 긴장하고 있다는 것을 알았다. 사키는 이틀 전에 파리에서 귀국했다. 도쿄에서 하루를 머물면서 친구는 관광을 하고 자신은 미치루를 만날 생각이라고 했다. 마리로서는 불만스러웠지만, 일정을 알려주려고 전화한 사키는 전혀 거리낌이 없었다. 그러면서도 마리의 감정을 민감하게 간파하고는 덧붙여 이렇게 말하며 웃었다.

"직항이 없으니 어쩔 수 없잖아."

어른이 아이를 달래는 듯한, 젊은 사람이 노인을 제 마음대로 주무르는 듯한 말투였다고 마리는 생각한다.

"공항에는 안 나와도 돼. 집이 어디 있는지는 기억하고 있으니까. 그리고 할아버지도 있고, 또 엄마는 바쁘잖아."

사키는 그런 말도 했다.

마리는 그럴 수 없다고 대답했다. 차도 있고, 가끔은 병원이 아닌 곳에도 혼자 운전해서 가고 싶으니까, 하고.

두려웠다. 6년이나 만나지 못한 딸을 과거 함께 살았던 곳에서 당연한 일인 듯 맞이하기가 두려워서 그럴 수 없었다. 6년. 어떻게 하면 믿을 수 있을까? 겨우 열여섯 살이었던 사키가 지금은 스물두 살이라는 것을.

입국 게이트에서 승객이 하나 둘 나오기 시작했다. 회사원, 관광객, 고향으로 돌아오는 가족들이리라. 사키의 모습은 금방 알아볼 수 있었다. 유리문 너머에 있을 때부터 그야말로 한눈에 알아보았다. 간혹 사진을 보내주기는 했지만, 사진이 없어도 못 알아보는 일은 없었을 것이다. 마리는 자신도 모르게 환하게 미소를 띠고 있었다. 똑같다. 체형은 나이에 걸맞게 어른스러워졌고, 입고 있는 탱크톱과 청바지는 낯설었지만 얼굴 생김은 변함이 없었다. 기대한 것보다 큰 기쁨이 몰려와 가슴이 떨렸다. 아주 자연스럽게 다가갔다.

"어서 와."

미처 말이 끝나기도 전에 사키가 달려와 껴안았다.

"엄마."

은근하면서도 달짝지근한 향수 냄새가 났다. 사키의 피부는 어린아이처럼 부드럽고 매끄러웠다.

"피어싱 했네."

"응? 아, 스무 살 생일 기념으로 뚫었어. 내가 편지에 안 썼던가."

그런 내용의 편지를 읽은 기억은 전혀 없었지만 마리는 '어울리네' 하고 대답했다.

"엄마, 이쪽은 아미. 아미, 우리 엄마야."

그제야 비로소 마리는 사키 뒤에 키가 큰 남자가 서 있다는 것을 알았다.

"처음, 뵙습니다."

남자가 부끄러워하며 일본어로 말하고는 한 손을 내밀었다.

"잘하네. 그다음은?"

사키가 채근했다.

"뵙게?"

"되어서."

"뵙게, 되어서, 반갑습니다."

마리는 듣고 있지 않았다. 눈앞에 있는 남자—검은 머리에 갈색 피부를 지닌 사뭇 이국적인 분위기의 외국 청년—에게서 어찌 된 일인지 소이치로가 어른거렸다. 얼굴 생김이나 짧은 일본말과는 무관한 어떤 것, 나지막한 목소리, 따스한 시선, 그리고 기척이랄 수 있는 것. 마리는 지금 그 청년이 말이 아닌 어떤 것으로 말을 건넨 느낌을 받았다. 마치 피부와 내장과 세포 하나하나를 건드리는 어떤 것으로.

—어이, 오랜만인데.

그렇게 말한 듯했다.

—우후후후.

유쾌하게 웃은 것도 같았다.

—나이를 먹어도 동글동글한 얼굴은 변함이 없군.

"엄마?"

사키의 목소리가 들리고 주위의 소음이 되살아났다. 후텁지근함도, 밖에서 넘실거리는 한낮의 햇살도.

"그래요, 반가워요."

마리는 서둘러 미소 지으며 내민 손을 가볍게 잡았다. 싸늘한 타인의 손이었다.

"아미라고 했지?"

확인한다.

"사키 엄마예요. 마리라고 불러줘. 잘 왔어요. 긴 여행에 많이 피곤하겠네. 짐이 저렇게 많아! 차는 저쪽에 세워놓았어."

"엄마, 일본어로 하면 못 알아들어. 아미, 이제 막 일본어 배우기 시작했단 말이야."

그러고는 마리가 자신의 귀를 의심할 만큼 유창한 프랑스어로 친구에게 통역했다. 먼지가 풀풀 날리는 길에 아미가 끄는 초록색 트렁크에서 데구르르 데구르르 바퀴 소리가 울렸다.

아미를 큐의 집에 묵게 하는 것이 어떻겠느냐고 차 안에서 제안했다. 지금은 아무도 살지 않는 데다 관리도 아라타에게 맡겨둔 상태고, 언젠가 온 편지에 사키가 사용했으면 좋겠다는 내용도 있었으니까, 하고. 사키는 반기는 기색이 아니었다.

"왜? 왜 집에 있으면 안 되는데? 낯선 나라에 처음 왔는데 남의 집에서 혼자 있으면 가엾잖아."

물론 옳은 말이라고 마리도 생각한다. 6년 전에 마리도 시즈오가 책임지고 맡겠노라고 했기 때문에 사키를 보낼 결심을 할 수 있었다. 그러니 아들 혼자 외국으로 보낸 아미 부모의 마음을 누구보다 잘 알 수 있다.

"게다가."

조수석 옆 창문 밖을 멍하니 바라보면서 사키는 말을 이었다.

"옆집은 옛날부터 교조니 신도니 하면서 좀 이상했잖아."

마리는 뜻밖이었다. 그렇게 친절한 아줌마가 살았고 그렇게 착한 큐가 있었는데 사키에게는 그 집에서 그런 인상을 받았던 것일까.

"아, 사이테츠 버스다. 저 분홍색 라인 정말 오랜만이네."

사키는 반가움에 겨운 환성을 질렀다.

아라타는 상태가 좋은 듯했다. 침대에서 윗몸을 일으키고 앉은 자세로 기다리고 있다가 사키를 보고는 '어서 오너라' 하고 말했다. 그런데도 사키의 몸이 굳어지는 것을 마리는 알 수 있었다.

"다녀왔어요, 할아버지."

그렇게 말하면서 겨우 웃는 표정을 짓는 것을. 방구석에 놓인 요란스러운 비닐 팩—시중에서 파는 노인용 기저귀—이 눈에 띄자 사키는 비난하듯 마리를 보았다. 그러고는 조그맣게 숨을 들이쉬고 물었다.

"할아버지, 좀 어때요? 아직 못 일어나세요? 할아버지는 벌써 이렇게 누워 있을 나이가 아니잖아요."

애써 밝게 말하는 목소리였다.

아라타는 대답이 없었다. 사키의 말이 질문이라 여기지 않는 것이다. 마리로서는 고맙게도 웃음 띤 얼굴에 그저 반갑고 기쁜 표정으로 사키를 보고 있다.

"친구는 어디 있느냐?"

또렷한 말투로 아라타가 도리어 물었다.

"아래층에 있어요. 나중에 소개할게요."

아라타는 천천히 고개를 끄덕이고는 얇은 입술을 일그러뜨리며 웃었다.

"남자라면서?"

그리고 궁금하다는 듯 말했다.

"엄마에게 들었다. 마리가 또 남자를 데려온다고."

마리는 등골이 써늘해졌다. 마리가 또 남자를. 아라타에게 악의가 없다는 것은 알지만 사키 앞에서 자신이 폄훼된 기분이었다.

"할아버지, 전 사키에요. 마리가 아니라 사키."

사키의 목소리와 표정에 이미 웃음기라곤 없었다.

"옆집에서 묵는 거 아미와 의논해볼게."

복도로 나오자 사키가 조그만 목소리로 말했다.

"할아버지가 이렇게 심할 줄은 몰랐어. 왜 말해주지 않았어?"

"말했잖아. 오락가락하신다고."

그렇게 대답한 마리는 앞서 계단을 내려갔다.

"그래도, 이렇게 심하다는 얘기는 안 했잖아. 눈이 멀쩡다는 얘기도, 기저귀를 찬다는 얘기도."

"말하면 뭐가 달라지니?"

마리의 목소리가 자신의 귀에도 매몰차고 냉정하게 울렸다.

거실에서는 아미가 따분한 모습으로 두 사람을 기다리고 있었다. 아이들이 사용하던 책상을 가리키며 뭐라고 말을 쏟아냈다.

"뭐라고 하는 거니?"

둘의 대화가 끝나기를 기다렸다가 마리가 물었다.

"이 책상을 보게 되어서 무척 기쁘대. 다가가 봤더니 특별한 기분이 들었대. 그리고 서랍을 열어봐도 되느냐고 물어서 그러라고 했어. 내 책상이냐고 물어서 아니라고 했고."

퉁명스러운 설명에 마리는 씩 웃었다.

"아미 영어 할 줄 아니?"

사키에게 묻고 마리는 소이치로의 책상이었다고 영어로 설명해주었다. 아미는 큰 관심은 없다는 듯 듣고 있더니 이렇게 말했다.

"쿨하군요."

사키는 바로 외출할 것이라고 했다. 아미에게 하카타 우동 맛도 보여주고, 날씨가 좋으니까 아빠 묘소에도 다녀오겠다면서.

"이제 막 도착했는데 둘 다 피곤하지 않니?"

"전혀."

사키가 대답하자 아미도 그 단어는 아는지 사키 흉내를 내면서 '전혀' 하고 말했다.

그렇게 둘이 나가고 나자 갑자기 휑해진 현관에 서서 마리는 자신이 또 미소 짓고 있다는 것을 알았다. 딸의 귀국과 유학생, 아라타와 단둘이 사는 생활에 익숙해진 탓에 여러 가지 곤란한 일들이 벌어지리라는 것은 알고 있었다. 그래도 불과 한 시간 만에 단색이었던 이 집 분위기에 색깔이 입혀졌고, 창문으로 불어 드는 소슬바람까지 신선하게 와 닿는다는 것에 당혹스러움도 반가움도 아닌 감정을 느꼈다.

오랫동안 잊고 있었던, 그리고 하루하루 소비하기 위해서만 재충전되었던 에너지가 몸속에서 새롭게 샘솟았다.

그 후의 날들은 마리로서는 의아하리만큼 즐거웠다. 아미는 예의 바르고 쾌활했다.

"이건 뭡니까?"

하는 말을 배우더니 주저 없이 이것저것을 가리키며 어휘를 늘려갔다. 정원, 차, 고양이, 전화, 물, 소금, 신발, 욕실. 당분간은 거실에서 지내기로 했다. 소파에서 자고 일어나면 이부자리도 제 손으로 정리했다. 날씨가 맑은 날에는 이불을 내다 널기도 했다. 사키가 이불떨이를 사와 둘이 번갈아 이불을 털었다. 그런 일, 지금까지 한 번도 한 적 없는 주제에, 하고 마리는 웃음이 나왔지만 잠자코 있었다.

"이불을 터는 모양이구나."

그 소리가 나면 아라타도 재미있어했다. 그리고 마당에서 둘이 재잘거리는 프랑스어를 자장가처럼 들으면서 스르르 눈을 감았다.

사키는 아미와 있을 때면 곧잘 웃었다. 집을 나갈 때도 돌아올 때도 늘 함께였다. 친구가 아니라 연인 사이라는 것은 눈치채고 있었지만 연인치고는 너무 천진난만했다. 사이좋은 누이와 남동생처럼 보였다. 마리는 둘을 보며 실제로 먼 옛날의 소이치로와 자신을 떠올리지 않을 수 없었다. 둘은 어디를 가든 함께였다. 함께 있으면 안심이 되었다. 늘 함께 있으니까 세상은 안심할 수 있는 장소라고, 언제까지나 그럴 것이라고 생각했다.

사키와 아미는 가게에도 왔다. 차분하게 와인을 한두 잔씩 마시고 돌아갔는데, 사키는 술이 꽤나 세진 듯했다.

"당신 피를 물려받았으니까."

시즈오도 언젠가 그렇게 말한 적이 있다.

가게가 북적거리자 거들겠다고 했지만 마리는 허락하지 않았다. 대신 '나머지는 집에 가서 더 마셔' 하고서 와인 한 병을 건넸다. 자신이 일하는 동안 둘이 아라타 곁에 있을 것이라고 생각하니 든든했다. 복도에서 나는 소리와 소곤거리는 소리, 밤참을 만드는 냄새와 웃음소리를 아라타도 위층에서 즐기는 듯했다.

9월이 되어 대학 강의가 시작되자 아미의 홈스테이 기간도 끝이 났다. 옆집이 비어 있는데 아파트를 빌리자니 아깝다는 데 의견의 일치를 보았다. 그러나 사키까지 옆집에서 같이 살고 싶어할 줄은 몰랐다.

"혼자 있으면 외롭고 가엾잖아."

사키는 진지한 눈빛으로 마리에게 애원했다.

"그럼 할아버지가 혼자 있어야 하잖니."

그렇게 나무라자 사키는 난감한 표정을 지으며 입을 다물었다. 그래도 마리가 양보한 것은 비슷한 기억이 있기 때문이었다. 한시도 떨어져 있을 수 없다고 생각하는 것 자체가 기적이다. 만약 사키가 지금 그 기적의 시간에 있는 것이라면 쓸데없는 윤리로 제지하고 싶지 않았다. '나 여기서 자도 돼?' 하면서 파고들었던 소이치로의 침대가 얼마나 포근했는지 마리는 지금도 기억하고 있다. 하지만 그것은 그때만의 기적이었다. 사람은 어느 날 갑자기 없어진다.

"가끔 자러 가는 것 정도는 허락할게."

마리가 그렇게 말하자 사키는 정말 고맙다는 표정을 지었다.

4

화창하고 따뜻한 날이었지만 바람만은 영락없는 가을바람이었다. 습기를 거두고 물러가는 여름의 등을 떠미는 듯한 바람.

드르륵 문을 열자 어두컴컴한 현관에서 눅눅한 나무 냄새가 났다.

"청소는 다 했는데."

마리는 마치 자기 집으로 들어가듯 앞장서서 샌들을 벗었다.

"그래도 사람이 살지 않으니까 여기저기 손볼 데가 많아지는구나."

유학생인 아미가 이 집에 살게 된 것은 행운이라고 마리는 생각한다. 경제적으로도 그렇지만, 이렇게 정취가 있는 전통 가옥은 요즘 그리 흔하지 않다.

"창문을 열어놓으면 여름에도 시원해. 바람이 잘 통하도록 설계되어 있으니까."

슬리퍼를 신고 걷는 복도가 매끈매끈하고 시원했다.

"엄마, 기다려."

사키가 말했다.

"아미가 떨고 있어."

돌아보니 아미는 신발도 벗지 않고 서서 프랑스어로 사키에게 뭐라고 말했다. 두세 마디 대화가 오가더니 사키가 갑자기 아미를 포옹했다. 어린 동생을 꼭 안아주듯.

"안에 들어가기가 무섭대. 아미는 영감이 강한 아이거든. 우리가 못 보는 것도 봐."

영감. 마리에게는 달갑지 않은 화제였다. 그래서 웃어넘겼다.

"괜찮으니까 들어와. 안 무섭다니까."

복도로 들어선 둘은 손을 꼭 잡고 있었다.

"가구도 거의 실어 가서 공간도 넉넉하니 좋네."

마리는 기운을 북돋우려 그렇게 말했다. 사키가 통역하고 설명했다.

"여기가 거실이고 안쪽은 부엌. 그리고 욕실은……."

설명이 채 끝나기 전에 아미가 말했다.

"주 세."

마리는 통역해주기를 기다렸지만 사키는 놀란 표정으로 아미만 보고 있었다. 아미가 또 뭐라고 말했다. 손짓 발짓을 섞어가며, 절반은 겁에 질리고 절반은 흥분한 모습으로.

"뭐라니? 뭐라고 하는 거야? 왜?"

마리의 말이 두 사람 귀에는 들리지 않는 모양이었다.

"여기를 알고 있대."

사키가 간신히 그렇게 말해준 것은 아미가 침묵하고도 한참이 지나서였다.

"부엌에 조그만 문이 있는데 거기로 나가면 뒷마당이래. 뒷마당에는 조립식 창고 같은 게 있고 그 안은 아주 어둡대. 선반이 있고 선반 아래에는 자전거가 한 대 서 있고, 벽에는 면장갑이 걸려 있대. 겹겹이 쌓아 끈으로 묶은 백과사전 같은 커다란 책이 있는데 표지는 검은색이래."

마리는 할 말을 잃었다. 하나부터 열까지 맞는 말이었다.

"욕실은 저쪽이고 큰 침실은 이쪽. 그 옆에 조그만 방은 누구 방인지 잘 모르겠대. 그리고 창문으로 지붕에 올라갈 수 있대."

마리가 뭐라 대답할 때까지는 시간이 한참 걸렸다. 어느 누구도 말을 꺼내지 않았다.

아미는 이 집이 나오는 꿈을 종종 꾸었다고 한다. 꿈속에서, 이 집에 아무도 없어서 자유롭게 걸어 다녔다고 한다. 평화롭고 기분이 차분해지는 꿈이었다고.

"그리고."

아미가 미소 지으며 덧붙였다.

"내가 말했지, 어렸을 때부터 내 꿈에 네가 나왔었다고. 나는 모르는 집 마당에 있고, 너는 울타리 너머에 있다가 나를 보면 손을 흔들어주었어. 그 마당이 바로 이 마당이야. 뒷마당에는 조립식 창고가 있었어."

사키가 통역해주지 않아서 마리는 무슨 소린지 도통 알 수 없었다. 그런데도 아미가 마치 큐처럼 불시에 염력을 발휘했다는 것은 충분히 느낄 수 있었다.

"이제 무섭지 않대."

한 차례 집 안을 돌아보고 아미가 자신의 방으로 정한 큐의 방에 짐을 옮겨놓고 나자 사키가 후련한 말투로 말했다.

"이 집에 살게 되어서 기쁘대. 아미는 이런 사람이야."

사키가 덧붙였다.

"그리고 굉장히 예민해."

마리는 어깨를 으쓱한 뒤 말했다.

"골치 좀 앓겠구나. 그래도 이제 무섭지 않다니까 다행이다. 좋은 집이잖아. 수도도 가스도 전기도 이제 다 사용할 수 있을 거야."

마리는 필요한 것을 설명하고 둘을 남겨놓은 채 집으로 돌아왔다.

마리는 업자가 권하는 와인 중 가게에서 판매할 것을 고르는 일을 좋아한다. 옥션에 참여할 여유는 없으니까 업계의 정보지나 입에서 입으로 들려오는 정보에 많이 의존하는 편이다. 처음에는 마리 자신이 끌리는 와인—남미나 호주산으로 가격은 부담 없으면서 마법처럼 맛있는—이나 유명한 와인을 좋아하는 손님을 위한 프랑스 와인을 주로 샀는데, 지금은 다르다. 손님의 기호를 파악하고 있기 때문에 목록만 봐도 특정 손님의 얼굴이 떠오른다.

1990년산 이탈리아 와인은 가격이 좀 비싸지만 네모토 씨가 찾겠지.

한 달에 한 번 정도 찾아와 식사 후에 늘 와인 한 병을 주문하는 중년의 단체 여자 손님에게는 알자스산 달콤한 와인을 권하면 좋아할 것 같군.

다양한 와인을 알고 있고 입맛도 까다롭지만 신기한 술이나 귀한 와인을 마시고 싶어하는 와카츠키 부부에게는 브란카이아—키안티 클라시코에 메를로를 배합한—가 어떨까?

그렇게.

"아, 맛있다!"

손님의 그 단순한 한마디에서 엿볼 수 있는 조촐한 놀람이 마리는 기뻤다. 와인이란 놀람이다. 한 병 한 병이 모두 놀랍다. 따보지 않고는 알 수 없다. 그리고 코르크 마개를 따는 그때, 그 자리에만 어떤 것이 선물처럼 내려온다.

마리는 도쿄에 있는 나츠키 지카라와 간혹 연락을 주고받는다. 희소가치가 있는 술, 그렇게 드문 술은 아니지만 맛있는 술에 대한 정보를 교환한다. 즈브로브카와 굴이 찰떡궁합이라는 것을 가르쳐준 사람도 지카라다. 거기에다 우유와 오렌지 주스를 살짝 섞은 칵테일은 일을 끝내고 돌아가는 여자들—기쿠마루처럼 밤에 일하는 여자들—이 좋아한다. 사흘이 멀다 하고 얼굴을 내밀었던 기쿠마루는 그 후로 단 한 번도 가게에 나타나지 않았다. 가게의 분위기도 그 무렵과는 많이 달라졌다. 왜 그럴까, 하고 마리는 간혹 생각한다. 생각은 하지만, 그녀가 오지 않는 것에 안도하기도 한다.

가게는 순조롭게 운영되었다. 빚도 많이 갚았다. 자신 같은 초보가 가게를 용케 잘 꾸려나가고 있다는 생각을 하면 마리 자신도 신기했다. 인생 또한 와인만큼이나 놀라운 것이라고 생각되었다.

마리의 눈에 비치는 사키와 아미는 누나 동생 같은 커플이었다. 그들은 늘 함께였다. 사소한 일 하나에도 뭐가 그리 재미있는지 항상 웃고 있다. 아미는 카메라로 바지랑대, 잡초에 묻힌 픽업트럭, 저녁 풍경, 현관에 놓여 있는 샌들과 양동이 같은, 왜 찍는지 모를 것들을 찍었다.

아미는 큐의 집에서 자취하며 대학에 다니고 있다. 요리하기를 좋아하는지 오믈렛이나 양파 수프 같은 것을 만들어서는 '부알라' 하면서 아라타의 방으로 들고 온다.

또 둘은 아미의 강의가 끝나면 카메라를 들고 해질녘의 후쿠오카를 돌아다니는 듯했다. 포장마차에 감격했다느니, 도시 중심을 흐르는 강이 있는 것은 파리와 같다느니, 번화가의 가게들이 스피커를 통해 음악 소리를 흘리는 것은 좀 이상하다느니, 하는 얘기를 아미는 마리에게도 들려주었다.

파리의 전문학교에서 사키가 배운 분야가 광고미술이라는 것도 알게 되었다.

"화가가 되려는 줄로만 알았지."

마리가 그렇게 말하자 사키는 허풍스럽게 양팔을 좍 벌리고는 믿을 수 없다는 표정을 지었다.

"편지에 그렇게 썼잖아. 전화할 때도 다 얘기했고."

"그랬니? 미술 전문학교라고 해서 엄마는 그림을 그리는 줄만 알았지. 너 그림 잘 그렸잖아."

사키는 들고 있던 커피 잔을 내려놓고 마리의 얼굴을 빤히 쳐다보았다.

"엄마는 내게 관심이 없구나."

미소를 띠고 있는 것으로 보아 토라진 것은 아니었다.

"가게 일은 바쁘지, 할아버지는 저렇지, 게다가 그 무렵에는 이쿠코 아빠에게 푹 빠져 있었으니까 어쩔 수 없었을 테지만."

뜻밖이었다. 마리는 자신의 안색이 바뀌는 것을 느꼈다.

"그런 말도 안 되는 소리가 어디 있니?"

생각해보기도 전에 말이 먼저 나왔다. 파리에 가기 전의 사키는 말이 없었다. 내가 너에게 관심이 없었던 게 아니라 네가 엄마에게 아무 얘기도 안 해줬잖아. 그렇게 생각하고 있었다.

"책망하는 거 아니니까 됐어."

사키는 그렇게 말하고는 싱긋 웃었다.

"지금 광고 분야에서 일하려면 어떻게 해야 되는지 이런저런 사람들에게 물어보고 있는 중이니까 걱정하지 마."

이런저런 사람이 누구를 말하는지 마리로서는 도무지 짐작이 안 갔다.

아라타의 상태는 날에 따라 달랐다. 상태가 좋은 날에는 걸어서 화장실에도 갔고, 순회하며 재택 환자들을 돌보는 사람들에게 농담을 건네 웃게도 했지만, 상태가 나쁜 날에는 축 늘어져 꼼짝도 하지 않았고 앞뒤가 맞지 않는 말을 했다. 혈압약은 빼놓을 수 없었고, 먹어도 안정되지 않을 때는 링거주사가 필요했다. 말을 하다 말고 잠드는 일도 많았다.

"아까 아미가 왔더구나."

아라타는 느리기는 해도 또렷한 말투로 그렇게 말을 꺼냈다.

"일본말로 좀 어떠세요, 하고 묻더구나. 아주 유창했어. 그 아이에게 일본어사전……."

그렇게 말하고는 숨이 끊어지기라도 한 것처럼 잠잠했다. 그러다 한참 후에 또다시 말을 이었다.

"그걸 뭐라고 하더라……."

또 잠시 침묵.

"엄마가, 왜 그……."

지리멸렬하게 말을 잇다가 어느새 코를 골았다.

주치의는 동맥경화가 진전되고 있고 흉부에서 복부에 걸쳐 혈관이 거의 석회화된 것 같다고 했다. 그리고 흥분하지 않도록 할 것, 춥게 하지 말 것, 염분을 줄일 것 등의 주의 사항을 엄격하게 지키라고 했다.

그런 상태인데도 사키의 귀국과 아미라는 존재가 아라타에게는 신선했던 모양이다.

"사키가 많이 예뻐졌더구나."

"아미를 보면 소이치로 생각이 나."

의식이 분명할 때는 그렇게 말했다. 흐뭇하다는 듯이, 그리고 조금은 쓸쓸하다는 듯이.

봄이 되자 사키는 작은 회사에서 아르바이트를 시작했다. 슈퍼마켓의 광고지와 과자 상자 등을 디자인하는 회사라고 한다. 저녁을 먹고서 둘이 나란히 '포스트 데상스'를 찾아와 그렇게 보고했다. 언젠가는 도쿄로 가서 디자인 사무실에 취직할 생각이라고 했다. 하지만 아미의 유학 기간이—2년간이다—끝날 때까지는 아미와 함께 후쿠오카에 있고 싶다고 하면서.

"프랑스어를 가르치면 좋을 거라고 했는데."

아미가 말했다. 사키는 고집이 세서, 라고 그 얼굴에 쓰여 있었다. 아미는 지금 프랑스어를 가르치는 아르바이트를 하고 있다. 둘 다 참 다부지다고 생각하며 마리는 감격한다. 그리고 자신이 나이를 먹었다는 것을 절감한다. 마리는 사키 나이에 이렇게 일을 손쉽고 자유롭게 선택할 수 있으리라고는 꿈에도 생각지 못했다.

"네이티브가 아닌데 어떻게? 사무적인 서류를 번역하는 아르바이트는 신문광고에 나와 있기에 한번 해볼까 생각하고 있지만."

사키가 말했다.

비가 내리고 있다. 가게는 북적거렸지만 이번 달을 마지막으로 그만두는 구루미와 새로 들어온 우치다—이름은 우치다 신주인데, 마리는 누군가를 '신주' 라고 부르기가 영 민망해서 '우치다' 라고 부른다—가 함께 일하고 있어 마리가 카운터 안쪽에서 사키와 아미를 상대할 수 있다.

"엄마, 기억나?"

북적거리는 가게 안을 바라보면서 사키가 불쑥 물었다.

"가리비는……."

물론 기억하고 있다. 거의 반사적으로 마리가 말했다.

"푸이 퓌메."

그러면서 신나게 웃었다. 도쿄의 아파트에서 소믈리에 자격시험을 보기 위해 공부를 시작했을 때 사키는 마리에게 곧잘 문제를 내주었다. 그중에는 가리비와 잘 어울리는 와인은 무엇인가 하는, 거의 해마다 시험에 출제되는 문제가 있었다. 답은 푸이 퓌메인데, 거기에는 함정이 도사리고 있다. 카레맛 가리비에 어울리는 와인은 무엇인가, 하는 문제가 나오면 푸이 퓌메가 아닌 화이트 와인을 골라야 한다. 사키는 무슨 까닭인지 그 문제를 아주 좋아했다. 그 문제는 이제 알았으니까 다른 문제를 내라고 해도 꼭 빠뜨리지 않았다. 마지막에는 가리비 하면 푸이 퓌메가 무슨 표어처럼 되고 말았다.

그런 일들을 아미에게 설명하면서 셋이 웃었다.

손질을 전혀 하지 않는 마당에도 꽃이 피고 하루가 다르게 초록이 짙어졌다. 일요일, 마리는 마당에서 아라타를 태우고 멀어져 가는 대형차를 바라보고 있다. 2주에 한 번씩, 싫다는 아라타를 설득해서 차에 태워 목욕을 시켜주는 시설에 보낸다. 마리 역시 내키지 않지만 필요한 일이 되고 말았다.

하늘색이 차분한 파랑이다. 어렸을 때에 비하면 도시 모습이 많이 바뀌었지만 이 부근의 주택가는 변함없다. 신축도 개축도 없고, 똑같은 집이 똑같은 표정으로 고즈넉하게 마리를 에워싸고 있다.

옆집 현관문이 열리면서 사키가 나오는 것이 보였다. 사키 역시 마리를 보았다.

"엄마 거기 있네. 마침 잘됐다."

사키가 큰 소리로 말했다. 그러고는 현관에서 나와 길로 돌아 들어왔다. 사키가 껴안고 있는 것을 본 마리는 눈살을 찌푸렸다.

"왜 또? 그 집 물건에는 손대지 말라고 했잖아."

앨범이었다. 전에도 사키가 사진이 들어 있는 액자를 두 번이나 들고 와서 사진 속 사람이 누구냐고 물었다. 한 장은 큐의 아버지였고, 다른 한 장은 어린 큐와 할아버지, 할머니 사진이었다.

"알아. 하지만 이번에는 아주 중요한 거야. 이 사람 누구야?"

흥분한 사키가 앨범을 펼쳤다. 비교적 최근 사진이었다. 우선 장소가 마리의 눈길을 끌었다. '비행기', '에펠탑', '루브르박물관', '카페에서 휴식', '도쿠가와 요리사와 와다 씨와 함께'. 사진 한 장 한 장에 꼼꼼하고 조그만 큐의 글씨가 적혀 있었다.

"여기 파리네."

그렇게 중얼거리자 사키가 답답하다는 듯이 말했다.

"그건 다 아는 거고. 이 사람, 이 사람 누구야?"

모르는 여자였다. 큐와 나나 사이에 서서 수줍으면서도 행복하게 웃고 있었다. 가무잡잡한 피부, 윤곽이 뚜렷한 얼굴, 물에 젖은 듯 짙고 긴 속눈썹. 일본 사람은 아니었다. 참 예쁜 사람이라고 마리는 생각했다. 상냥하면서도 신비롭게 보였다.

"큐 아저씨의 부인이겠지."

큐의 글씨로 '네네 씨와' 라고 쓰여 있었다. 마리는 사진에서 눈을 뗄 수 없었다. 큐도 나나도 웃고 있었다. 거기에는 사고를 당하기 전의 건강하고 활기찬 큐가 있었다.

"어느 나라 사람인데?"

사키가 묻자 마리는 모른다고 대답했다.

"중요한 거야. 기억 안 나?"

"기억하고 말고 할 것도 없어. 모르는 사람이니까."

사키가 왜 그렇게 관심을 보이는지 이상하다고 생각하면서 마리는 대답했다.

"엄마는 큐 아저씨의 부인이 죽었다는 것밖에 몰라. 네 아빠처럼 교통사고로. 그 때문에 큐 아저씨는 기억을 잃은 채로 귀국했고, 옥상에 틀어박혀서 나오지 않았어."

그 옥상도 지금은 없다. 큐가 혼자 힘으로 꾸민 아름답고 풍요로운 숲도.

"흐음."

실망스럽다는 듯이 사키가 꿍얼거렸다.

"이제 그 앨범 제자리에 반듯하게 가져다 놔."

그즈음 아미와 사키가 옆집에서 나눈 대화도, 밝혀내려는 사실이 무엇인지도 마리는 전혀 모르고 있었다.

아미는 매력적이고 총명한 청년이었다. 유학한 지 1년이 지나자 일상적인 대화에는 불편함이 없어졌고, 어시장 아줌마와 절의 주지승과도 친하게 지내게 되었다. 집에 프랑스어를 가르치는 학생들이 놀러 오는 일도 있었다. 봄방학에는 배낭 하나 메고서 처음으로 사키 곁을 떠나 나가사키와 구마모토, 그리고 가고시마를 여행했다.

사키는 사키대로 디자인 사무실을 소개해줄 만한 사람을 찾아다니느라 여념이 없었다. 마리가 보기에는 지리멸렬한 취직 활동이었지만, 전문학교 은사의 아는 사람이라는 디자이너를 만나러 교토에도 다녀왔고, 미치루의 친구의 친구라는 책표지 디자이너를 만나러 도쿄에도 다녀왔다. 사키는 대형 광고 기획 사무실보다는 '장인들의 모임' 같은 디자인 사무실에서 이미지가 아니라 '상품'을 만들고 싶다고 했다. 상품, 그것이 무엇을 뜻하는지 마리로서는 전혀 이해할 수 없었다.

깊은 밤, 화장을 지우고 침대에 들어가 희미하게 들리는 아라타의 코 고는 소리에 귀를 기울일 때나, 아무도 없는 아침의 부엌을 치우고 있을 때면 마리는 왠지 불안해졌다. 나는 앞으로 어떻게 되는 것일까. 외톨이라는 느낌이 절절하게 밀려왔다.

아미가 일본어를 곧잘 하는데도 아미와 사키는 마리 앞에서 프랑스어로 대화할 때가 있다. 내게는 들려주고 싶지 않은 일일까. 그런 생각을 하면 가슴이 답답해졌다. 외국어를 자유롭게 구사하고, 아르바이트를 해서 생활하고, 돈을 쉽게 벌고, 온갖 곳을 여행하면서 새로운 만남에 눈을 반짝이며 돌아오는 두 사람이 마리가 보기에는 그저 눈부실 따름이었다.

우치다, 지금은 '포스트 데상스'에 없어서는 안 될 사람이 된 아가씨를 보면서도 마리는 이미 자신이 젊지 않다는 것을 자각한다. 내내 부모 밑에서 자란 탓인지 어딘지 모르게 새침한 구석이 있는 구루미와는 대조적으로 '방랑 끝에 이곳에 정착했다'—본인이 그렇게 말했다—는 스물네 살의 우치다는 간혹 마리를 화석처럼 대한다. 재고관리에 컴퓨터를 사용하기 시작한 것도 그녀였고, 회사에 클레임을 걸어 지각을 잘하는 영업 사원을 교체한 것도 그녀였다. 요즘 그녀는 싸구려 술을 시켜놓고 오래 앉아 시끄럽게만 구는 젊은 단체 손님들을 어떻게 하면 받지 않을 수 있을까를 고민하고 있다. 마리가 바라는 이상적인 상태로 가게를 업그레이드하기 위해. 가냘픈 몸매와 어울리지 않게 파워풀한 우치다는 마리를 많이 따랐다. 감정 표현이 솔직하고, 외국에서 살다 온 것도 아닌데 마리를 포옹하고 볼에다 키스를 쪽 하기도 한다.

"딸이 하나 더 있는 것 같아."

마리는 웃으면서 그렇게 말했다.

여름이 시작될 무렵, 아미와 사키가 큐를 만나러 가겠다고 했다.

"어디로 간다는 거야?"

놀라서 묻자 오사카라고 대답했다.

"오사카? 서커스단이 지금 거기에 있어?"

지난 몇 년 동안 큐는 편지를 보내지 않았다. 아미와 사키는 전국을 순회하는 서커스단의 위치를 인터넷으로 조사했다고 한다.

"왜 간다는 건데?"

편지에 한번 보러 오라는 얘기는 있었지만, 가보고 싶다는 생각은 한 번도 하지 않았다. 숟가락 휘기로 시작해서, 물건을 공중에 띄우고 마지막에는 자신이 뜨는 초능력이 구경거리가 되고 있다고 생각하니 겁이 나서 도저히 갈 수 없었다.

아미는 물론 사키도 큐를 만난 적이 없다. 그러니까 겁이 없을 수도 있다.

그러나 마리의 물음에 대답한 사람은 사키가 아니라 아미였다.

"그 사람이 어쩌면 우리 아빠일지도 몰라서요."

5

믿기 어려운 얘기였다.

큐가 있는 오사카에 들렀다가, 취직자리도 알아보고 다른 일도 좀 있어 도쿄로 간다는 둘을 보내고 나니 마리는 망연해지고 말았다.

한낮. 푹푹 찌는 부엌에서 소면을 삶으며 마리는 자신만 세상에서 홀로 뒤처졌다는 기분이 들었다.

파리에 있는 아미의 부모는 아이를 낳을 수 없었다고 한다. 양쪽 다 건강하지만 생물학적 의미에서 그들에게는 아이가 생기지 않았다. 아미는 '길에서 유모차째 주운 아이'라고 사키가 설명했다. 어느 화창한 날 큰길에서.

부모는 아미를 무척이나 소중히 여겼지만, 피부색이나 머리 색, 그리고 눈동자의 색도 달랐다. 아미가 그들이 친부모가 아니라는 것을 아는 데는 그리 오랜 시간이 걸리지 않았다. 하지만 그들도 아미의 출신에 대해서는 아는 것이 없었다. 기관에는 양자라고 신고했다. 모르긴 해도 동양인의 피가 섞였을 것이라는 추측이 그들이 할 수 있는 전부였다. 아미도 사키를 만나기 전까지는 별 상관없는 일이라고 생각하면서 컸다.

성품이 온화하고 성실하며 애정이 많은 부모인 듯했다. 그들에 대해서 얘기할 때면 아미는 아주 부드럽고 행복한 표정을 지었다. '마망' 과 '파파' 란 두 단어의 발음에 따스한 신뢰와 친밀감이 담겨 있는 게 느껴졌다.

아미는 사키를 만나고 나서 자신의 몸에 일본인의 피가 흐르고 있다는 것을 확신했다고 한다. 그래서 일본어와 일본 문화를 배우려고 일본 유학을 결심한 것이다.

"그 사람이 어쩌면 우리 아빠일지도 몰라서요."

아미는 진지한 눈빛에 차분한 목소리로 그렇게 말했다. 과연 그런 일이 있을 수 있을까? 규슈대학에서 유학하기로 한 것은 사키가 있기 때문이었을 테고, 옆집에 살게 된 것도 단순히 마리의—그리고 데라우치가의—사정 때문이었다.

부글부글 끓어오른 소면을 바구니에 옮기고 흐르는 물에 씻으면서 마리는 인정했다.

하지만 나는 이미, 그렇다고, 틀림없이 그럴 것이라고 확신하고 있다.

왜 몰랐을까, 하는 생각까지 들었다. 그 눈길, 그 미소, 큐를 꼭 닮았다. 처음 만났을 때 어쩐지 낯익게 느껴졌던 것도 설명이 되었다. 마리는 아미를 보면서 소이치로를 떠올렸기 때문이라고 착각하고 있었다.

—어이.

공항에서 소이치로의 목소리를 들은 것 같았다.

—나이를 먹어도 동글동글한 얼굴은 변함이 없군.

놀리듯 유쾌한 목소리. 시끌시끌하던 주위의 잡음이 사라졌고 그 자리에 아미와 사키마저 없는 것처럼 느껴졌다.

쟁반에 소면을 담아 아라타의 방으로 들고 갔다. 시즈오만 믿고 프랑스로 떠났던 사키가 큐의 아들을 데리고 돌아왔다는 사실의 불가사의함을 오히려 필연이라 생각하면서.

아라타는 상태가 좋아 보였다. 방충망을 넘어 불어 드는 바람이 실내에 고인 냄새를 다소나마 없애주었다.

"매미가 울고 있구나."

마리를 본 아라타가 누운 채 말했다. 두 손을 잡고 일으켜 앉히고는 베개 세 개를 등에 대주었다. 침대용 테이블을 위로 올리고 점심을 내려놓았다.

"맛있겠구나."

창밖 멀리에서 아이들 노는 소리가 들렸다.

"아이들이 도쿄에 갔다면서?"

정맥이 불거진 가는 팔로 컵을 들고 천천히 물을 마시면서 아라타가 말했다.

"그래, 언제 돌아온다던?"

"글쎄요."

마리는 뜨거운 물수건을 건네면서 대답했다. 둘이 오사카로 갔다는 얘기를 아라타에게는 하지 않았다. 하얗게 쉰 데다 숱도 많이 줄어든 아라타의 머리는 누워만 지내는 탓에 두피에 착 달라붙어 구불구불 묘한 모양을 그리고 있다.

"다들 멀리 가고 싶어하는구나."

마리는 그렇게 중얼거리고는 소면을 후루룩 먹는 아라타를 바라보았다. 사발조차 버겁다는 듯이 들고 있는 병들고 쇠약한 남자가 식사하는 풍경을.

소면에는 볶은 가지와 가늘게 썬 노른자 지단을 곁들였다. 기요가 늘 그렇게 했기 때문이다. 고명의 종류도 재료를 써는 방식도 알게 모르게 기요를 닮아가고 있었다.

"맛있구나."

마리의 시선에 답하듯 소리 없이 웃으면서 아라타가 말했다.

"맛은 있지만, 이렇게 많이는 못 먹겠다."

둘이 집을 떠난 지 2주가 지나서야 사키에게 전화가 왔다.

"큐 아저씨를 만났어, 엄마."

사키의 첫마디였다.

"그래, 잘 지내던?"

마리가 묻자 짧은 침묵이 있고 나서 대답이 수화기를 통해 흘러나왔다.

"별로야."

그러고는 말을 이었다.

"쓰러졌어."

수화기를 든 마리의 손이 움찔 떨렸다.

"하지만 지금은 괜찮아. 술을 너무 많이 마셔서 그렇대."

술을 너무 많이 마셔? 마리는 도무지 믿을 수가 없었다. 그렇게 착한 큐가?

"이제 무대에도 안 올라가나 봐. 말투도 좀 흐리멍덩하고, 뭐랄까? 혀 꼬부라진 소리? 아무튼, 말을 걸어도 하는 말을 이해하는지 어쩐지 잘 모르겠어."

옥상의 숲에서 철학적일 만큼 자신을 통제하며 살았던 큐가 떠올랐다. 술? 혀 꼬부라진 소리? 사고 때 입은 부상의 영향이 있을지도 모르겠지만, 그 무렵의 큐는 술은 한 방울도 입에 대지 않았다. 그리고 찌그러진 커다란 주전자로 맛있는 차를 끓여주었다.

"그래도 아미는 알아보는 것 같아."

사키가 덧붙였다.

"아미는 큐 아저씨를 몹시 걱정하고 있어."

둘은 지금 도쿄의 오피스텔에 묵고 있다고 한다. 아미는 파리로 돌아가는 날짜를 연기하려 하지만 부모가 돌아오기를 바란다는 소식도 전해주었다.

사키 자신은 '커피 주세요' 사무실 사람들과 첫 대면을 하고 오뎅을 먹으면서 면접을 치렀는데, 잘하면 일자리를 잡을 수 있을 것 같다고 했다. 만약 결정되면 일단 후쿠오카로 내려가 짐 정리를 하고 다시 올라와 혼자 생활하겠다고 했다.

다들 멀리 가고 싶어하는구나.

아라타가 중얼거렸던 말이 고스란히 마리의 심정이 되었다.

전화를 끊고서 마리는 전에 받았던 큐의 편지를 상자에서 꺼내 다시 읽어보았다. 가장 최근에 받은 편지는 왠지 적막함이 감돌았다. 그 편지는 이렇게 시작되었다.

마리에게

한동안 편지를 보내지 못했습니다. 그리고 생각해보니까, 울적할 때마다 마리에게 편지를 보내는 듯합니다.

그 편지에는 반가운 뉴스도 있었다.

지금 내 곁에는 가족은 아니지만 가족이나 다름없는 사람들이 있습니다. 전에도 얘기했죠? 일이 없을 때면 함께 지내는 여자와 아이가 있습니다. 두 사람은 피로 이어진 사이지만 나는 전혀 그렇지 않습니다. 하지만 정말 멋진 사람들이죠.

처음 이 편지를 읽었을 때 왜 큐가 이 행복에 젖어들지 않는 것일까, 하고 의문을 품었던 기억이 났다. '가족이나 다름없는 사람들', '정말 멋진 사람들'이 있는데 대체 왜?

하지만 지금은 마리도 조금쯤 이해할 수 있을 것 같다. 그렇게 멋진 사람들이 있는데 왜? 그 말은 구루미와 기쿠마루가 자신에게 수도 없이 했던 말이 아닌가. 가족은 아니지만 가족 같은 사람들, 소중한 사람과 그의 아이. 편지에는 또 이런 글도 있었다.

과거를 떨쳐버릴 수 없어 어느 순간 문득 잃어버린 것들이 떠오르면 망가져버릴 것 같습니다.

"어이가 없네."

마리는 중얼거린다. 아주 멀리 떨어진 장소에서 전혀 다른 인생을 살면서도 우리는 비슷한 길을 걷고 있다.

죄책감을 느낍니다. 어쩌면 좋을지 모르는데, 모른 채로 그저 보지 않기로 하고 그녀의 친절함을 무조건 받아들이고 있습니다.

싫어도 어쩔 수 없이 도모유키와 지낸 날들을 떠오르게 하는 글이었다. 현재의 큐를 갉아먹고 있는 것, 술독에 빠질 정도로 그를 갉아먹는 것.

편지를 봉투에 다시 집어넣고 마리는 다른 편지 하나를 읽었다. 또 한 통, 또 다른 한 통을. 울적한 큐가 아니라 활기찬 큐, 현재의 곤경에서 이내 헤어날 수 있을 만큼 힘에 넘치는 큐를 찾기 위해서.

드디어 네 번째 편지에서야 찾을 수 있었다. 천천히 두 번을 읽고 나서 밝은 말이 가슴에 스미기를 기다렸다.

기억을 되찾은 나는 다시 새 인생을 살고 있습니다.
젊고 순수한 단원들과 함께 행복하게 살고 있습니다.
하루하루가 자극에 넘치고 즐겁습니다.

그것은 서커스단에서 일하기 시작한 무렵의 편지였다. 몇 년이나 은둔생활을 하다가 새로운 세계의 모든 것에서 놀람과 기쁨을 발견하는 큐의 모습이 눈앞에 떠올랐다.

세월. 세월이란 얼마나 묘하고 가차 없는 것인가. 마리는 2층에 누워 있는 아라타를 생각했다. 죽은 소이치로를 생각하고, 기요를 생각하고, 하지메를 생각했다. 쓰러졌다는 큐를 생각하고, 도쿄에 있는 사키와 아미를 생각했다.

생각하지만, 자신이 할 수 있는 일은 아무것도 없었다. 다만 세월에 묻어

갈 뿐이다. 그들도, 마리 자신도.

그 편지의 마지막 문장은 이랬다.

서로의 오늘을 극복하기로 하죠.

소후에 큐

오호리 공원에서 불꽃놀이가 있던 날 밤, 도미 씨가 왔다가 마리가 만든 소꼬리찜이 맛있다고 칭찬해주었다. 도미 씨는 가게 문 여는 시간까지 미루면서 구경하러 왔다.

"사람이 너무 많아서 어디 볼 수나 있어야지."

그래서 일찌감치 피난을 왔다고 했다.

'포스트 데상스' 의 테라스에서는 공원의 불꽃놀이가 잘 보인다.

아닌 게 아니라 손님이 유난히 많았다. 회사원 단체 손님은 테라스 자리에 진을 치고 있고, 두 무리의 관광객들이 테이블 자리에, 소파 자리는 젊은 커플 한 쌍이, 그리고 늘 그렇듯이 카운터 자리는 단골손님이 차지했다.

배가 고프다고 해서 마리는 소꼬리찜을 내놓았다. 그 맛에 잘 어울릴 에르미타지와 함께.

"다음 잔은 위스키 칵테일."

도미 씨의 말에 마리는 긴장했다. 위스키 칵테일만큼은 도미 씨의 솜씨를 따라갈 수 없다는 것을 알고 있었다.

후텁지근한 밤이었다. 에어컨을 최대로 올렸는데도 공기가 좀처럼 시원해지지 않았다. 폭죽이 올라갈 때마다 쿠릉, 하고 땅이 울렸다.

"육천 발이래요."

마리가 말했다.

"아무리 쏘아 올려도 금방 사라지고 마는데."

"누구답지 않게 시니컬하군."

도미 씨는 웃으면서 와인을 마셨다. 마리도 같은 와인을 마셨다. 그리고 평소에 하던 대로 '포스트 데상스' 류의 위스키 칵테일을 만들었다.

"기쿠마루, 요즘 여기 안 오지?"

도미 씨가 포크를 내려놓고 말했다.

"여자들은 그래서 탈이라니까."

놀리듯 하는 말에 마리는 할 수 없이 고개를 끄덕였다. 뭐라 할 말은 없었다.

"괜찮아. 그런 것도 나쁘지는 않으니까."

기쿠마루는 한층 화장이 짙어졌고 일도 더 열심히 하고 있다, 고 도미 씨가 전해주었다.

"지금도 다른 가게에서 손님을 빼 오니 대단한 거지."

"그래서 그녀, 자부심이 크잖아요."

마리도 인정했다.

시미즈 도모유키는 재혼했다. 본인이 인사장을 보내주어 알고 있었다. 상대가 기쿠마루가 아니라는 것도.

도미 씨가 돌아간 후에도 손님의 발길은 끊이지 않았다. 불꽃놀이가 끝나 테라스 자리는 비었는데도 한가로이 거닐던 사람들이 줄줄이 들어왔다. 빛과 소리와 연기의 여운을 온몸에 걸치고서.

가게 문을 닫은 것은 새벽 2시였다. 택시를 타고 집에 가보니 아라타가 침대에 누워 기다리고 있었다. 조용히, 혼자서. 습관적으로 방을 들여다보았다. 캄캄한데도 왠지 공기가 다르다는 것을 금방 알 수 있었다.

"아빠?"

살며시 말을 건네고 불을 켜지 않은 채 다가가 보았다. 복도에서 비치는 약한 불빛 속에서, 마리는 그 사실을 발견했다. 아라타는 이미 숨을 거둔 후였다.

그 후의 스물네 시간은 1분이 한 시간 같고, 한 시간이 1분 같았다. 구급차를 불렀다는 것도, 이미 죽은 아라타를 따라 병원으로 갔다는 것도, 영안실로 옮겨지기 전에 아주 잠시 아라타가 다른 곳으로 옮겨졌는데 마리는 그곳에 들어갈 수 없었다는 것도 기억하고 있다. 그때 자신이 아주 침착했다는 것도.

물속에 있는 기분이었다. 모든 것이 너무도 명백하고, 하지만 느릿느릿했다.

아라타의 침실에는 괴로워 몸부림친 흔적이 없었다. 시신을 진찰한 의사는 아주 평온하게 숨을 거두었을 것이라고 했다. 영안실은 의외로 넓었다. 마리는 그곳에 아라타와 단둘이 남았다. 휘황하게 밝은 형광등 빛 아래에서. 마리는 아라타에게 할 말을 찾을 수 없었다. 자신이 무슨 말을 하고 싶어하는지 아닌지조차 알 수 없었다. 그래서 앉아 있기만 했다. 조심스럽고 차분한 병원의 직원들—영안실 담당 직원이리라—이 갖다준 딱딱한 파이프 의자에.

날이 밝기를 기다렸다가 사키에게 전화를 걸었다. 사키는 그날 저녁에 울어서 퉁퉁 부은 얼굴로 아미와 함께 왔다.

장례는 마리가 상상했던 것보다 훨씬 적막했다. 조전과 조화는 무수히 배달되었지만 문상객은 스무 명도 채 되지 않았다. 사키는 내내 울었다. 그 바로 옆에 아미가 붙어 서서 때로는 어깨를 살며시 안아주고 또 때로는 뭐라고 속삭여주었다.

도쿄에서는 미치루가 와주었다. 그 외에도 과거 아라타의 제자였다는—마리는 모르거나 혹은 기억하지 못하는—사람들이 몇 명 찾아와 주었다. 그중 한 사람은 부고를 듣고 가고시마에서 비행기를 타고 왔다고 했다. 몇 가지 추억담, 제주와 숨이 막힐 듯 짙은 백합 향기.

마리는 사키가 왜 그렇게 끊임없이 우는지 알 수 없었다. 이 아이는 왜 그렇게 슬피 우는 것일까? 아빠는 고통스럽게 죽지 않았는데.

하지메의 동생 가츠미가 조문 전화를 걸어주었다. 어떻게 알았는지 아오야마 시즈오도.

마리는 닷새 동안 가게 문을 닫았다.

죽기 전에 아빠는 오호리 공원의 폭죽 소리를 들었을까?

장례를 마친 후 마리는 그런 생각을 했다.

한 달쯤 지나 사키와 아미는 도쿄로 돌아갔다. 사키는 전에 말한 '커피 주세요' 디자인 사무실에 입사하게 되었다. 그곳은 북 디자인을 하는 개인 사무실로 '엔드라'에서 비교적 가까운 아오야마에 있다고 한다. 아미는 파리에 있는 부모에게 유학 기간을 연장해도 좋다는 허락을 받았다.

출발하기 전날 밤, 마리는 잠시 가게에서 빠져나와 사키와 아미에게 라면을 사주었다. 전에도 몇 번 기쿠마루와 갔던 강가에 있는 포장마차였다.

사키는 이제 울어서 부은 얼굴은 아니었다. 마리가 시킨 대로 사키와 아미는 옆집을 깨끗하게 청소하고, 도쿄로 부칠 짐은 부치고, 들고 갈 짐도 다

포장한 상태였다. 사키는 조그만 컵으로 맥주를 마시면서 자신을 채용해 준 사무실 보스의 외모와 말투, 그리고 성격과 차림새를 보고 아는 대로 얘기해주었다.

마리는 사키의 옆얼굴을 물끄러미 바라보았다. 젊고 아름다운 딸의 얼굴을.

아미는 도쿄에서 대학을 다니겠다고 했다. 절차상 당장은 편입할 수 없기 때문에 당분간 프랑스어를 가르치는 아르바이트를 하면서 학비를 벌겠다고 덧붙였다.

셋이서 찜도 먹고 꼬치구이도 먹었다. 큐에 대해 아미는 별말을 하지 않았다. 만나서 다행이었다고 하고, 자신의 아버지가 사키의 가족과 인연이 깊은 사람이라서 기쁘다고 했다. 마리 역시 그 일에 대해서는 아무것도 묻지 않았다.

"그는 좋은 사람이야. 너를 잃고서 많이 슬퍼했을 거야."

다만 그렇게만 말했다.

라면이 나오자 세 사람도 말을 멈췄다. 커다란 냄비에서 피어오르는 김 때문에 비닐 포렴이 뿌예지면서 물방울이 맺혔다. 숨이 막힐 정도의 더위와 냄새. 뽀얀 국물이 짙고 뜨거워 마리는 땀을 흘렸다. 사키와 아미의 이마에도 송송 돋은 땀이 빛났다.

거의 동시에 다 먹었다. 그것이 또 유쾌해서 셋이 함께 웃었다.

후텁지근한 밤이었지만 포장마차에서 나오니 마리는 밤기운이 시원하게 느껴졌다. 강 저 건너에는 네온사인, 줄줄이 매달린 빨간 초롱이 부옇게 빛났다. 마리에게는 너무도 익숙한 풍경이었다. 과거 '라 포레 다무르' 였던 건물을 한 번 쳐다보고는 역시 과거에 버터 광고탑이 서 있었던 방향으로 걸었다.

하지메가 지금 여기에 있다면, 하고 마리는 생각했다. '하카타 아닌 곳에서는 죽어도 라면을 먹지 않는 남자' 였던 하지메가 딸과 그녀의 연인과 함께 지금 여기에 있다면.

하루요시 다리에서 집으로 돌아가는 둘과 헤어졌다. 마리는 택시를 타고 다시 가게로 갔다. 배가 더부룩하다. 젊은 사람들과 똑같이 먹다니 어이가 없다. 창문을 열어놓고 의자에 기대어 마리는 씁쓸하게 웃었다. 엔젤. 누군가가 그렇게 부르며 잘 먹는다고 칭찬해주었던 것도 아주 먼 옛날의 일이다.

꺼림칙한 혈압계, 대량의 약, 간이 변기, 기저귀, 타월, 잠옷과 시트 일부, 플라스틱 컵, 탕파 등은 아라타가 죽고 나서 바로 처분했다. 하지만 그 외의 것들—병을 앓기 전의 아라타 것—은 아무것도 정리하지 못하고 있다.

뿐만 아니다. 도쿄로 올라가기 전 짐 정리를 하면서 사키가 이제는 필요없다고 상자에 쑤셔 담은 것도 아직 처리하지 못하고 있다. 그래봐야 잡동사니일 뿐인데 상자는 세 개나 된다. 안에는 중학교 시절 노트와 더 어릴 때 썼던 문구류, 프랑스에 가기 전에 들었던 프랑스어 회화 교재와 이제는 입을 수 없는 옷 등이 들어 있었다.

바보 같아.

마리는 그렇게 생각한다. 버리라고 예전에는 그토록 성가시게 잔소리를 했는데.

2010년 가을, 불쑥 찾아온 홀가분함을 마리는 감당치 못하고 있다. 배가 안 고프면 음식을 만들지 않아도 되고 자고 싶으면 오후 늦게까지 자도 상관없었다. 몸을 움직이고 싶으면 도쿄에 있을 때처럼 수영장에 가서 수영을 할 수도 있었다.

요즘 들어 마리는 두고두고 감탄한다. 사람보다 물건이 훨씬 오래 산다고. 아라타는 이미 어디에도 없는데, 아라타의 방도 옷도 책도 찻잔도 아직 있다. 거실에는 소이치로의 책상이 있고, 마리의 방 커튼은 먼 옛날 기요가 만든 것이다.

아침, 색도 바래고 너덜너덜해진 커튼을 보면서 마리는 생각한다. 엄마가 이 커튼을 만들어 걸었던 날을 기억하고 있다.

"또 초록색이야?"

마리는 그렇게 말하고 입을 비죽 내밀었다. 나 혼자, 같은 방 안에서 같은 커튼을 걷는 날이 오다니, 생각지도 못했다.

어떻게 생각해?

소이치로에게 물었지만 아무런 기척도 느낄 수 없었다. 이 집안에서 마리는 그야말로 외톨이였다.

10장

노래해 노래해, 다시

1

테라스 밖 느티나무는 잎사귀를 모두 떨어뜨리고 앙상한 가지만 남았다. 그 아래를 걸어가는 사람들의 발길이 낙엽을 밟는 메마른 소리가 들렸다. 걸레로 선반의 먼지를 닦아낸 뒤 마리는 멍하니 하늘을 보았다. 해가 많이 짧아졌다. 이제 막 5시가 되었는데, 사방이 서늘하고 눅눅한 저녁 어둠에 싸여 있다.

안주 준비, 청소, 화장실 비품 점검. 문을 열 준비는 끝났지만 이제 서둘러 돌아갈 필요가 없다.

"춥네."

마리는 혼잣말로 중얼거렸다. 그런데도 실내로 들어가지 않고 철제 의자에 앉았다. 두 다리를 난간에 올려놓자 화려한 색감의 에스닉 무늬 롱스커트가 커튼처럼 밑으로 축 늘어졌다. 자세가 그게 뭐냐. 아빠가 보면 그렇게 말하면서 얼굴을 찡그리겠지.

결국 15년이 걸려서도 책은 쓰지 못했다. 논문이 아니라 일반 사람들에게 유기화학의 재미와 유용성을 알기 쉽게 전하기 위해 쓴다고 하더니.

죽은 아빠를 생각할 때마다 마리는 그 일이 참 불가사의하게 느껴진다. 아쉬움이 아니라 불가사의함이다. 그 책에 담길 내용과 사상은 다 어디로 가버린 걸까.

엄마도 그랬다. 물에 젖어 곱은 손가락을 폈다 오므렸다 하면서 마리는 또 생각에 잠긴다. 엄마가 정성 들여 꾸민 가든에는 맨션이 들어섰다. 이렇게 해질녘이 되면 푸르스름한 어둠 속에서 허리를 구부리고 날마다 손질했는데. 계절 따라 달랐던 그 정원의 냄새도, 기요의 작업복도, 엄청나게 길었던 호스의 색이나 형태도 마리는 낱낱이 떠올릴 수 있었다. 하지만 지금 그 정원은—그때 그 시간은—이제 어디에도 없었다.

그리고 아빠마저 잃고 말았다.

일어나 걸레를 집어 들면서 마리는 또다시 떠올렸다. 후쿠오카로 돌아온 후 마리가 일에 매달리고 사랑에 정신을 파는 동안, 아빠는 서서히 죽어갔다.

마리는 오늘 밤도 가게에서 저녁을 먹을 생각이다. 서둘러 돌아가 밥을 먹어 봐야 시간만 허비할 뿐이니까. 저녁 하늘에 금성이 홀로 쓸쓸하게 빛나고 있다.

혼자만의 생활은 나름대로 편했다. 시간적으로 여유가 있는 덕분인지 옷이다, 구두다, 별 필요도 없는 것을 살 때도 있었다. 미용실에 가서 머리는 물론 손톱 손질까지 하는 일도.

우치다의 안내로 난생처음 스파에 갔다. 그곳은 사이테츠 후쿠오카 역에서 걸어서도 갈 수 있는 곳이었다.

"아이, 마담 언니, 피부가 정말 좋다. 군살도 하나 없고. 아이, 짜증 나네."

악의 없는 공치사를 하는 우치다가 그 말의 잔인함을 전혀 깨닫지 못하는 듯해 마리는 씁쓸하게 웃었다.

스파에는 커다란 욕탕 하나와 차가운 물로 샤워하는 부스가 하나, 미스트 사우나가 하나 있었다. 욕조의 물도 샤워 물도 미네랄워터를 사용한다고 한다.

"왠지 좀 아깝다는 생각이 드네."

마리의 말에 이번에는 우치다가 씁쓸하게 웃었다. 욕탕과 사우나에서 땀을 뺀 후에 피부 관리사가 등에 진흙 같은 것을 발라주었다. 마리는 간이침대에 엎드려 알지도 못하는 인간의 손바닥이 자신의 등 위로 오가는 것을 느꼈다. 진흙은 차갑고 무거웠다. 지금까지 여자 앞에서는 알몸을 드러낸 적이 없어서 그런지 부끄러웠다. 피부 관리사는 우치다만큼이나 젊어 보였다. 그러니까 사키와 비슷한 또래였다.

"앞으로는요, 시간도 돈도 자신을 위해서 쓰는 게 좋지 않을까요?"

한차례 끝내고 로비 라운지에서 맥주를 마실 때 우치다가 말했다.

웃는 얼굴이 반짝인다. 자신도 이 아이만큼 얼굴이 반짝일까 하고 생각하자, 마리는 왠지 불안해졌다.

"기분 좋았죠?"

우치다의 물음에 마리는 방긋 웃으면서 고개를 끄덕였다. 우치다는 여기 말고도 발바닥 마사지를 해주는 곳도 있고 '체조 같은 것'을 하는 태국식 마사지를 하는 곳 등 갖가지 업소가 있다고 알려주었다.

마리는 일이 없는 날 밤에는 때로 낯선 가게로 술을 마시러 나갔다. 스파와 달리 적어도 술집이면 어떻게 처신해야 하는지 알았기 때문이다. 정찰이랄까 견학의 의미도 있었다. 어떤 술을 어떤 가격에 팔고 있는지를 아는 것도 재미있었다. 손님들이 그 가게의 무엇을 찾아 모여드는지를 눈으로 직접 보는 것도.

'라이브 하우스'와 '클럽'이라 불리는 곳을 들여다본 적도 있었다. 낯선 곳이라도 술만 있으면 당당하게 들어가는 자신이 우스웠다. 같이 춤을 춰주는 남자도, 데리러오는 남자도 없는데. 아니, 실제로는 그런 장소가 그냥 술집보다 마음이 편했다. 오히려 여유롭기까지 했다. 말굽 모양의 카운터

위 천장이 천으로 덮여 있기도 하고, 실내에 연립주택 바깥에나 있을 철제 계단이 있기도 하고, 창고처럼 콘크리트가 그대로 드러난 벽에 테이프를 둘둘 감은 파이프가 노출되어 있기도 하고. 가게의 모양새는 신기했지만 손님들의 열기와 실내의 냄새, 몸을 흔드는 사람들의 움직임과 표정과 황홀감은 마리에게 친근한 것들이었다.

'엔드라' 같다고 생각하면서 혼자 미소 짓는 일도 있었고, 과거 '마리아 하우스'에서 밤마다 춤을 추었던 자신을 떠올리는 일도 있었다. 절대로 거리낌은 없었다. 그러나 동시에 퍼뜩 정신을 차리면 자신이 관찰자 시점에서 사물—이라기보다는 세계를—을 보고 있다는 것에 당혹했다. 무수한 타인들과 같은 장소에 있는데, 자신만이 다른 것을 보고 있었다. 거기에는 마리 자신은 설명할 수 없는 거리가 있었다. 마치 자신은 죽은 사람 쪽에 있는 인간이고, 그래서 산 사람들을 멀찌감치 바라보는 듯한 느낌이었다. 한 잔 술을 손에 들고, 왕왕 울리는 음악에 에워싸여.

마리는 밤낮을 가리지 않고 죽 그런 느낌을 가졌다. 집과 묘지와 '포스트 데상스'를 제외한 모든 곳에서 마리는 자신이 그곳에 있지 않은 것처럼 느꼈다. 한낮의 버스 정거장에서도, 저녁 나절의 슈퍼마켓에서도.

"엄마, 외로워서 그런 거 아니야?"

연말에 고작 닷새 동안 내려와 있었던 사키가 분석조로 그렇게 말했다. 가슴팍에 해골 무늬가 있는 스웨터, 헐렁헐렁한 작업바지 차림으로 거실 소파에 책상다리를 하고 앉아서.

"그렇지 않아. 그야 외롭지 않다고 하면 거짓말이지. 하지만 엄마가 한 말은 좀 다른 거야."

"다른 거?"

저녁을 먹으면서, 마리는 사키를 위해 고이 간직한 말바시아 세카를 땄다. 딱히 비싼 와인은 아니지만, 해발 3,000미터나 되는 높은 곳에서 재배한 말바시아종 포도만 사용한, 향기가 그윽한 발포성 화이트 와인이다. 그 와인을 처음 마셨을 때의 사키 얼굴이 떠올랐다. 둘은 지금 딱 한 잔씩 남은 그 와인을 거실로 들고 와 마시는 중이다.

"뭐라고 표현하면 좋을까. 좀 무서운 거야. 죽은 사람들 쪽에 있다고 느끼는 것은 어쩌면 행복한 일이야. 조금도 외롭지 않고, 오히려 편안하고 기쁜 일이야. 하지만 주위를 돌아보면 무서워져. 산 사람들이 무서워져."

마리의 설명에 사키는 미간을 찡그렸다.

"그거, 오컬트 같은 거야?"

마리는 웃으면서 잔에 남은 와인을 입술 사이로 흘려 넣었다.

"아니, 전혀 달라."

이 아이는 잘 모르고 있다. 일찍 아빠를 잃었고, 할아버지의 죽음에 그렇게 많은 눈물을 흘렸는데도 아직 모르는 것이다. 그런 생각이 들자 마리는 오히려 안도했다.

"됐어. 너는 신경 안 써도 돼. 엄마를 누군가가 지켜주고 있다는 말을 하고 싶었을 뿐이니까."

"에이, 엄마는. 역시 오컬트 냄새가 나네."

사키는 그렇게 말하고 또 얼굴을 찡그렸다.

오고 가는 계절만이 마리의 나날을 새롭게 해주었다. 마당에 서리가 내리는 추운 아침이 계속되던 어느 날, 문득 물이 따스하게 느껴졌다. 옆집 서

향나무에 꽃이 피고 '포스트 데상스' 앞 느티나무에도 새싹이 돋았다. 바람이 살랑거리던 아침—거의 낮에 가까운 시간에—창문을 연 마리는 부연 눈을 살짝 찡그렸다. 어린 시절부터 변함없는 이 도시의 봄바람이었다.

계절은 해마다 돌아오는데 그때마다 기분이 새로워지는 것은 어째서일까.

마리는 자신의 단순함에 피식 웃으면서 두 시간 동안 집 청소를 했다. 만일 사계절이 없는 고장에 살았다면, 아마 청소도 안 하지 않았을까. 그런 생각은 거의 확신으로 굳어졌다.

오랜만에 옆집도 환기를 시키려고 열쇠를 들고 건너갔다. 그런데 잠겨 있어야 할 문이 열려 있었다. 수상히 여기면서 문을 열어보니, 평소와 다름없는 어둠과 희미한 곰팡내가 마리를 맞았다. 환기도 하고 대충 청소도 하는 게 좋을 것 같다는 생각을 하며 부엌으로 향했다. 그런데 싱크대에 지저분한 그릇들이 놓여 있었다. 숨을 죽이고 귀를 기울여보았지만 집 안은 고요하기만 할 뿐 사람의 기척은 없었다. 하지만 누군가가 이곳에 틀림없이 있었다. 공포가 스멀스멀 기어 올라왔다.

아미가 사용하던 방의 장지문을 열어보았다. 그곳은 그대로 깔끔했다. 그다음 과거에 나나의 침실이었던 방의 장지문을 연 마리는 헉, 하고 숨을 삼켰다. 이부자리가 깔려 있었고, 그 옆에는 옷가지와 페트병이 어지럽게 널려 있었다. 머리맡에는 노트와 펜이 놓여 있었다. 반듯하게 갠 타월도.

그때 현관문이 열리는 소리가 나 마리는 순간적으로 얼어붙었다. 잠시 후 복도에서 삐걱거리는 소리가 났다. 돌아서며 온몸에 힘을 준 마리 앞에 큐가 얼굴을 불쑥 내밀었다. 볼은 움푹 꺼지고 체구가 한 뼘은 작아진 듯 보였지만, 마리는 큐라는 것을 금방 알아챘다.

"아."

마리를 보고서 큐는 거의 입을 움직이지 않은 채 뜻 모를 탄성을 내뱉었다. 마리는 놀라 말이 나오지 않았다. 반면에 큐는 놀라는 기색 없이 손에 든 묵직한 비닐봉지를 부엌으로 들고 가 부스럭거리는 소리를 내며 식탁에 올려놓았다.

"현관에 샌들이 있어서 마리가 온 줄 알았어."

마리는 아직 말 한마디 못하고 우두커니 서 있다. 큐는 묵묵히 비닐봉지 안에 든 것—간장과 대파, 낱개 포장된 우동 같은 식료품—을 식탁에 꺼내 놓았다.

"언제? 언제 돌아왔어?"

마리가 가까스로 물었다.

"한 일주일쯤 됐을 거야."

큐는 대답하고서 빈 비닐봉지를 묶어 서랍에 넣었다.

"일주일? 난 전혀 몰랐네."

얼빠진 목소리였다.

"누워만 있었으니까."

고개를 숙인 큐는 가라앉은 목소리로 말한 후에야 겨우 얼굴을 들고 마리를 보았다.

"연락을 해야 하나 하고 생각은 했는데."

몸도 좀 좋지 않다고 덧붙인 큐는 아닌 게 아니라 피부가 납빛이었다. 술을 너무 많이 마셔서 그렇대. 사키가 했던 말이 떠올랐다.

"병원에, 가봤어?"

"아니. 별거 아니라서."

대답하는 큐의 얼굴에 미소 비슷한 것이 번졌다.

"피곤한 모양이네."

마리는 달리 뭐라 말하면 좋을지 몰랐다. 이제 무대에도 안 올라가나. 역시 사키에게 들었던 말이 뇌리를 스쳤다.

"언제까지 있을 거야?"

애써 밝은 목소리로 물었다. 갖가지 묻고 싶은 것은 많았다. 아미와 나나에 대해서도, 큐 자신에 대해서도.

"또 올게. 필요한 거 있으면 무엇이든 얘기하고. 밤에는 일 때문에 집에 없지만, 낮에는 거의 늘 혼자 있으니까."

언젠가, 그리 오래지 않아, 묻고 싶은 것을 물을 수 있을지도 모른다. 아마도.

"그리고 나갈 때는 문을 잠그고 나가야 해. 이 부근도 이제 옛날 같지 않아."

마리는 그렇게 말하고 들고 온 열쇠를 식탁 위에 놓았다.

밖으로 나오자 마리는 무릎에서 힘이 쭉 빠져 휘청휘청 그 자리에 주저앉을 뻔했다.

"꿈인지 생시인지."

마리는 그렇게 중얼거리며 신선하고 평화로운 봄의 공기를 마셨다. 대체 몇 년 만일까. 왜 갑자기 돌아왔을까. 돌아온 것을 왜 알려주지 않았을까. 두세 걸음 걷다 돌아보니 빈집이 아닌—지금은 마리도 그렇다는 것을 아는—옆집이 햇살 속에 소리 없이, 나른하게 서 있었다.

다음 날 찾아갔을 때도 여전히 문은 열려 있었다. 큐는 이불 속에서 나오지 않았다. 말을 걸면 대답은 하기에, 의사에게 왕진을 청할까 하고 물었더니 필요 없다고 했다. 마리는 남편도 연인도 아닌 남자니까 그냥 놔둘 수밖에 없다고 생각하고 집으로 돌아갔다.

일주일 후에 다시 찾아갔을 때도 마찬가지였다.

비 오는 밤 1시의 '포스트 데상스'에는 손님이 한 사람밖에 없었다. 그 한 사람도 세 잔째 와인에는 거의 입을 대지 않은 채 눈을 감고 꾸벅꾸벅 졸았다.

"손님, 이제 문 닫을 시간이에요."

어깨 너머로 우치다가 그렇게 말했다. 그러자 손님은 등을 펴면서 눈을 뜨기는 했지만 무슨 소린가 중얼거리더니 이내 또 꾸벅꾸벅 졸았다.

"손님."

우치다의 목소리에 체념이 묻어난다. 마리는 이 손님이 돌아가면, 오늘 밤은 그만 가게 문을 닫아야겠다고 생각했다.

바로 그때 큐가 문을 열고 들어왔다. 시신 같은 낯빛에 비틀거리는 걸음으로 들어와 마리를 보더니 텁수룩한 수염에 덮인 입가에 미소가 어렸다.

"한잔할까 하고."

이미 눈도 빨갛게 충혈되어 있었다.

"바보 같은 소리 마."

큐가 비틀비틀 카운터로 다가와 거의 고꾸라지듯 스툴에 앉았다.

"왜? 여기 바잖아."

편지를 읽고서 한 번은 와보고 싶었어. 큐는 입을 거의 열지 않은 채 주절주절 말했다.

"술 취한 거야?"

금방이라도 옆으로 쓰러질 듯한 큐 뒤에 서서 나무라는 마리의 목소리가 오히려 떨렸다. 동요해서는 안 된다. 생각은 그런데 심장이 방망이질을 했다.

"오늘 밤은 좀 심하네."

옆에서 우치다가 한숨을 쉬었다.

"이 사람은 손님 아니야."

마리는 그렇게 말하고 큐에게 잡아줄 테니까 소파로 옮겨 앉으라고 부탁했다.

"괜찮아. 괜찮으니까 술이나 주면 안 될까. 몸이 좀 안 좋아. 여기저기가 아프고, 아무것도 안 먹어서 그런지도 모르겠지만."

방금 전까지 꾸벅꾸벅 졸던 손님이 계산을 해달라고 했다. 갑자기 잠이 달아난 모양이었다. 테라스에 쏟아지는 빗소리가 요란했다.

마리는 야채수프를 데워 큐에게 먹이고서 아침이 되면 꼭 병원에 가겠다는 약속을 받아냈다.

"민폐가 심한 친구군요."

우치다의 말에 마리는 어깨를 으쓱해 보였다. 큐는 소파에 몸을 묻은 채 잠이 들었다. 그에게서 숨소리가 조그맣게 났다.

알코올 중독은 아닌 듯했다. 약속한 대로 병원에 가서 의사의 설명을 듣고 왔다는 큐의 말에 마리는 가슴을 쓸어내렸다. 하지만 몸 어디가 나쁜지에 관해서는 말하지 않았다. 그저 '별거 아니야' 라는 말만 되풀이했다.

"그냥 아무것도 할 마음이 없어."

큐는 본인이 말한 대로 정말 누워만 있었다. 그래도 마리가 찾아가면 일어나 앉았고, 사 들고 간 복숭아를 깎아주면 맛있게 먹었다. 그리고 청소와 빨래도 제 손으로 꼼꼼히 하는 듯했다.

그간의 피로 탓인지 실제 나이보다 늙어 보이는 옆집 남자가 자신이 아는 소후에 큐라는 사실이 믿기지 않았다. 낯선 남자야. 화가 난 것처럼 보이는 옆얼굴도, 병이 들어서도 실팍한 등도.

소년 시절의 큐는 안쓰러울 정도로 선의(善意)에 좌우되었다. 그 때문에 마리는 때로 놀라고 때로 어이없어하고 때로 슬펐다. 큐의 선의는 마음이 아니라 에너지였다. 소이치로가 그토록 매료되었던 것은—그리고 마리가 그토록 짜증스러웠던—바로 그 에너지였다.

무엇이 큐에게서 그 에너지를 빼앗아 간 걸까.

7월 아침, 늦게 일어난 마리는 커피 메이커를 켜놓고 고양이에게 설마른 생선포를 주려고 마당으로 나갔다. 단박에 햇살에 갇히고 만 마리 눈에 흙도 나무들도 바짝 말라 멀건 색으로 보였다.

"이리 와."

그렇게 말할 것도 없이 고양이들이 다가와 마리의 다리에 몸을 비비고, 약간 떨어진 곳에서 기다리고, 야옹야옹 어서 밥을 달라고 채근했다.

"아이 착해라."

마리는 고양이들이 쭈그리고 앉아 밥그릇 세 개에 얼굴을 거의 처박고서 먹는 것을 지켜본다. 사키가 주워 온 고양이들은 사라졌다가 돌아오고, 새끼를 낳고 때로 다쳐 오기도 하면서 알게 모르게 이 마당을 고양이 천지로 만들어버렸다. 절반은 도둑고양이인 더럽고 야윈 고양이들.

"뭐 하는 거야?"

큐의 목소리였다. 큐가 흰 페인트가 벗겨진 울타리 너머에서 마리를 보고 있었다.

"응, 고양이들에게 밥 주고 있었어. 언제 이렇게 많아졌는지 모르겠어."

마리는 일어나면서 대답했다. 그러면서 날씨가 참 좋다고 덧붙였다.

"눈부시고 덥고, 고요하고 평화롭고."

하지만 큐는 고양이들을 물끄러미 쳐다볼 뿐 더는 듣고 있지 않았다. 마리는 가슴속으로 한숨을 쉰다. 큐 역시 여기에 있지 않은 사람 같았다.

"아, 저 고양이."

표정을 읽을 수 없는 얼굴로 큐가 말했다.

"어느 거? 이 검둥이?"

고개를 끄덕인 큐는 때로 그러는 것처럼 화가 난 듯한 얼굴이었다.

"이름이 브라키야. 사키가 지었지. 아주 오래전부터 우리 집에 살고 있어."

사키가 주워 온 고양이 중 한 마리니까 10년도 더 지났다. 쉰 목소리로 어리광을 피우는 귀여운 고양이였다. 그다음 큐가 한 말은 마리로서는 예기치 못한 것이었다.

"보통 고양이?"

마리는 그만 눈썹을 추켜올리면서 놀란 표정을 지었다. 큐는 심각한 표정이었다.

"보통 고양이지. 안 그럼 어떤 고양이인데?"

큐는 아무 말도 하지 않았다. 마리가 어쩌면 좋을지 모르는 것은 이런 때였다.

2

깊은 밤, 일을 끝내고 집으로 돌아오면 마리는 우선 화장부터 지우고 샤워를 한다. 술을 많이 마시거나 피곤한 날에는 그대로 침대에 쓰러져 잠들었다. 하지만 그렇지 않은 날에는—실제로 그런 날이 더 많지만—샤워를 하고 난 후 시간을 갖는 것이 조촐한 낙이었다.

일찍 일어나지 않아도 되니까 새벽까지 자지 않아도 되었다. 거실에서 아라타의 레코드를 듣기도 하고, 학생 시절에 읽었던 소설을 다시 꺼내 읽기도 했다. 때로는 욕실과 화장실을 청소하기도 했고, 커피 잔을 들고 목욕가운만 걸친 채 창가에 서서 희붐하게 밝아오는 하늘을 바라보기도 했다.

레코드를 듣다 보면 아라타가 살아 있던 날들이 떠올랐다. 어린 사키가 졸라 플레이어에 조심스럽게 바늘을 내려놓던 아라타의 손길과, 그보다 더 오래전 기요와 아라타의 침실에서 흘러나오던 음악 소리, 그리고 오빠를 독점할 수 있었던 일요일 아침의 기억들.

그럴 때면 집이 살아 숨 쉬는 것처럼 느껴졌다. 많은 것을 보아왔고, 기억하고 있고, 지금도 여전히 마리를 보고 있는 것처럼. 집의 눈에도 자신이 중년 여자로 비치겠지. 이런 생각을 하면 웃음이 절로 나왔다. 이 집의 갓난아기였던 자신이.

잠잘 때 속옷만 입고 자게 된 것도 요즘의 습관이다. 목욕가운을 벗고 그대로 침대에 눕는 게 기분이 더 좋다. 밝아오는 새벽의 파르스름한 공기와 시트의 시원함을 온몸으로 느낄 수 있기 때문이다. 눈을 감으면 대개 새소리가 들렸다. 그리고 배달부의 오토바이 소리. 그러다 조금 더 시간이 흐르면, 어쩌다 일찍 일어난 큐가 창문과 문을 열어젖히는 소리가 들릴 때도 있다. 큐가 애용하는 대껍질 슬리퍼가 자갈을 밟고 흙을 스치는 싱그러운 소리도. 멍하니 그런 소리들을 들으면서 마리는 잠에 빠져든다.

큐는 때로는 상태가 좋고 때로는 나빴다. 좋다 싶을 때면 지붕에 이불을 내다 널었고, 과거 '라 포레 다무르' 옥상의 숲에서 그랬던 것처럼 묵묵히 마당을 쓸었다.

"괜찮아?"

마리가 말을 건네면 큐가 싱긋 웃으며 대답한다.

"이제 다 나았어."

그런 때 큐의 얼굴은 마리가 잘 아는 소년 큐 그대로였다. 불순물이 전혀 섞이지 않은, 순수하게 웃는 얼굴. 물보라처럼 순간적으로 환하게 퍼지는 표정.

마리가 일을 쉬는 날에는 같이 산책도 했다. 공구를 사고 싶다는 큐를 차에 태워 데리고 간 일도 있다. 이를 보고 큐는 마리가 운전을 다 하다니, 믿어지지 않는다고 말했다. 그때 마리는 먼 옛날, 자신만 따돌리고 가드레일에 걸터앉아 지나가는 차의 차종을 소리로만 알아맞히는 게임을 하느라 어두워지도록 열을 올렸던 소이치로와 큐를 떠올렸다. 큐의 집에서 식사를 할 때도 있었다. 하지만 그렇게 얼굴을 마주할 때도 과거에 대해서는 서로가 아무 말도 하지 않았고 묻지도 않았다.

참 이상하다, 고 마리는 생각한다. 벌써 몇 년이나 큐는 수수께끼에 싸여 있었다. 기억을 되찾으면 묻고 싶었던 일들이 몇 가지나 있었다. 파리에서 무슨 일이 있었는지, 부인은 어떤 사람이었는지, 어쩌다 교조로 추앙받다가 또 어쩌다 비난의 화살이 쏟아지게 되었는지. 왜 그렇게 오래도록 집으로 돌아오지 않았는지. 하지만 막상 큐를 보면 그런 것들은 알아봐야 별것 아니라는 생각이 들었다.

시간이 너무 많이 흐른 것이다, 하고 마리는 생각한다. 마리 역시 마찬가지였다. 이렇게 많은 시간이 흘렀는데, 무슨 얘기를 어떻게 하라는 걸까. 지금 여기 있는 자신을 빼고는 모든 것이 불확실하다고 생각되었다.

옆집에 큐가 있을 뿐인데, 가끔 마리는 혼란스러웠다.

"이상해."

쉬는 날의 늦은 아침, 혼자 마실 만큼의 커피를 끓이고 토스트에 꿀을 바르면서 마리는 중얼거렸다. 시간이 너무 많이 흘렀다는 것은 시간이 조금도 흐르지 않았다는 것과 얼마나 비슷한가. 이런 생각을 하면서 토스트를 한 입 베어 물었다. 염천, 혹서라 해야 할 날들이 계속되고 있다.

가게 에어컨이 또 말썽을 부리는 바람에 서비스를 신청했다. 작년에 사키에게 줄까 싶어 한 상자를 주문했던 말바시아 세카가 평이 좋아 가게의 기본 리스트에 추가했다.

'포스트 데상스' 에 있으면 마리는 자신이 세계와 동떨어져 있다고 느끼지 않는다. 늘 해야 할 일이 있고, 듣고 싶은 목소리와 대화와 음악이 있다. 직업의식이란 것과는 다르다. 그곳에서 마리는 진정 마음에서 우러난 웃음을 웃었다. 처음 오는 손님과 단골의 구별 없이 마리는 손님이 좋았다. 어떤 의미에서는 자신의 집과 같다고 생각했다. 자신의 집에 있을 때보다 훨씬 더 기분이 들뜨지만.

창밖 공기가 아른아른하게 보일 정도로 더운 어느 날 아침, 사키에게 전화가 왔다.

"엄마?"

사키의 목소리가 통통 튀었다. 사키는 엄마가 잘 있는지 확인하려고 전화했다고 말했다. 새로운 생활과 일은 순조롭고, 일을 하면서 툭하면 실수를 하지만 몰랐던 것을 알게 되고 사람들도 많이 만날 수 있어 즐겁다고 했다.

"어렸을 때는 잘 몰랐는데, 도쿄는 정말 재미있는 도시더라."

놀자고 들면 얼마든지 놀 수 있다며 웃는 딸의 목소리를 마리는 눈을 감고 들었다. 아주 먼 옛날, 좋아하는 남자와 손을 마주 잡고 도쿄 역에 내렸었다. 긴장과 불안과 함께.

사키는 미치루의 근황도 전해주었다. 대학에서 퇴직하면 유미코 씨와 긴 여행을 떠날 계획을 세우고 있다고.

"그 두 사람이 배를 타고 여행을 떠나다니, 거의 애거서 크리스티 아니야?"

"정말 그렇네."

마리는 맞장구를 쳤다. 전화 저편이 아주 멀게 느껴진다. 마리는 식탁의 자를 꺼내 걸터앉았다. 읽다 만 아침 신문, 꺼내놓은 녹차 통.

"아 참, 그러고 보니까 '엔드라' 에."

사키는 얘기를 계속했다. 그때 그것이 눈에 띄었다. 전자레인지 위로 조그만 회색 거미가 기어가고 있었다. 걷고 있네, 하고 마리는 생각한다. 거미는 자그만 몸에 비해 유독 길고 가느다란 다리를 열심히 움직이고 있었다.

"새로운 사람이 들어왔어. 이번에도 시즈오가 소개한 사람이래. 한국인인데 일본에서 자랐고, 그 후에 파리로 유학 갔다가 시즈오를 만났대."

마리는 수화기를 귀에 댄 채 회색 거미를 바라본다. 체중은 거의 없는 것이나 다름없는 가벼운 생물. 실보다 가는 다리 하나하나에 햇살이 비쳐 예뻤다.

"말은 없지만 꽤 인상이 좋아. 그리고 엄마처럼 시즈오의 모델을 했었대. 그녀랑 파리 얘기도 할 수 있고, 좀 그립기도 해서 요즘은 '엔드라'에 자주 가."

마리는 한 손을 내밀어 살며시 거미를 집었다. 그리고 창밖에 풀어놓는다. 분명히 손에서 떨어졌는데, 어디로 사라졌는지 거미는 보이지 않았다. 공기가 아른거릴 정도로 덥고, 잡초만 무성할 뿐 마당은 메말랐다. 나중에 물을 좀 뿌려야겠네, 하고 마리는 생각한다.

"……미인은 아니지만, 개성적인 얼굴이야. 시즈오는 퍼니 페이스를 좋아하나 봐."

사키의 목소리가 끊겼다.

"그런지도 모르지."

마리는 미소를 지으며 대답한다. 여전했다. 아오야마 시즈오나 '엔드라'나. 세상은 마리 밖에서 마리와 무관하게 움직이고 있다.

"아미는 잘 있니?"

마리는 창문을 닫았다. 잡초, 햇살, 고양이들, 그리고 거미. 지금 여기에 확실하게 있는 것들.

"잘 있어."

사키의 목소리에 수줍음이 배어 있다.

"학교에 열심히 다니고 있어. 지금 하기 집중 프로그램이란 걸 듣고 있는데, 그게 끝나면 프랑스에 다녀오려나 봐."

"그렇구나."

침묵이 내려앉았다.

"엄마, 있지, 우리."

그다음 말을 기다렸지만 사키는 아무 말이 없다.

"말해봐. 뭔데?"

수줍은 웃음소리가 들린 듯했다.

"아무것도 아니야."

노래하듯 말하는 사키의 목소리가 들렸다. 마리는 안도한다. 노래하는 목소리로 말할 수 있다면, 아무 문제가 없는 것이리라.

"휴가 낼 수 있으면 내려갈게."

사키의 말에 마리는 기다리겠노라고 대답했다. 서로 잘 있으라고 말하고서 전화를 끊었다.

물을 뿌리러 마당에 나갔더니, 울타리 너머에 큐가 서 있었다. 지나가다 멈춰 선 것이 아니었다. 마치 마리가 나올 것을 미리 알고 있었다는 듯이 울타리 앞에 서서 이쪽을 향하고 있었다.

"큐."

마리는 그만 부르고 말았다. 큐의 등 뒤에는 키 큰 접시꽃이 풋풋하게 피어 있었다.

"마리."

큐도 놀란 듯이 말했다. 나올 줄은 몰랐다는 것처럼.

"같이 점심 먹으러 나갈까?"

그렇게 말을 이은 큐의 목소리도 표정도 오늘따라 어린애 같았다.

"좋지."

큐가 미소 지으며 대답하고는 불쑥 화제를 바꿔 조금 긴장한 목소리로 말했다.

"나, 보여주고 싶은 게 있어."

큐가 내민 것은 엽서였다. 끄트머리가 누렇게 바래고 바삭바삭하게 마른 관제엽서. 연필로 쓴. 그 순간, 마리는 숨을 멈췄다.

안녕, 또 보자.

소이치로가 죽은 후에 마리가 받은 엽서였다. 그 엽서가 어떻게 큐의 손에? 뒤집어보니, 그곳에는 똑같이 연필로 쓴 글씨로 큐의 이름이 적혀 있었다.

"마리는 오빠를 끔찍이 좋아했으니까, 내게만 엽서가 온 걸 알면 샘을 낼 것 같아서 지금까지 말하지 못했어."

믿을 수 없었다.

"잠깐만 기다려봐."

마리는 그렇게 말하고 이명 비슷한 동요를 느끼면서 집 안으로 들어갔다. 정말 몇 년 만에 계단을 뛰어올랐다. 물속에 있는 듯한 답답함.

그 엽서는 따로 보관하고 있다. 마리의 방, 어렸을 때부터 쓰고 있는 책상 오른쪽 맨 위 서랍에 넣어두었다. 열어도 바로 보이지 않도록 제일 밑바닥에.

안녕, 또 보자.

글자 하나 다르지 않은 똑같은 엽서가 거기에도 있었다. 마리의 이름. '귀하' 대신 '에게'가 쓰여 있는 것까지 똑같았다.

이번에는 천천히 계단을 내려갔다. 거짓말 같았다. 이 엽서에 대해서는 지금까지 아무에게도 말하지 않았다. 아라타나 기요에게도.

마당으로 나가 말없이 엽서를 내밀었다. 오빠답다고 생각하면서.

—꽤 오래 걸렸군.

그렇게 말하는 소이치로의 목소리가 들린 듯했다.

—물론 마리도 똑똑하지. 하지만 큐는 내 친구이고, 특별히 똑똑해.

마리는 큐의, 큐는 마리의 얼굴을 보았다. 그리고 거의 동시에 웃는다. 키들키들, 키득키득.

햇살을 가린 차양 아래 싱싱해 보이는 생선이 진열되어 있다. 어린 돔, 샛돔, 토막 낸 잿방어, 벤자리, 오징어, 그리고 자그마하고 살이 반짝반짝 빛나는 전갱이. 가게 주인은 대를 이어 바뀌었지만, 가게의 모습은 예나 지금이나 변함이 없다. 시장 끄트머리에 있는 활력이 넘치는 생선가게다.

점심은 외식 대신 마리가 집에서 준비하기로 했다. 그러는 편이 소이치로의 엽서가 선사해 준 기분에 어울릴 것 같았다. 지금도 조금 긴장을 풀면 키득키득 웃음이 입술에서 흘러나올 듯하다. 실제로 차를 몰고 시장에 오면서도 마리는 몇 번이나 실없이 웃었다. 울고 싶기도 하고, 어이없기도 하고, 해방이 된 것 같기도 했다. 갑자기 밝은 장소로 나온 듯한 낯섦.

"소이치로다운 장난이군."

엽서 두 장을 견주어 보면서 큐가 그렇게 말했을 때, 마리는 기뻐하는 소이치로의 얼굴이 보이는 듯했다.

"무슨 좋은 일 있었어요? 그렇게 싱글거리게."

가게 주인의 물음에 마리는 곧바로 대답했다.

"아니에요."

그리고 몇 십 년이나 속아왔다는 것을 알았을 뿐이에요, 하고 마음속으로 덧붙였다.

"전갱이 주세요."

아주 신선해 보이니까 정종과 간장으로만 양념을 해서 살짝 찌면 좋겠어.

"그리고 바닷장어도요. 손질해서 토막내주세요."

바닷장어는 '포스트 데상스' 용이었다. 소금을 술술 뿌리고 말려서 훈제기에 돌리면 좋은 술안주가 된다.

채소가게에서 채소를 사고, 슈퍼마켓에서도 이것저것 샀다. 미역 뿌리가 머리칼에 아주 좋다고 했던 우치다의 말이 생각나 그것도 샀다.

시장 본 것들을 한아름 안고서 차 있는 데로 가는 길에 그곳을 지났다. 빨간 기둥이 줄지어 서 있고, 도리이가 서 있는 좁은 골목, 어린아이 둘이 놀고 있었다. 마리가 자신도 모르게 걸음을 멈추고 바라본 것은 그곳만이 다른 세계였기 때문이다. 빌딩 사이에 끼어 있어 햇빛도 비치지 않고, 바깥길의 시끌시끌함마저 써늘한 흙과 빌딩 벽에 빨려 들어갈 듯하다. 아이들은 선 채로 머리를 맞대고 한 아이가 들고 있는 상자 속을 들여다보고 있다. 무엇이 들어 있을까. 장난감, 과자, 아니면 사슴벌레나 뭐 그런 것일지도 모른다. 둘 다 소녀로, 심플한 면 원피스 차림이다.

노래해 노래해, 노래해 노래해, 노래해 노래해.

이 장소에서 두 손을 높이 들고, 뒤죽박죽 몸을 흔들며 춤추었던 때가 생각났다. 눈을 감고 마음속으로 주문을 외듯 노래하면서. 그럼 안심할 수 있었다. 혼자라도 불안하지 않다고 생각할 수 있었다.

노래해 노래해, 노래해 노래해, 노래해 노래해.

여전히 나는 외톨이다. 마리는 피식 웃고는 숨을 한 번 들이쉰 뒤 눈부시고 흙먼지 이는 바깥길을 향해, 차를 세워둔 장소를 향해 걷기 시작한다.

―멀리까지 왔군.

소이치로의 그런 목소리가 들렸다.

옮긴이의 말

마리의 50년 인생을, 아주 오랜만에 만난 옛 친구의 추억담을 듣듯이 담담하게 함께했습니다. 비슷한 시대를 살았을 그녀의 질곡 많은 삶에 때로는 눈시울이 찡해지기도 하고, 불행의 순간에 불쑥 찾아온 행운에는 환호하기도 하면서.

죽은 사람을 가슴에 안고 죽은 사람의 말을 인생의 지침으로 하는 사람에게 삶이란, 시간이란 슬쩍 비켜서 있으면 마냥 흘러만 가는 무엇이었습니다. 흐르고 흘러 뒤에는 운명이란 이름으로 뭉쳐지는.

마리의 삶에 운명적으로 많았던 요소는 멀리 떠나간 사람들입니다.

마리가 이 세상에서 가장 좋아하는 오빠 소이치로, 그리고 마리가 이 세상에서 가장 사랑했던 남편 하지메, 또 애증이 교차했던 엄마 기요. 그들은 다시 돌아올 수 없는 먼 곳으로 떠나간 사람들인데도, 마리의 삶 뒤안길에 늘 가까이 목소리로, 기척으로 존재합니다. 그렇기에 마리의 생은 마치 이쪽과 저쪽의 경계선을 아슬아슬하게 더듬듯 위태롭고 평온합니다. 그렇기에 마리는 초연하게 삶을 관조할 수 있고 또 죽음을 수용할 수도 있었던 것이겠죠.

하지만 아무리 멀리 떠났어도 삶이 지속되는 한, 돌고 돌아 다시 만나게 되는 것은 내가 만나야 했던 사람, 그리고 내가 마주해야 했던 내 삶이 아니었나 싶군요. 작품의 말미에서 서로의 긴 인생을 돌고 돌아, 엽서 한 장의 끈으로 다시 만나게 되는 마리와 큐처럼 말이죠.

한편, 놀라운 것은 사람의 기억 속 내가 타인이 기억하는 나와 참 다르다는 것입니다. 함께했던 생의 한 장면인데, 훗날 그날을 더듬다 보면 기억의 오차에 그 순간의 어긋남에 그저 경악할 따름입니다. 결국 사람이란 자신의 생의 흐름 속에서만 나와 타인을 판단하고 가늠하나 봅니다. 그래서 흐를 만큼 세월이 흐른 후에야, 그 순간에 담긴 진의를 그 진실을 깨우치게 되나 봅니다.

2009년 길고 먼 여행을 앞두고
김난주

울 거 없어.
언젠가는 다시 만날 수 있으니까.